아버지와 아들

아버지와 아들
Ottsy i deti

이반 뚜르게네프 장편소설

이상원 옮김

OTTSY I DETI
by IVAN TURGENEV (1862)

일러두기
러시아어의 로마자 표기와 우리말 표기는 〈열린책들〉에서 정한 표기안을 따르되,
관행적으로 굳어진 일부 용어만 예외로 하였습니다.

이 책은 실로 꿰매어 제본하는 정통적인 사철 방식으로 만들어졌습니다.
사철 방식으로 제본된 책은 오랫동안 보관해도 손상되지 않습니다.

비사리온 그리고리예비치 벨린스끼[1]에게 바친다.

아버지와 아들

9

역자 해설
영원한 화해와 무한한 생명을 향하여

305

이반 뚜르게네프 연보

311

1 Vissarion Grigor'evich Belinskii(1811~1848). 러시아의 문학 평론가이자 급진 개혁파 계몽주의자. 뚜르게네프에게는 절친한 친구이자 스승과 같은 존재였다. 두 사람은 지금도 뻬쩨르부르그 공동묘지에 나란히 묻혀 있다.

1

「그래, 뾰뜨르, 아직도 안 보이나?」 1859년 5월 20일, ×××거리의 어느 여인숙 현관 앞 야트막한 계단을 내려서면서 마흔 살가량의 지주 나리가 하인에게 물었다. 지주 나리는 먼지 묻은 소박한 외투에 줄무늬 바지 차림이었으며 모자는 쓰지 않은 채였다. 하인은 턱에 솜털이 보송할 정도로 젊었는데, 통통한 체구에 눈은 작고 생기가 없었다.

하인은 한껏 젠체하는 태도로 길을 바라본 후 〈아직 안 보입니다, 나리〉라고 대답했다. 한쪽 귀에만 건 터키옥 귀걸이와 염색해 포마드를 바른 머리카락, 고상을 떠는 행동으로 보건대 그 하인은 모든 면에서 가장 새롭고 진보적인 세대의 일원인 듯했다.

「아직 안 보인다고?」 지주가 재차 물었다.

「아직 안 보입니다.」 하인이 같은 대답을 되풀이했다.

지주 나리는 한숨을 쉬며 벤치에 앉았다. 그가 무릎을 꺾고 앉아 생각에 잠긴 듯 주위를 둘러보는 동안 독자들에게 소개를 해두겠다.

그의 이름은 니꼴라이 뻬뜨로비치 끼르사노프이다. 지금

있는 여인숙에서 15베르스따[2] 떨어진 곳에 농노 2백 명 규모의 훌륭한 영지를 소유한 인물이다. 지역 농민들과 경계를 확정한 이후로는 〈2천 제샤찌나[3] 규모의 영지〉라고도 하게 되었다. 니꼴라이 뻬뜨로비치의 아버지는 1812년 조국 전쟁에서 싸운 장군이었다. 제대로 글을 깨치지 못하고 거칠기도 했지만 악의는 없는 러시아 사나이로 평생을 군에 복무했다. 처음에는 여단, 나중에는 사단을 지휘하며 늘 지방에 살았는데 계급 덕분에 중요한 역할도 맡곤 했다. 니꼴라이 뻬뜨로비치는 형 빠벨(이 형에 대해서는 앞으로 설명할 것이다)처럼 러시아 남부에서 태어나 열네 살이 될 때까지 싸구려 가정 교사들, 버릇없지만 아첨은 잘하는 부관들, 그리고 부대 참모들에 둘러싸여 집에서 자랐다. 니꼴라이 뻬뜨로비치의 어머니에 대해 말하자면, 본래 성은 꼴랴지나로 처녀 때는 아가타라는 이름이었다가 장군 부인이 되면서 아가토끌레야 꾸즈미니쉬나 끼르사노바로 불리기 시작했다. 전형적인 〈장군 사모님〉답게 화려한 모자를 쓰고 사각거리는 비단옷을 입었으며 성당에서는 제일 앞장서 십자가 앞으로 나가곤 했다. 큰 목소리로 말을 많이 했고 아침이면 자식들로 하여금 자기 손에 입 맞추게 했으며 밤이면 축복의 말을 해주었다. 한마디로 지극히 만족스러운 삶이었다. 니꼴라이 뻬뜨로비치는 특별히 용감하기는커녕 〈겁쟁이〉라는 별명으로 불리기까지 했지만 장군의 아들로서 형과 함께 군인의 길을 가야 했다. 그런데 부대 배치 통지문이 도착한 바로 그날 다리가 부러졌

---

2 러시아의 옛 거리 단위. 1베르스따는 1.067킬로미터이다.
3 러시아의 옛 면적 단위. 1제샤찌나는 1.092헥타르, 즉 10.092평방미터에 해당한다.

고 두 달 동안 침대에 누워 지낸 후 그만 남은 평생을 절름발이로 살게 되었다. 어쩔 수 없이 아버지는 둘째 아들을 관료로 만들기로 했다. 그리고 그가 열여덟 살이 되자마자 뻬쩨르부르그로 데려가 대학에 집어넣었다. 당시 형 빠벨은 이미 근위대 장교로 복무하고 있었다. 두 형제는 함께 집을 얻어 살기 시작했다. 외가 쪽 오촌 아저씨이자 고위 관리인 일리야 꼴랴진이 형제의 후견인으로 관리 감독을 맡았다. 형제의 아버지는 사단이 주둔한 시골에서 아내와 지내면서 가끔씩 편지나 보낼 뿐이었다. 서기의 거침없는 필체가 빼곡한 커다란 회색 사절지 편지지의 마지막 부분에는 〈육군 소장 뾻뜨르 끼르사노프〉라는 멋진 서명이 공들인 소용돌이무늬에 둘러싸여 있었다. 1835년 니꼴라이 뻬뜨로비치는 대학을 졸업했고, 같은 해에 부대 사열을 제대로 못 했다는 이유로 되역하게 된 그의 아버지는 아내와 함께 뻬쩨르부르그로 이사했다. 그러고는 따브리체스끼 공원 옆에 집을 얻고 영국식 고급 사교 클럽에도 가입했지만, 뇌졸중으로 갑자기 죽고 말았다. 아가토끌레야 꾸즈미니쉬나도 곧 남편 뒤를 따랐다. 쌀쌀맞은 도시 사람들 틈에서 보내던 고독한 은퇴 생활을 견디지 못했던 것이다. 니꼴라이 뻬뜨로비치는 양친이 아직 살아 계셨을 때 커다란 근심을 안겨 드렸다. 전(前) 집주인인 관리 쁘레뽈로벤스끼의 딸과 사랑에 빠졌던 것이다. 관리의 딸 마리야는 미모의 신식 처녀로 각종 잡지에 실린 어려운 과학 기사를 즐겨 읽곤 했다. 니꼴라이 뻬뜨로비치는 부모상을 마치자마자 결혼했고 아버지 소개로 들어갔던 왕실 영지 관리 부처 일도 그만두었다. 그러고서 처음에는 시 외곽에 있는 레스노이 인스티튜트라는 지역의 별장에서, 다음으로는 계단이 깔끔하고 응접실은 좀 추운 편인 시내의 아담한 주택에서, 그리고 마지막으로 시골에 정착해 행복하게 살았다. 시골에 정착한 지 얼마 지나지 않아 아들 아르까디가 태어났다. 니꼴라이 뻬뜨로비치 부부는 서로 잠시도 떨어지지 않고 다정하게 살았다. 책을 읽을 때도, 피아노를 연주할 때도, 노래를 부를 때도 함께였다. 아내는 꽃을 심고 새를 돌보았다. 니꼴라이 뻬뜨로비치는 가끔씩 사냥을 나가거나 영지 일을 보았다. 그러는 동안 아르까디는 점점 자라났는데 부모가 그렇듯 다정하고 온순했다. 10년의 세월이 꿈처럼 흘렀다. 1847년에 니꼴라이 뻬뜨로비치의 아내가 세상을 떠났다. 그는 간신히 충격을 이겨 냈지만 몇 주 사이에 머리카락이 다 세버렸다. 마음을 달래기 위해 해외여행을 떠나기로 했지만 어느새 1848년이 되어 버려 그마저 여의치 않았다(1848년 2월과 6월 프랑스에서 일어난 혁명으로 긴장한 러시아 황제 니꼴라이 1세가 해외여행을 금지시켰던 것이다). 어쩔 수 없이 시골에 주저앉은 니꼴라이 뻬뜨로비치는 하는 일 없이 한참 시간만 보내다가 영지 개혁에 착수했다. 1855년에 아들 아르까디가 대학에 들어간 후에는 니꼴라이 뻬뜨로비치도 세 해 겨울을 뻬쩨르부르그에서 보냈다. 외출은 거의 안 하다시피 했지만 아들의 젊은 친구들과는 친해지려 애썼다. 하지만 지난겨울에는 뻬쩨르부르그에 가지 못했고 그리하여 1859년 5월에 이렇게 아들을 기다리고 있는 것이다. 머리는 허옇게 세고 통통한 체구에 약간 등이 굽은 아버지가, 과거의 자신이 그랬듯 학사 학위를 받은 아들을 말이다.

예의를 차리기 위해, 아니 그보다는 주인의 시선을 피하고 싶은 마음에 하인은 대문 밖으로 나가 담배를 피우기 시작했다. 니꼴라이 뻬뜨로비치는 고개를 숙인 채 여인숙 현관의 낡은 계단을 바라보았다. 통통한 얼룩 병아리가 노란 발로 탁탁 소리를 내면서 계단을 하나씩 오르내렸다. 난간 위에 점잖게 웅크리고 앉은 더러운 고양이는 못마땅하다는 듯 병아리를 노려보았다. 햇볕이 내리쬐었다. 여인숙의 어두컴컴한 현관에서는 따뜻한 호밀 빵 냄새가 풍겼다. 우리의 니꼴라이 뻬뜨로비치는 생각에 잠겼다. 〈아르까디가 벌써 학사 학위를 받다니……. 우리 아들이 벌써…….〉 다른 걸 떠올리려 해도 계속 같은 생각만 맴돌았다. 불현듯 죽은 아내가 안타까워진 그는 〈이날을 못 보고 가다니!〉라고 중얼거렸다. 통통한 비둘기 한 마리가 길에 내려앉더니 종종걸음으로 우물 옆 웅덩이에 물을 마시러 갔다. 비둘기를 바라보던 니꼴라이 뻬뜨로비치의 귀에 마차 바퀴 소리가 들리기 시작했다.

「이제 오시는 모양입니다.」 하인이 대문간에서 달려 들어오며 보고했다.

니꼴라이 뻬뜨로비치는 벌떡 일어나 길을 내다보았다. 역마 세 필이 끄는 여행 마차가 나타났다. 마차 안에서 학생모 테두리와 그리운 얼굴 윤곽이 어른거렸다.

「아르까디, 우리 아들이 왔구나!」 니꼴라이 뻬뜨로비치는 뛰어나가 손을 흔들어 댔다. 잠시 후 그의 입술은 젊은 학사의 뺨에, 먼지 묻고 햇볕에 그을린 그곳에 입 맞추고 있었다.

2

「아이, 먼지 좀 털고요. 제가 아버지까지 먼지투성이로 만들고 있잖아요.」 아버지의 포옹을 반갑게 맞던 아르까디가 긴 여행 탓에 약간 쉰 듯한, 그러나 젊은이답게 낭랑한 목소리로 말했다.

「괜찮다, 괜찮아.」 다정한 미소를 지으며 니꼴라이 뻬뜨로비치가 아들의 학생복과 자기 외투를 두어 번 손으로 털었다. 「자, 이제 제대로 좀 보자꾸나. 어디 보자고.」 그는 뒤로 물러섰다가 곧 여인숙 쪽으로 재빨리 걸음을 옮겼다. 「이쪽, 이쪽으로 오너라. 어서 말을 풀어야지.」

니꼴라이 뻬뜨로비치는 아들보다 훨씬 더 흥분한 것 같았다. 어찌할 바를 모르고 우물쭈물하는 듯도 했다. 아르까디가 아버지를 멈춰 세웠다.

「아버지, 제 친구 바자로프와 인사하세요. 편지에 자주 썼던 그 친구예요. 고맙게도 이렇게 우리를 방문해 주었답니다.」

니꼴라이 뻬뜨로비치는 곧바로 몸을 돌리고 막 마차에서 내린 키 큰 젊은이에게 다가갔다. 그러고는 술이 지저분하게 늘어진 긴 농민복 차림의 젊은이가 머뭇거리며 내민, 장갑도 안 낀 맨손을 덥석 잡았다.

「만나서 기쁘네. 우리를 방문해 준 것도 정말 고맙고. 이름과 부칭이 어떻게 되나?」

「예브게니 바실리예비치입니다.」 바자로프는 느릿느릿하지만 남자다운 목소리로 대답하고는 옷깃을 내려 얼굴을 드러냈다. 길고 마른 얼굴에 이마가 넓었고 코 위쪽은 편평했지만 아래쪽은 날카로웠으며 눈동자는 초록빛이 감돌았고 모래 빛 구레나룻이 나 있었다. 편안하게 미소 짓는 얼굴에서 자신감과 총명함이 엿보였다.

「친애하는 예브게니 바실리예비치, 우리 집에서 지루하지 않게 지내길 바라네.」 니꼴라이 뻬뜨로비치가 말을 이었다.

바자로프는 얇은 입술을 살짝 움직이는가 싶더니 말없이 학생모를 들어 올리며 예의를 표했다. 유난히 툭 튀어나온 앞짱구가 길고 풍성한 모래 빛 머리카락으로도 가려지지 않은 채 드러나 보였다.

「자, 아르까디, 어떻게 하면 좋을까?」 니꼴라이 뻬뜨로비치가 아들 쪽으로 돌아섰다. 「바로 말을 매라고 할까, 아니면 일단 좀 쉬고 싶니?」

「집에 가서 쉬지요, 아버지. 말을 매라고 하세요.」

「그래, 그러자꾸나.」 아버지가 맞장구를 쳤다. 「이봐, 뾰뜨르, 들었지? 어서 준비하게.」

신식 하인 뾰뜨르는 젊은 주인 쪽으로 와 손에 입을 맞추는 대신 멀리서 고개를 숙여 보이고 다시 대문 밖으로 사라졌다.

「난 쌍두마차를 타고 왔고 여행 마차를 끌 말 세 필도 준비했단다.」 니꼴라이 뻬뜨로비치가 말을 이었다. 아르까디는 여인숙 주인이 내온 쇠 주전자의 물을 마시고 있었고, 바자로프는 담배를 피워 물고는 역마를 풀어내는 마부 쪽으로 다가가는 중이었다. 「한데 쌍두마차에는 자리가 두 개뿐이라 네 친구는 어떻게 가야 할지…….」

「바자로프는 여행 마차를 타면 돼요.」 아르까디가 나직한 목소리로 끼어들었다. 「너무 어렵게 예의 차리실 필요 없어요. 곧 아시게 될 테지만 아주 소박하고 좋은 친구예요.」

니꼴라이 뻬뜨로비치의 마부가 말들을 끌고 왔다.

「자, 뚱뚱이 털보 양반, 서두르게.」 바자로프가 여행 마차의 마부에게 말했다.

「나리가 자네를 어떻게 불렀는지 들었나, 미쮸하? 그러고 보니 정말 뚱뚱이 털보로구먼.」 털옷에 두 손을 쑤셔 넣고 서 있던 다른 마부가 거들었다.

미쮸하는 모자만 살짝 흔들 뿐 땀에 젖은 말에서 고삐를 벗겨 내는 데 열중했다.

「자, 어서들 서두르게. 서로 좀 도와주고. 내 술 한잔 냄세!」 니꼴라이 뻬뜨로비치가 소리를 질렀다.

몇 분 후 말이 다 매어졌다. 아버지와 아들은 쌍두마차에 앉았고 뾰뜨르가 마부 옆자리에 올라탔다. 바자로프는 여행 마차로 올라가 가죽 쿠션에 머리를 처박았다. 마차 두 대가 움직이기 시작했다.

3

「드디어 네가 학사 학위를 받고 집에 돌아왔구나.」 니꼴라이 뻬뜨로비치는 아들의 어깨며 무릎을 쓰다듬으며 말했다.

「큰아버지는 어떠세요? 건강하세요?」 아르까디가 물었다. 어린아이 같은 진솔한 기쁨에 가득 차 있긴 했어도 어서 흥분을 가라앉히고 일상적인 대화로 돌아가고 싶었던 것이다.

「건강하시지. 함께 널 마중 나오기로 했다가 마음을 바꾸셨단다.」

「아버지는 거기서 오래 기다리셨어요?」

「한 5시간쯤.」

「아버지도 대단하세요!」

아르까디는 아버지 쪽으로 몸을 돌려 뺨에 입을 맞췄다. 니꼴라이 뻬뜨로비치는 조용히 웃었다.

「널 주려고 아주 멋진 말을 마련해 놓았다.」 아버지가 말을 시작했다. 「곧 보게 될 거야. 그리고 네 방도 도배를 했단다.」

「바자로프가 쓸 방도 있지요?」

「적당한 방을 찾아보자꾸나.」

「아버지, 제 친구에게 잘 대해 주세요. 제게 얼마나 소중한 친구인지 몰라요.」

「만난 지 얼마 안 된 사이냐?」

「오래되지는 않았어요.」

「그래서 내가 겨울에 갔을 때 보지 못한 게로군. 그 친구는 전공이 뭐냐?」

「전공은 자연 과학이지만 모르는 게 없어요. 내년에는 의학 학위를 받을 거예요.」

「아, 의과로군!」 이 말과 함께 잠시 입을 다물었던 니꼴라이 뻬뜨로비치는 손가락질을 하며 다시 입을 열었다. 「뽀뜨르, 저기 가는 사람들이 우리 영지 농민들 아닌가?」

뽀뜨르는 주인 나리가 가리키는 곳을 바라보았다. 재갈을 물리지 않은 말들이 끄는 짐마차 몇 대가 좁은 시골길을 빠르게 달려가고 있었다. 마차마다 털옷 앞섶을 열어 젖힌 사내가 한두 명씩 타고 있었다.

「그렇습니다.」 뽀뜨르가 대답했다.

「읍내로 가는 모양이지?」

「그럴 겁니다. 술집에 가겠지요.」 뽀뜨르는 깔보는 듯한 어조로 말한 후 동의를 구하려는 듯 마부 쪽으로 슬쩍 몸을 굽혔다. 하지만 마부는 미동도 없었다. 그는 신식 대화법에 익숙지 않은 구세대였던 것이다.

「올해엔 농민들 때문에 골치가 아프구나.」 니꼴라이 뻬뜨로비치가 아들 쪽으로 돌아앉았다. 「소작료를 안 낸단 말씀이야. 어떻게 해야 할지 모르겠다.」

「하인들은 괜찮아요?」

「꼬드김을 당하는 것 같아 그게 문제다.」 니꼴라이 뻬뜨로비치가 못마땅하다는 투로 말했다. 「정말로 노력하는 모습은 없어. 마구나 망가뜨리기 일쑤야. 그래도 밭갈이는 그럭저럭 끝냈다. 빻아야 밀가루를 얻는 법이지. 넌 이제 영지 경영에 관심이 생긴 거냐?」

「집에 그늘이 없어서 유감이에요.」 아르까디는 대답 대신 딴 이야기를 시작했다.

「북쪽 테라스에 커다란 차양을 달았다. 이제 야외에서 식사도 할 수 있지.」 니꼴라이 뻬뜨로비치가 설명했다.

「여름 별장 같겠네요. 뭐, 그건 중요하지 않지만요. 여긴 정말 공기가 좋아요! 아, 이 향기! 세상 어느 곳도 여기 풀밭만큼 향기롭지는 못할 거예요! 하늘조차도……」

아르까디는 갑자기 말을 멈추고 뒤쪽을 슬쩍 돌아보았다.

「넌 여기서 태어났으니 모든 것이 각별한 것도 당연하지.」

「아니. 어디서 태어났는지는 중요하지 않아요.」

「하지만―」

「아뇨, 그건 아무 상관도 없다니까요.」

니꼴라이 뻬뜨로비치는 아들의 옆모습을 바라보았다. 마차가 반 베르스따도 채 못 가서 다시 대화가 시작되었다.

「편지에 썼는지 모르겠다만 네 유모였던 예고로브나가 세상을 떠났단다.」

「정말이에요? 가엾은 유모 할머니! 쁘로꼬피치는요? 살아 있나요?」

「살아 있고말고. 조금도 변하지 않았단다. 노상 툴툴거리지. 마리노 마을에서 크게 바뀐 건 아마 없을 게다.」

「영지 관리인도 그대로인가요?」

「관리인은 바꿨지. 자유민이 된 농노는 더 이상 쓰지 않기로, 최소한 책임 있는 일은 맡기지 않기로 결심했거든.」 아르까디가 뽀뜨르 쪽을 눈짓으로 가리키자 아버지가 목소리를 낮추고 말했다. 「저 사람도 자유민이다*Il est libre, en effet.* 하지만 어디까지나 하인이니까. 지금 관리인은 평민 출신인데 괜찮은 사람 같아. 1년에 2백50루블을 주기로 했다. 그건 그렇고……」 니꼴라이 뻬뜨로비치가 한 손으로 이마와 눈썹을 문질렀다. 곤란한 상황이면 늘 나오는 몸짓이었다. 「마리노 마을에서 크게 바뀐 건 없다고 좀 전에 말했다만 꼭 그렇지만은 않구나. 미리 얘기해 두어야 할 것 같다. 그러니까……」

그는 잠시 더듬는가 싶더니 프랑스어로 말을 이었다.

「엄격한 도덕주의자라면 이렇게 솔직하게 털어놓는 게 부적절하다고 할지도 모르겠다. 하지만 첫째, 이건 감춰서는 안 되는 일이고 둘째, 너도 알다시피 난 부자 관계에 있어 분명한 원칙을 세웠으니 말이다. 물론 네겐 날 비판할 권리도 있다. 내 나이에, 에…… 그러니까, 너도 들었는지 모르겠지만, 그런 젊은 여자가 어디 당키나—」

「페니치까 말인가요?」 아르까디가 아무렇지 않게 물었다.

니꼴라이 뻬뜨로비치가 얼굴을 붉혔다.

「그렇게 큰 소리로 이름을 부르지 말거라……. 그래, 지금 우리 집에서 함께 살고 있다. 본채로 들어오게 했지. 그리 크지 않은 방이 두 개 있으니까. 물론 언제든 방을 바꿀 수는 있다.」

「맙소사, 아버지, 방은 대체 왜 바꾸게요?」

「네 친구가 지내기 불편해할까 봐…….」

「바자로프 때문이라면 걱정 마세요. 그런 건 신경 쓰지 않으니까요.」

「그리고 너도 그렇지. 별채가 영 허술해 걱정이구나.」

「아버지, 왜 그러세요? 꼭 사과하는 것 같아요. 부끄러운 잘못이라도 저지르신 것처럼요.」

「사실 부끄러워해야 마땅하지.」 니꼴라이 뻬뜨로비치의 얼굴이 점점 더 붉어졌다.

「그만두세요, 아버지, 제발요.」 아르까디가 애정 어린 미소를 지었다. 뭐가 저렇게 미안하실까! 선량하고 다정한 아버지에 대한 너그러운 마음이 은근한 우월감과 뒤섞여 마음을 채웠다. 「이제 제발 그만두시라고요.」 그는 자신의 자유롭고 진보적인 사고방식을 은연중에 과시하며 다시 한 번 반복했다.

니꼴라이 뻬뜨로비치는 이마를 문지르던 손가락 사이로 아들을 바라보았다. 무언가 찌르는 듯 가슴이 아팠다……. 그는 곧바로 그런 자신을 탓했다.

오랜 침묵이 흐른 후 니꼴라이 뻬뜨로비치가 입을 열었다. 「이제 우리 땅이 시작되는구나.」

「저 앞도 우리 숲이지요?」 아르까디가 물었다.

「그래, 하지만 팔아 버렸다. 올해 다 베어 버릴 거야.」

「왜 파셨어요?」

「돈이 필요했다. 이제 그 땅은 농부들에게 가게 될 거야.」

「소작료를 안 내는 그 농부들 말이에요?」

「어쩌겠냐. 소작료는 언젠가 내겠지.」

「숲을 팔다니 아깝네요.」 아르까디가 주변을 둘러보기 시작했다.

마차가 지나는 곳은 그림처럼 아름답지는 않았다. 지평선 끝까지 펼쳐진 밭에 살짝 오르막이 솟았다가는 다시 내리막이 되는 식이었다. 자그마한 수풀이 여기저기 놓여 있었고 키 작은 관목 숲도 드물게 보였다. 좁은 골짜기가 구불구불

이어졌다. 예까쩨리나 여제 시절의 구식 지도를 연상시키는 풍경이었다. 시냇물과 양옆의 제방, 대충 쌓은 둑으로 둘러싸인 작은 못, 어두컴컴한 지붕마저 그나마 반쯤 바람에 날아가 버린 납작한 농가들이 늘어선 마을, 마른 나뭇가지로 만든 벽이 기울고 문고리 없는 출입문은 한껏 입을 벌린 타작 헛간, 텅 빈 곡식 창고가 보였고 회반죽 칠이 여기저기 벗겨진 벽돌 건물 교회나 십자가가 기울어지고 묘지도 망가진 목조 교회들도 눈에 들어왔다. 아르까디는 가슴이 조금씩 죄어들었다. 지나가는 농부들은 약속이나 한 듯 하나같이 누더기 옷을 걸치고 뼈만 남은 말을 타고 있었다. 길을 따라 늘어선 버드나무도 껍질이 벗겨지고 가지가 꺾인 품이 누더기 옷을 입은 거지들 같았다. 고기는 다 뜯어 먹히고 뼈만 남은 듯 앙상한 암소들은 시궁창 옆에 돋아난 풀을 걸신들린 듯 뜯어 먹었다. 소들은 마치 끔찍한 죽음의 손아귀에서 막 벗어난 것 같았다. 그 무력하고 가련한 짐승들의 모습을 보고 있자니 화창한 봄날 한가운데서도 사방이 꽁꽁 얼고 눈보라가 몰아치는 겨울, 무자비하고 끝없는 겨울의 환영이 보였다....... 아르까디는 생각했다. 〈그래, 여긴 척박한 땅이야. 만족이나 근면을 낳을 수 없는 곳. 이런 꼴로 놓아두어서는 안 돼. 그건 안 될 일이야. 변화가 필요한데······. 어떻게 변화시키면 될까? 어디서부터 손을 대야 하지?〉

그렇게 아르까디는 고민에 잠겼다. 그리고 그사이에 봄은 다시 제 모습을 되찾았다. 주위는 온통 찬란한 초록으로 빛났고 나무며 관목이며 풀이며 모든 것이 따사로운 바람을 받아 부드럽게 물결치며 반짝거렸다. 종달새들의 노래가 사방에 넘쳐흘렀으며 댕기물떼새들은 키 작은 풀숲 위를 선회하며 소리를 지르기도 하고 흙덩이 사이를 기척도 없이 뛰어다녔다. 봄갈이 작물이 돋아난 부드러운 초록 대지 위에서 검은 몸이 두드러지는 까마귀들이 돌아다녔다. 벌써 살짝 흰빛이 도는 호밀 밭으로 들어간 까마귀 떼는 가끔씩 머리만 내보일 뿐이었다. 아르까디는 그런 풍경을 보고 또 보았다. 어느새 고민이 옅어지는가 싶더니 이내 사라져 버렸다……. 그는 외투를 벗어 던지고 어린아이처럼 즐거운 표정으로 아버지를 바라보았다. 아버지는 아들을 다시 한 번 꼭 안아 주었다.

「이제 거의 다 왔다.」 니꼴라이 뻬뜨로비치가 말했다. 「이 언덕만 올라가면 집이 보일 거야. 이제 함께 행복하게 사는 거야. 괜찮다면 영지 관리 일을 도와 다오. 지금부터는 우리가 가깝게 지내면서 서로를 잘 이해해야 하지 않겠니.」

「물론이죠. 오늘은 날씨기 참 좋고요!」

「네가 돌아오는 걸 환영하는 모양이지. 봄이 절정이야. 뿌쉬낀의 『예브게니 오네긴』이 떠오르는구나. 기억나니? 네가 오면 왜 이렇게 슬픈지. 봄이여, 봄이여, 사랑의 계절이여! 그 얼마나―」

「아르까디!」 여행 마차에서 바자로프의 목소리가 울렸다. 「성냥 좀 주게. 담뱃대에 불붙일 게 없군.」

니꼴라이 뻬뜨로비치는 입을 다물었다. 조금 어리둥절하긴 했어도 공감하면서 아버지가 읊는 시구를 듣고 있던 아르까디는 주머니에서 은제 성냥갑을 꺼내 뾰뜨르를 시켜 바자로프에게 전했다.

「궐련 피울 텐가?」 바자로프가 다시 말했다.

「주게.」

쌍두마차로 돌아온 뾰뜨르가 성냥갑과 함께 굵직한 검은

궐련을 내밀었다. 아르까디는 곧 궐련을 피워 물었고 해묵은 궐련의 독한 연기가 사방에 퍼졌다. 한 번도 담배를 피워 본 적 없는 니꼴라이 뻬뜨로비치는 아들 모르게 살짝 고개를 옆으로 돌렸다.

15분쯤 후에 마차 두 대는 새로 지은 목조 주택 현관 앞에 멈춰 섰다. 회색 벽에 철제 지붕은 붉은색이었다. 마리노에 도착한 것이다. 농민들 사이에서는 〈노바야 슬로보드까(신생 자유농민 마을)〉 대신 여전히 〈보블리 후또르(소작농 마을)〉라 불리는 그곳이었다.

4

 하인들은 주인을 맞이하러 현관으로 몰려나오지는 않았다. 열두어 살쯤 된 소녀 하나가 나오고 그 뒤로 뾰뜨르와 아주 닮은 청년이 따라올 뿐이었다. 빠벨 뻬뜨로비치의 하인인 그 청년은 가문 문장을 새긴 흰 단추로 장식된 회색 제복 차림이었다. 그는 말없이 쌍두마차의 문을 열고 여행 마차의 포장을 걷었다. 니꼴라이 뻬뜨로비치는 아들과 바자로프를 데리고 텅 비다시피 한 어두컴컴한 복도를 지나 신식으로 꾸며진 응접실로 들어갔다. 복도를 지나갈 때 문틈으로 젊은 여자 얼굴이 슬쩍 보였다.
「드디어 집에 돌아왔구나.」 니꼴라이 뻬뜨로비치가 모자를 벗고 머리를 쓸어 넘기며 말했다. 「이제 저녁을 먹고 쉬어야겠어.」
「그래요, 식사부터 하는 게 좋겠습니다.」 바자로프가 기지개를 켜며 소파에 앉았다.
「그래그래, 얼른 저녁을 먹도록 하세.」 니꼴라이 뻬뜨로비치는 별 이유도 없이 발을 굴렀다. 「마침 쁘로꼬피치가 오는군.」
 예순쯤 되어 보이는 백발의 여윈 남자가 들어왔다. 피부가 거무스름했으며 구리 단추가 달린 갈색 연미복 차림에 목에는 장밋빛 스카프를 매고 있었다. 그는 환히 웃는 얼굴로 아르까디에게 다가가 손에 입을 맞추고 손님에게 고개를 숙여 보인 후 문 쪽으로 물러서서 뒷짐을 지고 섰다.

「드디어 이 애가 돌아왔네, 쁘로꼬피치.」 니꼴라이 뻬뜨로비치가 말을 시작했다. 「그래, 자네 보기엔 어떤가?」

「더할 나위 없이 좋아 보이십니다.」 노인은 다시 환한 웃음을 지었다가 곧이어 짙은 눈썹을 살짝 찌푸리며 정중하게 물었다. 「저녁상을 차리라고 할까요?」

「그래, 그래 주게. 그런데 자네는 먼저 침실부터 들르지 않아도 괜찮겠나, 예브게니 바실리예비치?」

「아뇨, 괜찮습니다. 다만 제 짐 가방과 이 옷만 좀 가져다 놓으라고 해주십시오.」 바자로프가 긴 겉옷을 벗으면서 대답했다.

「알겠네. 쁘로꼬피치, 이 옷 좀 치워 주게. (쁘로꼬피치는 침착하게 바자로프의 옷을 두 손으로 받치고 머리 위로 높이 들어 올리더니 발꿈치를 들고 걸어 나갔다.) 아르까디, 너는 네 방에 잠깐 가야 하지 않겠니?」

「네, 좀 씻어야겠어요.」 아르까디가 문 쪽으로 가려는 순간 신식 넥타이에 검은 영국제 양복을 입고 광택 나는 반장화를 신은 빠벨 뻬뜨로비치 끼르사노프가 들어섰다. 마흔다섯 살쯤 되어 보였다. 짧게 깎은 회색 머리는 새로 산 은그릇처럼 광채가 났다. 까다로운 성격이 드러나긴 했지만 얼굴에는 주름살 하나 없었고 날카로운 칼로 베어 낸 것처럼 단정하고 반듯해 과거의 준수한 모습을 짐작하게 했다. 특히 검게 빛나는 가느다란 눈이 인상적이었다. 아르까디 큰아버지의 우아하고 고귀한 모습에는 젊은 시절의 균형은 물론 지상에서 멀리 떨어진 높은 곳을 열망하는 마음, 스무 살이 지나면 사라지기 마련인 그런 성향까지도 여전히 함께 남아 있었다.

빠벨 뻬뜨로비치는 장밋빛 손톱을 길게 기른 아름다운 손을 바지 주머니에서 꺼내 조카에게 내밀었다. 커다란 오팔 단추로 여민 눈처럼 흰 커프스 덕분인지 그 손은 한층 더 아름다워 보였다. 그는 우선 유럽식으로 악수를 나눈 후 러시아식으로 세 번 입 맞추었다. 향수 냄새 풍기는 자신의 콧수염을 조카의 뺨에 세 번 가져다 댄 것이다. 「어서 오너라.」

니꼴라이 뻬뜨로비치가 그에게 바자로프를 소개했다. 빠벨 뻬뜨로비치는 유연한 몸을 살짝 굽히며 가볍게 미소 지었지만 손은 내밀지 않았고 오히려 다시 주머니에 집어넣고 말았다.

「오늘은 못 오는 모양이라고 생각하던 참이었단다.」 빠벨 뻬뜨로비치가 가볍게 몸을 움직이고 어깨를 으쓱거리며 다정한 목소리로 말을 시작했다. 희고 고른 치아가 드러났다. 「길에서 무슨 일이 있었던 거냐?」

「아무 일 없었어요.」 아르까디가 대답했다. 「시간이 좀 걸렸을 뿐이죠. 그래서 지금은 늑대처럼 배가 고파요. 쁘로꼬피치에게 서두르라고 해주세요, 아버지. 금방 돌아올게요.」

「잠깐, 나도 자네와 같이 가겠네.」 바자로프가 소파에서 벌떡 일어났다.

두 청년이 응접실을 나갔다.

「저 사람은 누구냐?」 빠벨 뻬뜨로비치가 물었다.

「아르까디의 친구예요. 그 녀석 말로는 아주 똑똑한 사람이라네요.」

「우리 집에 머물 거라니?」

「네.」

「저 털보가?」

「네.」

빠벨 뻬뜨로비치가 손톱으로 탁자를 톡톡 두드렸다.

「아르까디 녀석…… 활력이 넘치는군 s'est dégourdi. 녀석이 돌아와서 정말 기뻐.」

저녁 식사 중에는 대화가 별로 없었다. 특히 바자로프는 거의 한 마디도 하지 않고 먹는 데 열중했다. 니꼴라이 뻬뜨로비치는 자신의 〈농장 생활〉에 있었던 여러 가지 일에 대해 이야기하고 곧 있을 정부의 조치나 각종 위원회 및 대표단[4]에 대해, 혹은 농기계 사용의 필요성 등에 대해 설명하기도 했다. 빠벨 뻬뜨로비치는 식당 안을 천천히 오가면서(그는 거의 아무것도 먹지 않았다) 간혹 붉은 포도주가 채워진 잔을 홀짝거렸고 드물게 〈아!〉, 〈응!〉, 〈흠!〉 같은 소리를 냈는데 이는 의견이라기보다는 감탄에 가까웠다. 아르까디는 뻬쩨르부르그의 소식을 전하면서 어쩐지 어색함을 느꼈다. 겨우 어린 티를 벗은 젊은이가 자기를 늘 어린애로 보던 곳에 돌아왔을 때 느끼는 그런 어색함이었다. 굳이 그럴 필요가 없는데도 이야기를 길게 끌기도 했고 〈아버님〉이라는 호칭을 사용하려다가 얼버무리는가 하면 괜한 호기를 부리며 자기 주량보다 훨씬 많은 포도주를 따라 단숨에 들이켜기도 했다. 쁘로꼬피치는 그에게서 눈길을 떼지 않으며 몇 차례 입술을 깨물었다. 식사가 끝나자 모두들 바로 흩어졌다.

[4] 알렉산드르 2세가 주도하여 1857년에 만든 농촌 문제 위원회와 1858년에 구성된 농노제 폐지 및 농촌 개혁 위원회 대표자들의 모임을 뜻한다.

「자네 큰아버지는 괴짜이신걸.」 실내복으로 갈아입은 바자로프가 침대에 걸터앉아 짧은 파이프를 피우면서 아르까디에게 말했다. 「이 시골에서 저렇게 멋을 내시다니! 특히 그 손톱이란! 모두에게 전시해 보여 주기라도 해야 할 판이야.」

「자네가 몰라서 그렇지 한창때에는 대단한 분이셨네. 기회가 되면 큰아버지에 대해 설명해 주지. 소문난 미남으로 여자들 혼을 빼놓았다네.」 아르까디가 대답했다.

「알겠네, 그러니까 옛 추억으로 사신다는 거군! 하지만 애석하게도 여긴 상대가 없지 않은가. 돌처럼 딱딱한 목깃이며 한 올도 남김없이 면도한 턱이며 참으로 우습기 짝이 없네.」

「글쎄, 어떻든 간에 큰아버지는 좋은 분일세.」

「구식이야! 자네 아버지는 호인이시더군. 쓸데없이 시를 읊기도 하고 영지 경영에 대해서는 거의 아시는 게 없긴 하지만 말이야.」

「내게 아버지는 지극히 소중한 분이네.」

「자네 아버지가 조심스럽게 행동하시는 걸 눈치챘나?」

아르까디는 마치 자기는 전혀 조심스러워하지 않았다는 듯 고개를 저었다.

「늙은 낭만주의자들은 참으로 대단해!」 바자로프가 말을 이었다. 「스스로 신경 체계를 온통 자극하고는 결국 불안해져 균형을 잃고 말지. 자, 그럼 이만 실례하네. 내 방에는 영국식 세면대가 있더군. 출입문은 잠기지 않지만 말이야. 어쨌든 영국식 세면대란 진보를 뜻하니 칭찬할 만해.」

바자로프가 나간 후 아르까디는 즐거운 기분에 잠겼다. 고향 집에 돌아와 낯익은 침대와 애정 어린 손길, 아마도 유모의 그 다정하고 부지런한 손길로 마련되었을 이부자리에서 잠든다는 건 기분 좋은 일이었다. 아르까지는 유모 예고로브나를 떠올리며 명복을 빌었다……. 하지만 자신을 위한 기도는 하지 않았다.

그와 바자로프는 곧 잠이 들었지만 다른 집안사람들은 늦도록 잠을 이루지 못했다. 아들이 돌아온 데 흥분한 니꼴라이 뻬뜨로비치는 침대에 누워서도 촛불을 끄지 않고 팔베개를 한 채 생각에 잠겼다. 그의 형 빠벨 뻬뜨로비치는 자정을 한참 넘긴 시각까지 서재의 널따란 감브스[5] 안락의자에 앉아 있었다. 옷도 갈아입지 않은 채, 그저 광택 나는 반장화를 굽 없는 빨간 중국 슬리퍼로 바꾸어 신었을 뿐이었다. 손에는 「갈리냐니」[6] 최신호가 들려 있었지만 그는 신문 대신 벽난로만 바라보았다. 난로 속 석탄에서는 파란 불꽃이 꺼질 듯 가물거리다가 확 타오르며 춤을 추곤 했다. 그가 무슨 생각을 하는지는 신만이 아실 일이지만 과거의 기억만은 아닌 것이 분명했다. 추억에 잠긴 사람에게서는 보기 어려운 골똘한 모습, 음울한 표정이 나타났기 때문이다. 작은 뒷방에서는 하늘색 옷을 입고 검은 머리에 흰 머릿수건을 쓴 젊은 여인이 커다란 옷궤 위에 앉아 있었다. 페니치까였다. 여인은 무언가에 귀를 기울이기도 하고 잠깐씩 졸기도 하고 열린 문 쪽을 바라보기도 했다. 문 저쪽으로는 아기 침대가 보였고 잠자는 아이의 새근거리는 숨소리가 들렸다.

---

5 뻬쩨르부르그에서 활동하던 가구 제작 장인의 이름.
6 1814년부터 파리에서 발행된 영문 일간지.

5

 이튿날 바자로프는 누구보다도 일찍 일어나 집 밖으로 나갔다. 그는 주위를 둘러보며 〈정말 볼품없는 곳이군!〉 하고 생각했다. 니꼴라이 뻬뜨로비치는 영지 농민들에게 토지를 분배하면서 4제사찌나가량 되는 평평한 황무지를 새 집터로 떼어 놓았다. 그곳에 저택과 헛간, 농장을 만들고 정원을 꾸몄으며 우물 두 개와 연못도 팠다. 하지만 어린 묘목은 제대로 자라지 않았고 연못에는 물이 조금밖에 고이지 않았으며 우물물에서는 짠맛이 났다. 정자에 심은 라일락과 아카시아만 잘 자랐으므로 가끔 거기서 차를 마시거나 식사를 했다. 바자로프는 몇 분 동안 정원의 오솔길을 돌아다니고 축사며 마구간을 기웃거리기도 하다가 농장의 사내아이 둘을 발견했다. 그는 아이들과 곧 친해져서 함께 1베르스따 정도 떨어진 늪에 개구리를 잡으러 갔다.
 「개구리는 뭐에 쓰시려고요, 나리?」 한 아이가 물었다.
 「뭐에 쓰냐면 말이다……」 굳이 신경 쓰며 비위를 맞추지 않고도 아랫사람들의 신뢰를 얻어 내는 능력을 지닌 바자로프가 대답했다. 「개구리 배를 갈라 안쪽을 들여다보려는 거야. 두 발로 걸어다닌다는 것만 다를 뿐 우리도 개구리하고 똑같거든. 그러니까 개구리를 보면 우리 몸속에서 일어나는 일도 알 수 있지.」

「그걸 왜 알아야 하는데요?」

「네가 병이 나서 내가 고쳐야 할 때 실수가 없도록 하기 위해서란다.」

「그럼 나리는 의사인가요?」

「그래.」

「바시까, 이 나리 말씀이, 너나 나나 이 개구리랑 똑같대. 참 신기하지!」

「난 개구리 무서워.」 아마처럼 엷은 갈색 머리카락에 목깃을 세운 회색 옷을 입고 맨발로 걷고 있는 바시까는 일곱 살쯤 되어 보였다.

「뭐가 무서워? 개구리는 물지도 않잖아.」

「자, 꼬마 철학자들, 이제 물속으로 들어가자.」 바자로프가 말했다.

그즈음 니꼴라이 뻬뜨로비치는 잠자리에서 일어나 아르까디에게 갔다. 아르까디도 벌써 일어나 옷을 다 입은 참이었다. 부자는 차양을 친 테라스로 나갔다. 난간 옆 탁자 위 라일락 꽃 장식 사이에서 사모바르가 끓고 있었다. 전날 제일 먼저 현관에 나타났던 소녀가 다시 나오더니 가느다란 목소리로 전했다.

「페도시야 니꼴라예브나께서는 몸이 불편해 나오지 못하십니다. 손수 차를 따라 드실 건지 아니면 두냐샤를 보내 드릴지 여쭈십니다.」

「직접 따라 마시겠다, 직접.」 니꼴라이 뻬뜨로비치가 서둘러 대답했다. 「아르까디, 넌 차에 무엇을 넣을 테냐? 크림, 아니면 레몬?」

「크림을 넣지요.」 아르까디가 잠시 입을 다물었다가 아버지를 불렀다. 「그런데 아버지……」

니꼴라이 뻬뜨로비치가 무슨 영문인지 몰라 아들을 보았다.

「제 질문이 혹시 마음을 불편하게 만든다면 죄송해요. 하지만 아버지가 어제 솔직하게 말씀해 주셨으니 저도 솔직히 말씀드릴게요. 화내지 않으실 거죠?」

「말해 보렴.」

「아버지가 용기를 주시니 여쭤지요……. 혹시 페니…… 그러니까 그분이 차를 따르러 나오지 않는 건 여기 제가 있기 때문인가요?」

니꼴라이 뻬뜨로비치가 살짝 고개를 돌렸다.

「아마 그런 모양이다. 아무래도…… 부끄럽기도 할 테고.」

아르까디가 아버지를 정면으로 쳐다보았다.

「부끄러울 건 전혀 없어요. 첫째, 아버지는 제 사고방식을 익히 알고 계시고(아르까디는 스스로 이렇게 말할 수 있다는 사실이 퍽 기분 좋았다) 둘째, 제가 아버지의 삶이나 습관을 털끝만큼이라도 구속할 생각을 하겠어요? 아버지는 어리석은 선택을 하실 리가 없어요. 아버지가 그분과 한 지붕 아래 살기로 했다면 그분에게 그만한 자격이 있는 것이지요. 어떤 상황에서라도 아들은 아버지를 심판할 수 없습니다. 특히 저와 아버지라면 더욱 그렇죠. 아버지는 제 자유를 한 번도 구속한 적 없는 분이시니까요.」

처음에 아르까디의 목소리는 조금 떨렸다. 그는 스스로 관대하다고 느꼈고 동시에 아버지에게 훈계를 늘어놓고 있다는 사실을 깨달았다. 그러나 그의 말에는 영향력이 있었다. 특히 마지막 몇 마디는 단호했으며 감동적이기까지 했다.

「고맙구나, 아르까디.」 니꼴라이 뻬뜨로비치가 웅얼거리는 소리로 대답했다. 그의 손가락은 다시 눈썹과 이마를 문지르고 있었다. 「네 말이 지극히 옳다. 그렇고말고, 그 사람이 그만한 자격이 없었다면 이렇게 되지 않았겠지……. 경솔한 결정은 아니었단다. 그래도 너와 이런 이야기를 나누는 건 거북하구나. 그 사람 입장에서는 여기 네 앞에 나타나기가, 특히 도착한 바로 다음 날 나타나기가 어렵다는 걸 이해해 다오.」

「그렇다면 제가 가겠습니다.」 아르까디는 다시금 관대한 마음이 샘솟는 것을 느끼면서 벌떡 일어섰다. 「제가 가서 절 편하게 여기시라고 말씀드리지요.」

니꼴라이 뻬뜨로비치도 자리에서 일어섰다.

「아르까디…….」 그가 입을 열었다. 「잠깐만……. 그러니까 거긴……. 미처 말하지는 못했다만…….」

하지만 아르까디는 벌써 테라스를 빠져나가고 있었다. 니꼴라이 뻬뜨로비치는 아들의 뒷모습을 보다가 당황스럽다는 듯 주저앉았다. 가슴이 두근거렸다……. 그 순간 그가 이제부터는 아들과의 관계에서 어색함을 피할 수 없게 되었다고 느꼈던 것인지, 그 문제가 없었다면 아르까디가 자신을 좀 더 존경했으리라 생각했던 것인지, 혹은 자기 자신의 나약함을 비난했던 것인지는 분명치 않다. 그 모든 생각과 감정이 다 있었지만 불분명한 느낌일 뿐이었다. 그의 얼굴에서 상기된 빛이 가시지 않았고 심장은 거세게 뛰었다.

급한 발소리가 들리는가 싶더니 아르까디가 테라스로 돌아왔다.

「그분과 인사를 나누었어요!」 이렇게 외치는 아르까지의 얼굴에는 다정하면서도 당당한 표정이 떠올랐다. 「페도시야 니꼴라예브나는 실제로 몸이 좀 불편해서 늦게 나온다고요. 한데 어째서 남동생이 있다는 말씀을 안 하셨어요? 그걸 알았다면 조금 전이 아니라 어제저녁에 입을 맞춰 줬을 텐데요.」

　니꼴라이 뻬뜨로비치는 무슨 말인가 하려고, 일어나 두 팔을 벌리려고 했다. 아르까지가 아버지 목을 껴안았다.

　「뭐야, 다시 껴안고 인사하는 건가?」 뒤쪽에서 빠벨 뻬뜨로비치의 목소리가 들렸다.

　아버지와 아들 둘 다 그 순간 빠벨 뻬뜨로비치의 등장이 반가웠다. 감동적이기는 해도 어서 벗어나고 싶은 순간이 종종 있지 않은가.

　「뭐 놀라실 것도 없죠.」 니꼴라이 뻬뜨로비치가 밝은 목소리로 말했다. 「기다리고 기다리다가 어제야 아들을 만났잖아요. 게다가 아직 충분히 얼굴 볼 시간도 없었고요.」

　「놀란 건 아니야.」 빠벨 뻬뜨로비치가 말했다. 「나도 조카를 안아 주고 싶은걸.」

　아르까지는 큰아버지에게 다가갔고 다시금 향수 냄새 풍기는 그 콧수염이 자기 뺨에 닿는 것을 느꼈다. 빠벨 뻬뜨로비치가 식탁에 앉았다. 세련된 영국식 아침 의복에 머리에 쓴 작은 터키식 펠트 모자가 멋스러웠다. 펠트 모자와 편하게 맨 넥타이가 시골 생활의 자유로움을 보여 주었다. 아침 시간에 어울리는 알록달록한 셔츠의 빳빳한 목깃이 깔끔히 면도한 턱을 사정없이 조이고 있었다.

　「네 새 친구는 어디 있지?」 그가 아르까지에게 물었다.

　「집에 없어요. 늘 일찍 일어나 돌아다니거든요. 신경 쓰지 마세요. 격식을 좋아하지 않는 친구예요.」

「그래, 그런 것 같더구나.」 빠벨 뻬뜨로비치가 천천히 빵에 버터를 바르기 시작했다. 「여기 오래 머무를 거라니?」

「상황 되는 대로요. 아버지 댁에 가는 길에 들른 거예요.」

「아버지는 어디 사시는데?」

「우리와 같은 현인데 80베르스따쯤 떨어져 있어요. 거기에 소유지가 좀 있나 봐요. 그 친구 아버지는 연대 군의관을 지냈대요.」

「아, 그렇구나. 어디서 바자로프라는 성을 들어 본 것 같아서 계속 되뇌던 참이었다. 니꼴라이, 아버지 사단에 혹시 바자로프라는 의사가 있었던가?」

「그랬던 것 같아요.」

「맞아, 틀림없어. 그러니까 그 의사가 저 친구의 아버지란 말이군. 흠……」 빠벨 뻬뜨로비치는 콧수염을 쓰다듬으며 잠시 입을 다물고 있다가 다시 물었다. 「그런데 바자로프라는 친구는 어떤 사람이냐?」

「어떤 사람이냐고요?」 아르까디가 가볍게 웃었다. 「제 친구가 어떤 사람인지 정말로 알고 싶으세요, 큰아버지?」

「그래, 말해 다오.」

「바자로프는 니힐리스트예요.」

「뭐라고?」 니꼴라이 뻬뜨로비치가 되물었다. 날 끝에 버터 한 조각이 올라앉은 빠벨 뻬뜨로비치의 칼이 잠시 허공에 멈췄다.

「니힐리스트라고요.」 아르까디가 재차 말했다.

「니힐리스트라……」 니꼴라이 뻬뜨로비치가 말을 이었다. 「무(無)를 뜻하는 라틴어 〈니힐 *nihil*〉에서 나온 말이로구나.

그러니까 니힐리스트란 아무것도 인정하지 않는 사람이라는 뜻이냐?」

「아무것도 존중하지 않는 사람이지.」 빠벨 뻬뜨로비치가 덧붙이고 다시금 빵에 버터를 바르기 시작했다.

「모든 것을 비판적 시각으로 바라보는 사람이라는 뜻입니다.」 아르까지가 설명했다.

「결국 마찬가지 의미 아닌가?」 빠벨 뻬뜨로비치가 물었다.

「아니, 마찬가지는 아닙니다. 니힐리스트는 어떤 권위 앞에서도 고개 숙이지 않고 제아무리 존중받는 원칙이라 해도 받아들이지 않는 사람이지요.」

「그래서, 그게 좋다는 말이냐?」 빠벨 뻬뜨로비치가 물었다.

「그거야 사람마다 다르지요, 큰아버지. 어떤 사람한테는 좋고 또 어떤 사람한테는 아주 나쁘겠죠.」

「바로 그거야. 우리한테는 맞지 않는 것 같다. 우리 구세대들은 원칙(아르까지가 이 단어를 첫음절에 강세를 넣어 강하게 발음한 반면 그는 프랑스어식으로 부드럽게 발음했다), 그러니까 네 표현을 빌려서 말하자면 받아들이는 원칙 없이는 한 발짝 걸을 수도, 숨을 쉴 수도 없다고 생각하는 사람들이니 말이다. 너희들은 그 모든 걸 바꿔 버렸구나 *Vous avez changé tout cela*. 신께서 너희에게 건강과 장군 직위를 내려 주시길 빈다.[7] 우리는 그저 지켜보도록 하지. 너희를…… 그 뭐라고 했지?」

「니힐리스트입니다.」 아르까지가 또렷한 발음으로 말했다.

「그래, 옛날에는 헤겔학파가 있더니 이제는 니힐리스트구

---

7 그리보예도프의 희곡 「지혜의 슬픔」에서 인용한 말.

나. 너희가 공허에서, 그 진공의 공간에서 어떻게 존재할지 지켜보겠다. 자, 니꼴라이, 벨을 좀 울려 다오. 코코아를 마실 시간이야.」

니꼴라이 뻬뜨로비치가 벨을 누르고 소리쳐 불렀다.「두냐샤!」하지만 두냐샤 대신 페니치까가 테라스에 나타났다. 스물셋쯤 된 젊은 여자로 희고 부드러운 피부에 검은 머리카락과 눈동자, 어린 아이처럼 도톰하고 붉은 입술, 가녀린 손이 인상적이었다. 사라사 옷을 단정하게 차려입고 둥근 어깨에는 하늘색 새 숄을 걸쳤다. 페니치까는 들고 온 커다란 코코아 잔을 빠벨 뻬뜨로비치 앞에 놓았다. 몹시 수줍어하는 모습이었다. 아름다운 얼굴의 얇은 피부 아래로 뜨거운 피가 진홍빛 파도처럼 몰렸다. 페니치까는 눈을 내리깔고 손가락 끝으로 탁자에 몸을 의지한 채 멈춰 섰다. 그 자리에 있는 것이 몹시 무안하지만 동시에 테라스에 나올 권리 또한 가졌다고 생각하는 듯한 모습이었다.

빠벨 뻬뜨로비치가 눈썹을 찡그렸다. 니꼴라이 뻬뜨로비치는 당황한 빛이 역력했다.

「어서 오시오, 페니치까.」니꼴라이 뻬뜨로비치가 웅얼거리며 인사했다.

「안녕히 주무셨어요?」페니치까는 크지 않으면서도 낭랑한 목소리로 대답하더니 다정하게 미소 짓는 아르까디의 얼굴을 슬쩍 쳐다보고 조용히 물러났다. 살짝 비틀거리는 듯한 걸음걸이였지만 그조차 잘 어울렸다.

잠시 테라스에는 정적이 흘렀다. 코코아를 마시던 빠벨 뻬뜨로비치가 갑자기 고개를 들더니 나직이 말했다.「저기 니힐리스트 양반이 오시는군.」

정원의 꽃밭 길을 따라 바자로프가 걸어오고 있었다. 아마 포로 지은 윗옷과 바지가 진흙투성이였다. 낡아 빠진 둥근 모자 윗부분에는 늪지 식물이 잔뜩 달라붙어 있었고 오른손에 든 자그마한 자루 안에서는 무언가가 꿈틀거리며 움직였다. 바자로프는 재빨리 테라스로 다가와 고개 숙여 인사했다.

「안녕히들 주무셨습니까? 차 마시는 시간에 늦어서 죄송합니다. 금방 다시 돌아오겠습니다. 잡아 온 놈들을 좀 처리해야 해서요.」

「그건 뭔가, 두꺼비인가?」 빠벨 뻬뜨로비치가 물었다.

「아니, 개구리입니다.」

「먹으려는 건가, 기르려는 건가?」

「실험용입니다.」 바자로프는 아무렇지도 않게 대답하고는 집 안으로 사라졌다.

「개구리를 해부할 모양이로군.」 빠벨 뻬뜨로비치가 말했다. 「원칙은 믿지 않아도 개구리는 믿는다는 게지.」

아르까디가 유감스럽다는 듯 큰아버지를 바라보았다. 니꼴라이 뻬뜨로비치는 어깨를 살짝 으쓱했다. 빠벨 뻬뜨로비치도 농담이 통하지 않았다는 것을 느끼고 영지 경영과 새로운 관리인에 대한 이야기를 시작했다. 마침 관리인이 바로 전날 찾아와 하인 포마가 도대체 말을 듣지 않고 말썽만 부린다고 하소연을 했던 것이다. 그는 이렇게 말했었다. 〈포마란 놈은 이솝[8]이나 다름없다니까요. 사방을 돌아다니며 자기가 바보라는 걸 광고하니까요. 좀 더 나이를 먹으면 나아지려나요, 원.〉

---

8 고대 그리스의 동화 작가 이솝은 노예 출신이었다고 전한다.

6

 바자로프는 돌아와 자리에 앉더니 서둘러 차를 마시기 시작했다. 형제는 말없이 그를 바라보았고 아르까디는 아버지와 큰아버지의 안색을 번갈아 살폈다.
「멀리 나갔었나?」 니꼴라이 뻬뜨로비치가 입을 열었다.
「사시나무 숲 옆에 늪이 있더군요. 참, 거기서 도요새를 다섯 마리쯤 놓쳐 버렸습니다. 아르까디 자네라면 다 잡았을 텐데.」
「사냥에는 소질이 없는 모양이군.」
「그렇습니다.」
「물리학을 전공하는 건가?」 이번에는 빠벨 뻬뜨로비치가 물었다.
「물리학이라, 그렇습니다. 자연 과학을 전공한다고 보시면 됩니다.」
「게르만인들이 최근 그 분야에서 많은 성과를 낸다고들 하던데.」
「네, 거기서는 독일인들이 우리 선생입니다.」 바자로프가 무심히 대답했다.

빠벨 뻬뜨로비치가 〈독일인〉 대신 굳이 〈게르만인〉이라는 표현을 쓴 것은 비꼬기 위함이었지만 그 점을 눈치챈 사람은 아무도 없었다.

「자네는 독일인들을 참으로 높이 평가하는 모양이군?」 빠벨 뻬뜨로비치가 일부러 예의를 차리는 말투로 물었다. 은근히 부아가 나기 시작한 참이었다. 바자로프의 거리낌 없는 태도가 그의 귀족적 기질을 건드린 것이다. 의사 아들 주제에 어려워하기는커녕 심드렁하게 대충대충 대답을 하는가 하면 목소리는 거칠고 뻔뻔스럽기까지 했다.

「그곳 학자들은 실력이 뛰어나거든요.」

「그렇겠지. 그러면 러시아 학자들은 그 정도 호평을 받기는 힘들다는 거가?」

「그건 그렇지요.」

「참으로 칭찬할 만한 겸손이구먼.」 빠벨 뻬뜨로비치가 몸을 곧추세우고 고개를 뒤로 뺐다. 「방금 아르까디가 말해 준 바에 따르면 자네는 어떤 권위도 인정하지 않는다고? 권위를 믿지도 않고?」

「대체 왜 인정해야 하죠? 믿어야 하는 이유는 어디에 있고요? 저는 이치에 맞는 사실에 대해서만 인정할 뿐입니다.」

「독일인들은 이치에 맞는 사실만 말하던가?」 빠벨 뻬뜨로비치는 저 멀리 구름 뒤쪽에서 지켜보는 듯 냉담한 표정으로 되물었다.

「반드시 그런 것은 아닙니다.」 바자로프는 하품을 참으며 대답했다. 입씨름을 계속하고 싶지 않은 것이 분명했다.

빠벨 뻬뜨로비치는 〈네 친구는 참으로 예의바르구나!〉라고 비꼬기라도 하듯 아르까디를 바라보았다.

「내 입장은 말일세……」 그는 힘들여 다시 말을 시작했다. 「못된 생각인 줄은 알지만, 독일인이 싫다는 거야. 러시아의 독일인들이 말할 가치도 없을 정도로 하찮은 존재라는 건 누구나 알지. 하지만 독일에 있는 독일인 역시 못마땅해. 예전에는 그래도 실러나 괴테 같은 인물이 있었지……. 여기 내 동생은 특히 그 사람들을 좋아하기도 하고……. 하지만 지금은 화학자 아니면 유물론자들뿐이니ー」

「유능한 화학자는 그 어떤 시인과 비교하더라도 스무 배는 더 가치가 있습니다.」 바자로프가 말을 가로챘다.

「아, 그렇군.」 빠벨 뻬뜨로비치는 졸음이 오는 듯 간신히 눈꺼풀을 들어 올렸다. 「그럼 자네는 예술을 인정하지 않겠군?」

「돈을 벌어들이는 예술이나 치질이나 일으키는 예술이라면, 그렇습니다.」 바자로프가 피식 웃으며 말했다.

「그래그래, 그게 자네 식 농담이군. 자네는 그렇게 모든 것을 거부하는 건가? 과학 하나만 믿는다는 건가?」

「이미 말씀드렸듯 저는 아무것도 믿지 않습니다. 과학, 한마디로 뭉뚱그린 과학이란 게 대체 뭡니까? 각종 기술이 그렇듯 과학에도 종류마다 이름이 있습니다. 관념적인 과학이라는 건 존재하지 않지요.」

「잘 알겠네. 그럼 사람들이 생활 속에서 받아들이는 규칙이나 관습 같은 것에 대해서도 마찬가지로 부정적인가?」

「이거 뭐, 심문하시는 겁니까?」 바자로프가 물었다.

빠벨 뻬뜨로비치의 낯빛이 조금 창백해졌다……. 니꼴라이 뻬뜨로비치가 황급히 대화에 끼어들었다.

「이 문제에 대해서는 앞으로 좀 더 구체적으로 이야기를 나누도록 하세. 자네 의견을 더 듣고 또 우리 의견도 밝히고 말이야. 어쨌든 자네가 자연 과학을 전공한다니 몹시 반갑네. 독일의 리비히가 비료에 대해 놀라운 발견을 해냈다고 하더군. 자네가 내 농업 연구를 도와주고 귀중한 조언도 해준다면 고맙겠네.」

「기꺼이 도와 드리겠습니다, 니꼴라이 뻬뜨로비치. 하지만 리비히를 알자면 갈 길이 멀군요. 먼저 철자부터 배워야 내용을 이해할 수 있을 텐데 우리는 첫 글자도 제대로 알지 못하는 상태이니 말입니다.」

니꼴라이 뻬뜨로비치는 〈이 친구, 정말로 니힐리스트다운데〉라고 생각하며 말했다. 「기회를 봐서 도움을 청하겠네. 자, 형님, 이제 우리는 관리인을 만나러 가십시다.」

빠벨 뻬뜨로비치가 의자에서 몸을 일으켰다.

「그래.」 그는 아무도 바라보지 않으면서 말했다. 「위대한 지성들로부터 멀리 떨어져 5년 동안이나 이렇게 시골에 처박혀 지내다니, 불행한 일이야! 누구라도 바보가 되어 버리고 말걸. 배운 것을 잊지 않으려 애쓴다 해도 소용없지. 분별 있는 사람이라면 그런 시시한 일에 매달리지 않는다느니, 시대에 뒤떨어진 존재라느니 하는 소리나 듣게 되거든. 어쩌면 좋을까! 젊은이들이 분명 우리보다 현명한 모양이니.」

빠벨 뻬뜨로비치는 휙 돌아서더니 천천히 걸어 나갔다. 니꼴라이 뻬뜨로비치도 뒤를 따랐다.

「자네 큰아버지는 늘 저러신가?」 두 형제 뒤로 문이 닫히자마자 바자로프가 냉랭한 말투로 아르까디에게 물었다.

「예브게니, 자네가 지나치게 날카롭게 굴었어. 큰아버지는 마음이 상하신 거야.」 아르까디가 말했다.

「그래서, 저런 시골 귀족 나리들의 비위를 맞춰 드려야 한다는 건가? 자기만족에 허례, 과시뿐이지 않은가! 그런 성격이라면 뻬쩨르부르그에서 계속 활약하시는 게 더 좋을 뻔했어……. 뭐, 이 얘기는 그만두세! 난 디티스쿠스 마르기나투스*dytiscus marginatus*라고, 꽤 드문 물방개를 잡았다네. 보여 줌세.」

「참, 내가 설명해 주겠다고 했었지.」 아르까디가 말을 시작했다.

「물방개에 대해서?」

「농담은 그만두게. 우리 큰아버지에 대해서 말이야. 자네가 생각하는 그런 분은 아니라는 걸 알게 될 거야. 비웃기보다는 동정해야 할 분이라네」

「그럼 어디 해보게. 왜 그렇게 큰아버지에게 마음을 쓰는 건가?」

「공정해야 하네, 예브게니.」

「무슨 뜻인가?」

「자, 들어 보게…….」

아르까디는 큰아버지의 내력을 이야기해 주었다. 독자들은 다음 장에서 그 내용을 알게 될 것이다.

7

빠벨 뻬뜨로비치 끼르사노프는 남동생 니꼴라이와 마찬가지로 처음에는 집에서, 다음에는 군사 학교에서 교육을 받았다. 어린 시절부터 빼어난 외모로 주목을 받았던 그는 자신감 있고 다소 냉소적인 성격에 적당한 유머 삼삭까지 갖춘, 모두에게 환영받는 유형이었다. 그는 장교가 되자마자 사방에 얼굴을 내밀기 시작했다. 모두의 호감을 사고 있었으므로 버릇없이 굴거나 바보같이 행동하거나 심지어는 거드름을 피워도 문제없었다. 여자들은 체면도 잊은 채 그에게 빠져들었고 남자들은 그를 허풍쟁이라 놀리면서도 속으로는 시기했다. 앞서 말했듯 그는 동생과 함께 살았는데, 닮은 데라곤 전혀 없는 동생을 진심으로 사랑했다. 살짝 다리를 저는 동생 니꼴라이 뻬뜨로비치는 자그마한 이목구비에 약간 우울해 보이긴 해도 호감을 주는 인상이었다. 크지 않은 눈은 검은색이었고 머리카락은 가늘고 부드러웠다. 게으른 편이었지만 독서에는 열심이었고 사교 생활을 두려워했다.

반면 빠벨 뻬뜨로비치는 집에서 저녁 시간을 보내는 날이 단 하루도 없었으며 스스로의 기민함과 대담함을 자랑스러위했으나(그는 사교계 청년들 사이에 체조를 유행시키기까지 했다) 읽은 책이라고는 프랑스 서적 대여섯 권이 고작이었다. 스물여덟에 일찌감치 대위로 진급한 그의 미래는 장밋빛이었다. 그러다가 갑자기 모든 것이 바뀌고 말았다.

당시 뻬쩨르부르그 사교계에 간혹 나타나는 R이라는 귀부인이 있었다. 그 남편은 교육을 잘 받아 예의는 바르지만 머리가 좀 모자란 사람이었고 둘 사이에 아이는 없었다. 부인은 돌연 외국으로 떠났다가 또 갑자기 러시아로 돌아오는 기묘한 생활을 했다. 〈행실이 경박한 요부〉라는 평판을 들으며 온갖 오락거리에 탐닉했고 쓰러질 때까지 춤을 추거나 어둑한 응접실에서 젊은이들과 어울려 깔깔거리며 농담을 했다. 하지만 밤이면 그 무엇으로도 마음을 달랠 수 없다는 듯 눈물을 흘리며 기도를 올리고 새벽까지 두 손을 비틀며 방 안을 서성대거나 파리하고 차디찬 모습으로 앉아 「시편」을 읽었다. 새날이 시작되면 또다시 사교계 귀부인으로 돌아와 외출을 하고 웃고 수다를 떨며 눈곱만큼이라도 즐거움을 주는 것이라면 무엇에든 빠져들곤 했다. 몸매는 놀랍도록 훌륭했고 풍성한 금발은 마치 황금처럼 무릎 아래까지 흘러내렸지만 미인이라 부를 수는 없었다. R 부인의 얼굴에서 아름다운 것은 오직 눈, 그것도 그리 크지 않은 회색 눈 자체가 아닌 수수께끼 같은 시선이었다. 그 시선은 날쌔면서도 깊었고 용감하다 싶을 정도로 태연자약했으며 우울해 보일 정도로 깊은 생각에 잠겨 있기도 했다. 부인의 혀가 아무리 바보 같은 소리를 지껄이는 순간에도 그 시선에는 무언가 범상치 않은 빛이 감돌았다. R 부인은 언제나 멋지게 차려입었다. 빠벨 뻬뜨로비치는 무도회에서 부인을 만나 함께 마주르카를 추었는데 그동안 분별 있는 말이라고는 단 한 마디도 하지 않은 부인을 열렬히 사랑하게 되었다. 상대의 마음을 차지하는 데 능숙했던 그는 곧 목적을 달성했지만 손쉬운 승리는 열정을 식히지 못했다. 오히려 반대로, 그는 더욱 괴롭고 더욱 강하게 부인에게 빠져들었다. 상대의 품에 완전히 몸을 내맡긴 순간조차 부인에게는 누구도 뚫고 들어갈 수 없는 비밀스러운 무언가가 남아 있는 듯했다. 그 영혼 속에 무엇이 있는지는 신만이 아실 일이었다! 부인 자신도 모를 비밀스러운 힘에 사로잡혀 있다고나 할까. 그 힘은 마음대로 부인을 농락했고 부인의 얕은 지혜로는 그 힘의 변덕을 당해 낼 수 없었다. 부인의 행동은 모순투성이였다. 예를 들어 남편의 의심을 사기에 딱 좋은 편지를 잘 알지도 못하는 사람에게 써 보내는 식이었다. 하지만 부인의 사랑은 슬픔을 담고 있었다. 부인은 자신이 선택한 남자와는 웃거나 농담도 하지 않았고 그저 망설이는 표정으로 바라보며 귀를 기울일 뿐이었다. 때로 그 망설임은 갑자기 싸늘한 공포로 변하기도 했다. 그러면 부인은 사색이 되어 침실에 틀어박혔고 문틈으로 가져다 댄 하녀의 귀에는 소리 죽인 흐느낌만 들려왔다. 달콤한 만남을 끝내고 집으로 돌아온 다음에도 빠벨 뻬뜨로비치는 마치 완전히 실패해 가슴이 찢어지는 듯한 괴로움을 느끼곤 했다. 〈난 대체 뭘 더 원하는 걸까?〉 그는 자문해 보았지만 마음만 아팠다. 어느 날 그는 스핑크스가 새겨진 보석 반지를 부인에게 선물했다.

「이게 뭐죠?」 부인이 물었다. 「스핑크스인가요?」

「그렇습니다, 이 스핑크스는 바로 부인입니다.」

「저라고요?」 부인은 반문하며 그 수수께끼 같은 시선을 천천히 그에게 던졌다. 「이거 정말 영광이군요.」 부인은 살짝 미소를 지었지만 시선은 여전히 불가사의했다.

R 부인의 사랑을 받는 동안에도 괴로워하던 빠벨 뻬뜨로비치는 얼마 지나지 않아 부인이 냉담해지자 그야말로 미친 사람이 되어 버렸다. 그는 고통을 이기지 못했고 질투심에 불타 어디든 부인을 뒤따라다니며 못살게 굴었다. 부인은 넌더리가 나서 외국으로 떠나 버렸다. 그러자 그는 친구들의 만류에도, 상관의 조언에도 아랑곳없이 전역하여 부인의 뒤를 쫓았다. 부인을 뒤따르기도 하고, 애써 잊으려고도 하면서 해외를 떠도는 생활이 4년 동안 이어졌다. 그는 부끄러웠고 자신의 나약함에 분노하기도 했지만…… 별수 없었다. 수수께끼 같고 거의 바보스러워 보이는, 그러면서도 매력적인 부인의 모습은 그의 영혼에 너무도 깊이 뿌리를 내렸던 것이다. 독일 남부 바덴에서, 어찌된 일인지 두 사람은 다시 함께 지내게 되었다. 부인도 전에 없이 그를 열렬히 사랑했다……. 하지만 한 달 후 모든 것이 끝나고 말았다. 꺼지기 전 마지막 불꽃이 활활 타오른 셈이었다. 피할 수 없는 이별을 예감한 그는 부인의 친구로라도 남고 싶었지만 그런 여인과의 우정은 불가능했다……. 부인은 조용히 바덴을 떠났고 이후로는 계속 그를 피해 다녔다. 빠벨 뻬뜨로비치는 러시아로 돌아와 예전처럼 살려 했으나 이미 본래의 궤도로 돌아갈 수는 없는 상태였다. 무엇에 홀린 듯 그는 이곳저곳을 떠돌았다. 다시 사교계에 나갔고 몸에 익은 방식대로 행동하며 새롭게 두세 명의 여인을 만나기도 했다. 하지만 이미 스스로에 대해서도, 남들에 대해서도 기대하는 바가 없었고 아무 일도 하려 들지 않았다. 그는 갑자기 늙어 버려 머리가 세었고, 밤마다

클럽에 나가 원통함과 무료함에 빠지거나 독신자들과 해도 그만 안 해도 그만인 말싸움을 벌이며 시간을 보냈는데 두말할 것 없이 이는 나쁜 징조였다. 결혼 같은 것은 물론 생각조차 하지 않았다. 그렇게 아무 성과도 보람도 없이 빠르게, 가혹할 정도로 빠르게 10년이라는 세월이 흘렀다. 러시아에서처럼 시간이 빨리 흐르는 곳은 없다. 감옥에서는 한층 더 빠르다고들 한다. 어느 날 클럽에서 저녁 식사를 하던 빠벨 뻬뜨로비치는 R 부인의 사망 소식을 접했다. 정신 착란이나 다름없는 상태로 파리에서 숨을 거두었다는 것이다. 그는 자리에서 일어나 한참 동안 클럽 안 이 방 저 방을 오갔고 카드놀이 판 옆에 못 박힌 듯 멈춰 서기도 했으나 평소보다 일찍 집으로 돌아가지는 않았다. 얼마 후 그는 소포를 받았다. 자신이 R 부인에게 선물했던 반지가 들어 있었다. 부인은 스핑크스 위에 십자가 모양을 새기고 그 십자가가 수수께끼의 해답이라는 말을 전하게 했던 것이다.

그때가 1848년 초, 니꼴라이 뻬뜨로비치가 상처하고 뻬쩨르부르그에 와 있던 때였다. 빠벨 뻬뜨로비치는 동생이 시골에 사는 동안 거의 만나지 못했다. 니꼴라이 뻬뜨로비치가 결혼한 것이 빠벨 뻬뜨로비치가 R 부인을 처음 만났던 바로 그 무렵이었기 때문이다. 해외에서 돌아온 직후 그는 동생 집에서 두 달 정도 머물며 행복한 모습을 지켜보려 했지만 겨우 일주일 만에 떠나고 말았다. 두 형제의 처지가 너무도 달랐던 탓이다. 1848년에는 그 격차가 줄어들었다. 니꼴라이 뻬뜨로비치는 아내를 잃었고 빠벨 뻬뜨로비치는 추억을 잃었다. R 부인이 죽은 후로 빠벨 뻬뜨로비치는 부인에 대한 생각을 떠올리지 않으려 애썼다. 그래도 후회 없는 삶을 돌아보고 아들이 자라는 모습도 지켜볼 수 있었던 동생과 달리 형 빠벨은 외로운 독신자로 불안한 황혼기에 접어드는 상황이었다. 청춘은 지났지만 노년은 아직 찾아오지 않은 희망 비슷한 비애, 비애 비슷한 희망의 시기 말이다.

과거를 잃으면서 모든 것을 함께 잃은 빠벨 뻬뜨로비치로서는 다른 누구보다도 힘든 시기였다.

「이제는 형님을 마리노에 초대하지 않겠어요.」 어느 날 니꼴라이 뻬뜨로비치가 말했다(아내를 기려 마을 이름을 그렇게 바꾼 것이었다). 「아내가 살아 있을 때에도 지루하게 지내셨는데 이젠 울적함에 돌아가시기라도 할까 두렵군요.」

「그때는 내가 아직 어리석고 쓸데없는 생각이 많았지.」 빠벨 뻬뜨로비치가 대답했다. 「이제는 마음이 가라앉았단다. 조금은 현명해지기도 했고. 너만 괜찮다면 아예 너희 집에서 정착해 살아도 좋겠는걸.」

니꼴라이 뻬뜨로비치는 대답 대신 형을 얼싸안았다. 하지만 이 대화가 있은 후 빠벨 뻬뜨로비치가 결심을 실행에 옮기기까지는 반년이라는 시간이 지나야 했다. 그렇게 하여 마을로 옮겨 간 그는 동생이 뻬쩨르부르그의 조카에게 가서 세 차례나 겨울을 지내는 동안에도 집을 떠나지 않았다. 그는 책을 읽기 시작했는데 주로 영문학이었다. 영국식 생활 방식을 고수하는 그는 이웃을 만나는 일이 드물었고 선거 때에나 외출을 했는데 그런 경우에도 주로 침묵을 지키다가 간혹 자유주의적인 언행으로 구세대 지주들을 깜짝 놀라게 할 뿐이었다. 하지만 그렇다고 신세대와 가까이 지내는 것도 아니었다. 구세대나 신세대 모두 그를 거만하다고 여겼지만 존경하기도 했다. 빼어난 귀족적 행동거지, 어느 여자든 굴복시키고 말았다는 전설, 세련된 옷차림에 언제나 최고급 여관의 최고급 객실에 머무른다는 점, 음식에 대해 해박하고 프랑스 루이 필리프 궁정에서 웰링턴 장군과 함께 식사한 경험까지 있다는 점, 어딜 가든 진짜 은으로 만든 화장 도구 가방과 이동식 욕조를 가지고 다닌다는 점, 늘 멋진 향수 냄새를 풍긴다는 점 덕분에 얻은 존경이었다. 마지막으로 흠잡을 데 없는 깔끔한 처신도 그 이유가 되었다. 우수에 싸인 매력적인 신사를 향한 부인네들의 관심에 그는 전혀 반응을 보이지 않았던 것이다…….

「이제 알겠나, 예브게니.」 아르까디가 이야기를 마무리 지었다. 「큰아버지에 대한 자네의 판단이 얼마나 공정하지 못했는지를 말이야! 큰아버지가 있는 돈을 다 내주며 아버지를 곤경에서 구해 주신 일이 몇 번이나 있었는지는 굳이 얘기 안 하겠네. 혹시 모를까 봐 덧붙이자면 영지 소유권도 갖지 않으셨어. 큰아버지는 누구든 기꺼이 도우려 하시고 무엇보다 농민들 편이 되어 주시지. 물론 농부들과 이야기할 때면 인상을 찌푸리며 자꾸 당신의 향수 냄새를 맡긴 하시지만—」

「그럴 만해, 예민한 분이니.」 바자로프가 끼어들었다.

「그래, 하지만 마음은 더할 나위 없이 좋으셔. 현명하시고. 귀중한 조언도 여러 번 해주셨지. 특히…… 특히 여자 문제와 관련해서 말이야.」

「아하, 당신 인생을 망치고 나서는 남들에게 조언을 하시는군. 뭐, 다 그런 거지.」

「한마디로 큰아버지께서는 크나큰 불행을 겪으셨네. 그런 분을 모욕하는 건 잘못이야.」

「누가 모욕했다는 건가?」 바자로프가 반박했다. 「그리고 여인의 사랑이라는 카드에 온 인생을 걸었다가 그 카드를 놓치고 자포자기로 무엇 하나 하지 못하는 상황에 이른 사람은 남자도, 대장부도 아니라고 나는 말하고 싶네. 자네는 큰아버지가 불행하다고 했지. 물론 자네가 가장 잘 알겠지. 하지만 큰아버지는 아직 어리석음을 완전히 떨치지 못했네. 자네 큰아버지는 자기가 「갈리냐니」를 읽고 한 달에 한 번 농부들의 채찍 형벌을 면해 주는 것으로 충분히 훌륭한 사람이라고 생각할 게 틀림없어.」

「큰아버지가 살아온 시대나 그때 받았던 교육은 염두에 두어야지.」 아르까디가 말했다.

「교육?」 바자로프가 반문했다. 「사람은 스스로 자신을 교육해야 하는 거야. 예를 들어 나만 해도 그렇지. 내가 왜 이 시대에 의존해야 하나? 시대가 내게 의존하도록 만드는 게 훨씬 낫네. 아니, 이건 다 쓸데없는 생각이야. 요점으로 돌아가세. 남녀 간의 신비로운 관계란 게 대체 뭔가? 우리 같은 생리학자는 그 관계가 무엇인지 알아. 자네도 눈의 해부학적 구조를 공부해 보게나. 자네가 얘기한 수수께끼 같은 시선은 어디서 나오지? 그건 다 낭만적 헛소리, 진부한 미학일세. 이제 물방개를 보러 가는 게 좋겠어.」

두 친구는 바자로프의 방으로 갔다. 그 방에는 벌써 병원 외과 수술실 냄새가 값싼 담배 냄새와 뒤섞여 배어 있었다.

8

빠벨 뻬뜨로비치는 동생과 관리인의 면담 자리에 오래 끼어 있지 않았다. 키 크고 마른 몸집에 폐병 환자처럼 목소리가 가늘고 눈빛이 교활한 관리인은 니꼴라이 뻬뜨로비치가 무슨 말을 하든 〈당치도 않습니다, 더 말씀하실 것도 없습니다〉라고 대답했고 농부들을 모두 주정뱅이나 도둑놈으로 몰았다. 최근 새롭게 마련한 영지 관리 체계는 기름을 치지 않은 마차 바퀴처럼 삐걱거렸고 말리지 않은 목재로 대충 만든 가구처럼 여기저기가 갈라졌다. 절망하지는 않았지만 니꼴라이 뻬뜨로비치는 자주 한숨을 쉬고 생각에 잠겼다. 돈이 없으면 일이 굴러가지 않을 상황인데 돈은 거의 다 떨어진 판이었다. 아르까디의 말대로 빠벨 뻬뜨로비치는 동생을 여러 차례 도와 왔다. 어떻게 문제를 해결하면 좋을지 몰라 골머리를 앓는 동생을 보면 천천히 창가로 다가가 주머니에 손을 쑤셔 넣은 채 슬며시 〈*Mais je puis vous donner de l'argent*(내가 돈을 줄 수 있단다)〉라고 중얼거린 후 돈을 건네주었던 것이다. 하지만 그날은 그에게도 돈이 없었으므로 그냥 물러서기로 했다. 영지 관리의 자잘한 골칫거리 때문에 그는 우울했다.

동생 니꼴라이 뻬뜨로비치가 나름대로 열심이고 부지런하긴 해도 제대로 일을 처리하지 못한다는 생각이었다. 하지만 무얼 잘못하고 있는지 꼬집어 말할 수도 없었다. 〈아우는 실무 능력이 부족해, 그래서 속고만 있는 거야〉라고 생각할 따름이었다. 반면 니꼴라이 뻬뜨로비치는 형의 실무 능력을 높이 평가해 늘 그에게 조언을 구하곤 했다. 「저야 마음도 약하고 평생 촌구석에 묻혀 지낸 사람이잖아요…….」 그는 이렇게 말하곤 했다. 「하지만 형님은 사람들과 많이 어울리셨으니 잘 아시겠죠. 매처럼 눈도 날카로우시고요.」 빠벨 뻬뜨로비치는 대답 대신 외면하기 일쑤였지만 그래도 동생의 믿음을 저버리지는 않았다.

니꼴라이 뻬뜨로비치를 서재에 남겨 둔 채 그는 집 뒤쪽과 앞쪽을 가르는 복도를 따라 걷다가 야트막한 문 앞에 이르렀다. 잠시 멈춘 채 주저하던 그는 콧수염을 쓰다듬고는 문을 두드렸다.

「누구세요? 들어오세요.」 페니치까의 목소리가 울렸다.

「납니다.」 빠벨 뻬뜨로비치가 대답과 함께 문을 열었다.

페니치까는 아이를 안은 채 앉아 있다가 벌떡 일어나 아이를 두냐샤에게 안겼다. 두냐샤는 지체 없이 아이를 데리고 방에서 나갔고 페니치까는 머릿수건을 고쳐 맸다.

「방해가 되었다면 미안하오.」 빠벨 뻬뜨로비치가 상대를 쳐다보지도 않은 채 입을 열었다. 「부탁할 것이 있어서……. 오늘 시내로 물건을 사러 보내는 날이니까……. 녹차를 좀 사 오라고 해줘요.」

「알겠습니다. 얼마나 사면 될까요?」 페니치까가 물었다.

「반 푼트 정도면 충분할 것 같소. 그런데 방이 좀 바뀐 것 같군.」 그는 재빨리 주변을 둘러보고 뻬니치까의 얼굴도 살피다가 무슨 소리인지 모르는 기색이자 덧붙였다. 「여기 이 커튼 말이오.」

「아, 커튼은 니꼴라이 뻬뜨로비치께서 주셨습니다. 벌써 여기 걸어 놓은 지 한참인데요.」

「내가 오래간만에 여기 온 모양이오. 이제 이 방도 아주 아늑해 보이는군.」

「니꼴라이 뻬뜨로비치 덕분입니다.」 뻬니치까가 작은 소리로 말했다.

「전에 있던 곁채보다는 여기가 더 좋지요?」 빠벨 뻬뜨로비치가 정중하게, 하지만 웃음기라고는 없는 얼굴로 물었다.

「물론 여기가 더 좋습니다.」

「전에 시내넌 곳은 누가 쓰고 있소?」

「세탁부들이 있습니다.」

「아, 그렇군.」

빠벨 뻬뜨로비치가 입을 다물었다. 〈이제 나가시겠지.〉 뻬니치까는 생각했지만 그는 움직이지 않았고 뻬니치까도 그 앞에서 손가락만 만지작거리며 못 박힌 듯 서 있었다.

「왜 아이를 내보낸 거요?」 마침내 빠벨 뻬뜨로비치가 입을 열었다. 「난 아이를 좋아하오. 좀 보여 주시오.」

당황스러우면서도 기쁜 마음에 뻬니치까의 얼굴이 홍당무가 되었다. 자기에게 말을 거는 일이 거의 없는 빠벨 뻬뜨로비치를 두려워하고 있었던 것이다.

「두냐샤, 미챠를 데려와요!」 뻬니치까가 외쳤다(뻬니치까는 집안사람들 모두에게 존대를 했다). 「아니, 그냥 거기 잠깐만 있어요. 옷을 갈아입혀야 하니까.」

페니치까가 문 쪽으로 다가갔다.

「굳이 그럴 필요 없는데.」 빠벨 뻬뜨로비치가 말했다.

「잠깐이면 됩니다.」 페니치까가 재빨리 방을 나갔다.

혼자 남게 되자 빠벨 뻬뜨로비치는 찬찬히 주위를 둘러보았다. 천장이 낮은 자그마한 방은 무척 깨끗하고 아늑했다. 새로 칠한 바닥의 페인트 냄새, 서양 국화 향기, 새콤한 약초 향이 났다. 벽에는 등이 우아하게 구부러진 의자들을 붙여 놓았는데 바로 고(故) 끼르사노프 장군이 폴란드 원정 때 사 온 것이었다. 한구석에는 철 죔쇠가 달리고 뚜껑이 둥그런 옷궤가, 그 옆으로 모슬린 휘장이 달린 작은 침대가 놓였다. 반대편 구석에는 기적을 일으키는 성 니꼴라이의 커다란 검은 성상이 서 있었는데 그 앞에 등불이 켜져 있었다. 성상 가슴께에는 사기로 만든 아주 작은 채색 달걀이 붉은 끈에 묶인 채 매달려 있었다. 창가에는 지난해에 만들어 정성 들여 봉해 둔 잼 병들이 나란히 섰는데 바깥의 빛이 비쳐 유리병은 녹색을 띠었다. 병뚜껑에는 페니치까가 커다란 글씨로 〈구스베리〉라고 써두었다. 니꼴라이 뻬뜨로비치가 특히 좋아하는 잼이었다. 짧은꼬리방울새 새장이 긴 끈으로 천장에 매달려 있었다. 끊임없이 움직이며 지저귀는 새 때문에 새장은 계속 흔들리는 중이었다. 모이통에서 삼씨 몇 알이 바닥에 떨어지며 가볍게 소리를 냈다. 벽에 붙여 놓은 크지 않은 서랍장 위쪽에는 다양한 자세로 찍은 니꼴라이 뻬뜨로비치의 사진이 걸려 있었다. 떠돌이 사진사가 찍은 그 사진은 선명도가 형편없었다. 옆에 걸린 페니치까의 사진은 한층 더했다. 검은 테두리 안쪽의 얼굴에는 어째 눈이 없는 듯했고 억지 미소를 짓고 있다는 것 외에는 아무것도 알아볼 수 없었다. 페니치까의 사진 위쪽에는 산양 가죽 망토를 두르고 찡그린 얼굴로 머나먼 까프까스 산맥을 바라보는 예르몰로프[9] 장군의 사진도 있었다. 장화 모양의 비단 바늘꽂이가 장군의 이마 위까지 늘어져 있었다.

5분가량이 흘렀다. 옆방에서 옷 스치는 소리와 소곤거리는 소리가 들렸다. 빠벨 뻬뜨로비치는 장롱 위에서 손때 묻고 다 떨어진 낡은 책, 마살스끼의 역사 소설 『궁사들』을 집어 들고는 몇 페이지 넘겨 보았다……. 그때 방문이 열리고 페니치까가 미챠를 안은 채 들어왔다. 목 주변에 레이스가 달린 빨간 옷을 입고 머리를 빗고 세수도 한 미챠는 건강한 아이가 으레 그러하듯 숨을 헉헉대며 작은 두 팔을 버둥거렸다. 그래도 멋진 빨간 옷이 마음에 들었는지 오동통한 몸 전체로 만족감을 드러내고 있었다. 페니치까도 머리를 빗고 머릿수건을 새로 묶었는데 좀 전 모습 그대로도 좋았으리라. 젊고 아름다운 어머니가 건강한 아이를 안고 있는 것만큼 매력적인 모습이 세상에 또 있겠는가?

「토실토실 건강하군.」 빠벨 뻬뜨로비치가 부드럽게 말하며 집게손가락의 긴 손톱 끝으로 미챠의 이중 턱을 간질였다. 아이는 방울새를 쳐다보며 미소 지었다.

「큰아버님이셔.」 페니치까가 아이 쪽으로 자기 얼굴을 돌리고는 살짝 얼러 주면서 말했다. 그동안 두냐샤는 창가에 불붙은 향초를 세우고 동전으로 밑을 받쳤다.

「이제 몇 개월 된 거죠?」 빠벨 뻬뜨로비치가 물었다.

「6개월입니다. 이번 11일이면 7개월이 되지요.」

---

9 Aleksey Petrovich Yermolov(1772~1861). 러시아의 장군으로 1812년 조국 전쟁에 참전하였고 이후 까프까스 소요 사태를 진압하였다.

「8개월이 아니고요, 페도시야 니꼴라예브나?」 두냐샤가 망설이며 끼어들었다.

「아니, 7개월이지요. 무슨 엉뚱한 소리예요?」

미챠가 다시 미소 지으며 옷궤 쪽을 바라보다가 갑자기 작은 손가락 다섯개로 엄마의 코와 입술을 움켜쥐었다. 「이런, 말썽꾸러기!」 페니치까는 손가락을 떼어 낼 생각도 않은 채 말했다.

「아우를 닮았군.」 빠벨 뻬뜨로비치가 말했다.

〈그럼 누구를 닮겠어요?〉 페니치까는 생각했다.

「그래……」 스스로에게 말하듯 빠벨 뻬뜨로비치가 말을 이었다. 「틀림없이 꼭 닮았어.」

그는 물끄러미, 어쩐지 서글픈 눈빛으로 페니치까를 바라보았다.

「큰아버님이셔.」 페니치까가 다시 아이에게 말했다. 속삭임에 가까울 정도로 작은 목소리였다.

「형님, 여기 계셨군요!」 갑자기 니꼴라이 뻬뜨로비치의 목소리가 들렸다.

빠벨 뻬뜨로비치는 급히 뒤를 돌아보며 얼굴을 찡그렸지만 기쁨과 감사로 가득 찬 눈길을 던지는 동생을 보고는 미소 짓지 않을 수 없었다.

「아주 건강한 아이로구나.」 그는 이렇게 말하면서 시계를 보았다. 「차를 부탁하러 들렀단다.」

그러고서 곧 빠벨 뻬뜨로비치는 태연한 표정으로 방을 나갔다.

「형님 스스로 오신 거요?」 니꼴라이 뻬뜨로비치가 페니치까에게 물었다.

「예, 문을 두드리고 들어오셨어요.」

「그럼 아르까디는 또 오지 않았소?」

「오지 않으셨어요. 저, 다시 곁채로 옮기면 안 될까요, 니꼴라이 뻬뜨로비치?」

「아니 왜?」

「당분간은 그러는 게 좋을 것 같아서요.」

「아니…… 아니오.」 니꼴라이 뻬뜨로비치가 살짝 말을 더듬으며 이마를 문질렀다. 「그럴 거면 진작 그랬어야지……. 자, 오동통이야, 안녕?」 그는 갑자기 활기차게 말하며 아이에게 다가가 뺨에 입을 맞추었다. 그러고는 몸을 굽혀 페니치까의 손에, 미챠의 빨간 옷과 대비되어 우유처럼 희어 보이는 그 손에 입술을 가져다 댔다.

「니꼴라이 뻬뜨로비치, 뭐하시는 거예요!」 페니치까는 속삭이며 눈을 내리깔았다가 다시 살짝 치켜떴다……. 그렇게 가볍게 눈을 흘기면서 부드럽게, 약간 바보스럽게 웃을 때 그 눈에 떠오르는 표정은 매력적이었다.

니꼴라이 뻬뜨로비치가 페니치까와 알게 된 사연은 다음과 같다. 3년 전쯤 어느 날 그는 멀리 떨어진 도시의 여인숙에 머물게 되었다. 안내받은 객실은 깜짝 놀랄 정도로 깨끗했고 침구도 정갈했다. 안주인이 독일인일지도 모른다는 생각이 들었지만 알아보니 쉰 살가량 된 러시아 여인으로 생김새나 옷차림, 말투가 단정했고 지혜로워 보였다. 차를 마시며 이야기를 나눠 보니 한층 더 마음에 들었다. 당시 니꼴라이 뻬뜨로비치는 새 영지로 이사한 지 얼마 안 된 때였는데 집에서 농노를 부리기 싫어 고용할 사람을 찾던 참이었고, 여인숙 안주인은 또 안주인대로 찾아오는 손님이 적어 곤란을 겪고 있었다. 그가 가정부로 들어와 일해 보지 않겠느냐고 제안하자 안주인은 승낙했다. 일찍이 남편과 사별한 안주인에게 가족이라고는 외동딸 페니치까 하나뿐이었다. 2주 후 아리나 사비슈나(이것이 새 가정부의 이름이었다)는 딸과 함께 마리노에 도착해 곁채에 살기 시작했다. 니꼴라이 뻬뜨로비치의 선택은 성공적이었다. 아리나는 집안을 깔끔하게 관리했다. 당시 열일곱 살이었던 페니치까에 대해서는 누구도 이러쿵저러쿵 말이 없었다. 워낙 소박하고 조용히 지내는 탓에 얼굴도 보기 힘들었고 일요일 성당 회중석에서나 그 희고 가녀린 옆얼굴이 눈에 들어올 뿐이었다. 그렇게 1년 이상이 지났다.

　어느 날 아침 아리나가 서재로 들어와 평소처럼 공손히 허리를 굽혀 보이더니, 난로의 불티가 딸아이 눈에 들어갔는데 좀 봐줄 수 있겠느냐고 물었다. 시골에 틀어박혀 사는 사람들이 다 그렇듯 니꼴라이 뻬뜨로비치도 웬만한 치료는 할 줄 알았고 동종 요법 약까지 갖춰 놓고 있었다. 그는 즉시 아리나에게 딸을 데려오도록 했다. 주인 나리가 부른다는 말에 페니치까는 몹시 당황스러워하면서도 어머니를 따라왔다. 니꼴라이 뻬뜨로비치는 페니치까를 창가로 데려가 손으로 머리를 잡고 붉게 부어오른 눈을 살펴본 다음 찜질 약을 만들어 주었다. 자기 손수건을 찢어 찜질 방법을 보여 주기도 했다. 페니치까는 귀담아들은 후 나가려 했다.「나리 손에 입맞춰 드려야지, 멍청하기는.」아리나가 딸에게 말했다. 니꼴라이 뻬뜨로비치는 손을 내미는 대신 잠시 망설이다가 페니치까의 머리 가르마 부근에 입을 맞추었다. 페니치까의 눈은 곧 나았지만 니꼴라이 뻬뜨로비치에게 남은 페니치까의 인상은 그리 빨리 사라지지 않았다. 그 깨끗하고 부드러운, 그리고 두려운 듯 위로 쳐든 얼굴이 줄곧 떠올랐다. 두 손에 닿았던 부드러운 머리카락의 감촉이 느껴졌고 살짝 벌어진 입술 사이로 진주 같은 치아가 햇살을 받아 반짝거리던 모습이 아른거렸다.

그는 교회에서 열심히 페니치까 쪽을 바라보게 되었고 말을 걸려고 애썼다. 처음에 페니치까는 주인 나리를 피하려 했지만 어느 날 저녁나절 호밀 밭 사이 좁은 길에서 그와 딱 마주치고 말았다. 페니치까는 곧장 키 큰 호밀과 쑥, 들국화가 빽빽한 밭으로 숨어 버렸다. 니꼴라이 뻬뜨로비치는 황금빛 호밀 이삭 사이에서 어린 들짐승처럼 자신을 엿보는 페니치까의 머리를 쳐다보며 부드럽게 소리쳤다.

「안녕, 페니치까! 난 물어뜯지 않아요.」

「안녕하세요.」 페니치까도 작은 소리로 인사했지만 숨은 곳에서 나오지는 않았다.

페니치까는 조금씩 니꼴라이 뻬뜨로비치와 낯을 익혔지만 여전히 함께 있으면 수줍어했다. 그러다가 갑자기 어머니 아리나가 콜레라로 죽어 버렸다. 페니치까는 어디에 몸을 의탁해야 할 것인가? 어머니의 성격을 물려받아 깔끔하고 찬찬한 처녀였지만 페니치까는 갈 데 없는 외톨이였다. 그리고 니꼴라이 뻬뜨로비치는 아주 선량하고 겸손한 사람이었다. 이후의 일은 굳이 설명할 필요가 없으리라……

「그러니까, 형님이 찾아오신 거란 말이오?」 니꼴라이 뻬뜨로비치가 물었다. 「문을 두드리고 들어오셨다고?」

「네.」

「잘된 일이군. 미챠를 이리 주오, 좀 얼러 줘야지.」

니꼴라이 뻬뜨로비치는 거의 천장에 닿을 정도로 아이를

높이 들어 올렸다. 아이는 무척이나 즐거워했지만 아이 엄마는 불안한지 계속 아이 발 아래쪽으로 손을 뻗곤 했다.

빠벨 뻬뜨로비치는 자신의 멋진 서재로 돌아갔다. 회색빛 아름다운 벽지를 바른 벽에 알록달록한 페르시아 벽걸이 양탄자가 걸리고 무기도 걸려 있었다. 호두나무 가구에는 진초록 벨벳을 씌웠다. 떡갈나무 고목으로 만든 르네상스식 책장, 청동 장식품들이 놓인 훌륭한 책상, 벽난로도 자리 잡고 있었다. 소파에 몸을 던진 그는 머리 뒤로 손깍지를 낀 채 움직이지 않고 천장만 하염없이 바라보았다. 자기 얼굴 표정을 벽에게도 들키기 싫었는지 아니면 다른 이유 때문인지 모르나, 그는 벌떡 일어나 묵직한 커튼을 쳐 창문을 가린 다음 다시 소파에 누웠다.

9

바로 그날 바자로프도 페니치까와 인사를 하게 되었다. 그는 아르까디와 정원을 돌아다니며 어째서 나무들이, 특히 떡갈나무가 제대로 뿌리를 내리지 못했는지 설명했다.

「기름진 흑토를 좀 보충해 주고 여기에 사시나무를 좀 더 심도록 하게. 전나무와 보리수도 심고. 여기 정자 쪽은 아주 좋군. 아카시아나 라일락은 돌봐 주지 않아도 잘 자라지. 아, 여기 누가 있는데?」

정자에는 페네치카와 두냐샤가 미챠를 데리고 앉아 있었다. 바자로프는 걸음을 멈췄고 아르까디는 오래 사귄 친구를 대하듯 페네치카에게 고개를 끄덕여 보였다.

「누군가?」 정자를 지나치면서 바자로프가 물었다. 「대단한 미인인걸!」

「누구 말인가?」

「뻔하지 않나, 미인은 한 명 뿐이었으니.」

아르까디는 조금 주저하면서 페니치까가 누군지 간단히 설명했다.

「그렇군!」 바자로프가 말했다. 「자네 아버지 안목이 높으시군. 마음에 들었네, 자네 아버지 말일세. 대단하신걸. 그건 그렇고 인사를 해야겠군.」 바자로프는 정자 쪽으로 되돌아가기 시작했다.

「예브게니!」 뒤에서 아르까디가 놀라 소리쳤다. 「신중하게 처신하게.」

「걱정 말게.」 바자로프가 대답했다. 「우리는 노련한 사람들 아닌가. 시골뜨기도 아니고.」

바자로프는 페니치까에게 다가서면서 모자를 벗었다.

「처음 뵙겠습니다.」 정중하게 고개 숙여 인사하면서 그는 입을 열었다. 「아르까디 니꼴라예비치의 친구입니다. 경계하실 필요 없는 사람이고요.」

페니치까는 벤치에서 일어나 말없이 상대를 바라보았다.

「아기가 정말 예쁘군요!」 바자로프가 말을 이었다. 「걱정 마십시오. 환심을 사려는 수작은 아니니까요. 한데 볼이 왜 이렇게 빨갛지요? 이가 나기 시작했나요?」

「네.」 페니치까가 대답했다. 「벌써 네 개나 난걸요, 지금 또 잇몸이 붓는군요.」

「좀 볼까요? 염려 마십시오, 전 의사입니다.」

바자로프가 아이를 안았다. 아이가 떼를 쓰지도, 낯을 가리지도 않았으므로 페니치까와 두냐샤는 놀랐다.

「어디 보자……. 다 괜찮습니다. 이가 잘 나고 있군요. 무슨 일이 생기면 말씀하십시오. 아이 어머니께서도 건강하신가요?」

「네, 다행히요.」

「잘됐군요. 건강이 제일 중요하지요. 그쪽은요?」 바자로프가 두냐샤 쪽으로 돌아서면서 물었다.

집에서는 다소곳하지만 바깥으로 나오면 웃음이 많아지는 두냐샤는 대답 대신 킥킥거렸다.

「좋습니다, 그럼 장군님을 받으시지요.」

페니치까가 두 팔로 아이를 받아 안았다.

「어쩜 그렇게 얌전히 안겨 있었을까요.」 페니치까가 나직이 말했다.

「제 품에서는 어떤 아이든 얌전하답니다.」 바자로프가 대답했다. 「비결이 있거든요.」

「아이들은 누가 자기를 좋아하는지 느낌으로 알지요.」 두냐샤가 거들었다.

「그건 정말 그래요.」 페니치까도 맞장구쳤다. 「미챠도 어떤 사람 품에는 절대로 가지 않으려 하잖아요.」

「저한테는 올까요?」 조금 거리를 두고 서 있던 아르까디가 다가오며 물었다.

그가 미챠를 향해 팔을 뻗자 아이는 고개를 뒤로 빼며 소리를 질렀다. 페니치까는 당황해 어쩔 줄 몰랐다.

「좀 익숙해지면 괜찮겠지요.」 아르까디가 너그럽게 말했고 두 친구는 자리를 떴다. 「저 여자 이름이 뭔가?」 바자로프가 물었다.

「페니치까…… 페도시야일세.」 아르까디가 대답했다.

「부칭은? 부칭도 알아 두어야지.」

「니꼴라예브나라네.」

「좋아*Bene*, 너무 수줍음을 타거나 하지 않아서 마음에 드는군. 다른 사람은 그런 점을 나쁘게 말할지도 모르지만 그건 멍청한 생각이야. 왜 수줍어해야 한다는 건가? 저 여자는 아이 어머니고 충분히 당당할 만해.」

「당당할 만하지. 하지만 우리 아버지는……」 아르까지가 말했다.

「자네 아버지도 당당할 만하지.」 바자로프가 먼저 말했다.

「아니, 난 그렇게 생각하지 않네.」

「갑자기 또 다른 상속자가 등장해서 불편해졌나?」

「어떻게 나를 두고 그런 소리를 하는 건가?」 아르까지가 흥분한 어조로 받아쳤다. 「난 아버지가 페니치까와 결혼해야 한다고 생각하는 걸세.」

「아, 그래?」 바자로프가 태연하게 대답했다. 「참으로 관대하군! 한데 자네는 아직도 결혼 제도에 의미를 부여하는 건가? 자네가 그럴 줄은 몰랐네.」

두 친구는 입을 다문 채 몇 발짝 걸었다.

「자네 아버지의 영지를 다 돌아보았네.」 이번에도 바자로프가 먼저 입을 열었다. 「가축 상태가 안 좋고 말들도 지친 모습이더군. 건물은 부실하고 일꾼들은 도대체가 가망 없는 게으름뱅이들이고 말이야. 관리인은 바보 아니면 사기꾼이야, 아직은 제대로 판단을 못 하겠지만.」

「자네 오늘 좀 단정적이군, 예브게니 바실리예비치.」

「선량한 농부들도 결국은 자네 아버지를 속일 걸세. 러시아 농부들은 신도 가지고 논다지 않나.」

「나도 큰아버지와 같은 생각을 하게 되는걸.」 아르까지가 말했다. 「자네는 러시아인들을 나쁘게만 보고 있어.」

「그게 무슨 문제인가! 러시아인의 유일한 장점은 스스로를 낮게 평가한다는 건데. 중요한 건 2 곱하기 2는 4라는 거지. 나머지는 다 하찮은 거야.」

「그럼 자연도 하찮은가?」 벌써 뉘엿뉘엿해진 태양빛을 받아 부드러운 색깔들로 물든 벌판을 바라보며 아르까디가 물었다.

「자네가 생각하는 식이라면 자연도 하찮지. 자연은 회랑이 아니라 일터일세. 인간은 그 안의 일꾼이고.」

그 순간 집 안에서 느린 첼로 소리가 들려왔다. 능숙하지는 않지만 감정을 담아 슈베르트의 「기다림」을 연주하고 있었다. 아름다운 멜로디가 달콤한 꿀처럼 주위에 퍼졌다.

「이건 뭐지?」 바자로프가 놀라 물었다.

「아버지가 연주하시는 걸세.」

「자네 아버지가 첼로를 연주하신다고?」

「그렇다네.」

「자네 아버지 연세가 어떻게 되시지?」

「마흔넷이시지.」

바자로프는 큰소리로 웃기 시작했다.

「뭐가 우스운가?」

「안 웃을 수 있는가? 마흔넷이나 먹은 어른이, 게다가 〈한 집안의 가장 *pater familias*〉이 이 시골에서 첼로를 켜다니!」

바자로프는 웃음을 그칠 줄 몰랐다. 하지만 이번만큼은 아르까디도 선생처럼 존경해 온 친구와 함께 웃거나 미소 짓지 않았다.

10

 2주가량이 지났다. 마리노의 시간은 평온하게 흘러갔다. 아르까디는 여유롭게 휴식을 취했고 바자로프는 공부를 했다. 집안사람들은 바자로프의 거침없는 행동이나 퉁명스러운 말투에 익숙해졌다. 특히 페니치까는 바자로프와 아주 편한 사이가 되어 한번은 한밤중에 그를 깨워 불렀을 정도였다. 미챠가 경련을 일으켰던 것이다. 바자로프는 평소처럼 농담도 하고 거리낌 없이 하품도 하면서 2시간가량 페니치까 곁에서 아이를 돌보았다. 한편 빠벨 뻬뜨로비치는 바자로프가 거만하고 뻔뻔스러우며 빈정거리는 말이나 일삼는 천한 놈이라 여기며 몹시 미워했다. 바자로프가 자신을 존중하기는커녕 모욕하려고까지 든다고 생각했던 것이다. 천하의 빠벨 뻬뜨로비치를! 니꼴라이 뻬뜨로비치는 이 젊은 〈니힐리스트〉를 은근히 두려워했고 아르까디에게 과연 좋은 영향을 주는 친구인지 걱정했다. 그러면서도 한편으로는 바자로프의 말을 경청했고 물리학이나 화학 실험을 기꺼이 구경하기도 했다. 바자로프는 자기가 가져온 현미경을 몇 시간이고 들여다보며 지냈다. 하인들은 싫은 소리를 들으면서도 바자로프를 따랐다. 그를 주인 나리가 아닌 친구로 생각했던 것이다. 두냐샤는 틈만 나면 바자로프와 장난을 쳤고 그의 곁을 지나갈 때면 은근한 눈길을 던지곤 했다. 극단적으로 허영심이 많고 멍청하며 노상 미간을 찌푸리는 뾰뜨르, 제대로 하는 일이라고는 겉으로나마 예의를 차리고 더듬더듬 글을 읽어 내며 부지런히 제복에 솔질이나 하는 정도가 고작인 그마저도 바자로프의 관심을 받는 순간이면 히죽거리며 얼굴이 환해지곤 했다. 하인의 아이들은 강아지처럼 〈의사 선생님〉 뒤를 졸졸 따라다녔다. 다만 바자로프를 좋아하지 않는 늙은 쁘로꼬피치는 늘 못마땅한 얼굴로 식사 시중을 들곤 했다. 그는 바자로프를 〈도살자〉니 〈협잡꾼〉이니 하고 불렀고 구레나룻을 기른 모습이 숲속의 돼지와 다름없다고도 했다. 쁘로꼬피치도 나름대로는 빠벨 뻬뜨로비치 못지않은 귀족주의자였던 것이다.

 6월 초, 한 해 중 가장 좋은 계절이 찾아왔다. 날씨가 기막히게 좋았다. 멀리서 다시금 콜레라 소문이 들려왔지만 현 주민들은 이미 전염병에 익숙해 있었다. 바자로프는 아침 일찍 일어나 주변 2~3베르스따 정도를 돌아다니곤 했다. 산책이 아니라 식물이나 곤충을 채집하기 위함이었다(그는 목적 없는 산책을 견디지 못하는 사람이었다). 가끔은 아르까디도 동행했다. 그렇게 함께 갔다가 돌아오는 길에는 늘 논쟁이 벌어졌는데 아르까디는 언제나 더 많이 말하고도 지곤 했다.

 어느 날 두 사람은 평소와 달리 늦게까지 돌아오지 않았다. 궁금해진 니꼴라이 뻬뜨로비치가 정원으로 나가 정자 근처에 이르렀을 때 급한 발걸음 소리와 함께 두 젊은이의 목소리가 들려왔다. 정자를 사이에 두고 반대편에서 걷고 있는 두 사람에게는 니꼴라이 뻬뜨로비치의 모습이 보이지 않았다.

「자네는 우리 아버지를 제대로 모르는 걸세.」 아르까디가 말했다.

니꼴라이 뻬뜨로비치는 숨을 죽였다.

「자네 아버지는 좋은 분이야.」 바자로프의 목소리였다. 「하지만 구식이지. 전성기도 이미 지나갔고.」

니꼴라이 뻬뜨로비치가 신경을 곤두세웠다……. 아르까디는 아무 대답도 없었다.

〈구식 인간〉은 그렇게 2분 정도 꼼짝 않고 있다가 천천히 집 쪽으로 향했다.

「며칠 전에 보니 뿌쉬낀 작품을 읽으시더군.」 그사이 바자로프는 말을 계속했다. 「아버님께 말씀드리게, 그런 건 이제 아무런 쓸모가 없다고. 어린애가 아니시잖은가. 그런 짓은 걷어치워야 할 때야. 요즘 같은 시대에 낭만주의가 웬 말인가! 무언가 도움이 되는 읽을거리를 권해 드리게.」

「어떤 걸 권하면 좋을까?」 아르까디가 물었다.

「우선은 뷔히너의 『힘과 질료 *Stoff und Kraft*』가 좋겠군.」

「나도 그 책 생각을 했네.」 아르까디가 동조했다. 「일단 내용이 어렵지 않으니 말이야.」

그날 점심 식사 후 니꼴라이 뻬뜨로비치는 형 빠벨 뻬뜨로비치의 서재에 앉아 말했다. 「이제 우리 형제는 전성기를 다 보내고 구식으로 전락한 모양입니다. 뭐, 바자로프 말이 맞는지도 모르죠. 하지만 솔직히 말해 한 가지는 가슴이 아픕니다. 이제야말로 아르까디와 가까워지고 잘 지내고 싶었거든요. 그런데 전 뒤로 쳐지고 아르까디는 앞서 가버렸어요. 서로를 이해할 수 없게 된 거죠.」

「대체 왜 그 애가 앞서 가버렸다고 하는 거냐? 우리와 그렇게 다른 점이 뭐란 말이야?」 빠벨 뻬뜨로비치가 못 참겠다는 듯 외쳤다. 「그 니힐리스트 작자가 아이 머릿속에 엉뚱한 걸 불어넣었기 때문이야. 난 그 의사 놈이 밉다. 내 보기엔 그저 사기꾼이란 말이야. 개구리나 잔뜩 잡을 줄 알지 물리학에 대해서는 제대로 알지도 못할걸.」

「형님, 그렇게 말씀하시면 안 되지요. 바자로프는 똑똑하고 아는 게 많잖아요.」

「게다가 그놈의 자존심은 정말 질색이야.」 다시금 빠벨 뻬뜨로비치가 말을 가로챘다.

「그래요, 자존심이 강하죠.」 니꼴라이 뻬뜨로비치가 인정했다. 「하지만 자존심이 없어도 안 되잖아요. 그런데 알 수 없는 일이 하나 있어요. 전 시대에 뒤떨어지지 않기 위해 최선을 다했거든요. 시범 농장을 시작하고 농부들에게 잘 대해 준다고 온 사방에서 급진파라는 소리까지 듣지 않았습니까? 책을 읽고 공부도 하면서 시대의 요구 수준에 맞추려 애쓰고 있는데, 젊은이들은 제 시대가 이미 지나갔다고 하는군요. 그리고 형님, 전 그게 맞는 얘기인지도 모르겠다는 생각이 들기 시작합니다.」

「그건 또 왜지?」

「이런 일 때문이지요. 오늘 전 뿌쉬낀을 읽고 있었어요. 〈집시〉 부분을 보던 중이었는데…… 갑자기 아르까디가 말없이 다가오더니 애정과 연민이 어린 표정으로 마치 어린아이를 대하듯 제게서 책을 빼앗고는 다른 무슨 독일 책을 놓아 주더군요……. 그러고는 미소 지으며 나가 버렸어요. 뿌쉬낀은 가져가고요.」

「아니, 대체 무슨 책을 주더냐?」

「이 책입니다.」

니꼴라이 뻬뜨로비치가 코트 뒷주머니에서 뷔히너의 그 유명한 책 제9판을 꺼냈다.

빠벨 뻬뜨로비치는 책을 들어 이리저리 살펴보았다.

「흠!」 그가 탄식했다. 「아르까디가 제 아버지를 교육시키겠다고 나섰군. 그래서 읽어 보았느냐?」

「조금이요.」

「그래, 어떻던데?」

「제가 무식하거나, 이 책이 엉터리거나 둘 중 하나예요. 아마 제가 무식한 거겠죠.」

「독일어를 잊어버린 건 아니고?」 빠벨 뻬뜨로비치가 물었다.

「독일어에는 문제가 없어요.」

빠벨 뻬뜨로비치는 다시금 책을 이리저리 살펴보다가 미심쩍다는 듯 동생 얼굴을 살폈다. 두 사람 다 입을 열지 않았다.

「참, 꼴랴진이 편지를 보내 왔어요.」 니꼴라이 뻬뜨로비치가 화제를 돌렸다.

「마뜨베이 일리치가?」

「네, 현을 감찰하는 일로 이곳에 왔다고요. 이제 제법 출세했다고 하데요. 우리를 만나고 싶다면서 아르까디와 함께 도시로 초대하더군요.」

「갈 생각이냐?」 빠벨 뻬뜨로비치가 물었다.

「아뇨, 형님은요?」

「나도 안 갈 테야. 별 볼일도 없는데 50베르스따나 갈 필요가 있나! 마티외는 그저 출세한 모습을 과시하고 싶은 거야. 보기 싫은 놈! 우리가 아니어도 주위에 아첨꾼들이 넘쳐 날

걸. 기껏해야 3등 문관인 주제에! 내가 계속 군에 남아서 지겨운 업무를 견뎌 냈다면 지금쯤 부관 참모는 되고도 남았을 거야. 어쨌든 너나 나나 시대에 뒤떨어진 사람들인 건 맞는구나.」

「그래요, 형님. 이제 관을 주문하고 가슴에 손을 포개 얹을 때인가 봅니다.」 니꼴라이 뻬뜨로비치가 한숨을 내쉬었다.

「아니, 난 그렇게 빨리 포기하진 않겠어.」 빠벨 뻬뜨로비치가 중얼거렸다. 「그 의사 놈하고 한 판 붙어야지. 곧 그런 일이 생길 것 같아.」

그 한 판은 바로 그날 저녁 차 마시는 자리에서 벌어졌다. 빠벨 뻬뜨로비치는 이미 화난 상태로 싸울 작정을 하고 단호하게 응접실로 들어섰다. 그러고는 적을 물어뜯을 구실만 기다렸으나 한참 동안 그 구실은 나오지 않았다. 바사로프는 〈끼르사노프 늙은이들〉(그는 두 형제를 이렇게 불렀다)과 함께 있는 자리에서는 말을 별로 하지 않았던 것이다. 특히 그날 저녁에는 기분이 좋지 않아 말없이 차만 마셨다. 빠벨 뻬뜨로비치는 기다리다가 애가 탈 지경이었다. 하지만 마침내 바라던 기회가 찾아왔다.

이웃의 어느 지주에 대한 이야기가 오갈 때였다.

「건달, 삼류 귀족입니다.」 뻬쩨르부르그에서 그를 만났다는 바자로프가 냉정하게 말했다.

「하나 물어봄세.」 빠벨 뻬뜨로비치의 입술이 가볍게 떨렸다. 「자네 보기에는 〈건달〉과 〈귀족〉이 같은 의미인가?」

「전 〈삼류 귀족〉이라고 했습니다.」 바자로프가 여유롭게 차를 마시면서 말했다.

「그래, 그랬지. 하지만 자네는 삼류 귀족에 대해서나 귀족에 대해서나 마찬가지로 생각하는 것 같군. 나는 그런 생각에 동의할 수 없다는 걸 말해 둬야겠네. 내 얘기를 하게 되어 좀 그렇네만 다들 날 두고 자유주의적인 인간, 진보를 좋아하는 인간이라고 하네. 그리고 바로 그런 인간이기 때문에 나는 귀족, 진정한 귀족을 존경하지. 자, 자네 같은 젊은 나리는⋯⋯. (이 말에 바자로프는 눈을 치켜떴다. 빠벨 뻬뜨로비치는 한층 힘을 주어 같은 호칭을 반복했다.) 자네 같은 젊은 나리는 영국 귀족들을 기억해야 하네. 그 사람들은 자기 권리를 손톱만큼도 양보하지 않지만 그만큼 남의 권리도 존중하지. 자신에 대한 의무를 요구하는 만큼 스스로도 의무를 다하네. 영국이라는 국가가 자유를 얻고 지킬 수 있는 것은 귀족 제도 덕분이야.」

「그런 소리는 수없이 들었습니다. 그래서, 하시고 싶은 말씀이 뭐죠?」 바자로프가 대꾸했다.

「젊은 나리 양반, 내가 말하고 싶은 건 〈이 그것〉일세. (빠벨 뻬뜨로비치는 화가 날 때면 일부러 〈이 그것〉이라는 말을 쓰곤 했다. 문법적으로 틀리다는 걸 잘 알면서도 말이다. 이런 말 습관은 알렉산드르 1세 통치 시대의 잔재라 할 수 있다. 당시 귀족들은 모국어를 극히 드물게 사용했는데 그런 드문 경우 〈이 그것〉이라는 말을 썼다. 학교 문법 따위는 무시해도 괜찮을 만큼 스스로 중요한 존재라는 의식 때문이었다.) 자기를 인정하고 존중하지 않는다면 사회도, 사회도덕 *bien public*도, 사회 구조도 없는 걸세. 그런데 자기 인정과 존중이라는 것이야말로 귀족들의 특징이지. 젊은 나리 양반, 개인적 특징이란 참으로 중요한 것일세. 개인적 특징은 모든 것의 바탕이 되므로 반석처럼 견고해야 하네. 자네가 내 생활 습관, 몸단장이나 옷차림을 우습게 여기는 것으로 아네만 그 모든 것이 결국은 자아 존중에서, 의무감에서, 그렇다네, 의무감에서 나오는 것이지. 나는 궁벽한 시골에 살지만 스스로 품위를 떨어뜨리지는 않네. 내 안의 인간을 존중하기 때문이야.」

「죄송합니다만, 빠벨 뻬뜨로비치 씨……」 바자로프가 말했다. 「그렇게 자신을 존중한다고 하면서 팔짱을 낀 채 앉아 계시는 것이 사회도덕 *bien public* 에 대체 어떤 도움이 됩니까? 큰아버님께 자신을 존중하는 마음이 없었다 해도 역시 그렇게 팔짱 끼고 앉아 계시지 않았을까요?」

빠벨 뻬뜨로비치의 얼굴이 창백해졌다.

「그건 전혀 다른 문제일세. 자네 눈에는 퍽 못마땅한 모양이지만 지금 내가 왜 팔짱을 끼고 앉아 있는지 설명할 필요는 없을 것 같군. 난 그저 귀족주의는 하나의 원리이며 이 시대에 원리 없이 살아가다가는 부도덕하거나 무용한 인간이 될 뿐이라는 점을 말하고 싶네. 이건 아르까디가 도착한 날 이미 했던 이야기인데 자네한테 한 번 더 반복하게 됐군. 안 그러냐, 니꼴라이?」

니꼴라이 뻬뜨로비치가 고개를 끄덕였다.

「귀족주의니 자유주의니 진보니 원리니 그런 건 모두 외국에서 들어온 쓸모없는 개념입니다!」 바자로프가 다시 받아쳤다. 「러시아 사람에게는 하나도 필요 없는 것들이죠.」

「그럼 자네 생각에 러시아 사람에게 필요한 것은 무엇인가? 자네 말을 듣다 보면 우리는 인류나 인류 세계의 법칙 바깥에 있는 것 같아. 역사의 논리가 요구하는 것은—」

「대체 그런 논리가 무슨 상관이죠? 그런 논리 없이도 얼마든지 살 수 있습니다.」

「무슨 뜻인가?」

「뻔하지 않습니까? 배고플 때 빵 한 조각을 입에 넣기 위해 논리가 필요한 건 아니지요. 그런 추상적인 개념이 무슨 소용입니까?」

빠벨 뻬뜨로비치가 두 손을 내저었다.

「이쯤 되니 난 정말 자네를 이해할 수 없군. 자네는 러시아인을 모욕하고 있어. 어떻게 원리 원칙을 인정하지 않는다는 거지? 그럼 자네는 어떤 기준으로 행동하는 건가?」

「큰아버지, 전에도 말씀드렸지만 저희는 어떤 권위도 인정하지 않는다니까요.」 아르까디가 끼어들었다.

「우리는 유용하다고 판단되는 것을 기준으로 삼습니다.」 바자로프가 말했다. 「그리고 이 시대에 가장 유용한 것은 부정하는 것이므로 우리는 부정합니다.」

「모든 것을?」

「네, 모든 것을요.」

「어떻게 그럴 수가 있나? 예술이며 시뿐 아니라…… 심지어는……. 입 밖에 내어 말하기도 두렵군.」

「그 모든 것을 부정합니다.」 바자로프가 믿을 수 없을 정도로 태연하게 반복했다.

빠벨 뻬뜨로비치는 바자로프를 응시했다. 이 정도까지는 예상치 못했던 것이다. 아르까디는 흡족한 나머지 얼굴까지 상기되었다.

「하지만 생각해 보게.」 빠벨 뻬뜨로비치가 다시 입을 열었다. 「모든 것을 부정하고 나면, 더 정확히 말해 모든 것을 파괴하고 나면 다시 건설해야 하지 않겠나?」

「그건 저희가 할 일이 아닙니다……. 우선은 깨끗이 파괴해 버리는 게 먼저지요.」

「오늘날 우리 러시아에 필요한 건 바로 그겁니다.」아르까디가 정색하고 덧붙였다.「저희는 그 일을 하는 것뿐이고요. 개인의 이기주의를 내세울 권리는 없습니다.」

마지막 말은 바자로프의 마음에 들지 않았으리라. 철학, 즉 낭만주의의 냄새를 풍겼기 때문이다. 바자로프에게 철학은 낭만주의와 같은 말이었다. 하지만 바자로프는 자기 추종자의 말을 반박하지는 않았다.

「아니, 아니야!」갑자기 빠벨 뻬뜨로비치가 고함을 쳤다. 「난 자네들이 러시아를 정확히 알고 있다고도, 러시아의 필요와 열망을 대표한다고도 생각지 않네! 러시아는 자네들이 생각하는 그런 게 아니야. 전통을 숭배하고 가부장제를 따르며 신앙 없이는 존재할 수 없는 게 러시아란 말이—」

「그것에는 반대하지 않겠습니다.」바자로프가 말을 가로챘다.「지금 말씀은 옳습니다. 동의합니다.」

「내 말이 옳다면—」

「그래도 달라지는 건 없습니다.」

「그렇죠, 달라지는 건 없다니까요.」아르까디가 반복했다. 상대의 노림수를 이미 노련하게 간파하고 자신만만해 있는 체스꾼 같은 말투였다.

「어째서 달라지는 게 없다는 거지?」빠벨 뻬뜨로비치가 이해할 수 없다는 듯 물었다.「자네들은 조국과 민족에 반기를 들 작정인가?」

「설사 그렇다 한들 어떻습니까?」바자로프가 언성을 높였다.「천둥 치는 걸 보면 예언자 엘리야가 마차를 타고 하늘을 지나간다고들 생각하는 판입니다. 이게 당키나 합니까? 제가 그 생각에 동의해야 하나요? 동의하지 않는다면 러시아인이 아닌 건가요?」

「그렇네! 지금까지 자네가 한 이야기에 비추어 볼 때 난 자네를 러시아인으로 인정할 수 없네.」

「제 할아버지는 농부셨습니다.」 바자로프가 거만하게 말했다. 「우리 둘 가운데 누가 더 동포로 느껴지는지, 영지 농부들에게 한번 물어보시지요. 아마 큰아버님은 농부들과 이야기를 나누지도 못하실 겁니다.」

「자네는 이야기를 나누면서도 그들을 경멸할 테고 말이지.」

「경멸을 받을 만하다면 그렇겠지요! 큰아버님은 제 사상이 그저 우연적이고 일시적인 것이라 여기기 때문에, 혹은 그토록 옹호하시는 민족정신의 산물이 아니라고 여기기 때문에 그렇게 비난하시는 건가요?」

「그렇지는 않네! 니힐리스트는 아주 필요한 존재지.」

「필요한지 필요 없는지는 우리가 결정할 일이 아닙니다. 큰아버님도 스스로를 쓸모없는 존재는 아니라고 생각하시겠지만요.」

「자, 자, 인신공격은 삼가게나.」 니꼴라이 뻬뜨로비치가 자리에서 일어났다.

빠벨 뻬뜨로비치는 미소 지으며 동생의 어깨를 손으로 눌러 다시 자리에 앉혔다.

「걱정 마라.」 그가 말했다. 「흥분해 쓰러지거나 하진 않을 테니. 이 젊은 나리, 이 의사 선생이 저주해 마지않는 자아 존중 덕분이지. 그건 그렇고…….」 그는 다시 바자로프 쪽으로 몸을 돌렸다. 「자네는 혹시 스스로의 주장이 새로운 것이라고 생각하나? 그렇다면 오산일세. 자네가 신봉하는 물질주의라는 것은 벌써 몇 번이나 등장했지만 그때마다 폐기 처분되었―」

「또다시 외국 개념을 들고 나오시는군요!」 바자로프가 말을 끊었다. 그는 울화통이 터지는지 얼굴이 구릿빛으로 변했다. 「첫째, 우리는 아무것도 신봉하지 않습니다. 그런 건 우리 방식이 아닙니다.」

「그럼 자네들 방식은 뭐지?」

「예를 들어 보지요. 얼마 전에 우리는 러시아 관리들이 뇌물에 정신이 팔려 있고 도로는 부족하며 상업이나 재판도 체계를 갖추지 못했다는 이야기를 나누었습니다……」

「아, 알겠네. 자네들은 폭로자군. 그 말이 딱 어울려. 자네들이 폭로하려는 내용에는 나도 상당 부분 공감하네만―」

「하지만 우리는 곧 깨달았습니다. 러시아의 곪은 부위에 대해 그저 떠들어 대기만 하는 것은 헛된 교조주의가 되고 만다는 것을요. 소위 시대를 앞선 현명한 개혁가들도 아무 성과를 거두지 못했다는 걸, 또 예술이니 무의식적 창조니 의회 제도니 변호사 제도니 하여튼 그런 실없는 소리를 늘어놓는 사이에 정작 다른 쪽에서는 매일의 먹을거리 걱정을 하고 미련하기 짝이 없는 미신이 팽배하며 기업은 정직한 인간이 부족하다는 이유만으로 쓰러지고 있다는 걸 알게 된 겁니다. 정부가 내세우는 농노 해방도 별 소용 없을 겁니다. 주점에서 코가 비뚤어지게 마실 수만 있다면 도둑질도 서슴지 않는 게 러시아 남자들이니까요.」

「그래서, 그렇게 판단하고 결국은 아무것도 하지 않기로 작정한 건가?」 빠벨 뻬뜨로비치가 물었다.

「네, 아무것도 하지 않기로 한 거죠.」 바자로프가 무뚝뚝하게 대답했다. 바자로프는 이런 귀족 나리 앞에서 그렇게 긴 이야기를 늘어놓은 자기 자신에 대해 갑자기 화가 치밀었다.

「그저 비난이나 내뱉기로 한 거로군.」

「그저 비난이나 내뱉는 거죠.」

「그게 바로 니힐리즘인가?」

「그게 바로 니힐리즘입니다.」 바자로프는 한층 더 무뚝뚝하게 다시 반복했다.

빠벨 뻬뜨로비치가 살짝 미간을 찌푸렸다. 「바로 그렇군!」 유난히 침착한 말투였다. 「니힐리즘은 모든 슬픔의 해결책이군. 자네들은 우리의 구원자이자 영웅이고. 하지만 그러면서도 다른 개혁가들까지 비난하는 이유는 무언가? 자네들도 다른 사람들처럼 그저 떠들어 대기만 하지 않나?」

「다른 건 몰라도 그 부분에서 우린 잘못하는 게 없습니다.」 바자로프가 이를 악물고 말했다.

「왜? 자네들이 행동하고 있나? 아니면 행동할 작정인가?」

바자로프는 대답하지 않았다. 빠벨 뻬뜨로비치는 가볍게 몸을 떠는 듯했으나 곧 진정했다.

「흠, 행동과 파괴라······.」 그는 말을 이어 갔다 「그런데 이유도 없이 어떻게 파괴한다는 걸까?」

「저희가 곧 힘이니까요. 그래서 파괴하는 겁니다.」 아르까디가 나섰다.

빠벨 뻬뜨로비치는 조카를 바라보며 웃었다.

「그래요, 힘입니다. 그러니 설명은 필요 없습니다.」 아르까디가 재차 말하며 자세를 똑바로 했다.

「한심한 놈!」빠벨 뻬뜨로비치가 호통을 쳤다. 더 이상은 참을 수 없었던 것이다.「그 알량한 신념으로 러시아에서 대체 무얼 하겠다는 건지 모르겠군! 이 정도면 천사라도 참지 못할 수준인걸! 힘이라고? 몽골이나 야만적인 깔미끄족에게도 힘은 있어. 그 힘이 대체 무슨 소용이냐? 우리에겐 문명이, 그리고 문명의 결실이 소중한 거야. 알겠나, 젊은 나리. 그 결실이 아무 소용 없다고는 하지 말게. 삼류 문인, 엉터리 작가*un barbouilleur*, 하룻밤에 5꼬뻬이까를 받는 떠돌이 피아니스트들도 자네들보다는 나아. 야만적인 몽골의 힘이 아니라 문명을 대표하기 때문이지! 자네들은 스스로를 앞선 존재라 생각하겠지만 사실은 깔미끄족의 천막에나 들어가 앉는 게 맞을 걸세! 힘이라고? 힘을 내세우는 자네 편에 기껏해야 네 명 반 정도기 있다면 이쪽에는 수백 명이 있어! 신싱한 신앙이 짓밟히도록 놔두지 않을 사람들, 자네들을 짓밟아 줄 사람들이 말일세!」

「저희가 짓밟힌다 해도 할 수 없지요.」바자로프가 말했다. 「하지만 두고 봐야 합니다. 말씀하신 것처럼 저희가 적은 수도 아니고요.」

「뭐라고? 정말로 이 나라를, 온 국민을 끌고 나갈 수 있다고 생각하는 건가?」

「1꼬뻬이까짜리 초 한 자루가 온 모스끄바를 태워 버릴 수도 있습니다.」바자로프가 대답했다.

「그래, 처음에는 사탄처럼 거만하더니 이제는 조롱하겠다는 거군. 젊은이들이 이런 데 마음을 빼앗기고 있다니, 풋내기 아이들이 이런 데 정신이 팔리다니! 자, 보게, 추종자 하나가 자네 곁에 앉아 하느님이라도 보듯 우러러보고 있군.

(이 말에 아르까디가 고개를 돌리며 얼굴을 찡그렸다.) 이 전염병은 이미 멀리 퍼졌다지? 이제 우리 나라 화가들은 로마의 바티칸에 발도 들이지 않는다고 하더군. 권위를 누린다는 이유로 라파엘로 같은 위대한 화가마저 바보 취급을 하고 말이야. 그러는 자기들은 막상 한없이 무력하고 무능하지. 창조적 상상력이라고 해봐야 〈샘터의 소녀〉 수준을 벗어나지 못해. 그나마 그림 꼬락서니라니! 하지만 자네 눈에는 이런 화가들도 훌륭하겠지?」

「라파엘로는 동전 한 닢만큼의 가치도 없습니다. 그렇다고 우리 화가들이 라파엘로보다 훌륭한 것도 아니지만요.」 바자로프가 반박했다.

「브라보, 브라보! 아르까디, 너도 들었느냐? 이게 바로 요즘 젊은이들이 말하는 방식이구나! 이러니 자네를 추종하지 않을 수 있겠나! 예전 젊은이들은 공부를 해야 했지. 무식쟁이 취급을 당하지 않으려면 별수 없었거든. 하지만 이제는 그저 세상 모든 것이 다 헛된 것이라고 말하면 그만이야. 젊은이들에겐 참으로 기쁜 일이지. 예전에는 그저 순한 양이더니 이제는 갑자기 니힐리스트가 되어 버렸단 말씀이야.」

「그토록 내세우시던 자아 존중이라는 건 이제 단념하신 건가요?」 바자로프가 냉정하게 말했다. 아르까디는 잔뜩 상기된 얼굴로 눈을 빛냈다. 「논쟁이 너무 길어진 것 같군요……. 이제 그만 끝내지요. 그리고…….」 바자로프가 자리에서 일어나며 덧붙였다. 「오늘날 러시아의 가족이나 사회 제도 중에서 철저히, 그리고 가차 없이 파괴해 버리지 않아도 될 만한 것을 단 하나라도 들어 보이신다면 전 기꺼이 큰아버님 말씀에 동의하겠습니다.」

「그거야 얼마든지 들어 줄 수 있지. 몇 백만 개라도 말이야!」 빠벨 뻬뜨로비치가 소리쳤다. 「그래, 농민 공동체만 해도 그렇네.」

바자로프의 입술에 냉소가 어렸다.

「농민 공동체에 대해서라면 아우분과 이야기해 보시는 것이 좋겠습니다. 농민 공동체니 공동 책임제니 금주(禁酒)니 그런 것의 실체를 경험하고 계시는 것 같으니까요.」

「그렇다면 가족, 가족도 있네. 우리 농민들의 가족 말이네.」 다시 빠벨 뻬뜨로비치가 부르짖었다.

「가족에 대해서도 너무 깊이 들어가면 불리하실 텐데요. 며느리와 불륜 관계를 맺은 시아버지 이야기는 큰아버님도 들어 보신 적이 있겠지요? 이틀 정도 생각할 시간을 가져 보시는 게 어떨까요? 당장은 생각해 내기 어려우실 테니까요. 사회 각층을 면밀히 살펴보시지요. 그럼 저와 아르까디는 이만—」

「모든 것을 조롱하러 가시는 건가?」 빠벨 뻬뜨로비치가 말을 가로챘다.

「아니, 개구리를 잡으러 갑니다. 가세, 아르까디. 그럼 가 보겠습니다.」

두 친구는 밖으로 나갔다. 남은 두 형제는 잠시 말없이 서로를 바라보았다.

「바로 저런 게……」 빠벨 뻬뜨로비치가 말을 꺼냈다. 「바로 저런 게 요즘 젊은이들이야! 우리 뒤를 이을 사람들이란 말이야!」

「우리 뒤를 이을 사람들이라……」 니꼴라이 뻬뜨로비치가 깊은 한숨을 내쉬면서 반복했다. 그는 논쟁이 벌어지는 동안 불편하고 서글픈 마음으로 계속 아르까디 쪽을 곁눈질하던 참이었다. 「형님, 제가 무슨 생각을 했는지 아세요? 돌아가신 어머니랑 논쟁하던 일이 떠올랐어요. 어머니는 역정을 내면서 제 말은 들으려고도 하시지 않았지요. 결국 저는 어머니가 날 이해하지 못하는 거라고, 우리는 서로 다른 세대에 속해 있다고 내뱉고 말았어요. 어머니는 몹시 상처를 받으셨지만 전 어쩔 수 없다고 생각했지요. 약은 입에 쓰지만 삼켜야 하는 법이니까요. 그런데 이제 우리 차례가 되었군요. 뒤를 이을 사람들이 와서 우리와는 세대가 다르다고, 어서 쓴 약을 삼키라고 하는 거예요.」

「넌 너무 착하고 겸손해.」 빠벨 뻬뜨로비치가 반박했다. 「난 우리가 저 애들보다 훨씬 옳다고 확신한다. 다만 표현이 좀 옛날식, *vieilli*(구식)이고 저렇게 뻔뻔스러울 정도로 자신만만하지 않을 뿐이야. 요즘 젊은이들은 왜 저렇게 건방진 거냐? 〈흰 포도주와 붉은 포도주 중에 무엇을 드시겠습니까?〉라고 물어보면 〈전 늘 붉은 포도주를 마신답니다〉라는 대답을 하면서도 마치 온 우주가 자신을 우러러보는 양 목소리를 낮추고 거드름을 피울 태세다……」

「차를 더 드시겠습니까?」 페니치까가 응접실로 고개를 들이밀며 물었다. 논쟁하는 소리가 흘러나오는 동안은 응접실에 들어오지 못했던 것이다.

「아니, 이제 사모바르를 내가라고 해줘요.」 니꼴라이 뻬뜨로비치가 대답하며 자리에서 일어섰다. 빠벨 뻬뜨로비치는 딱딱한 어조로 〈잘 쉬게 *bon soir*〉라고 인사한 후 서재로 가버렸다.

11

 반 시간쯤 지난 후 니꼴라이 뻬뜨로비치는 정원으로 나가 자기가 좋아하는 정자로 향했다. 서글픈 심정이었다. 아들과의 거리감을 처음으로 분명히 인식했던 것이다. 날이 갈수록 그 거리감이 점점 더 커져 가리라는 예감이 들었다. 겨울마다 뻬쩨르부르그로 가서 종일 최신 서적을 읽었던 일도, 젊은이들의 열띤 토론에 끼어 의견을 내며 기뻐했던 일도 모두 허사였다. 〈형님은 우리가 옳다고 하셨지…….〉 그는 생각했다. 〈자존심을 다 버리고 생각해 봐도 그 애들이 우리보다 진리에 더 가까운 것 같지는 않지만 그래도 왠지 젊은이들에게는 무언가 우리가 갖지 못한 것, 보다 우월한 것이 있다는 생각이 든다……. 그건 젊음일까? 아니, 젊음만은 아니야. 혹시 그 우월함은 우리만큼 귀족주의에 젖어 있지 않은 데서 나오는 것이 아닐까?〉

 니꼴라이 뻬뜨로비치는 고개를 숙이고 손으로 얼굴을 문질렀다.

 〈하지만 시를 부정하다니.〉 그는 다시 생각했다. 〈예술과 자연에 공감할 수 없다니…….〉

그는 어떻게 자연에 공감하지 않을 수 있는지 이해하고 싶다는 듯 주위를 둘러보았다. 벌써 저녁이 되어 태양은 정원에서 반 베르스따쯤 떨어진, 그리 크지 않은 사시나무 숲 뒤로 모습을 감추었다. 숲 그림자가 고요한 들판을 따라 끝없이 이어졌다. 농부 하나가 흰 말을 타고 숲 옆의 어둡고 좁은 길을 빠르게 달리고 있었다. 그늘 속인데도 어깨에 덧댄 헝겊까지 보일 정도로 선명한 모습이었다. 숲의 빽빽한 나무들 사이로 뚫고 들어간 따뜻한 햇살에 사시나무 줄기가 마치 소나무 줄기처럼 보였다. 푸르러 보이는 사시나무 잎들 위로 저녁노을에 물든 희부연 하늘이 펼쳐져 있었다. 제비 몇 마리가 높이 날았다. 바람은 완전히 잦아들었다. 늑장을 부린 꿀벌들이 라일락 꽃 속에서 졸린 듯 게으르게 윙윙거렸다. 혼자 멀리 뻗어나간 나뭇가지 위쪽에는 모기떼가 몰렸다. 〈오, 정말 아름답군!〉 니꼴라이 뻬뜨로비치는 자연스럽게 좋아하는 시구를 읊으려 했지만, 그 순간 아르까디와 『힘과 질료』를 떠올리며 입을 다물었다. 그리고 다시금 서글픔에 잠겨 혼자만의 생각으로 스스로를 위로했다. 그는 공상을 좋아했다. 시골 생활 덕분에 갖게 된 습관이었다. 여인숙에서 아들을 기다리며 이렇게 공상하던 때가 바로 얼마 전이었다. 하지만 그사이에 벌써 변화가 일어났고 그때는 불분명했던 부자 관계가 이젠 명확해졌다……. 이런 식으로 명확해지다니! 그는 죽은 아내를 떠올렸다. 오랜 세월 함께 지냈던 살림 잘하고 선량한 주부의 모습이 아니라, 순수하고 호기심 많은 눈길에 단단히 땋은 머리를 가녀린 목 위로 말아 올린 날씬한 처녀의 모습으로 말이다. 아내를 처음 만났던 일도 기억났다. 아직 학생이던 때였다. 살던 집 계단에서 마주쳤는데 그만 몸이 부딪혀 되돌아섰다. 그는 사과하려 했지만 〈*Pardon, monsieur*(미안합니다, 신사 양반)〉라고 엉뚱한 말을 중얼거렸을 뿐이었다. 고개를 숙이고 미소를 짓던 처녀는 갑자기 무엇에 놀라기라도 한 듯 뛰어가다가 계단참에서 흘낏 그를 보며 진지한 표정으로 얼굴을 붉혔다. 그러고서 수줍은 만남이 시작되었다. 하다 끊겼던 말, 조금은 어색한 웃음, 당황스러운 침묵, 슬픔, 비탄, 그리고 마침내 찾아온 가슴 벅찬 기쁨…… 그 모든 것은 어디로 가버린 걸까? 처녀는 그의 아내가 되었고 그는 세상에서 흔치 않은 행복을 누렸다……. 〈그런데…….〉 그는 생각했다. 〈그 달콤했던 순간들은 어째서 영원할 수 없는 것일까?〉

그는 스스로의 생각을 분명히 하려고 애쓰지는 않았다. 하지만 기억보다 더 강한 무언가로 그 행복했던 시절을 붙잡고 싶다고 느꼈다 다시 한 번 가까이에서 마리야를 느끼고 싶었다. 그 체온과 숨결을 나누고 싶었다. 그러자 정말로 무언가 느껴지는 듯했다…….

「니꼴라이 뻬뜨로비치…….」 바로 근처에서 페니치까의 목소리가 들렸다. 「어디 계세요?」

그는 흠칫 몸을 떨었다. 가슴이 아프거나 부끄러운 것은 아니었다. 아내와 페니치까를 비교한다는 생각은 해본 적도 없었기 때문이다. 하지만 페니치까가 자기를 찾으러 나오게 한 것은 미안했다. 페니치까의 목소리는 갑자기 자신의 회색빛 머리, 늙어 가는 육신 그리고 현실을 떠올리게 만들었다.

그가 발을 들여놓았던 마법의 세계, 과거라는 안개 속에 나타났던 그 세계가 흔들거리는가 싶더니 곧 사라졌다.

「나 여기 있소. 곧 갈 테니 들어가요.」 그가 대답했다. 〈바로 이런 것이 귀족주의에 젖어 있다는 증거야.〉 머릿속에서는 이런 생각이 떠올랐다. 페니치까는 정자에 앉은 그를 말없이 바라보다가 사라졌다. 생각에 잠겨 있는 사이에 어느덧 밤이 되었다는 걸 알고 그는 놀랐다. 주위는 온통 어둡고 고요했다. 눈앞에 잠깐 나타났던 페니치까의 얼굴은 너무도 작고 희었다. 그는 몸을 일으켰다. 집으로 돌아갈 생각이었지만 감상에 빠진 마음은 금방 가라앉지 않았다. 그는 생각에 잠겨 발밑을 내려다보기도 하고 벌써 총총한 별들이 가득한 하늘을 올려다보기도 하면서 천천히 정원을 거닐었다. 피곤할 정도로 오래 거닐었지만 마음속의 불안, 분명치는 않지만 무언가 서글픈 그 불안은 가라앉지 않았다. 그 순간 그에게 일어난 일을 알았더라면 바자로프가 얼마나 비웃었을까! 아르까지조차도 나무랐을 것이다. 마흔네 살이나 먹은 학사 출신의 지주가 눈물을, 까닭 모를 눈물을 흘렸던 것이다. 그건 첼로 연주보다 백배는 더 꼴사나운 일이었다.

니꼴라이 뻬뜨로비치는 계속 서성거렸다. 집으로, 불이 밝혀진 창문들이 다정스레 자기를 보고 있는 평화롭고 안락한 둥지로 들어갈 엄두가 나지 않았다. 어둠과 정원, 얼굴에 닿는 신선한 공기, 마음속의 슬픔과 불안을 뿌리치고 달아날 수가 없었다.

길이 꺾이는 곳에서 빠벨 뻬뜨로비치가 나타났다.

「무슨 일이냐?」 그가 니꼴라이 뻬뜨로비치에게 물었다. 「얼굴이 백지장 같아. 몸이 안 좋은 게지. 어째서 누워 쉬지 않는 거냐?」

니꼴라이 뻬뜨로비치는 간단하게 자기 마음 상태를 설명하고 걸음을 옮겼다. 빠벨 뻬뜨로비치는 정원 끝까지 갔다. 그 역시 생각에 잠겼고 그 역시 하늘을 올려다보았다. 하지만 그의 아름다운 검은 눈에는 반사되는 별빛 외에 아무것도 나타나지 않았다. 그는 천성이 낭만주의와 거리가 멀었고 사람을 꺼려 하는 냉소적인 기질 때문에 공상에는 적합하지 않았던 것이다.

「자, 한번 들어 보게.」 그 시각, 바자로프는 아르까디에게 말했다. 「멋진 생각이 떠올랐다네. 자네 아버지가 오늘 대단하신 친척 양반의 초대를 받았다고 하셨지? 당신은 가지 않겠다니 우리가 ×××로 가지 않겠나? 사실 그 친척 양반은 자네를 부른 것일 테니 말이야. 날씨도 좋아졌으니 시내 구경 좀 하자고. 대엿새 정도 지내면 충분할 거야.」

「거기서 자네는 다시 이리로 올 거지?」

「아니. 아버지 댁에 가야지. ×××에서 30베르스따 거리거든. 부모님을 뵌 지 한참이야. 가서 좀 즐겁게 해드려야지. 부모님은 좋은 분들이셔. 특히 아버지는 재미있으시지. 난 외아들이라네.」

「집에 오래 머물 건가?」

「그러지는 않을 거야. 지루하거든.」

「그럼 돌아오는 길에 다시 여기 들러 주겠나?」

「모르겠어……. 상황을 봐야지. 그건 그렇고, 어떤가? 함께 가는 거지?」

「뭐, 그러세.」 아르까디는 느릿느릿 대답했다.

마음속으로는 친구의 제안이 몹시 반가웠지만 자신의 감정을 숨겨야 한다고 생각했다. 그는 니힐리스트였으니 말이다!

다음 날 아르까디와 바자로프는 ×××로 떠났다. 마리노의 젊은이들은 섭섭해했고 두냐샤는 울음까지 터뜨렸다. 하지만 끼르사노프 늙은이들은 안도의 한숨을 내쉬었다.

12

 두 친구가 찾아간 ×××는 젊은 현 지사가 관할하는 지역이었다. 러시아에서는 드물지 않은, 진보적인 동시에 전제적인 인물인 현 지사는 부임 첫 해가 채 지나기도 전에 퇴역 근위 기병 2등 대위이자 말 사육가로 손님 접대를 좋아하는 귀족 단장과 대판 싸움을 벌였을 뿐 아니라 부하 관리들과도 사이가 나빠졌다. 이러한 갈등과 반목이 알려지면서 뻬쩨르부르그 부처에서는 믿을 만한 사람을 보내 상황을 해결해야 한다는 결정을 내리게 되었고, 그렇게 하여 뽑힌 사람이 마뜨베이 일리치 꼴랴진, 한때 끼르사노프 형제의 후견인이었던 오촌 아저씨 꼴랴진의 아들이었다. 그 역시 갓 마흔을 넘긴 젊은 사람이었지만 벌써 고위 공직자 후보로 오르내리는 상황이었고 가슴 양쪽에 별 모양 훈장도 달고 있었다. 둘 중 하나는 외국 것으로 가치가 좀 떨어져 보이긴 했지만 말이다. 자신이 조사하게 될 현 지사와 마찬가지로 그도 스스로 진보주의자라 여겼고 이미 출세한 만큼 대다수의 사람과는 다르다고 생각했다. 자부심이 대단한 데다 허세도 많았지만 행동은 소박했고 남의 의견에 찬성한다는 표정을 지으며 겸손하게 귀를 기울이고 사람 좋은 웃음을 보이곤 했으므로 처음 만나는 이들에게서는 〈유쾌하고 좋은 사람〉이라는 평을 듣기까지 했다. 그럼에도 결정적인 순간에 〈에너지는 필수 요소입니다, 공무를 수행하는 사람에게 에너지는 가장 중요한 자질이지요 *L'énergie est la première qualité d'un homme d'État*〉와 같은 말을 늘어놓아 신뢰를 잃고 바보 취급을 당했다. 조금이라도 경험 있는 관료라면 누구든지 마음먹은 대로 그를 조종할 수 있었다. 마뜨베이 일리치는 프랑스의 자유주의 정치가 기조를 숭배했다. 또한 자신은 구식 관행*routiniers*에 매달리는 뒤떨어진 관료가 아니라는 점, 중요한 사회 현상이라면 빠짐없이 관심을 가진다는 점을 모두에게 알리려고 안달이었고 그런 것에 관련된 말들은 훤히 알고 있었다. 그는 현대 문학의 발전에까지 신경을 썼는데 이는 어른이 길에서 장난꾸러기 아이들을 만났을 때 가끔 함께 놀아 주는 식의 거만하고 태만한 관심이었다. 유명 여류 작가 스베치나[10]가 여는 파티에 가기 위한 준비로 아침 일찍 프랑스 철학자 콩디야크의 책을 한 쪽 정도 읽곤 했던 알렉산드르 1세 통치 시절의 정치가들과 그리 다를 것이 없었던 것이다. 다만 행동거지가 좀 더 현대적이라는 차이만 있을 뿐이었다. 그는 빈틈없는 관리에 아주 교활한 사람이었지만 그 이상은 아무것도 아니었다. 일에서는 핵심을 파악하지 못했고 지혜도 없었다. 그래도 재산 관리에는 뛰어났다. 이 부분에서는 아무도 그를 무시할 수 없었는데 이야말로 중요한 점이었다.

  마뜨베이 일리치는 교양 있는 고위 관료다운 선량한 태도

---

10 신비주의 작가로 오랫동안 사교계의 중심인물이었다.

로, 아니 더 정확히 말하자면 들뜬 태도로 아르까디를 맞았다. 하지만 자기가 초대한 두 사람이 오지 않고 시골에 남았다는 얘기를 듣고 놀랐다. 「자네 아버지는 언제나 괴짜였지.」 그는 호사스러운 벨벳 실내복에 달린 술을 만지작거리며 말했다. 그러더니 단추를 남김없이 단정하게 채운 제복 차림의 젊은 부하 직원을 돌아보며 불편하다는 표정으로 갑자기 〈뭐야!〉 하고 고함을 쳤다. 오랫동안 입을 다물고 있던 탓에 입술이 붙어 버린 젊은 직원은 벌떡 일어서서 영문을 모르겠다는 듯 상사를 바라보았다. 하지만 부하 직원을 어리둥절하게 만든 마뜨베이 일리치는 정작 더 이상 그쪽에 눈길을 주지 않았다. 우리의 고관대작 나리들은 그렇게 부하 직원들을 놀라게 하길 좋아한다. 이를 위해 사용하는 방법은 다양하다. 이제 소개할 방법은 특히 많이 사용되는데 영어식으로 표현하자면 〈애용되는 *is quite a favorite*〉 방법이다. 갑자기 귀머거리라도 된 양 아주 단순한 말을 이해하지 못하는 척하는 것이다. 예를 들어 고관대작 나리가 오늘이 무슨 요일이냐고 묻는다.

부하 직원은 더할 나위 없이 공손한 태도로 대답한다. 「오늘은 금요일입니다, 각하.」

「뭐? 뭐라고? 자네 뭐라고 했나?」 고관대작 나리는 진지하게 되묻는다.

「오, 오늘은 금요일이라고 했습니다, 각하.」

「뭐라고? 금요일이 뭔가? 어떤 금요일인가?」

「금요일입니다...... 일주일 중 한 요일입니다, 각하.」

「아니, 지금 날 가르치려 드는 건가?」

마뜨베이 일리치 역시 스스로는 자유주의자라고 생각해도

그런 고관대작 나리였던 것이다.

「이보게, 현 지사를 뵈러 다녀오는 게 좋겠군.」 그가 아르까디에게 말했다. 「권력층에게 인사를 해두어야 한다는 구시대적 관념 때문이 아니라 현 지사가 괜찮은 사람이기 때문에 내가 이런 권유를 한다는 걸 알아야 하네. 자네도 이곳 사교계를 접하고 싶지 않겠나....... 자네가 그저 시골뜨기는 아니라고 생각하는데. 마침 현 지사가 모레 큰 무도회를 개최할 예정이라네.」

「아저씨께서도 무도회에 가시나요?」 아르까디가 물었다.

「그 무도회는 나를 위해 열리는 거야.」 마뜨베이 일리치가 그것도 모르냐는 투로 설명했다. 「춤은 잘 추나?」

「추긴 하지만 잘 추지는 못합니다.」

「그거 안됐군, 여긴 훌륭한 아가씨들이 많은데 말이야. 젊은 사람이 춤을 못 추는 건 수치스러운 일이지. 다시 말하지만 이 말 역시 구시대적 관념에서 나온 건 아닐세. 남자의 지혜가 다리에 있는 건 아니니까. 어쨌든 바이런식 낭만주의 사고방식은 우스워. 이미 구식이지 *Il a fait son temps.*」

「아저씨, 저는 전혀 바이런식 사고방식을——」

「이곳의 아가씨들에게 자네를 소개해 주지. 자네를 내 날개 밑에 넣어 주겠네.」 마뜨베이 일리치가 말을 가로채고는 자못 만족스럽다는 듯 웃었다. 「자네는 아주 따뜻해지겠지?」

사환이 들어와 세무 관리가 도착했다고 알렸다. 세무 관리는 주름살투성이 입술에 눈빛이 부드러운 사람이었는데 자연, 특히 여름날의 자연을 좋아한다고 했다. 여름날에는 〈꿀벌 한 마리 한 마리가 꽃 한 송이 한 송이에서 자기 몫을 챙기기 때문〉이라는 것이다. 아르까디는 자리에서 물러 나왔다.

그는 여인숙에서 바자로프를 만나 함께 현 지사에게 가보자며 한참을 설득했다. 「뭐, 할 수 없지.」 마침내 바자로프가 말했다. 「이미 시작해 버린 일이니 말이야. 귀족 나리들을 보러 왔으니 보러 가자고!」

현 지사는 두 젊은이를 따뜻하게 맞았지만 자리를 권하지 않았고 자신도 앉지 않았다. 그는 계속 분주하고 바쁜 듯 굴었다. 아침부터 거북한 제복에 넥타이를 꽉 조여 매고 제대로 먹지도 마시지도 못한 채 일을 처리하는 중이었던 것이다. 현에서 그는 〈부르달루*bourdalou*〉라 불렸는데 이는 유명한 프랑스 설교가 루이 부르달루가 아니라 싸구려 탁주를 뜻하는 단어 〈부르다*bourda*〉에서 온 별명이었다. 그는 아르까디와 바자로프를 무도회에 초대해 놓고도 2분이 지나자 또다시 초대했고 두 사람을 형제라 착각했으며 아르까디의 성 끄르사노프를 까이사로프라 부르기도 했다.

두 사람은 현 지사와 헤어져 여관을 향해 걸어갔다. 옆을 지나가던 사륜마차에서 갑자기 중키에 슬라브 분위기가 물씬 풍기는 짧은 윗도리를 입은 남자가 뛰어내리더니 〈예브게니 바실리예비치!〉 하고 바자로프를 불렀다.

「아, 시뜨니꼬프, 당신이군.」 바자로프는 걸음을 멈추지 않은 채 말했다. 「여기엔 무슨 일인가?」

「정말이지 기막힌 우연이군요.」 남자는 이렇게 대답하더니 마차를 돌아보며 다섯 번쯤 손을 흔들고 소리쳤다. 「따라와요, 따라와! 저희 아버지가 여기 볼일이 있으셔서요……」 남자는 시궁창을 뛰어 건너면서 말을 이었다. 「그래서 저도 오게 되었지요. 당신이 오셨단 얘기를 오늘 듣고 벌써 숙소에 다녀왔어요. (실제로 두 친구가 여인숙으로 돌아갔을 때 귀퉁이가 접힌 시뜨니꼬프의 명함이 기다리고 있었다. 한 면은 프랑스어로, 다른 면은 구식 슬라브 연결 문자체로 쓰인 명함이었다.) 혹시라도 현 지사를 만나고 오시는 길은 아니길 바랍니다만.」

「바람대로 안 되었군. 방금 만나고 오는 길일세.」

「아! 그럼 저도 현 지사에게 가봐야겠군요. 그런데 예브게니 바실리예비치, 동행분과 인사를 좀……」

「시뜨니꼬프네. 이쪽은 끼르사노프고.」 바자로프는 계속 걸어가면서 중얼거렸다.

「만나 뵈어 영광입니다.」 시뜨니꼬프가 아르까디 옆으로 다가오더니 지나치게 우아한 장갑을 서둘러 벗으면서 미소 지었다. 「성함은 많이 들었습니다. 저는 예브게니 바실리예비치와 오래전부터 아는 사이로, 제자라고 할 수 있지요. 이분 덕택에 새로 태어난 셈이니까요……」

아르까디는 바자로프의 제자를 바라보았다. 매끈한 얼굴과 자그마한 이목구비에 인상이 좋았지만 불안하고 둔한 표정이었다. 움푹 들어간 작은 눈이 걱정스러운 듯 상대를 응시했다. 짤막하고 무뚝뚝한 웃음도 왠지 불안하게 느껴졌다.

「예브게니 바실리예비치가 그 어떤 권위도 인정해선 안 된다고 제 앞에서 처음으로 말씀하셨을 때, 저는 맹인이 눈을 뜨듯 환희에 사로잡혔답니다.」 시뜨니꼬프가 말을 이었다. 「그제서야 제대로 된 인간을 발견했구나 하는 생각이 들었지요. 그건 그렇고 예브게니 바실리예비치, 여기 당신 생각을 완벽하게 이해할 만한, 그리고 당신의 방문을 진정 기뻐해 줄 부인이 살고 있으니 꼭 들르셔야겠습니다. 아마 그 부인에 대해서는 들어 보셨겠지요?」

「어떤 부인이지?」 내키지 않는다는 듯 바자로프가 물었다.
「꾹쉬나, 예브독시야 꾹쉬나 부인입니다. 천성이 훌륭하고 진정한 의미에서 〈편견에서 자유로운 émancipée〉 분, 시대를 앞서 가는 여성이지요. 지금 다같이 그 부인을 방문하러 가면 어떨까요? 여기서 두 걸음만 가면 됩니다. 거기서 아침을 먹읍시다. 아직 식사 전이시죠?」

「그건 그렇지만.」

「마침 잘됐습니다. 부인은 남편과 함께 살고 있지 않습니다. 그 누구에게도 기대지 않는다는 거지요.」

「미인인가?」 바자로프가 끼어들었다.

「그, 그렇다고는 할 수 없습니다.」

「그렇다면 도대체 왜 우리를 그 부인에게 데려가는 건가?」

「참, 농담도 잘하십니다……. 부인이 샴페인을 대접할 겁니다.」

「그렇군! 이제야 자네다운 실용적인 모습이야. 참, 자네 아버지는 여전히 주류 독점 판매 일을 하시는가?」

「그럼요.」 시뜨니꼬프는 재빨리 대답하고 째지는 소리로 웃기 시작했다. 「어찌시겠습니까? 가시는 거죠?」

「글쎄, 어떻게 할까.」

「자네는 사람들을 많이 만나 보고 싶어 하지 않았나. 가보게.」 아르까디가 작은 소리로 말했다.

「끼르사노프 씨도 함께 가셔야죠.」 시뜨니꼬프가 권했다. 「끼르사노프 씨를 빼놓고 갈 수는 없습니다.」

「그런데 이렇게 한꺼번에 몰려가도 괜찮을까요?」

「아무 문제 없습니다! 꾹쉬나 부인은 좋은 분이니까요.」

「샴페인이 나온다고 했지?」 바자로프가 물었다.

「세 병은 나올 겁니다!」 시뜨니꼬프가 외쳤다. 「장담하죠!」
「무얼 걸고?」
「제 목이라도 걸겠습니다.」
「난 자네 아버지의 지갑을 거는 편이 더 좋은데. 어쨌든 가 보세.」

13

 예브독시야 꾹쉬나 부인이 사는 모스끄바풍의 크지 않은 귀족 저택은 최근 화재가 났던 거리에 있었다. 알다시피 우리 나라의 현청 소재지에서는 5년마다 화재가 발생하곤 한다. 대문에는 쭈그러진 명패가 비뚤게 걸린 위로 초인종 줄이 늘어져 있었다. 현관으로 나온 여자는 하녀도, 말벗도 아닌 듯했는데 이는 여주인의 진보적 성향을 뚜렷이 드러내 주었다. 시뜨니꼬프는 예브독시야 꾹쉬나 부인께서 집에 계시느냐고 물었다.

「빅또르, 당신인가요?」 이웃한 방에서 가느다란 목소리가 들려왔다. 「들어와요.」

 모자 쓴 여인은 바로 사라졌다.

「저 혼자는 아닙니다.」 시뜨니꼬프가 대답하면서 겉옷을 벗었다. 그러자 그 아래 반코트 같기도 하고 긴 조끼 같기도 한 옷이 나타났다. 그는 아르까디와 바자로프에게 흘낏 시선을 던졌다.

「혼자든 여럿이든 상관없어요.」 다시 부인의 목소리가 울렸다. 「*Entrez*(들어와요).」

젊은이들은 안으로 들어갔다. 방은 응접실이라기보다는 집무실에 가까웠다. 종이와 편지, 검열받지 않은 두꺼운 러시아 잡지들이 먼지 쌓인 책상에 뒹굴었다. 던져 버린 궐련 꽁초도 온 사방에 흩어져 있었다.

가죽 소파에 있는 부인은 반쯤 누운 자세였다. 아직 젊은 나이로 약간 헝클어진 금발에 썩 단정치는 않은 비단옷 차림이었으며 짧은 팔에는 커다란 팔찌를 끼고 레이스 달린 손수건으로 머리를 감싸고 있었다. 부인은 몸을 일으키더니 노란 담비 털로 장식한 벨벳 망토를 아무렇게나 어깨에 걸치고는 졸린 말투로 〈어서 와요, 빅또르〉라고 인사하며 시뜨니꼬프의 손을 잡았다.

「바자로프와 끼르사노프입니다.」 시뜨니꼬프는 좀 전의 바자로프를 흉내 내듯 짤막하게 소개했다.

「어서들 오세요.」 꾹쉬나가 대답하면서 둥근 눈으로 바자로프를 유심히 바라보았다. 두 눈 사이의 작은 들창코가 홀로 붉어졌다. 「당신을 알고 있어요.」 부인이 바자로프의 손을 잡았다.

바자로프는 얼굴을 찡그렸다. 편견에서 자유롭다는 이 부인의 작고 평범한 외모에 혐오스러운 부분은 없었다. 하지만 얼굴 표정이 왠지 모를 불쾌감을 주었다. 자기도 모르게 〈뭐가 문제지요? 배고픈가요? 심심한가요? 부끄러운가요? 왜 그렇게 불안해하시나요?〉라고 묻고 싶어질 정도였다. 시뜨니꼬프가 그렇듯 부인 역시 안정감이 없었다. 아주 편안하게 말하고 행동하는 것 같으면서도 어쩐지 서먹했다. 스스로를 선량하고 소박한 사람으로 생각하는 게 분명했지만 왠지 부인이 하는 행동은 하나같이 본래는 하고 싶지 않았던 것인

양 보였다. 모든 언행이 의도적인 것으로, 자연스럽지 않은 것으로 비쳤다.

「그래요, 당신을 알고 있어요, 바자로프.」 부인이 반복했다(지방의 부인들이 그렇듯 이 부인도 남성을 성씨로만 부르는 습관이 있었다. 처음 만났을 때부터 바로 성만 부르는 것이다). 「담배 드릴까요?」

「담배도 좋습니다만……」 시뜨니꼬프가 말했다. 그는 벌써 안락의자에 편하게 기대 앉아 한 발을 위로 쳐든 모습이었다. 「아침을 좀 주시지요. 몹시 배가 고프군요. 샴페인도 좀 들여오라고 해주시고요.」

「이 향락주의자 같으니라고.」 부인은 이렇게 말하며 미소를 지었다(그러자 윗니 위쪽의 잇몸이 드러나 보였다). 「안 그래요, 바자로프? 향락주의자라는 말이 맞지요?」

「저는 삶의 안락함을 좋아합니다.」 시뜨니꼬프가 진지하게 말했다. 「그렇다고 해서 자유주의자가 되는 데 방해를 받는 건 아니잖아요.」

「아니, 방해를 받지요, 받고말고요!」 이렇게 소리치면서도 부인은 하인들에게 아침 식사와 샴페인을 준비하라고 지시했다.

「당신 생각은 어때요?」 부인이 바자로프 쪽을 보았다. 「당신은 나와 의견이 같을 것 같은데요.」

「그렇지는 않군요.」 바자로프가 반박했다. 「화학적 견지에서 봐도 고기 조각이 빵 조각보다 나으니까요.」

「화학을 공부하나요? 나도 그렇답니다. 직접 접착제도 하나 만들었지요.」

「접착제를요? 부인께서?」

「그래요. 왜 만들었는지 아세요? 인형 머리가 부서지지 않게 하기 위해서였어요. 난 이렇게 실용적인 사람이에요. 하지만 아직 완벽하진 않지요. 리비히의 책도 읽어야 하고요. 참, 끼슬랴꼬프가 〈모스끄바 통보〉에 여성 노동에 대해 쓴 글을 읽어 보았나요? 꼭 읽도록 하세요. 당신도 여성 문제에 관심이 있지 않나요? 교육 문제도 그렇지요? 친구분은 뭘 하시죠? 친구분 이름은요?」

꾹쉬나 부인은 대답을 기다리지도 않고 질문이 떠오르는 대로 툭툭 뱉어 냈다. 귀여움만 받아 버릇없는 아이가 유모한테 하듯이 말이다.

「저는 아르까디 니꼴라예비치 끼르사노프라고 합니다.」 아르까디가 자기소개를 했다. 「그리고 전 아무것도 하지 않습니다.」

부인이 큰 소리로 웃었다.

「멋지네요! 담배 태우시나요? 빅또르, 내가 당신한테 화났다는 거 알아요?」

「아니 왜요?」

「또다시 조르주 상드를 찬양하기 시작했다면서요. 그 여자는 시대에 뒤떨어진 작가일 뿐이에요. 조르주 상드를 랠프 월도 에머슨과 비교하는 건 말도 안 돼요! 조르주 상드는 교육이나 생리학에 대해 아무것도 모른다니까요. 아마 생물 발생론에 대해서는 들어 본 적도 없을걸요. 이 시대에 그걸 모른다는 게 말이나 돼요? (부인은 이 부분에서 두 손을 쳐들기까지 했다.) 그 분야에서 옐리셰비치가 얼마나 훌륭한 논문을 썼는지! 정말 천재적인 신사분이에요! (부인은 〈사람〉이라는 말 대신 줄곧 〈신사분〉이라는 표현을 썼다.) 바자로프, 여기 내 옆에 와서 앉아요. 내가 당신을 얼마나 두려워하는지 아마 모르겠지요?」

「그건 왜 그렇습니까? 이유를 여쭤 봐도 될까요?」

「위험한 신사분이잖아요. 날카로운 비판가이기도 하고요. 오, 이렇게 말하고 보니 우습게도 내가 마치 고루한 지주 같군요. 물론 실제로 지주인 건 맞아요. 직접 영지를 관리하지요. 우리 토지 관리인 예로페이는 제임스 쿠퍼 소설에 등장하는 패스파인더(길잡이)와 놀랄 정도로 똑같답니다. 본능적으로 움직이거든요! 나는 결국 여기 정착하고 말았어요. 참기 힘든 도시지만 뭐 어쩌겠어요?」

「도시가 다 그렇지요.」 바자로프가 냉정하게 말했다.

「온통 하찮은 일들뿐이니 정말 끔찍해요! 전에는 겨울마다 모스끄바에서 지냈답니다. 지금 거기엔 남편 무슈 꾹쉰이 살지요. 하지만 모스끄바도 이제는…… 잘은 몰라도 예전과는 다를 거예요. 난 외국으로 갈까 해요. 작년에는 거의 떠날 뻔하다가 못 갔지만.」

「아마 파리로 가시겠지요?」 바자로프가 물었다.

「파리에도 가고 하이델베르크에도 가려고요.」

「하이델베르크에는 왜요?」

「그거야 거기에 화학자 로베르트 분젠이 있기 때문이죠.」

이번만큼은 바자로프도 대답할 말을 찾지 못했다.

「피에르 사뾰쥬니꼬프라고…… 아세요?」

「모릅니다.」

「피에르 사뾰쥬니꼬프를 모르시다니요! 그는 아직도 리지야 호스따또바의 집에 드나든다고 하는군요.」

「그분도 누군지 모르겠군요.」

「글쎄, 사쁘쥬니꼬프가 날 바래다줬지 뭐예요. 내가 자유로운 몸이고 아이도 없으니 다행이었지……. 아이 참, 내가 무슨 말을 하는 거죠? 다행이라니! 어쨌든 그런 건 아무래도 좋아요.」

꾹쉬나 부인은 누렇게 담배 물이 든 손가락으로 궐련을 말아 혀로 핥아 붙인 후 피우기 시작했다. 하녀가 쟁반을 들고 들어왔다.

「아침 식사가 준비되었군요! 전채부터 드실까요? 빅또르, 병을 따줘요. 그건 당신 전문이니까.」

「전문이고말고요.」 시뜨니꼬프가 대답하고는 다시금 째지는 소리로 웃었다.

「이곳엔 미인들이 좀 있나요?」 바자로프가 세 번째 잔을 비우면서 물었다.

「있지요.」 부인이 대답했다. 「하지만 다들 머리가 비었어요. 예를 들어 내 친구 *mon amie* 오딘쪼바도 예쁘지요. 평판은 썩 좋지 않지만……. 뭐, 그건 별거 아니지만 자유로운 사고나 넓은 시각이나 그런 게 하나도 없어요. 교육 체계를 완전히 뜯어고쳐야 해요. 진작부터 그런 생각을 했답니다. 여자들을 잘못 교육하고 있어요.」

「그런 여자들은 어떻게 해볼 도리가 없어요.」 시뜨니꼬프가 말했다. 「그저 경멸해 줘야죠. 전 정말이지 철저히 경멸합니다! (남을 경멸하는 것, 그리고 그 경멸을 표현하는 것은 시뜨니꼬프에게 가장 즐거운 일이었다. 특히 여자들을 공격 대상으로 삼았는데 불과 몇 달 뒤 자신이 아내 앞에서, 아내가 두르돌레오소프 공작 가문 출신이라는 이유만으로 꼼짝 못 하고 굽실거리게 될 줄은 상상도 못 했던 것이다.) 그런 여자들 중 누구도 우리 대화를 이해할 수 없을 겁니다. 우리처럼 진지한 남자들이 거론해 줄 만큼의 가치가 있는 여자도 없을 테고요!」

「그쪽에서도 역시 우리 대화를 이해할 필요조차 느끼지 않을 것 같은데.」 바자로프가 반박했다.

「누구 얘기를 하시는 거죠?」 꾹쉬나 부인이 끼어들었다.

「미인들 말입니다.」

「뭐라고요? 그럼 당신은 피에르 프루동[11]의 반동적 견해에 찬성하시는 건가요?」

바자로프가 몸을 꼿꼿이 세웠다.

「전 누구의 견해에도 찬성하지 않습니다. 저 자신의 견해를 가질 뿐이지요.」

「권위를 타도하라!」 시뜨니꼬프가 외쳤다. 비굴하다 싶을 정도로 추종하는 사람 앞에서 분명하게 자기 의견을 밝힐 수 있는 기회를 얻게 되어 몹시 기뻐하는 모습이었다.

「하지만 영국 역사학자 토머스 매콜리에 따르면……」 꾹쉬나 부인이 입을 열었다.

「매콜리를 타도하라!」 시뜨니꼬프가 다시 외쳤다. 「멍청한 여자들을 편드시는 겁니까?」

「그건 아니에요. 하지만 여성의 권리만큼은, 제 마지막 피한 방울까지도 다 바쳐 지킬 작정이에요.」

「그것도 타──」 시뜨니꼬프가 외치다 말고 입을 다물었다. 「저도 여성의 권리를 부정하는 건 아닙니다.」

「아니, 내가 보기에 당신은 슬라브주의자예요!」

---

11 Pierre-Joseph Proudhon(1809~1865). 프랑스의 무정부주의 사상가로 남녀평등을 반대하였다.

「전 슬라브주의자가 아닙니다. 비록—」

「슬라브주의자가 맞다니까요. 구시대 가부장제의 추종자라고요. 손에 회초리를 들고 휘두르고 싶어 하잖아요!」

「회초리는 훌륭한 물건입니다.」 바자로프가 말했다. 「한데 우리는 지금 마지막 한 방울에 이르렀습니다.」

「뭐요?」 꾹쉬나 부인이 물었다.

「샴페인 말입니다. 존경하는 예브독시야 니끼찌쉬나, 물론 당신의 피는 아니고요.」

「난 여성이 공격당하는 것은 참을 수가 없어요.」 부인이 말을 계속했다. 「정말이지 끔찍해요. 여성들을 공격하는 대신 미슐레의 『사랑에 대하여』를 읽는 게 훨씬 좋아요. 그건 정말 대단한 작품이지요. 신사 여러분, 이제 사랑에 대해 이야기합시다.」 부인이 지쳤다는 듯 구겨진 쿠션에 팔을 떨어뜨리면서 말했다.

갑자기 침묵이 찾아왔다.

「대체 왜 사랑 이야기를 하자는 겁니까?」 바자로프가 입을 열었다. 「아까 어떤 부인 이야기가 나왔는데……. 오딘쪼바라고 하셨나요? 어떤 분인가요?」

「매력적이지요, 매력적인 분입니다!」 시뜨니꼬프가 흥분하여 말했다. 「제가 소개해 드리지요. 현명하고 부유한 과부랍니다. 애석하게도 아직 의식이 덜 깨였지만 말입니다. 우리 꾹쉬나 부인과 좀 더 가깝게 지내면 좋을 텐데요. 자, 위하여! 당신의 건강을 위해 건배! 술잔을 부딪치자고요! 에 톡, 에 토스, 에 틴틴틴! 에 톡, 에 토스, 에 틴틴틴!」[12]

---

12 프랑스 시인 베랑제 Pierre Béranger가 쓴 노래 「술꾼 남편과 그 아내」의 한 구절로, 아무 뜻 없이 흥얼거리는 소리다.

「빅또르, 이 장난꾸러기!」

아침 식사는 좀체 끝날 줄 몰랐다. 두 번째, 세 번째를 지나 네 번째 샴페인 병까지 이어졌다. 꾹쉬나는 끊임없이 지껄였고 시뜨니꼬프는 맞장구를 쳤다. 결혼이란 편견인지 아니면 죄악인지, 인간은 평등하게 태어나는지 아닌지, 개성을 결정하는 요소는 무엇인지 등이 화제에 올랐다. 결국 포도주를 너무 많이 마신 탓에 온통 새빨개진 꾹쉬나 부인이 음정도 맞지 않는 피아노 건반을 납작한 손톱으로 두들기며 갈라진 목소리로 처음에는 집시의 노래를, 다음으로는 시모어 시프의 발라드 「그라나다는 꿈꾸며 졸고 있네」를 부르는 지경에까지 이르렀다. 시뜨니꼬프는 머리에 스카프를 묶고 〈그대와 내 입술이 뜨거운 입맞춤으로 맺어지노라〉라는 가사에 맞추어 죽어 가는 연인의 모습을 연기했다.

아르까디는 더 이상 참을 수 없었다. 「여러분, 이거 점점 정신 병원 분위기가 나는군요!」 그는 큰소리로 말했다.

가끔씩 비꼬는 소리를 한두 마디 보탤 뿐 샴페인 마시는 데 열중해 있던 바자로프가 크게 하품을 하고 일어나더니 여주인에게 작별 인사도 없이 아르까디와 함께 집을 빠져나왔다. 시뜨니꼬프도 벌떡 일어나 뒤를 따랐다.

「그래, 어떠셨습니까?」 두 사람의 오른쪽에서, 또 왼쪽에서 따라오면서 시뜨니꼬프가 물었다. 「말씀드린 대로 대단한 분 아닙니까! 저런 여성이 좀 더 많아야 하는데 말입니다. 저 부인의 존재는 그 자체로 고귀한 도덕적 현상입니다.」

「그렇다면 너희 아버지의 사업도 역시 도덕적 현상인가?」 바자로프가 그 순간 지나치던 길가 술집을 가리키며 말했다.

시뜨니꼬프는 다시금 째지는 소리로 웃기 시작했다. 자기 출신에 대해 열등감이 컸던 그는 바자로프의 〈너〉라는 호칭에 기뻐해야 할지, 모욕감을 느껴야 할지 판단이 안 섰던 것이다.

14

 며칠 뒤 현 지사의 집에서 무도회가 열렸다. 마뜨베이 일리치는 진정 〈행사의 주인공〉이었다. 현의 귀족 단장은 만나는 사람마다 붙잡고 자신은 마뜨베이 일리치를 존경하는 마음에서 이 자리에 참석했다고 밝혔다. 현 지사는 무도회에서도 부동자세로 일을 처리하느라 바빴다. 마뜨베이 일리치의 상냥한 태도는 오로지 자신의 지위와 권위 때문이었다. 그는 모두에게 상냥하게 대했다. 비록 일부에게는 싫은 기색을, 다른 일부에게는 존경의 기색을 더하긴 했지만 말이다. 귀부인들 앞에서는 〈진짜 프랑스 기사처럼 *en vrai chevalier français*〉 듣기 좋은 소리를 늘어놓았고 고관이라는 지위에 걸맞게 끊임없이 껄껄거리며 웃었다. 아르까디의 등을 두드리며 큰 소리로 〈귀여운 조카〉라 부르기도 했고, 초라한 연미복 차림을 한 바자로프 곁을 지날 때에도 무심한 듯 너그러운 시선을 던지며 〈나는〉이나 〈퍽〉 같은 말만 구별될 정도로 분명치 않게 웅얼거리기는 했지만 말도 걸어 주었다. 시뜨니꼬프에게는 손가락을 들어 보이면서 미소 짓고는 곧 고개를 돌렸다. 무도복은 입지도 않고 때 묻은 장갑에 극락조 같은 머리 모양을 하고 나타난 꾹쉬나 부인에게도 〈매혹적이십니다*Enchanté*〉라고 인사했다. 사람들은 무척 많았고 춤 상대를 해줄 남자들도 부족하지 않았다. 문관들은 벽 쪽에 몰려섰고 군인들은 열심히 춤을 추었다. 특히 프랑스에서 6주 정도 지내다 왔다는 한 군인은 〈*Zut*(젠장)〉, 〈*Ah, fichtre*(아, 정말이지)〉, 〈*Pst, pst, mon bibi*(이봐, 잠깐만)〉 등 자신이 배워 온 멋진 감탄사들을 사용해 눈에 띄었다. 발음은 파리 토박이처럼 완벽했지만 〈*si j'avais*〉 대신에 〈*si j'aurais*〉를 쓰거나[13] 〈절대로*absolument*〉를 〈반드시〉의 뜻으로 쓰기도 했다. 한마디로 러시아식 프랑스어였던 것이다. 〈천사처럼*comme des anges*〉 프랑스어를 잘한다며 우리를 격려할 필요가 없다면 프랑스인들이 낄낄대며 웃어 버릴, 그런 프랑스어 말이다.

이미 우리가 알고 있듯 아르까디는 춤에 서툴렀고 비지로프는 아예 춤을 추지 않았다. 두 사람은 구석에 자리를 잡았는데 시뜨니꼬프가 합세했다. 시뜨니꼬프는 경멸의 미소를 띠고 독설을 내뱉으며 건방진 태도로 주위를 둘러보았지만 그 상황이 퍽 즐거운 듯했다. 그러다가 갑자기 표정을 바꾸고 아르까디 쪽을 돌아보며 당황한 듯한 목소리로 〈오딘쪼바 부인이 왔어요〉라고 말했다.

아르까디는 두리번거리다가 검은 옷을 입고 문가에 멈춰 서 있는 키 큰 부인을 발견했다. 기품 있는 모습이 주위를 압도했다. 맨살이 드러난 두 팔을 늘씬한 몸 위로 우아하게 늘어뜨렸고 윤기 흐르는 머리카락에 꽂은 가느다란 푸크시아 가지는 어깨에 닿을 듯 말 듯 했다. 도톰하게 튀어나온 흰 이

---

[13] 과거 시제와 조건법 어미를 헷갈려 잘못 사용한 경우다.

마 아래 빛나는 두 눈은 침착하면서도 총명한, 하지만 생각에 잠겼다기보다는 편안한 시선을 던졌다. 얼굴에서는 다정하고 부드러우면서도 강인한 분위기가 풍겼다.

「저 부인과 아는 사이인가요?」 아르까디가 시뜨니꼬프에게 물었다.

「잘 알지요. 소개해 드릴까요?」

「부탁드립니다. 지금 하는 사인무(四人舞)가 끝나면요.」

바자로프 또한 오딘쪼바 부인 쪽을 바라보았다.

「몸매가 대단한걸.」 그가 말했다. 「다른 여자들하고는 차원이 달라.」

사인무가 끝나자 시뜨니꼬프는 아르까디를 오딘쪼바 부인에게 데려갔다. 하지만 잘 아는 사이는 아닌 듯 말을 더듬었고 부인은 당황스럽다는 듯 상대를 바라보았다. 그런데 아르까디의 성씨를 듣는 순간 부인이 반가운 표정으로 혹시 니꼴라이 뻬뜨로비치의 아드님이냐고 물었다.

「그렇습니다.」

「아버님을 두 번 뵌 적이 있습니다. 말씀은 아주 많이 들었고요.」 부인이 말했다. 「이렇게 만나게 되어 정말 기쁩니다.」

그때 군인 한 명이 다가와 부인에게 춤을 청했다. 부인은 승낙했다.

「춤을 추시는군요?」 아르까디가 공손히 물었다.

「그럼요. 왜 제가 춤을 안 출 거라고 생각하셨을까요? 혹시 제가 너무 늙어 보이나요?」

「아니, 무슨 말씀을……. 그렇다면 저도 마주르카를 청하겠습니다.」

오딘쪼바 부인이 너그러운 미소를 지었다. 「좋아요.」 부인은 대답하며 아르까디를 바라보았다. 오만하다기보다는 시집 간 누이가 한참 어린 남동생을 보는 듯한 시선이었다.

오딘쪼바 부인은 아르까디보다 나이가 약간 더 많은 스물아홉 살이었다. 하지만 부인 앞에서 아르까디는 자신이 철없는 학생 같다고 생각했고, 나이 차도 훨씬 더 많이 난다고 느꼈다. 마뜨베이 일리치가 위엄 있는 표정으로 듣기 좋은 인사를 하면서 부인에게 다가왔다. 아르까디는 옆으로 물러섰지만 시선은 계속 부인을 향해 있었다. 부인이 춤을 추는 동안에도 마찬가지였다. 부인은 함께 춤추는 상대와도, 고위 관리와도 자연스럽게 이야기를 나누었고 머리와 눈을 부드럽게 움직였으며 두 번쯤 조용히 웃었다. 부인의 코는 러시아인답게 약간 두툼한 편이었고 피부도 완벽하게 깨끗하지는 않았다. 그래도 아르까디는 부인이 시금껏 만나 본 사람 가운데 가장 매력적인 여성이라고 생각했다. 부인의 목소리가 그의 귓전을 떠나지 않았다. 옷 주름까지도 다른 여성과는 달리 더 넓고 우아한 듯했다. 부인의 몸동작은 한결같이 부드럽고 자연스러웠다.

드디어 마주르카 음악이 시작되어 부인 옆에 자리를 잡은 아르까디는 대화를 시작하려 했지만 어쩐지 서먹한 마음이 들어 머리를 긁적일 뿐 한 마디도 입을 떼지 못했다. 하지만 서먹함이나 긴장은 오래가지 않았다. 오딘쪼바 부인의 편안한 태도가 그에게도 전해진 것이다. 15분가량 지난 후에는 아르까디도 아버지와 큰아버지에 대해, 그리고 뻬쩨르부르그와 시골의 생활에 대해 자유롭게 이야기하게 되었다. 부인은 부채를 가볍게 접었다 폈다 하면서 이야기를 경청했다. 군인들이 부인에게 춤을 청해 올 때면 대화가 중단되었다.

시뜨니꼬프도 두 차례 춤을 청했다. 춤을 추고 돌아온 부인은 다시 자리에 앉아 부채를 손에 들었지만 전혀 숨차하지 않았고 아르까디는 하던 이야기를 계속했다. 부인 곁에 앉아 그 눈과 아름다운 이마, 부드럽고 진지하면서도 지혜로운 얼굴을 바라보며 이야기한다는 터질 듯한 행복감에 사로잡힌 채 말이다. 말을 많이 하지 않았지만 부인의 이야기 속에서는 인생의 지혜가 느껴졌다. 몇 마디를 통해 아르까디는 이 젊은 여성이 이미 많은 것을 느끼고 생각해 왔다는 결론을 내렸다…….

「함께 서 계셨던 분은 누구죠?」 부인이 물었다. 「아까 시뜨니꼬프 씨와 함께 인사하러 왔을 때 말이에요.」

「아, 보셨군요.」 아르까디가 대답했다. 「아주 미남이지요? 제 친구 바자로프라고 합니다.」

아르까디는 곧 자기 친구에 대해 이야기하기 시작했다. 어찌나 열정적이고 상세한 이야기였던지 오딘쪼바 부인이 바자로프 쪽으로 돌아앉아 그를 유심히 살펴보았을 정도였다. 어느덧 마주르카가 끝나 가고 있었다. 아르까디는 부인과 헤어지는 것이 아쉬웠다. 1시간가량을 너무도 즐겁게 보냈던 것이다! 그는 그 시간 내내 부인이 자신에게 얼마나 잘 대해 주었는지 느끼면서 반드시 감사 인사를 해야 한다고 생각했지만…… 젊은이들의 마음이란 그런 생각에 오래 머물지 않는 법이다.

음악이 끝났다.

「고마워요 *Merci*.」 오딘쪼바 부인이 일어서면서 말했다. 「제가 머물고 있는 곳에 찾아와 주겠다고 약속했으니 친구도 함께 데려오세요. 아무것도 믿지 않는 용기 있는 사람을 꼭 만나 보고 싶군요.」

현 지사가 오딘쪼바 부인에게 다가서며 저녁 식사가 준비되었다고 알리며 사려 깊은 표정으로 손을 내밀었다. 자리를 떠나면서 부인은 아르까디 쪽으로 고개를 돌려 마지막 미소와 목례를 보냈다. 그는 한껏 몸을 굽혀 답례하고 부인의 뒷모습(회색 광택이 나는 검은 비단에 싸인 부인의 몸매는 참으로 우아했다)을 바라보며 〈벌써 내 존재 같은 건 잊으셨겠지〉라고 생각했다. 그러자 지극히 겸손한 마음이 차올랐다.

「그래 어땠나?」 아르까디가 구석 자리로 돌아가자마자 바자로프가 물었다. 「즐거웠나? 좀 전에 한 지주는 그 부인을 보고 〈오, 세상에!〉라는 말밖에 못 하더군. 바보인가 봐. 그래, 자네 보기에는 어떻던가? 역시 〈오, 세상에!〉인가?」

「무슨 소린지 난 전혀 모르겠군.」 아르까니가 내답했다.

「이런, 이렇게 순진해서야!」

「그런 의미라면 그 지주를 이해 못 하겠군. 오딘쪼바 부인이 아주 다정한 분인 건 분명하지만 차갑고 엄격하게 처신하—」

「잔잔한 물일수록……. 자네도 알지 않나!」 바자로프가 말했다. 「그 부인이 차갑다고 했지? 바로 그게 매력인 거야. 자네도 아이스크림을 좋아하지 않나!」

「그럴지도 모르지.」 아르까디가 중얼거렸다. 「난 판단이 안 서네. 어쨌든 부인이 자네를 만나 보고 싶어 하더군. 함께 방문해 달라고 부탁하셨네.」

「자네가 내 얘기를 어떻게 했을지 상상이 가네! 어쨌든 잘했네. 나도 데려가 주게. 그저 이곳 사교계의 암사자일 뿐인지, 아니면 꾹쉬나 부인처럼 편견에서 자유로운 여성인지는 아직 모르겠지만 부인의 그 어깨는 정말 오랜만에 보는 훌륭한 것이군.」

아르까디는 바자로프의 냉소적인 언사가 불쾌했지만 늘 그렇듯 직설적으로 맞서기보다는 다른 문제를 들고 나왔다.

「어째서 자네는 여성들의 자유사상을 못 견뎌 하는 거지?」 낮은 목소리였다.

「왜냐하면 말일세, 내가 관찰해 보니 자유사상을 가진 여성은 하나같이 끔찍하게 못생겼거든.」

대화는 여기서 중단되었다. 두 젊은이는 저녁을 먹고 바로 자리를 떠났다. 꾹쉬나 부인은 화가 나고 자존심도 상해 두 사람 뒤에 대고 신경질적인 조소를 보냈다. 둘 중 누구도 자기에게 관심을 보이지 않아 깊이 상처받았던 것이다. 부인은 누구보다도 늦게까지 무도회에 남아 새벽 4시까지 시뜨니꼬프와 함께 파리식으로 폴카와 마주르카를 추었다. 이렇게 교훈적인 장면으로 현 지사 주최 무도회는 끝이 났다.

15

「이 개체가 포유류의 어떤 종에 속하는지 알아보자고.」 다음 날 오딘쪼바 부인이 묵고 있는 여인숙의 계단을 오르면서 바자로프가 아르까디에게 말했다. 「어째 좀 문제가 있을 것 같은 느낌이야.」

「놀랍군!」 아르까디가 큰 소리로 말했다. 「바자로프, 어떻게 자네가 그렇게 좁은 도덕관념에 의존할 수──」

「참 답답하구먼!」 바자로프가 말을 가로챘다. 「우리끼리 쓰는 말에서 〈좀 문제가 있다〉는 말은 〈문제가 전혀 없다〉는 뜻이라는 걸 모르는 건가? 다시 말하면 뭔가 좋은 게 있을 것 같다는 얘기지. 이 부인이 좀 묘한 결혼을 했다고 오늘 말한 사람은 바로 자네가 아닌가? 내 보기에 돈 많은 늙은이와 결혼하는 건 전혀 묘한 일이 아닐세. 아니, 반대로 현명한 행동이지. 떠도는 소문을 믿지는 않네만 우리 교양 있는 현 지사 말씀대로 소문에도 어느 정도 근거는 있지 않을까 싶군.」

아르까디는 말없이 객실 문을 두드렸다. 제복을 입은 젊은 하인이 두 친구를 커다란 방으로 안내했다. 러시아 여인숙이 다 그렇듯 가구는 형편없었다. 하지만 사방에 꽃이 장식되어 화사했다. 곧 소박한 모닝 드레스 차림의 오딘쪼바 부인이 나타났다. 봄의 햇살 아래서 부인은 한층 젊어 보였다. 아르까디는 바자로프를 소개했다. 그리고 부인이 어제처럼 지극히 평온하고 침착한 데 반해 바자로프가 쑥스러워하는 모습에 은근히 놀랐다. 바자로프 자신도 그것을 느끼고 화가 치밀었다. 〈이제 무슨 꼴이람! 여자 앞에서 당황하다니!〉 그는 이렇게 생각했고 시뜨니꼬프를 흉내 내어 지극히 편안한 자세로 안락의자에 앉아 떠들어 대기 시작했다. 부인의 맑은 두 눈은 계속 바자로프를 주시했다.

안나 세르게예브나 오딘쪼바는 미남 투기꾼이자 노름꾼으로 명성을 떨친 세르게이 니꼴라예비치 록쩨프의 딸로 태어났다. 그 아버지는 15년 정도는 운이 좋아 뻬쩨르부르그와 모스끄바에서 화려하게 살았지만 결국 망해 시골로 옮겨 갔고 얼마 지나지 않아 죽고 말았다. 그의 두 딸, 스무 살이었던 안나와 열두 살이었던 까쩨리나는 얼마 안 되는 유산과 함께 고아 신세가 되었다. 몰락한 공작 가문 출신이었던 어머니는 남편이 전성기를 누리던 때 뻬쩨르부르그에서 이미 세상을 떠났던 것이다. 안나의 처지는 무척 어려워졌다. 뻬쩨르부르그에서 받은 일류 교육은 궁벽한 시골 생활에 필요한 농사일이나 집안일을 처리하는 데 아무 도움도 되지 않았다. 근처에는 제대로 아는 사람도, 조언을 얻을 사람도 없었다. 아버지가 생전에 이웃과 어울리지 못하게 했기 때문이다. 아버지는 이웃을 경멸하고 이웃은 아버지를 경멸했었다. 안나는 낙담하지 않고 곧 이모뻘로 지체 높은 공작 따님인 아브도찌야 스쩨빠노브나를 집으로 모셔 와 보호자로 삼았다. 이모님은 고약하고 거만한 노파로 조카딸 집에 오자마자 제일 좋은 방을 차지하고 아침부터 밤까지 투덜거리며 잔소리를 늘어놓았으며 자기가 거느리는 유일한 농노의 시중을 받지 않고는 정원에조차 나가려 하지 않았다. 그 농노는 하늘색 장식이 달린 낡아 빠진 황록색 제복에 삼각모를 쓰고 늘 음울한 표정을 짓는 사람이었다. 안나는 이모님의 심술을 참아 내고 여동생을 교육시키면서 그럭저럭 벽지 생활에 익숙해져 갔다……. 하지만 운명은 다른 길을 열어 주었다. 나이 마흔여섯에 엄청난 부자인 오딘쪼프가 우연히 안나를 만나고 홀딱 반해 청혼한 것이다. 괴짜이고 우울증인 데다가 뚱뚱하고 심술궂은 편이었지만 사악하거나 멍청한 사람은 아니었다. 안나는 그와 결혼해 오딘쪼바 부인이 되었다. 6년 후 오딘쪼프는 모든 재산을 아내에게 물려주고 세상을 떠났다. 안나 세르게예브나는 남편이 죽은 후 1년 정도 시골에 들어박혀 있다가 동생을 데리고 해외로 나갔지만 독일에만 잠시 머물렀을 뿐 곧 고향이 그리워져 돌아왔다. 그리고 ×××에서 40베르스따가량 떨어진 니꼴스꼬예 영지에 자리를 잡았다. 잘 꾸며진 멋진 저택, 온실이 딸린 아름다운 정원이 있는 곳이었다. 죽은 오딘쪼프는 집치장에 돈을 아끼는 사람이 아니었던 것이다. 안나 세르게예브나는 아주 가끔씩 일이 있을 때에나 도시에 나왔고 잠깐 머물다 돌아갔다. 현 사람들은 안나를 좋아하지 않았다. 오딘쪼프와의 결혼을 두고 비난해 마지않는 사람들도 많았다. 아버지의 사기도박을 도왔다는 둥, 외국에 갔던 것은 유산을 숨기기 위해서였다는 둥, 밑도 끝도 없는 온갖 소문들이 이어졌다. 분개하며 소문을 퍼뜨리는 사람들은 〈이럴 수가 있는 겁니까?〉라며 말을 마치곤 했다. 안나는 〈온갖 풍파를 다 지나온 사람〉이었고 현의 유명한 떠버리는 여기에 〈산전수전 다 겪은 사람〉이라는 말을 덧붙이곤 했다. 이런 소문을 다 전해 듣고도 안나는 그저 흘려 넘겼다. 그만큼 자유롭고도 결단력 있는 성격이었던 것이다.

오딘쪼바 부인은 의자 등받이에 등을 똑바로 붙이고 두 손을 포갠 채 바자로프의 이야기에 귀를 기울였다. 바자로프는 평소와 다르게 말이 많았고 상대의 흥미를 끌기 위해 노력하는 모습이 역력했다. 아르까디는 또다시 놀랐다. 그렇지만 바자로프가 목적을 달성했는지는 알 수 없었다. 부인의 표정만 보고는 어떤 인상을 받았는지 짐작하기 어려웠기 때문이다. 부인은 시종 다정다감했다. 아름다운 두 눈은 반짝이며 상대를 주목했지만 긴장감 없이 고요했다. 부인은 처음에는 바자로프의 과장되고 부자연스러운 말투에 고약한 냄새를 맡거나 째지는 소리를 들은 것처럼 불쾌했지만 그것이 당황한 탓이라는 걸 알고는 내심 흡족해했다. 부인이 참지 못하는 단 한 가지는 속물스러움이었는데 바자로프는 속물스러움과는 거리가 한참 먼 사람이었던 것이다. 아르까디는 그날 계속 놀라는 참이었다. 그는 바자로프가 오딘쪼바 부인을 지혜로운 여성으로 대하며 자신의 신념과 견해를 밝힐 것이라 기대했다. 부인 또한 〈아무것도 믿지 않는 용기 있는 사람〉의 이야기를 듣고 싶다고 하지 않았던가. 하지만 바자로프는 그런 이야기는 제쳐 두고 의학과 동종 요법과 식물학에 대해 떠들었다. 오딘쪼바 부인은 시골에서 지내면서도 시간을 낭비하지 않은 모양이었다. 훌륭한 책도 여러 권 읽은 상태였고 정확한 러시아어를 구사했다. 음악을 화제에 올리려던 부인은 바자로프가 예술에 무관심하다는 것을 눈치채고 다시금 식물학 이야기로 돌아갔다. 아르까디가 민속 음악에서 곡

조의 중요성에 대해 언급했는데도 말이다. 부인은 여전히 아르까디를 어린 남동생처럼 대했다. 선량함과 젊은이다운 단순함, 그것만을 인정해 주는 듯했다. 여유로운 대화는 3시간이 넘도록 여러 주제를 넘나들며 활발하게 이어졌다.

마침내 두 친구가 자리에서 일어나 작별 인사를 했다. 오딘쪼바 부인은 두 사람을 다정하게 바라보며 아름다운 흰 손을 내밀었고 잠시 무언가 생각하는 듯하더니 조금 주저 섞인, 하지만 환한 미소와 함께 말했다.

「지루하실까 봐 걱정이 되긴 하지만 제가 사는 니꼴스꼬예를 방문해 주시면 좋겠군요.」

「고맙습니다, 안나 세르게예브나.」 아르까디가 기쁨의 탄성을 질렀다. 「참으로 큰 영광—」

「당신은요, 무슈 바자로프?」

바자로프는 말없이 고개를 숙였다. 아르까디는 또다시 놀라야 했다. 친구의 얼굴이 붉어지는 것을 보았던 것이다.

「어떤가?」 큰길로 나온 아르까디가 바자로프에게 물었다. 「아직도 저 부인이 〈오, 세상에!〉 수준이라고 생각하나?」

「그거야 모르지! 얼음처럼 침착하긴 하더군!」 바자로프는 이렇게 대답하고 잠시 입을 다물었다가 덧붙였다. 「고귀한 신분과 통치자의 권위가 느껴져. 뒤로 끌리는 긴 옷을 입고 왕관만 쓰면 되겠던걸.」

「우리 통치자는 러시아어를 저 정도로 하지 못한다네.」 아르까디가 지적했다.

「고초를 겪어 본 사람 같더군. 우리와 같은 빵을 먹어 보았던 셈이야.」

「어떻든 대단히 매력적이야.」 아르까디가 중얼거렸다.

「몸이 정말 아름다워!」 바자로프가 말을 이었다. 「당장이라도 해부대에 올려놓고 싶던걸.」

「그런 소리는 말게, 예브게니! 말이 너무 지나치군.」

「화내지 말게, 최고라는 뜻이었으니. 그건 그렇고 초대를 받았으니 가봐야지.」

「언제가 좋겠나?」

「당장 모레라도 좋네. 여기서 더 할 일도 없지 않나! 꾹쉬나 부인과 샴페인을 더 마시고 싶은가? 자네 친척인 자유주의자 고관 나리의 말씀을 들을까? 모레 떠나 버리세. 우리 아버지가 사시는 조그마한 집도 거기서 멀지 않아. 니꼴스꼬예라면 ××× 대로에 있는 마을이 맞지?」

「그렇네.」

「아주 잘됐군 Optime. 꾸물거릴 필요는 없어. 꾸물거리는 건 바보 천치나 하는 짓이지. 한데 아까도 말했지만 몸이 정말 아름답지 않던가!」

사흘 후 두 친구는 니꼴스꼬예로 가는 마차를 타고 있었다. 화창한 날씨였지만 아주 덥지는 않았다. 통통하고 날렵한 역마들은 땋아 묶어 놓은 꼬리를 경쾌하게 흔들면서 사이좋게 달렸다. 아르까디가 길을 내다보면서 까닭 모를 미소를 지었다.

「축하해 주게.」 바자로프가 불쑥 말했다. 「오늘 6월 22일은 내 영명 축일일세. 내 수호성인이 날 어떻게 지켜 줄지 두고 보세. 집에서는 날 기다리실 테지.」 그는 목소리를 낮췄다. 「뭐, 기다려도 할 수 없어. 그게 뭐 중요한가!」

16

안나 세르게예브나 오딘쪼바 부인이 사는 저택은 약간 경사지고 앞이 훤히 트인 언덕 위에 서 있었다. 노란 석조 교회에서 그리 멀지 않은 거리였다. 교회 지붕은 녹색이었고 늘어선 흰 기둥과 중앙 출입구에 그려진 이탈리아식 「예수 부활」 프레스코화가 눈에 띄었다. 그림 앞쪽에 있는 투구 쓴 거무스름한 군인의 형상은 크고 둥근 윤곽선 때문에 특히 두드러져 보였다. 교회 뒤쪽으로는 초가지붕 집들이 두 줄로 늘어섰고 드문드문 굴뚝이 보였다. 부인의 저택은 교회와 같은 알렉산드르 양식이었다. 노랗게 칠한 건물 외벽에 지붕은 녹색, 늘어선 기둥은 흰색이었고 문과 창문 위쪽에는 문장을 새겨 놓았다. 교회와 저택은 같은 건축가의 작품이었는데 그는 무의미하고 제멋대로인 신식 양식에 질색을 했던 고(故) 오딘쪼프의 지시를 충실히 따랐던 것이다. 저택 주위로는 오래된 정원의 울창한 나무들이 빽빽하게 둘러섰고 다듬어진 전나무 가로수 길이 현관까지 이어졌다.

제복을 입은 키 큰 하인 두 명이 두 친구를 현관에서 맞았다. 하인 하나는 집사를 부르러 뛰어갔다. 곧 검은 연미복을 입은 뚱뚱한 집사가 나타나더니 손님들을 안내했다. 양탄자가 깔린 계단을 올라가니 침대 두 개와 세면도구 일습이 갖춰진 방이 나왔다. 모든 것이 깔끔하게 관리되는 분위기였다. 사방이 깨끗했고 마치 장관의 접견실인 양 기분 좋은 향기까지 풍겼다.

「안나 세르게예브나 님께서는 30분 후에 손님들을 뵙겠다고 하십니다.」집사가 정중히 말했다. 「그동안 분부하실 게 있으신지요?」

「별다른 건 없습니다만……」바자로프가 대답했다. 「보드까를 한 잔만 가져다주셨으면 합니다.」

「알겠습니다.」집사는 약간 의외라는 듯한 표정으로 대답하고는 구두 소리를 내며 나갔다.

「정말 으리으리하군.」바자로프가 말했다. 「그렇지 않나? 이건 그야말로 고귀한 황녀의 집다운걸.」

「대단한 황녀지.」아르까디가 응수했다. 「자네와 나처럼 유력한 귀족을 처음 만난 자리에서 자기 집에 초대했으니 말이야.」

「더군다나 나를 말일세. 의사의 아들이고 앞으로도 의사 노릇을 할 사람을. 게다가 교회지기의 손자를 말일세. 내가 교회지기의 손자라는 말을 했던가? 마치 스뻬란스끼[14]처럼 말이네.」 잠시 말을 멈추고 입술을 삐죽거리다가 바자로프가 덧붙였다. 「어쨌든 이 부인은 최고급으로 사는군. 정말 대단해! 우리도 연미복을 입어야 하는 건 아닐까?」

---

14 Mikhail Mikhailovich Speranskii(1772~1839). 러시아의 정치가로 알렉산드르 1세 치하에서 내무 장관을 지낸 인물이다. 시골 성직자의 아들로 자랐다.

아르까디는 어깨를 으쓱할 뿐이었다……. 하지만 그 역시 조금 위압감을 느꼈다.

30분 후 아르까디와 바자로프는 거실로 안내되었다. 넓고 천장도 높은 방 안은 호화롭게 꾸며져 있었지만 특별한 취향은 드러나지 않았다. 황금빛 무늬가 들어간 갈색 벽지가 발린 벽을 따라 육중하고 값비싼 가구들이 늘어서 있었다. 오딘쪼프가 포도주 거래상이었던 친구를 통해 모스끄바에서 사들인 가구였다. 가운데 안락의자 위쪽에는 옅은 빛 머리카락에 피부가 부석부석한 남자의 초상화가 걸려 있었는데 못마땅한 표정으로 손님들을 바라보는 듯한 느낌이었다.

「죽은 남편이 틀림없어.」 바자로프가 속삭이며 콧잔등을 찡그렸다. 「얼른 도망쳐 버릴까?」

그 순간 집주인이 들어섰다. 얇고 하늘거리는 옷을 입고 있었다. 귀 뒤로 빗어 넘긴 머리는 깨끗하고 생기 있는 얼굴에 소녀 같은 느낌을 더해 주었다.

「약속대로 이렇게 방문해 줘서 고마워요.」 오딘쪼바 부인이 입을 열었다. 「여기도 꽤 괜찮은 곳이랍니다. 제 여동생을 소개해 드릴게요. 피아노를 잘 치지요. 무슈 바자로프에게는 관심 없는 일이겠지만 무슈 끄르사노프는 음악을 좋아하시지요? 여동생 말고는 늙은 이모님이 한 분 계시고 또 가끔 카드놀이를 하러 오는 이웃 한 분이 계세요. 이 정도가 제 주변 사람들이랍니다. 이제 앉으시죠.」

오딘쪼바 부인은 마치 외워서 준비하기라도 한 듯 깔끔하게 이 짧막한 인사말을 마쳤다. 그러고는 아르까디를 보며 자기 어머니가 아르까디의 어머니와 잘 아는 사이이며 아르까디 부모님의 연애를 처음으로 알게 된 사람이기도 했다고 말했다. 아르까디는 돌아가신 어머니에 대해 이런저런 이야기를 시작했고, 그동안 바자로프는 화집을 넘기며 〈나도 참 얌전하게 굴고 있군!〉이라고 생각했다.

하늘색 목걸이를 한 잘생긴 보르조이종 개 한 마리가 바닥을 탁탁 울리며 거실로 뛰어들었다. 그 뒤로 열여덟 살쯤 되어 보이는 검은 머리의 처녀가 따라 들어왔다. 통통하고 가무잡잡한 인상 좋은 얼굴에 그리 크지 않은 눈은 검은색이었으며 꽃이 가득 담긴 광주리를 안고 있었다.

「제 동생 까짜랍니다.」 오딘쪼바 부인이 고갯짓으로 처녀를 가리켰다.

까짜는 살짝 무릎을 굽혀 인사하더니 언니 곁에 앉아 꽃을 정리하기 시작했다. 피피라 불리는 보르조이종 개는 꼬리를 흔들며 두 손님에게 차례로 다가와 차가운 코를 손에 들이밀었다.

「직접 꺾은 꽃이니?」 부인이 동생에게 물었다.

「네.」

「참, 이모님은 차 드시러 오신다니?」

「오신대요.」

까짜는 수줍어했지만 그러면서도 솔직하고 다정하게 미소 지었으며 아래에서 위로 향하는 눈길은 호기심과 냉정함을 함께 담고 있었다. 어디로 보나 청순한 젊음이 느껴졌다. 목소리도, 얼굴의 솜털도, 장밋빛 손과 흰 손바닥도, 살짝 좁은 듯한 어깨도……. 까짜는 줄곧 얼굴을 붉힌 채 급한 숨을 쉬었다.

오딘쪼바 부인이 바자로프 쪽을 보았다.

「예의상 화집을 보고 계시는군요, 예브게니 바실리예비

치.」 부인이 말했다. 「그런 건 흥미가 없으실 텐데요. 이쪽으로 오셔서 함께 토론을 하면 어떨까요?」

바자로프가 다가와 앉았다.

「무엇에 대해서요?」 그가 물었다.

「무엇이든 원하시는 주제로요. 미리 알려 드리지만 전 토론광이랍니다.」

「부인이요?」

「네, 놀라셨나요? 왜요?」

「제가 판단하기에 부인께서는 냉정하고 차분한 성품이신 것 같아서요. 토론을 하려면 빠져들 필요가 있지요.」

「제가 어떤 사람인지 어떻게 그렇게 빨리 단정하시는 거죠? 첫째, 저는 성질이 급하고 고집이 세답니다. 까쨔에게 물어보면 아실 거예요. 둘째로, 전 아주 잘 빠져드는 사람이지요.」

바자로프는 부인을 응시했다.

「부인 스스로의 판단이 더 정확하겠지요. 자, 그럼 토론을 하자는 말씀이시지요? 알겠습니다. 조금 전에 저는 화집에서 작센 스위스의 풍경을 보았습니다. 부인은 제가 그림에 흥미가 없을 거라고 하셨지요. 그건 제가 예술에 대해 무관심하다고 생각하셨기 때문이겠고요. 실제로도 전 예술적 안목은 없습니다. 그렇지만 화집의 그림 속 풍경은 지질학적 측면에서 제게 흥미로웠습니다. 예를 들면 산의 형태가 그렇더군요.」

「죄송합니다만, 지질학적 측면이라면 전문 서적 쪽이 그림보다는 훨씬 유용할 것 같은데요.」

「책 열 쪽에 걸쳐 설명해야 하는 것을 그림은 단번에 보여 줄 수 있죠.」

부인은 잠시 입을 다물었다.

「당신에게는 정말로 예술적 관심이 단 한 방울도 없는 건가요?」 부인이 테이블에 팔꿈치를 괴며 말했다. 이로써 부인의 얼굴은 바자로프에게 좀 더 가까워졌다. 「어떻게 예술 없이 살아갈 수 있지요?」

「도대체 예술이 무엇에 필요한지 여쭤 봐도 될까요?」

「인간을 알고 연구하기 위해서라도 필요하지요.」

바자로프가 웃었다.

「첫째, 인생의 경험으로도 그런 건 가능합니다. 둘째, 개체로서의 인간을 연구하는 일은 별 가치가 없다는 말씀을 드리겠습니다. 육체적으로나 정신적으로나 인간은 대동소이합니다. 누구나 뇌, 비장, 심장, 폐는 똑같습니다. 정신적 특징이라는 것도 마찬가지고요. 사소한 차이점은 별 의미가 없지요. 그러니 모든 인간에 대해 판단하는 건 한 인간의 표본으로 충분합니다. 인간은 숲의 나무와도 같지요. 자작나무 한 그루 한 그루를 연구하는 식물학자는 없습니다.」

천천히 꽃을 골라내고 있던 까쨔는 의아하다는 듯 눈을 들어 바자로프를 바라보았으나 거침없는 눈길이 바로 자신에게 되돌아오자 귀뿌리까지 붉어졌다. 오딘쪼바 부인은 고개를 저었다.

「숲의 나무라······.」 부인이 되뇌었다. 「그럼 당신 생각에는 우매한 인간과 영리한 인간, 선인과 악인 사이에 아무런 차이도 없다는 건가요?」

「차이는 있습니다. 건강한 인간과 병든 인간의 차이 같은 것이지요. 폐병 환자의 폐는 저나 부인의 폐와 같은 상태가 아닙니다. 형태나 구조는 똑같지만 말입니다. 우리는 육체의 병이 왜 생기는지 대강은 알게 되었습니다. 정신의 병은 잘못된 교육에서, 어릴 때부터 머릿속에 주입되는 온갖 쓰레기에서, 무질서한 사회 상황에서 생겨납니다. 사회를 제대로 바로잡으면 그런 병은 없어지는 것이지요.」

바자로프는 〈내 말을 믿든 말든 그건 내게 아무 상관없는 일이야!〉라는 듯한 표정으로 말하고 있었다. 자신의 긴 손가락으로 느긋하게 구레나룻을 쓸어 보기도 하고 방구석을 바라보기도 하면서 말이다.

「사회를 제대로 바로잡는다면……」 오딘쪼바 부인이 말했다. 「그렇게 하면 우매한 인간도, 사악한 인간도 사라진다는 건가요?」

「완전히 사라지지는 않는다 해도 사회가 제대로 돌아가기만 하면 인간이 우매하든, 영리하든, 선하든, 악하든 아무 상관이 없게 됩니다.」

「알겠어요, 모두가 똑같은 비장을 갖는다는 거군요.」

「바로 그겁니다.」

부인은 아르까디를 돌아보았다. 「당신 의견은 어떤가요, 아르까디 니꼴라예비치?」

「저도 예브게니와 같은 의견입니다.」 그가 대답했다.

까쨔가 아르까디를 슬쩍 쳐다보았다.

「두 분은 저를 놀라게 하시는군요.」 부인이 말했다. 「이 토론은 나중에 계속하지요. 곧 이모님이 차를 드시러 오실 테니까요. 이모님을 배려해 드려야겠죠.」

부인의 이모님은 작고 마른 체구에 회색 가발을 쓰고 있었다. 얼굴은 꽉 움켜쥔 주먹 같았고 심술궂은 눈동자는 못 박힌 듯 움직임이 없었다. 거실로 들어온 이모님은 손님들에게 인사를 하는 둥 마는 둥 하고 다른 사람은 아무도 감히 앉지 못하는 널따란 벨벳 안락의자에 앉았다. 까쨔가 발 받침대를 놓아 드렸지만 이모님은 고마움을 표현하기는커녕 조카딸 쪽은 쳐다보지도 않았다. 그저 바짝 여윈 몸을 감싼 노란 망토 아래에서 손만 살짝 움직였을 뿐이다. 모자에도 선명한 노란색 리본이 달려 있는 것으로 보아 이모님은 노란 색을 좋아하는 모양이었다.

「잘 주무셨어요, 이모님?」 오딘쪼바 부인이 목소리를 높여 물었다.

「저 개가 또 여기 있군.」 대답 대신 이모님은 피피를 가리켰다. 그리고 개가 머뭇거리며 두어 발짝 다가오자 〈쉿, 쉿!〉 하며 쫓았다.

까쨔가 피피를 불러 문가로 데려갔다.

피피는 산책을 나가는 줄 알고 좋아서 문밖으로 나갔지만 곧 혼자 쫓겨났다는 것을 알고 발톱으로 문을 긁으며 끙끙거렸다. 이모님이 눈살을 찌푸렸다. 까쨔는 자기도 나가고 싶다는 표정이었다.

「차가 준비되었을 것 같군요.」 오딘쪼바 부인이 말했다. 「다들 가시지요. 이모님, 차를 드시러 가세요.」

이모님은 말없이 일어나 제일 먼저 거실을 나섰다. 모두들 그 뒤를 따라 식당으로 갔다. 제복을 입은 까자흐인 시종이 이모님 전용 의자를 식탁 뒤로 조금 빼냈다. 쿠션이 여러 개 깔린 그 의자는 움직이면서 요란한 소리를 냈다. 이모님이 의자에 앉자 까쨔는 가문 문장이 장식된 찻잔에 차를 따라 제일 먼저 이모님 앞에 놓았다. 이모님은 찻잔에 꿀을 넣고(정작

자기 돈은 한 푼도 쓰지 않는 상황인데도 차에 설탕을 넣는 것은 몸에도 나쁘고 낭비라고 여겼던 것이다) 갑자기 쉰 목소리로 물었다.

「그래 이반 공작께서는 뭐라고 써 보냈더냐?」

아무도 대답하지 않았다. 공손하게는 대하지만 누구도 이모님에게 신경을 쓰지 않는다는 점을 바자로프와 아르까디는 곧 눈치챘다. 〈신분 때문에, 공작 따님이라는 사실 때문에 참아 내고 있군.〉 바자로프는 이렇게 생각했다. 차를 마신 후 오딘쪼바 부인은 산책을 나가자고 했지만 빗방울이 떨어지기 시작했으므로 이모님을 제외한 모두가 다시 거실로 돌아왔다. 카드놀이를 좋아하는 이웃 뽀르피리 쁠라또니치도 찾아왔다. 짧고 곧은 다리에 체구가 통통하고 머리는 회색으로 센 남사토 아주 정중하면서도 유쾌했다. 바사로프와 주로 대화를 나누던 오딘쪼바 부인은 뽀르피리와 셋이서 프레페란스 카드 게임을 하면 어떻겠느냐고 제안했다. 바자로프는 나중에 시골 의사로 일할 때를 대비해 미리 연습해 둘 필요가 있다면서 선뜻 응낙했다.

「조심해야 할걸요.」 오딘쪼바 부인이 말했다. 「저랑 뽀르피리 쁠라또니치가 당신을 꼼짝 못 하게 할 테니까요. 아, 까쨔, 너는……」 부인이 덧붙였다. 「아르까디 니꼴라예비치 씨께 피아노를 연주해 드리렴. 음악을 좋아하시거든. 우리도 함께 듣자꾸나.」

까쨔는 마지못해 피아노로 다가갔다. 음악을 좋아하는 건 사실이었지만 아르까디 역시 마지못해 까쨔 뒤를 따랐다. 왠지 부인이 자기를 멀리하는 느낌이었던 것이다. 그 나이 때 젊은이라면 다 그렇듯 그의 심장에는 벌써 무언가 암울하고 고통스러운 느낌, 사랑의 전조와도 같은 그 느낌이 자리 잡고 있었다. 까쨔가 피아노 뚜껑을 열더니 아르까디 쪽은 쳐다보지도 않고 작은 목소리로 물었다.

「어떤 곡을 연주해 드릴까요?」

「당신이 원하는 것으로.」 아르까디는 무심히 대답했다.

「어떤 음악을 좋아하시는데요?」 자세 하나 바꾸지 않고 까쨔가 다시 물었다.

「고전 음악을 좋아합니다.」 아르까디도 아까와 같은 목소리였다.

「모차르트를 좋아하시나요?」

「좋아합니다.」

까쨔가 모차르트의 C 단조 소나타 환상곡의 악보를 펼쳤다. 다소 기계적이기는 해도 훌륭한 연주였다. 악보에서 눈을 떼지 않고 입술을 굳게 다문 채 곧은 자세로 꼼짝 않고 피아노를 친 까쨔는 소나타 마지막 부분에 이르러서야 얼굴에 홍조를 띠었고 느슨해진 머리채에서는 몇 가닥 머리카락이 검은 눈썹 위로 흘러내렸다.

아르까디에게는 소나타 마지막 부분이 특히 인상적이었다. 아무 근심 없는 듯 경쾌한 곡조가 이어지다가 갑자기 서글프게, 비극적 애수라 할 수 있을 정도로까지 분위기가 바뀌었던 것이다. 하지만 모차르트가 그에게 불러일으킨 감상이 피아노를 연주해 준 까쨔에게로 확대되지는 않았다. 까쨔를 바라보면서는 그저 〈피아노를 꽤 잘 치고 얼굴도 못나지 않은 아가씨〉라고 생각했을 뿐이다.

소나타가 끝나자 까쨔는 건반 위에 손을 얹은 채 〈이제 그만 쳐도 되겠지요?〉라고 물었다. 아르까디는 더 이상 수고를 끼치지 않겠다고 대답하고 까쨔와 함께 모차르트에 대한 이야기를 나누었다. 방금 연주한 곡을 직접 골라 연습한 것인지, 누군가의 추천을 받은 것인지 물었지만 까쨔는 짤막한 대답만 반복했다. 자기 생각에 빠져 있었던 것이다. 그럴 때 까쨔는 완고한, 심지어는 멍청한 표정을 지은 채 한참씩 자기 세계에 숨어 버리곤 했다. 까쨔는 부끄러움을 많이 타지는 않았지만 사람을 경계하는 편이었고 자기를 키워 준 언니를 조금 두려워했다. 물론 언니는 그런 점을 까맣게 몰랐지만 말이다. 아르까디는 거실로 돌아온 피피를 옆으로 불러 머리를 쓰다듬어 주면서 미소를 지었다. 까쨔는 다시금 꽃을 골라내기 시작했다.

한편 바자로프는 카드놀이에서 판판이 지고 있었다. 오딘쪼바 부인의 카드 솜씨는 대단했고 뽀르피리 뽈라또니치도 자기 몫은 챙길 만큼의 실력이었다. 바자로프는 결국 돈을 잃었다. 큰 액수는 아니었지만 어쨌든 기분 좋은 일은 아니었다. 저녁 식사 후 오딘쪼바 부인은 다시 식물학 이야기를 꺼냈다.

「내일 아침에는 산책을 나가시죠.」 부인이 바자로프에게 말했다. 「야생 식물의 라틴어 학명이나 특성을 가르쳐 주시면 좋겠어요.」

「라틴어 학명은 뭐에 쓰시려고요?」

「무엇이든 체계적으로 아는 게 좋으니까요.」

「오딘쪼바 부인은 정말 대단해!」 침실에서 친구와 둘만 있게 되었을 때 아르까디가 외쳤다.

「그래.」 바자로프가 대답했다. 「머리가 좋은 여성이네. 인생도 꽤 알고.」

「무슨 뜻으로 말하는 건가, 예브게니 바실리예비치?」

「이 친구야, 좋은 뜻일세, 좋은 뜻. 영지를 아주 잘 관리할 게 틀림없어. 한데 정말 대단한 건 부인이 아니라 그 여동생이야.」

「그래? 얼굴이 가무잡잡한 아가씨 말인가?」

「그래, 그 아가씨. 때 묻지 않아 청순하고 수줍어하고 조용하지. 그 밖에도 장점이 무수히 많아. 그야말로 마음을 끄는 여성이더군. 하지만 그 언니는 늙은 너구리야.」

아르까디는 아무 대답이 없었다. 두 사람은 각자 다른 생각을 하며 잠자리에 들었다.

오딘쪼바 부인도 그날 저녁 두 손님 생각을 했다. 바자로프의 가식 없는 태도와 신랄한 비판이 마음에 들었다. 지금껏 접해 보지 못했던 새로운 무언가를 본 것 같았고 호기심이 솟았다.

안나 세르게예브나 오딘쪼바는 매우 독특한 사람이었다. 어떤 선입견도, 어떤 강한 믿음도 없었으며 무엇 앞에서도 물러서거나 비켜나지 않았다. 판단이 명확하고, 관심사는 많았지만 전적으로 마음에 드는 것은 없었다. 어쩌면 전적인 만족을 바라지 않는 것인지도 몰랐다. 부인의 두뇌는 열성적인 동시에 무심했다. 의혹의 마음은 잊어버릴 만큼 가라앉은 적도, 경계할 수준만큼 커진 적도 없었다. 부유하고 독립적이지 않았다면 삶의 투쟁에 뛰어들어 열정을 알게 되었을지도 모른다. 하지만 부인의 삶은 편안했다. 그리하여 때로 지루하기는 해도 여유롭게, 그저 가끔씩 가슴 설렘을 느끼면서 하루하루를 보내고 있었다. 간혹 눈앞에서 무지갯빛 꿈들이 춤을 췄지만 부인은 휴식하면서 그 빛을 꺼뜨렸고 아쉬워하지도 않았다. 공상 속에서 부인은 보편적인 도덕 규율의 경계를 넘어서는 경우도 있었는데 그럴 때에도 그 균형 잡힌 침착한 육체 안에서 혈액의 흐름은 거칠어지는 법이 없었다. 향기로운 욕조에서 나와 온몸이 따뜻하고 나른해진 상태에서는 인생의 무상함에 대해, 슬픔과 고통과 사악함에 대해 생각에 잠기기도 했다……. 그러다 보면 갑자기 마음속에 용기가 차오르고 고상한 열망이 불타오르기도 했다. 하지만 그 순간 반쯤 열린 창문으로 바람이 새어 들어오기라도 하면 부인은 몸을 움츠리고 불평을 하고 심지어 화까지 내면서 그 순간 필요한 것은 오직 하나, 그 싫은 바람이 불어오지 않는 것이라고 생각하고 말았다.

사랑에 빠져 본 경험이 없는 여성들이 다 그렇듯 부인은 자기 스스로도 알 수 없는 ㄱ 무엇인가를 바라 마시않았다. 하지만 모든 것을 바라는 것 같으면서도 실은 아무것도 바라지 않았다. 죽은 남편을 간신히 참아 냈던 터라(이해타산에 따른 결혼이긴 했지만 그래도 오딘쪼프가 선량한 사람이라고 생각하지 않았다면 분명 그 청혼을 받아들이지 않았을 것이다) 마음속으로는 모든 남성에 대한 거부감이 있었다. 부인에게 남성은 단정치 못하고 서투르고 우둔하며 무기력하고 귀찮은 존재였다. 해외 어딘가에서 젊고 잘생긴 스웨덴 청년을 만난 적이 있긴 했었다. 넓은 이마 아래 빛나는 푸른 눈이 진실했고 기사도 정신에 투철한 표정을 한 그 청년은 부인에게 깊은 인상을 남겼지만 그래도 부인이 러시아로 돌아가는 것은 막지 못했다.

〈그 의사 선생은 참으로 묘하기도 하지!〉 부인은 멋진 침대에 누워 레이스 베개를 베고 가벼운 비단 이불을 덮은 채 생각했다. 그 호사스러운 취향은 어느 정도 아버지로부터 물려받은 것이었다. 부인은 죄는 많지만 선량한 자기 아버지를 무척 사랑했고 아버지도 맏딸을 애지중지해 친구처럼 장난도 치고 무엇이든 믿고 털어놓으며 조언을 구했다. 어머니에 대한 기억은 거의 없었다.

〈그 의사 선생은 참으로 묘하기도 하지!〉 부인은 다시금 생각했다. 그러면서 기지개를 쭉 펴고 미소를 지은 후, 팔베개를 하고 시시한 프랑스 소설을 두 쪽 정도 읽는가 싶더니 어느새 책을 떨어뜨리고 잠이 들었다. 깨끗하고 차가운 육신을 역시 깨끗하고 향기로운 침대에 누인 채 말이다.

다음 날 오딘쪼바 부인은 아침을 먹자마자 바자로프와 함께 식물 탐사에 나섰다가 점심때 직전에야 돌아왔다. 아르까디는 아무 데도 나가지 않고 까쨔와 1시간가량을 보냈다. 까쨔와 함께 있는 것이 지루하지 않았다. 까쨔가 자진해서 어제의 소나타를 다시 연주해 주겠다고 했을 때 부인이 돌아왔다. 그 모습을 본 순간 아르까디는 가슴이 죄어들었다. 부인은 조금 피곤한 걸음걸이로 정원을 걸어오는 참이었다. 두 뺨이 붉게 달아올라 있었고 둥근 밀짚모자 아래 두 눈은 평소보다 더 반짝거렸다. 부인은 가느다란 들꽃 줄기를 손가락 사이에 끼워 장난스럽게 돌렸다. 가벼운 겉옷이 팔꿈치까지 흘러내려 왔고 모자의 넓은 회색 리본은 가슴께에 매달려 있었다. 바자로프는 늘 그렇듯 자신만만하고 태연스러운 태도로 부인을 뒤따라 걸었다. 하지만 그 얼굴에 떠오른 즐겁고도 다정스러운 표정이 아르까디에게는 반갑지 않았다. 〈안녕하신가?〉라는 인사말만 던지고 바자로프는 자기 방으로 갔고 오딘쪼바 부인 역시 무심결에 아르까디와 악수를 하고는 스쳐 지나갔다.
 〈안녕하신가?〉 아르까디는 생각했다. 〈우리가 오늘 아침에 처음 만나기라도 했다는 거야?〉

17

(다 아는 사실이지만) 시간은 때로는 새처럼 날아가고 때로는 벌레처럼 기어간다. 하지만 시간이 빠른지 느린지조차 눈치채지 못할 때가 인간에게는 가장 행복하다. 오딘쪼바 부인의 집에서 보내는 열닷새 동안이 꼭 그러했다. 여기에는 부인이 정해 둔 일상의 규칙이 한몫을 했다. 부인은 자신도 그 규칙을 엄격히 지켰고 다른 사람도 이를 따르도록 했다. 하루의 모든 일은 정해진 대로 흘러갔다. 아침 8시가 되면 모두 모여 차를 마셨다. 차를 마신 후 점심 식사 때까지는 각자 하고 싶은 일을 했다. 여주인은 이때 토지 관리인(영지는 소작제로 운영되었다), 집사, 하녀 등을 만나 일을 처리했다. 저녁 식사 전에는 다시 다 함께 모여 이야기를 나누거나 책을 읽었다. 저녁 시간은 산책, 카드놀이, 음악 등으로 채워졌다. 10시 30분이 되면 오딘쪼바 부인은 자기 방으로 들어가 다음 날 필요한 일들에 대해 지시한 후 잠자리에 들었다. 바자로프는 자로 잰 듯 규칙에 얽매인 일상이 마음에 들지 않았다. 〈선로 위를 달리는 기분〉이라는 것이다. 제복을 입은 하인들이나 깍듯이 행동하는 집사도 민주주의적인 그의 성

향에 거슬렸다. 그런 식이라면 아예 진짜 영국식으로 모두들 식사할 때 연미복과 흰 넥타이를 갖추어야 마땅할 것이었다. 어느 날 그는 오딘쪼바 부인에게 자기 생각을 털어놓았다. 부인은 누구든 자기 앞에서 주저 없이 의견을 내도록 하는 사람이었다. 〈당신 관점에서 보면 옳은 말이에요. 어쩌면 내가 너무 귀족의 삶에 매달리는 건지도 모르죠. 하지만 시골 생활에는 반드시 규칙이 필요해요. 안 그러면 권태가 집어삼키고 말지요.〉 바자로프의 말을 다 듣고 난 부인은 이렇게 말했고 계속 자기 방식을 고수했다. 바자로프는 투덜거렸다. 하지만 저택의 모든 것이 〈선로 위를 달리듯〉 규칙적이었기 때문에 그와 아르까디가 그렇게 편안히 지낼 수 있었던 것도 사실이었다. 니꼴스꼬예에서 지내게 된 첫날부터 두 젊은이에게는 변화가 있었다. 좀체 외견에 동의해 수지는 않는다 해도 부인이 분명 자기에게 호의적이라는 것을 알게 된 바자로프는 전에 없이 불안감을 느꼈다. 쉽게 화를 냈고 마지못해 이야기를 했으며 성난 눈길로 주변을 바라보는가 하면 차분히 앉아 있지를 못했다. 반면 아르까디는 자신이 오딘쪼바 부인에게 완전히 빠져 버렸다고 결론을 내린 채 조용히 우수에 젖고 말았다. 하지만 그렇다고 까쨔와 가까워지는 데 지장이 있었던 것은 아니다. 오히려 그 감정은 까쨔와 다정하고 편안한 사이가 되는 데 도움이 되었다. 〈부인은 내게 끌리지 않는 걸까? 하는 수 없지⋯⋯. 하지만 여기 이 아가씨는 날 밀쳐 내지 않아.〉 그는 이렇게 생각했고 그러면 그의 심장은 다시 달콤한 만족을 느꼈다. 까쨔 역시 아르까디가 자신에게서 위로를 찾는다는 점을 어렴풋이 느끼며 수줍음과 친밀감이 절반씩 섞인 즐거운 우정을 거부하지 않았다. 두 사람은 오딘쪼바 부인이 보는 곳에서는 이야기를 나누지 않았다. 까쨔는 언니의 예민한 시선 앞에서 늘 움츠러들었고, 아르까지도 사랑에 빠진 사람이 다 그렇듯 사랑하는 상대 앞에서는 다른 데 신경을 쓸 겨를이 없었던 것이다. 하지만 까쨔와 단둘이 있을 때에는 행복했다. 아르까지는 어차피 자신이 오딘쪼바 부인의 마음을 끌 수는 없다고 생각했다. 부인과 둘만 남게 되면 부끄럽고 당황스러웠다. 부인 역시 무슨 말을 해야 할지 몰랐다. 부인의 눈에 아르까지는 너무 어렸던 것이다. 반면 까쨔와 있을 때 아르까지는 집에 온 듯 편안했다. 그래서 까쨔가 음악이나 소설, 시 등에 대해 감상을 털어놓을 때면 끝까지 자상하게 들어 주고 격려해 주었다. 그런 사소한 것들이 자기 자신의 관심사이기도 하다는 사실은 깨닫지도, 느끼지도 못하면서 말이다. 까쨔 역시 아르까지가 홀로 우수에 잠길 때에는 방해하지 않았다. 아르까지는 까쨔와 함께 행복했고 오딘쪼바 부인은 바자로프와 함께 행복했다. 그리하여 네 사람이 다 함께 잠시 시간을 보내다가 짝지어 헤어지는 상황이 반복되었다. 특히 산책할 때 그러했다. 까쨔는 자연을 몹시 사랑했는데 아르까지 역시 표현은 못 한다 해도 마찬가지였다. 반면 오딘쪼바 부인은 자연에 무심했고 바자로프 역시 그러했다. 이렇게 늘 떨어져 지내다시피 하게 되니 우리의 두 친구에게 영향이 없을 수 없었다. 둘의 관계는 변하기 시작했다. 바자로프는 아르까지에게 오딘쪼바 부인 이야기를 하지 않게 되었다. 〈귀족적인 버릇〉에 대해 불평하는 일도 없어졌다. 전처럼 까쨔를 칭찬하기도 하고 까쨔의 감상적 성향을 줄여야 한다는 충고도 하긴 했지만 칭찬은 간단했고 충고도 무뚝뚝했다. 아르까지와 이야기를 나누는 일 자체가 확연히 줄어들었다. 마치 어려워하는 듯, 피하는 듯했다.

아르까디는 그 모든 것을 보고 느끼면서도 아무 말 하지 않았다.

그 모든 변화의 진짜 원인은 오딘쪼바 부인이 바자로프에게 불러일으킨 감정이었다. 그 감정은 바자로프를 괴롭히고 미칠 지경으로 만들었지만 누군가 넌지시 그에게 그런 감정의 가능성을 떠본다면 경멸하듯 껄껄 웃고 신랄한 소리를 늘어놓으며 당장 부정했을 것이다. 바자로프는 여성과 여성의 아름다움을 열성적으로 추종하긴 했지만 사랑, 즉 이상적이고 낭만적인 그 감정은 바보 같은 짓, 용서받지 못할 죄라 여겨졌기 때문이다. 기사도 정신 또한 왜곡된 병적 현상이라 보고 어째서 토겐부르크[15]와 중세의 모든 연애 시인들을 정신 병원에 쓸어 넣지 않았는지 놀랍다고 말한 적도 여러 번이었다. 〈여자가 마음에 들거든 자기 것으로 만들어 하네.〉 그는 늘 이렇게 말하곤 했다. 〈자기 여자가 안 되겠거든 뒤돌아서 버려. 세상에 여자는 많으니까.〉 그는 오딘쪼바 부인이 좋았다. 널리 퍼진 온갖 소문, 생각의 자유로움과 독립성, 자기에 대한 분명한 호의, 이 모든 것이 유리한 조건 같았다. 하지만 그는 곧 부인을 쉽게 자기 여자로 만들 수 없으며, 그렇다고 뒤돌아서 버릴 수도 없다는 것을 깨닫고 당혹스러워했다. 부인을 생각하면 곧 피가 끓어올랐다. 끓는 피는 가볍게 가라앉힐 수 있었지만 무언가 다른 것, 그가 절대로 용납하지 않고 늘 비웃던 무언가가 그의 마음속에 자리 잡았다. 자존심

---

15 프리드리히 실러의 시 「기사 토겐부르크」(1797)의 낭만적 주인공.

이 완전히 무너지는 일이 아닐 수 없었다. 오딘쪼바 부인과 이야기를 나눌 때면 모든 낭만적인 것에 대해 전보다 훨씬 강한 냉소와 경멸을 퍼부었으나 혼자 남은 후에는 자기 자신 안에서 낭만주의자의 모습을 발견하였다. 그러면 그는 잔뜩 화가 나서 숲으로 달려가 떨어진 나뭇가지들을 집어 마구 부러뜨리고 자신과 부인에 대해 욕을 퍼부으면서 성큼성큼 걸어다니곤 했다. 건초 창고나 헛간으로 들어가 눈을 감고 자버리려고도 했지만 늘 생각대로 되지는 않았다. 언젠가 부인의 순결한 팔이 자기 목을 감고 오만한 입술이 자기 입맞춤에 화답하며 총명한 눈동자가 애정을 담아, 그렇다, 애정을 담아 자기 눈을 응시하게 되는 장면이 불현듯 떠오르는 것이었다. 그러면 그는 머리가 혼미해지고 순간 스스로를 놓아버리지만 곧 마음속의 분노가 다시 치솟곤 했다. 그는 악마에 홀리기라도 한 듯 온갖 추잡한 생각에 빠진 자신을 발견했다. 때로는 오딘쪼바 부인에게도 변화가 있다고, 얼굴 표정이 어딘가 달라졌다고 생각하기도 했지만…… 그 순간 발을 구르거나 이를 부드득 갈며 자신을 다잡았다.

하지만 바자로프의 생각이 완전히 틀린 것은 아니었다. 그는 오딘쪼바 부인의 상상력에 불을 지폈고 마음을 사로잡았으며 그에 대해 많은 생각을 하도록 만들었다. 바자로프가 없다고 해서 부인이 지루해하거나 그를 기다린 것은 아니었다. 하지만 바자로프가 나타나면 부인은 바로 활기를 띠었다. 부인은 그와 단둘이 앉아 이야기 나누는 것을 좋아했는데 심지어 그가 자신을 화나게 하거나 자기 취향이나 생활 습관을 헐뜯을 때조차도 그러했다. 부인은 마치 그를 시험하고 자기 자신 또한 분석하고 싶은 듯했다.

어느 날 바자로프는 오딘쪼바 부인과 정원을 산책하던 중 곧 아버지가 계신 시골로 떠날 작정이라고 퉁명스럽게 말했다. 부인은 마치 심장을 찔리기라도 한 듯 얼굴이 새하얗게 되었다. 얼마나 큰 아픔이었는지 그 의미에 대해 훗날 두고두고 생각할 정도였다. 바자로프가 떠난다는 이야기를 한 것은 부인이 어떻게 나올지 시험하기 위해서는 아니었다. 그는 그런 식으로 일을 꾸미는 사람이 못 되었다. 그날 아침 아버지 댁의 토지 관리인이자 과거에 자신을 돌봐 주었던 찌모페이치 노인과 만났던 것이다. 색이 바랜 노란 머리에 세파에 찌든 붉은 얼굴, 눈물방울이 맺힌 쪼그라든 두 눈, 작지만 기민한 체구의 노인이 회청색 두꺼운 외투에 가죽 허리띠를 두르고 타르 칠한 장화 차림으로 불쑥 바자로프 앞에 나타났다.

「아니, 영감, 잘 있었나!」 바자로프가 외쳤다.

「안녕하십니까, 예브게니 바실리예비치 도련님.」 노인이 반갑게 미소 짓자 온 얼굴이 한꺼번에 주름투성이로 변했다.

「무슨 일로 왔나? 혹시 나를 데리러 온 건가?」

「도련님, 무슨 그런 말씀을!」 찌모페이치 노인이 말을 더듬었다(떠나올 때 주인어른이 단단히 일렀던 말을 떠올렸던 것이다). 「시내에 볼일이 있어 갔다가 도련님 소식을 듣고 잠시 들렀습니다. 그러니까 한번 뵙고 싶어서요……. 도련님을 어쩌겠다는 생각을 감히 어떻게 하겠습니까!」

「거짓말 말게.」 바자로프가 말을 막았다. 「여기가 어디 시내로 나가는 길인가?」

노인은 말문이 막혀 대답하지 못했다.

「아버지는 건강하신가?」

「다행히 건강하십니다.」

「어머니는?」

「아리나 블라시예브나 님께서도 괜찮으십니다.」

「나를 퍽 기다리시겠지?」

노인이 작은 머리를 옆으로 돌렸다.

「아아, 예브게니 바실리예비치 도련님, 기다리다 뿐입니까! 도련님 부모님을 뵐 때마다 그야말로 제 가슴이 찢어지는 것 같습니다요.」

「그래, 알겠네, 알겠어. 너무 과장하지 마! 곧 간다고 전해 드리고.」

「잘 알겠습니다.」 한숨을 내쉬며 찌모페이치 노인이 말했다.

오딘쪼바 부인의 저택을 나선 노인은 두 손으로 모자를 푹 눌러쓰고는 문가에 세워 두었던 초라한 사륜마차를 타고 달리기 시작했다. 시내 방향은 아니었다.

그날 저녁 오딘쪼바 부인은 바자로프와 함께 자기 방에 앉아 있었다. 아르까디는 까쨔의 피아노 연주를 들으며 거실에서 이리저리 걸어다니는 중이었다. 이모님은 벌써 위층으로 올라간 후였다. 본래 손님을 싫어하는 편인 데다 스스로의 표현을 빌리자면 이런 〈어린 막무가내들〉은 더욱 질색이었기 때문이다. 다 함께 시간을 보낼 때면 늘 못마땅한 표정을 짓고 있다가 방으로 돌아가서는 벌컥 화를 내는데 머리 위의 모자와 가발이 한꺼번에 튀어오를 정도였다. 그런 상황을 오딘쪼바 부인은 모두 알고 있었다.

「어째서 이렇게 갑자기 떠나겠다고 하는 거죠?」 부인이 입을 열었다. 「약속한 것도 있잖아요.」

바자로프가 흠칫 놀랐다.

「약속이라뇨?」

「잊으셨어요? 내게 화학 강의를 해주기로 하셨잖아요.」

「아, 그건 어렵겠군요. 아버지가 기다리고 계시니 더 이상 머뭇거려서는 안 됩니다. 펠루즈와 프레미의 『일반 화학 강의』를 읽으시면 됩니다. 아주 좋은 책이고 명료하게 써졌지요. 필요한 내용은 거기 다 있을 겁니다.」

「하지만 당신도 말했잖아요. 책은……. 정확히는 기억 안 나지만, 어쨌든 책이 가장 효과적인 것은 아니라고요. 무슨 말을 하려는 건지 알죠? 기억하죠?」

「어쩔 수 없습니다.」 바자로프가 다시 말했다.

「대체 왜 떠나는 거죠?」 부인이 목소리를 낮춰 물었다.

바자로프는 부인을 바라보았다. 부인은 안락의자 등받이에 머리를 기댄 채 팔꿈치까지 드러난 두 팔을 모아 가슴께에 얹고 있었다. 장식 구멍이 뚫린 종이 갓으로 새어 나오는 램프 불빛을 받아 평소보다 창백해 보였다. 품이 넓은 흰 옷이 부드러운 주름을 만들며 몸을 감쌌고 그 아래로 모아 포갠 발끝이 살짝 드러났다.

「그럼 대체 제가 머물러야 할 이유는 무엇이죠?」 바자로프가 대답 대신 물었다.

오딘쪼바 부인이 슬며시 고개를 돌렸다. 「이유가 뭐냐고요? 저희 집에서 즐겁지 않나요? 떠나면 우리 모두 섭섭해할 거라고 생각하지 않나요?」

「섭섭해하지 않을 게 분명합니다.」

부인이 잠시 입을 다물었다.

「말도 안 되는 생각을 하는군요. 뭐, 당신 말을 믿지도 않지만요. 진심으로 그렇게 말할 리가 없어요.」 바자로프는 여전히 꿈쩍 않고 앉은 채였다. 「예브게니 바실리예비치, 어째서 말이 없는 거죠?」

「무슨 말을 하라고 하시는 겁니까? 인간에 대해 섭섭해할 필요는 전혀 없습니다. 더욱이 저 같은 인간에 대해서는요.」

「그건 또 왜죠?」

「전 재미없는 인간이니까요. 대화할 줄도 모르고요.」

「그렇지 않다고 반박해 달라는 뜻으로 들리는군요, 예브게니 바실리예비치.」

「전 그런 식으로 말을 유도하는 부류는 아닙니다. 당신도 이미 알고 계시지 않나요? 우아하고 호사스러운 삶, 당신이 가치를 두는 그런 삶이 제게는 맞지 않는다는 것을?」

부인이 손수건의 한쪽 끝을 깨물었다.

「좋을 대로 생각하세요. 하지만 당신이 떠나면 난 몹시 지루할 거예요.」

「아르까디는 남아 있을 겁니다.」

부인이 어깨를 으쓱했다. 「난 몹시 지루할 거예요.」

「정말 그럴까요? 설사 그렇다 해도 그리 오래가진 않을 겁니다.」

「왜 그렇게 생각하죠?」

「당신은 스스로 정한 질서가 깨졌을 때에만 지루해진다고 말씀하셨으니까요. 당신의 삶은 너무도 잘 짜여 있어서 지루함이나 슬픔, 그 어떤 불편한 감정도 끼어들 여지가 없죠.」

「당신은 내가 그렇게 틀림없는 사람이라고 여기는 건가요? 언제나 삶을 정확하게 관리해 왔다고?」

「물론입니다! 예를 들어 볼까요? 몇 분만 지나면 10시입니다. 그러면 당신은 곧바로 나를 이 방에서 내쫓겠죠.」

「아니, 그러지 않을 거예요, 예브게니 바실리예비치. 남아 있어도 좋아요. 창문을 열어 주시겠어요? 좀 답답하군요.」

바자로프가 자리에서 일어나 창문을 열었다. 한 번 밀었을 뿐인데 활짝 열려 버렸다⋯⋯. 창문이 그렇게 손쉽게 열려 버릴 줄은 몰랐다. 그의 손이 약간 떨렸다. 검고 부드러운 밤이 방 안을 엿보았다. 캄캄한 하늘, 가볍게 바스락거리는 나무들, 마음껏 밀려드는 신선한 공기⋯⋯.

「커튼을 치고 이리 앉으시겠어요?」 부인이 말했다. 「떠나시기 전에 이야기를 좀 하고 싶군요. 당신에 대해 이야기해 주세요. 그런 얘기는 한 번도 않았으니.」

「저는 유익한 내용에 대해서만 이야기하려고 애쓰지요, 안나 세르게예브나.」

「당신은 너무 겸손해요. 난 당신에 대해, 당신 가족에 대해, 우리를 저버리고 찾아뵈려 하는 아버님에 대해 알고 싶은걸요.」

〈대체 왜 이런 말을 하는 걸까?〉 바자로프는 의아하게 생각했다.

「그런 건 전혀 흥미로운 일이 아닙니다.」 그가 말했다. 「특히 당신한테요. 우리는 천한 신분이라──」

「그럼 난 귀족이라는 건가요?」

바자로프가 눈을 들어 부인을 보았다.

「그렇습니다.」 지나치리만큼 단호한 어조였다.

부인이 피식 웃었다. 「날 잘 모르는군요. 물론 당신은 모든 인간이 비슷하므로 한 사람 한 사람을 연구할 가치는 없다고 생각하지만요. 언젠가 제 인생 이야기를 해드리지요. 하지만 그보다 먼저 당신 이야기를 해보세요.」

「당신을 잘 모른다⋯⋯.」 바자로프가 부인의 말을 되풀이

했다. 「당신 말이 옳을지도 모릅니다. 어쩌면 인간 한 사람 한 사람이 수수께끼인지도 모르지요. 당신만 해도 그렇습니다. 사람들과의 교제를 싫어하고 피하는 분이 학생을 둘이나 초대해 함께 지내시다니요. 어째서 당신처럼 영리하고 아름다우신 분이 이런 시골에 사는 거죠?」

「뭐라고요? 뭐라고 했어요?」 갑자기 부인이 생기를 띠었다. 「내가…… 아름답다고요?」

바자로프가 얼굴을 찌푸렸다. 「그 얘기는 중요한 게 아닙니다. 전 다만 당신이 어째서 시골에 머물러 사는지 잘 모르겠다고 말하고 싶었습니다.」

「그걸 모르겠다고요……. 하지만 마음속으로는 이유를 찾아봤겠지요?」

「예……. 저는 당신이 안락함에 너무 길들여졌기 때문에, 편리하고 편안한 것을 너무 좋아하고 다른 것에는 무심하기 때문에 한곳에 머무르는 것이라 생각했습니다.」

오딘쪼바 부인이 다시금 피식 웃었다. 「내가 무언가에 빠져들 수 있다는 걸 믿지 않으시려는 거겠죠?」

바자로프가 눈을 치켜뜨고 부인을 보았다.

「부인이 무언가에 빠져든다면 그건 호기심 때문일 겁니다. 다른 이유는 없지요.」

「그래요? 어째서 우리가 잘 맞는지 이제야 알겠군요. 우리는 비슷한 사람들이에요.」

「우리가 잘 맞는다고요…….」 바자로프가 중얼거렸다.

「그래요! 저런, 어느새 난 당신이 떠나고 싶어 한다는 걸 잊고 있었네요.」

바자로프가 일어섰다. 좋은 향기가 풍기는 어둑한 방, 외부와 단절된 그 공간에서 램프 불빛이 어슴푸레한 빛을 던졌다. 간혹 흔들리는 커튼을 통해 자극적일 정도로 상쾌한 밤공기가 흘러들어 왔고 비밀스러운 밤의 속삭임도 들렸다. 오딘쪼바 부인은 미동도 하지 않았지만 남모를 흥분이 조금씩 부인을 사로잡았다. 그 흥분은 바자로프에게도 마찬가지였다. 그는 자신이 젊고 아름다운 여성과 단둘이 있다는 사실을 새삼 깨달았다……

「어디 가시려고요?」 부인이 천천히 말했다.

바자로프는 대답 없이 다시 의자에 앉았다.

「그러니까 당신은 내가 평온하고 안락하게, 그저 좋을 대로만 살아가는 존재라고 생각하는 거군요.」 창밖에 시선을 고정시킨 부인은 평소의 침착한 어조로 말했다. 「하지만 난 자신이 몹시 불행한 존재라고 생각한답니다.」

「당신이 불행하다고요? 왜죠? 설마 악의적인 소문에 신경을 쓰시는 건가요?」

부인이 살짝 얼굴을 찡그렸다. 바자로프의 마지막 질문에 마음이 상했던 것이다.

「소문 같은 건 내게 아무 상관 없어요, 예브게니 바실리예비치. 그런 걸로 마음 상하기에는 자존심이 너무 강하지요. 내가 불행한 건…… 삶에 대한 열망이 없기 때문이에요. 못 믿겠다는 표정이군요. 레이스 달린 옷을 입고 벨벳 의자에 앉은 〈귀족 부인〉이 저런 소리를 하다니 싶겠지요. 솔직히 말하죠. 당신 말대로 난 안락함을 좋아해요. 하지만 그러면서도 삶에 대한 의욕은 별로 없죠. 이 모순은 좋으실 대로 해석하세요. 어쨌든 당신 눈에는 다 낭만주의로 비칠 테지만.」

바자로프가 고개를 저었다. 「당신은 건강하고 독립적이고 부유합니다. 더 무엇을 바라시지요? 원하시는 게 뭡니까?」

「원하는 게 뭐냐고요?」 부인이 되뇌며 한숨을 쉬었다. 「난 무척 지쳤답니다. 나이도 먹었죠. 아주 오래 산 듯한 기분이에요. 그래요, 늙었어요.」 부인이 윗옷 자락을 당겨 드러난 팔을 덮으며 덧붙이다가 바자로프와 시선이 마주치자 살짝 얼굴을 붉혔다. 「벌써 내겐 아주 많은 추억이 있어요. 뻬쩨르부르그에서의 생활, 부유하다가 가난해진 삶, 아버지의 죽음, 결혼, 해외에서 보낸 시간……. 이렇게 많지만 정작 기억할 만한 건 하나도 없어요. 그리고 내 앞에는 목적도 없는 기나긴 길이 놓여 있지요. 그 길을 가고 싶지가 않은 거예요.」

「그래서 절망에 빠지신 건가요?」 바자로프가 물었다.

「그렇지는 않아요.」 잠시 뜸을 들인 후 부인이 대답했다. 「다만 만족을 못 하는 거예요. 무언가에 깊이 빠지고 애착을 느꼈으면 하는—」

「당신은 사랑에 빠지고 싶으신 겁니다.」 바자로프가 말을 가로챘다. 「하지만 당신은 사랑에 빠지지 못하는 분이시죠. 그래서 불행한 겁니다.」

부인은 자기 윗옷 소매를 들여다보기 시작했다.

「내가 사랑에 빠지지 못한다고요?」 부인이 말했다.

「그렇습니다! 다만 그래서 불행하다고 한 건 제 실수입니다. 오히려 그런 멍청한 짓거리에 빠진 사람은 동정받아야 마땅하지요.」

「멍청한 짓거리라니요?」

「사랑에 빠지는 것 말입니다.」

「당신은 그게 어떤 건지 아시나요?」

「들어서 압니다.」 화난 듯 바자로프가 대답했다.

〈장난을 치고 있는 거야.〉 그는 생각했다. 〈그저 지루해서, 달리 할 일이 없어서 나를 괴롭히는 거야. 그런데 나는……〉 그는 당장이라도 심장이 찢어질 것만 같았다.

「게다가 당신은 요구하는 게 너무 많은 분이지요.」 바자로프가 몸을 앞으로 굽히고는 의자에 장식된 술을 만지작거리며 말했다.

「그럴지도 몰라요. 전부가 아니면 아무것도 아니라고 생각하니까요. 인생에는 인생을 걸어야 해요. 내 인생을 가져갔으면 상대도 인생을 내놓아야죠. 그래야 후회도 번복도 없어요. 그게 아니라면 아예 시작도 않는 게 낫죠.」

「그래요?」 바자로프가 말했다. 「공평한 조건이군요. 어째서 지금까지 당신이 원하는 것을 찾지 못했는지…… 정말 놀랍습니다.」

「당신은 무언가에 온전히 자기를 바치는 일이 쉽다고 생각하는 건가요?」

「쉽지는 않겠죠. 생각이 많거나, 그저 기다리거나, 자신에게 값을 매기면서 스스로를 너무 소중히 여긴다면 쉽지 않을 거예요. 하지만 다른 생각을 안 한다면 온전히 빠져드는 것은 쉬운 일입니다.」

「어떻게 스스로를 소중히 여기지 않을 수 있나요? 내가 아무 가치 없는 사람이라면 누가 내게 자기를 바치려 들겠어요?」

「자신의 가치가 얼마나 되는지는 스스로 평가하는 것이 아닙니다. 그건 상대의 몫이지요. 중요한 것은 온전히 빠져들 줄 알아야 한다는 겁니다.」

오딘쪼바 부인이 의자에서 등을 떼고 몸을 곧추세웠다.

「당신은 마치······.」 부인이 말했다. 「모든 것을 다 경험한 사람처럼 말하는군요.」

「아니, 말뿐입니다. 안나 세르게예브나. 아시다시피 그런 건 제 관심 분야가 아니니까요.」

「그렇다면 당신은 온전히 빠져들 줄 아나요?」

「모르겠습니다, 장담하고 싶지 않군요.」

부인은 아무 말이 없었다. 바자로프도 입을 다물었다. 거실에서 피아노 소리가 들려왔다.

「까짜가 늦게까지 연주를 하는군요.」 부인이 말했다.

바자로프가 일어섰다. 「네, 너무 늦었습니다. 이제 주무실 시간입니다.」

「잠깐만요, 왜 그렇게 서두르죠······? 할 얘기가 있어요.」

「무슨 얘기죠?」

「잠깐만요.」 부인이 속삭였다. 부인의 시선이 바자로프를 응시했다. 유심히 뜯어보는 듯했다.

바자로프는 방 안을 거닐다가 갑자기 부인에게 다가와 빠른 어조로 〈가보겠습니다〉라고 인사했다. 그러면서 자칫하면 비명이 터져 나올 정도로 세게 손을 잡았다가 놓은 후 나가버렸다. 부인은 얼얼한 손가락을 입술에 가져가 호호 부는가 싶더니 벌떡 일어나 문가를 향해 몇 발짝 떼었다. 마치 바자로프를 되불러 오겠다는 듯······. 그때 하녀가 은 쟁반에 물병을 얹고 들어왔다. 부인은 그 자리에 멈춰 섰고 하녀를 내보낸 후 다시 자리에 앉아 생각에 잠겼다. 땋은 머리채가 풀려 검은 뱀처럼 어깨에 늘어졌다. 부인의 방에서는 오래도록 램프가 꺼지지 않았다. 밤의 한기를 달래려 가끔 손가락으로 팔을 문질렀을 뿐 부인 역시 오래도록 꼼짝 않고 앉아 있었다.

바자로프는 두어 시간쯤 지나 침실로 들어갔다. 장화는 밤이슬에 온통 젖었고 머리카락이 헝클어졌으며 표정은 우울했다. 목 밑까지 단추를 채운 정장 차림으로 책상에 앉아 책을 읽고 있던 아르까지가 그를 맞았다.

「아직 안 잤나?」 바자로프가 당황한 듯 물었다.

「오늘은 늦게까지 부인과 함께 있었군.」 대답 대신 아르까디가 중얼거렸다.

「그래, 자네와 까쨔가 피아노를 치는 동안 나는 내내 부인과 함께 있었네.」

「난 피아노를 치지 않았―」 아르까지는 말을 시작하려다가 입을 다물었다. 눈물이 고여 왔기 때문이다. 걸핏하면 비웃어 대는 친구 앞에서 울고 싶지는 않았다.

18

 다음 날 오딘쪼바 부인이 차를 마시러 나왔을 때 바자로프는 줄곧 고개를 숙이고 찻잔만 들여다보다가 어느 순간 갑자기 부인을 쳐다보았다. 약속이라도 한 듯 부인도 바자로프 쪽으로 몸을 돌렸는데 밤사이 얼굴이 더 창백해진 것 같았다. 부인은 곧 방으로 돌아갔고 점심 식사 직전에야 다시 모습을 나타냈다. 아침부터 비가 내려 산책은 할 수 없었다. 모두 거실에 모였다. 아르까지가 최신호 잡지를 집어 들고 소리 내어 읽기 시작했다. 이모님은 늘 그렇듯 대체 무슨 버릇없는 짓이냐고 나무라는 듯 놀란 표정을 지었다. 하지만 아르까지는 신경 쓰지 않았다.
「예브게니 바실리예비치……」 오딘쪼바 부인이 말했다. 「내 방으로 가지요. 물어볼 것이 있어요……. 어젯밤에 말한 책 때문인데요…….」
 부인은 먼저 일어서 문 쪽으로 향했다. 이모님은 〈저것 좀 보게, 저것 좀 봐. 이러니 내가 기절초풍할밖에!〉라고 말하고 싶은 표정으로 부인을 보다가 다시 아르까지에게 시선을 돌렸다. 하지만 아르까지는 까쨔와 눈짓을 나눈 후 한층 큰 소리로 잡지를 읽을 뿐이었다.

오딘쪼바 부인은 빠른 걸음으로 방에 이르렀다. 바자로프는 눈길을 떨어뜨리고 자기 앞 비단 옷이 사각거리는 섬세한 소리에만 귀를 기울인 채 그 뒤를 바짝 따라갔다. 부인은 어젯밤에 앉았던 바로 그 의자에 앉았다. 바자로프도 어제처럼 자리를 잡았다.

「그 책 제목이 뭐라고 했지요?」 잠시 침묵이 흐른 후 부인이 입을 열었다.

「펠루즈와 프레미가 쓴 『일반 화학 강의』라고…….」 바자로프가 대답했다. 「그것 외에 가노의 『실험 물리학의 기초』도 도움이 될 겁니다. 이 책은 삽화가 아주 좋지요. 더욱이 이 책은─」

부인이 손을 내밀었다.

「예브게니 바실리예비치, 미안해요. 하지만 책 이야기를 하자고 부른 건 아니에요. 어젯밤에 하던 이야기를 계속하고 싶어요. 당신이 너무 갑자기 나가 버려서……. 당신에겐 지루한 이야기일까요?」

「무슨 이야기든 좋습니다, 안나 세르게예브나. 한데 어제 우리가 무슨 이야기를 했지요?」

오딘쪼바 부인이 눈을 흘겼다.

「아마 행복에 대한 이야기를 했었죠. 내가 당신에게 내 이야기를 털어놓았어요. 그래요, 마침 〈행복〉이란 말이 나왔으니 물어봐야겠군요. 음악이나 멋진 저녁 모임, 마음 맞는 사람들과의 대화 같은 것으로 즐거움을 느낄 때조차도 어쩐지 그와는 비교할 수도 없을 만큼 더 큰 행복이 다른 어딘가에 존재할 것 같다는 생각, 우리가 누리고 경험하는 것과는 다른 행복이 있을 것 같다는 생각이 드는 이유는 대체 무엇일까요? 아니, 어쩌면 당신은 그런 느낌을 가져 보지 않았을지도 모르겠군요.」

「〈행복은 우리가 없는 곳에만 있다〉는 말을 아시지요?」 바자로프가 말했다. 「더욱이 어제 부인은 스스로 만족하지 못한다는 말씀도 하셨고요. 하지만 사실 전 그런 것에 대해 생각해 본 적이 없습니다.」

「그렇다면 그런 생각을 우습게 여기시겠군요.」

「아니, 그저 제 머릿속에 떠오르지 않을 뿐입니다.」

「정말로요? 당신은 무슨 생각을 하며 사는지 정말 궁금하네요.」

「무슨 말씀이신지요? 뭘 알고 싶으시다고요?」

「오래전부터 이런 솔직한 이야기를 나누고 싶었어요. 이미 당신 자신도 알고 있을 테니 뭐, 굳이 말할 필요도 없겠지만 어쨌든 당신은 평범한 사람이 아니에요. 아직 젊고 앞날도 창창하지요. 무얼 할 생각인가요? 어떤 미래를 준비하고 있죠? 그러니까 어떤 목표를 두고 어디로 가려는 거예요? 당신 마음속에 있는 것은 무엇이죠? 그러니까 당신은 대체 어떤 사람인가요?」

「절 놀라게 하시는군요, 안나 세르게예브나. 이미 알고 계시듯 저는 자연 과학을 공부하고—」

「그래서, 당신은 누군가요?」

「이미 말씀드렸듯 저는 시골 의사가 될 겁니다.」

오딘쪼바 부인이 못 참겠다는 듯한 몸짓을 했다.

「대체 왜 그런 소리를 하죠? 당신 자신도 믿지 않는 소리를. 아르까디라면 그렇게 대답할 수 있겠죠. 하지만 당신은 아니에요.」
「갑자기 아르까디 얘기는 왜—」
「그만둬요! 당신이 그런 평범한 일에 만족할 리가 없어요. 당신 스스로도 의학을 믿지 않는다고 늘 말하지 않았어요? 당신이, 그렇게나 자기애가 강한 사람이 시골 의사라니! 당신은 그저 나를 떨쳐 내기 위해, 나를 믿지 않기 때문에 그렇게 말하는 것뿐이에요. 그런데 혹시 내가 당신을 이해한다는 걸 알고 있나요, 예브게니 바실리예비치? 나도 당신처럼 가난하고 자기애가 강한 사람이었고, 당신처럼 시련을 겪어 왔다니까요.」
「그것 참 반가운 일이군요, 안나 세르게예브나. 죄송합니다만…… 전 말주변도 없고, 게다가 당신과 저 사이엔 너무 먼 거리가—」
「무슨 거리가 있다는 거죠? 또다시 내가 귀족이라는 말을 하려는 거예요? 이제 그만둬요, 예브게니 바실리예비치. 그 얘긴 이미 충분히 하지 않았나요?」
「그것 때문만은 아닙니다. 우리가 결정할 수도 없는 미래에 대해 굳이 이야기하거나 생각할 필요가 있을까요? 무언가 할 기회가 생긴다면 그걸로 좋은 것이고, 혹 그런 기회가 없다면 쓸데없이 미리 떠들어 대지 않았던 걸 고마워하면 되니까요.」
「당신은 친구 사이의 대화를 떠드는 일이라고 부르는군요. 내가 여자이기 때문에 신뢰할 수 없다고 생각하는 건가요? 당신은 본래 여자들을 경멸하니까요.」
「저는 당신을 경멸하지 않습니다. 알고 계시지 않습니까?」
「아니, 난 아무것도 모르겠어요……. 당신이 미래에 대해 말하고 싶어 하지 않으니 그럼 그건 관둡시다. 그러면 지금 현재 당신 마음속에서 일어나고 있는 일은—」

「현재 일어나고 있는 일이라고요!」바자로프가 말했다.「이거야 뭐, 제가 국가나 사회라도 되는 것 같군요! 그런건 전혀 흥미로운 일이 아닙니다. 또한 인간이 자기 마음속에서 일어나고 있는 모든 일을 겉으로 털어놓는다는 게 가능하기나 합니까?」

「마음속에서 일어나고 있는 일을 왜 말하지 못한다는 건지 모르겠군요.」

「당신은 말씀하실 수 있나요?」바자로프가 물었다.

「그럼요.」잠시 주저하다가 안나 세르게예브나가 대답했다.

바자로프가 고개를 떨어뜨렸다.「당신은 저보다 행복하시군요.」

오딘쪼바 부인이 궁금하다는 표정으로 바자로프를 바라보았다.

「좋을 대로 해석하세요.」부인이 말했다.「어쨌든 난 우리의 만남이 우연이 아니라는, 또 우리는 앞으로도 좋은 친구가 될 거라는 생각이 들어요. 당신의 그 뭐랄까, 그러니까 긴장이나 자제심 같은 건 곧 사라져 버릴 게 분명해요.」

「당신은 제가 자제하고 있다는 걸, 그리고 당신 표현대로라면…… 긴장하고 있다는 걸 눈치채셨군요?」

「그래요.」

바자로프가 일어나 창가로 다가갔다.

「그래서 이 자제심의 이유를 알고 싶으신 거군요? 제 마음속에서 무슨 일이 일어나는지 알고 싶으신 거군요?」

「그래요.」같은 대답을 반복하면서 부인은 이유 모를 섬뜩

함을 느꼈다.

「화는 내지 않으시겠지요?」

「안 낼게요.」

「안 내신다고요?」 바자로프는 부인에게 등을 돌리고 서 있었다. 「그럼 말씀드리지요. 저는 당신을 사랑하고 있습니다. 어리석을 정도로 미칠 듯이……. 이제 원하던 답을 얻어 내셨군요.」

오딘쪼바 부인이 두 손을 앞으로 내밀었다. 하지만 바자로프는 유리창에 이마를 기대고 있었다. 그는 숨을 몰아쉬었다. 온몸이 부들부들 떨리는 듯했다. 그것은 젊은이의 수줍은 떨림도, 첫 고백의 달콤한 공포도 아니었다. 그것은 강렬하고 고통스러운 정열, 격렬한 분노와도 비슷한 그 정열이었다……. 오딘쪼바 부인은 두려우면서도 동시에 비자로프가 가여웠다.

「예브게니 바실리예비치.」 부인이 불렀다. 그 목소리에는 무의식적인 다정함이 깃들어 있었다.

바자로프는 즉각 뒤돌아서서 부인을 뚫어질 듯 바라보았다. 그러고는 부인의 두 손을 잡는가 싶더니 확 끌어당겨 안았다.

부인은 당장 그의 품을 벗어나지는 않았지만 다음 순간 이미 방구석으로 물러나 바자로프를 바라보고 있었다. 바자로프가 부인에게 달려들었다…….

「나를 잘못 봤어요.」 부인이 경고하듯 속삭였다. 그가 한 발짝이라도 더 다가왔다면 아마 비명을 질렀을 것이다……. 바자로프는 입술을 깨물더니 나가 버렸다.

30분 후 하녀가 바자로프의 쪽지를 가지고 왔다. 내용은

딱 한 줄이었다. 〈제가 오늘 떠나야 하나요? 아니면 내일까지 머무를 수 있을까요?〉

부인은 〈왜 떠나신다는 거죠? 난 당신을 이해 못 했고 당신도 나를 이해 못 했을 뿐이에요〉라고 답장을 보냈다. 그러면서 속으로 〈나는 자신조차 이해하지 못했는걸〉이라고 생각했다.

부인은 저녁때까지 줄곧 방에서 뒷짐을 진 채 서성거리며 간혹 창이나 거울 앞에 멈춰 서거나 목 부분을 손수건으로 천천히 문지르거나 했다. 뜨거운 입맞춤이 자국을 남긴 것 같았기 때문이다. 부인은 스스로에게 물었다. 바자로프의 그 솔직한 답을 〈얻어 내려〉 했을 때 자신은 이런 결과를 전혀 예상치 못했던 것일까? 「내 잘못이야.」 부인이 혼잣말을 했다. 「하지만 전혀 예상치 못했는걸.」 부인은 자신에게 덤벼들던 바자로프의 짐승 같은 얼굴을 떠올리고는 얼굴을 붉혔다.

「어쩌면……?」 부인은 갑자기 소리치더니 그 자리에 멈춰 서서 머리를 흔들었다……. 뒤로 젖힌 얼굴, 반쯤 감은 눈과 입술 위로 떠오른 비밀스러운 미소가 거울에 비쳤다. 순간적으로 부인 자신도 혼란에 빠지는 것 같았다.

〈안 돼.〉 마침내 부인이 마음을 다잡았다. 〈결과가 어떻게 될는지는 아무도 모르잖아. 함부로 행동해서는 안 돼. 평온함보다 좋은 건 없는 거야.〉

평온한 마음이 크게 흔들린 것은 아니었지만 부인은 어쩐지 울적해 이유 없이 울기까지 했다. 모욕을 당했기 때문은 아니었다. 부인은 모욕당했다고 느끼지 않았다. 오히려 자기 잘못이라고 여겼다. 삶이 속절없이 흘러가 버린다는 생각,

새로운 것에 대한 갈망 등 여러 모호한 감정이 겹치면서 자신을 한계까지 밀어붙였지만, 그 한계 너머에서 부인이 본 것은 심연이 아닌 공허…… 형체조차 없는 혼돈이었다.

19

 제아무리 스스로를 잘 통제하고 모든 편견으로부터 해방된 오딘쪼바 부인이라고는 해도 점심 식사를 하러 식당에 나타났을 때 마음이 편할 수는 없었다. 하지만 식사는 제법 자연스럽게 진행되었다. 시내에 갔다가 막 돌아왔다는 뽀르피리 뽈라또니치가 찾아와 여러 우스갯소리를 늘어놓았다. 현 지사 〈부르달루〉가 부하들에게 늘 박차를 지니고 다니도록 했다는, 그리하여 서둘러 어딘가 가야 할 때 속도를 낼 수 있도록 했다는 소식도 있었다. 아르까디는 작은 소리로 까짜와 이야기를 나누었고 이모님도 적당히 상대해 드리고 있었다. 바자로프는 음울한 표정으로 침묵했다. 오딘쪼바 부인은 두 번쯤 바자로프의 얼굴을 바라보았다. 곁눈질이 아니라 똑바로 보았다. 굳은 표정으로 눈을 내리깐 그 얼굴에서 단호한 경멸감이 드러났으므로 부인은 〈안 돼…… 안 되는데…… 안 돼……〉라고 생각했다. 점심 식사 후 부인은 모두와 함께 정원으로 나갔다가 바자로프가 자기와 이야기하고 싶어 한다는 것을 눈치채고 몇 걸음 옆으로 비키나 멈춰 섰다. 바자로프는 가까이 다가왔지만 여전히 눈을 내리깐 채 작은 소리로 중얼거렸다.

「당신께 용서를 빌어야 해요, 안나 세르게예브나. 저 때문에 몹시 화가 나셨겠지요.」

「아니에요, 화나지 않았어요, 예브게니 바실리예비치.」 부인이 대답했다. 「다만, 슬퍼요.」

「그렇다면 더 나쁘군요. 어쨌든 전 충분히 벌을 받고 있습니다. 당신도 인정하시겠지만, 제 상황이 정말이지 바보 같군요. 왜 떠나느냐고 쓰셨지요? 전 여기 남아 있을 수도, 그러고 싶지도 않습니다. 내일 떠나겠습니다.」

「예브게니 바실리예비치, 당신은 어째서—」

「어째서 떠나느냐고요?」

「아니, 그런 뜻이 아니에요.」

「지난 일은 되돌릴 수 없습니다, 안나 세르세예브나. 조만간 일어나야 할 일이었죠. 그 결과로 저는 떠날 수밖에 없고요. 딱 한 가지 조건에서만 저는 여기 머무를 수 있습니다만, 그 조건은 절대 충족되지 않을 테지요. 무례함을 무릅쓰고 말씀드리지요. 부인께서는 저를 사랑하지 않고 앞으로도 사랑하지 않으실 게 아닙니까?」

바자로프의 눈이 검은 눈썹 아래에서 순간적으로 빛났다.

오딘쪼바 부인은 대답하지 않았다. 〈난 이 사람을 두려워하고 있어〉라는 생각이 머리를 스쳤다.

「안녕히 계십시오.」 부인의 생각을 짐작한다는 듯 바자로프는 작별 인사를 남기고 집 쪽으로 걸어갔다.

부인은 잠자코 그 뒤를 따르다가 까쨔를 불러 그 손을 잡았다. 그리고 저녁 식사 때까지 동생 곁을 떠나지 않았다. 부인은 카드놀이에도 끼지 않은 채 내내 혼자 웃기만 했다. 창백하고 혼란스러운 얼굴과 전혀 어울리지 않는 웃음이었다. 아르까디는 의아한 마음에 부인을 지켜보며 젊은이들이 흔히 그러하듯 스스로에게 질문을 거듭하고 있었다. 〈대체 무슨 일이지?〉 바자로프는 방에 틀어박혔지만 차 마실 때는 나타났다. 오딘쪼바 부인은 무언가 친절한 말을 하고 싶었으나 어떻게 입을 떼야 할지 몰랐다.

부인의 그 곤란한 상황은 뜻밖의 사건으로 해소되었다. 집사가 들어와 시뜨니꼬프가 왔다고 알린 것이다.

이 젊은 진보주의자가 거실로 안내된 후 얼마나 정신없는 모습을 보였는지는 이루 표현할 수 없다. 겨우 안면만 있는 정도에 자기를 초대한 적도 없는 부인의 집이지만 현명한 친구 둘이 거기 머물고 있다고 하니 타고난 배짱을 발휘해 쳐들어온 것이다. 그래도 긴장하지 않을 수는 없었고 그리하여 사과와 안부 인사를 하는 대신 예브독시아 꾹쉬나 부인이 오딘쪼바 부인의 안부를 물어보라고 했다느니, 아르까디 니꼴라예비치가 자기에게 늘 오딘쪼바 부인을 찬양했다느니 하는 엉뚱한 소리를 더듬더듬 늘어놓았다. 엉겁결에 자기 모자를 깔고 앉기까지 했다. 하지만 아무도 그를 내쫓지 않았고 게다가 오딘쪼바 부인이 그를 이모님과 여동생에게 소개해 주기까지 하였으므로 시뜨니꼬프는 곧 평소의 모습으로 돌아와 명랑하게 떠들기 시작했다. 살다 보면 때로는 시시한 이야기도 유익할 때가 있다. 지나치게 팽팽했던 활시위를 느슨하게 만들고 지나친 자기 확신이나 자기 상실을 깨닫게 하며 이러한 정신 상태 역시 결국은 시시한 이야기나 다름없다는 점을 상기시키기 때문이다. 시뜨니꼬프가 오면서 모든 것이 무디고 단순해졌다. 사람들은 배불리 먹고 평소보다 30분이나 일찍 헤어져 자러 갔다.

「언젠가 자네가 했던 질문을 오늘은 내가 자네에게 던져야겠네.」 침대에 누운 아르까디가 역시 옷을 벗고 누운 바자로프에게 말했다. 「왜 그렇게 우수에 젖어 있나? 무슨 신성한 의무라도 마친 사람처럼.」

언젠가부터 이 두 젊은이는 서로를 거침없이 놀리는 듯한 말투를 사용하고 있었는데 그건 은근한 불만이라든지 입 밖에 내지 못하는 의혹을 표현하는 수단이었다.

「난 내일 아버지 댁으로 갈 걸세.」 바자로프가 말했다.

아르까디가 윗몸을 일으켜 세웠다. 그는 놀라면서도 한편으로는 왠지 반가웠다.

「아!」 그가 외쳤다. 「그래서 우울한 건가?」

바자로프가 하품을 했다 「너무 많은 걸 알려고 하면 금방 늙어 버릴 걸세.」

「안나 세르게예브나는 어쩌고?」 아르까디가 다시 물었다.

「안나 세르게예브나라니?」

「그러니까 부인이 자네를 놓아주겠느냐는 거지.」

「난 고용된 몸이 아니라네.」

아르까디가 생각에 잠겼다. 바자로프는 벽 쪽으로 돌아누웠다.

몇 분 동안 침묵이 흘렀다.

「예브게니!」 갑자기 아르까디가 불렀다.

「왜?」

「나도 내일 자네와 함께 가겠네.」

바자로프는 대답하지 않았다.

「나도 집으로 돌아가려는 걸세.」 아르까디가 말을 이었다.

「호흘로프스끼 마을까지 함께 가다가 거기서 자네는 페도뜨한테 말을 빌리면 될 거야. 나도 자네 부모님을 뵙고 싶긴 하지만 불편을 끼치고 싶지는 않네. 나중에 자네는 다시 우리 집에 오는 거지?」

「자네 집에 짐을 놔두고 왔으니까.」 바자로프가 여전히 등을 돌린 채 대답했다.

〈이 친구는 왜 내가 떠나려는 이유를 묻지 않는 걸까? 자기처럼 갑자기 떠난다는데.〉 아르까디는 생각했다. 〈나는, 그리고 이 친구는 왜 떠나는 걸가?〉 그는 생각을 거듭했지만 만족스러운 답을 얻지 못했다. 다만 찌르는 듯 심장이 아팠다. 어느덧 익숙해진 이곳의 삶과 헤어지기는 힘들겠지만 그래도 혼자 남는 것은 어쩐지 이상했다. 〈두 사람한테 무슨 일이 일어난 거야.〉 아르까디가 결론을 내렸다. 〈바자로프가 떠나면 내가 무슨 핑계를 대고 여기서 얼쩡거리겠어? 부인은 내게 싫증을 낼 테고, 그러면 마지막 기회까지 잃어버리고 마는 거야.〉 아르까디는 오딘쪼바 부인의 모습을 떠올렸다. 그 젊고 아름다운 미망인 뒤로 다른 얼굴도 그려졌다.

「까쨔도 그리울 거야!」 베개에 대고 중얼거리는 아르까디의 눈에서 한 방울 눈물이 떨어졌다. 그는 갑자기 머리를 들더니 큰 소리로 말했다.

「저 바보 같은 시뜨니꼬프는 대체 왜 나타난 거야?」

바자로프가 꿈틀 몸을 움직이더니 말했다. 「자네 아직 바보로군. 시뜨니꼬프 같은 사람은 꼭 있어야 하네. 특히 나에겐 그렇게 약간 모자라는 사람이 필요해. 하느님이 벽돌을 구울 수는 없는 법 아닌가!」

〈으흠!〉 아르까디가 생각했다. 바닥없이 깊은 바자로프의

자만심이 순간적으로나마 형체를 드러낸 것이다. 「그럼 우리가 하느님이라는 건가? 아니, 적어도 자네가 하느님이라면 나 역시 얼간이라는 건가?」

「그렇네.」 바자로프가 대답했다. 「자네는 아직 바보야.」

다음 날 아르까디가 자신도 바자로프와 떠나겠다고 말했을 때 오딘쪼바 부인은 별로 놀라지 않았다. 부인은 주의가 산만했고 지친 듯했다. 까쨔는 말없이 심각한 얼굴로 그를 바라보았다. 이모님은 안심이라는 듯 숄 안에서 남몰래 성호를 그었는데 아르까디가 눈치채지 못할 정도는 아니었다. 시뜨니꼬프는 무척 당황했다. 슬라브풍이 아닌 신식 복장으로 차려입고 아침 식사를 하러 왔다가 청천벽력을 만난 셈이었다. 자기가 가져온 엄청난 양의 옷가지를 보고 하인이 깜짝 놀란 것이 바로 어젯밤 일이었는데 갑자기 두 친구가 자기를 버리고 떠나겠다는 것이다! 그는 막다른 곳에 몰린 토끼처럼 초조한 모습으로 종종걸음을 치며 방 안을 돌아다니는가 싶더니 비명에 가까운 목소리로 자기도 떠나겠다고 했다. 오딘쪼바 부인은 붙잡지 않았다.

「제 마차가 아주 편안합니다.」 불운한 젊은이가 아르까디를 향해 말했다. 「제가 태워 드리지요. 그러면 예브게니 바실리예비치는 당신의 여행 마차를 타고 목적지까지 갈 수 있을 테니까요.」

「말씀은 고맙지만 길이 다르지 않나요? 또 저희 집까지는 퍽 멀고요.」

「그거야 문제없습니다. 전 시간이 많고 게다가 그쪽에 볼일도 있습니다.」

「주류 독점 판매 일인가요?」 아르까디의 어투는 자못 경멸조였다.

하지만 워낙 낙담한 탓에 시뜨니꼬프는 평소처럼 째지는 소리로 웃지도 못했다.

「장담합니다만, 아주 편안한 마차랍니다.」 그가 중얼거렸다. 「모두 함께 타도 될 정도지요.」

「저렇게까지 말씀하시는데 거절하면 실례예요.」 오딘쪼바 부인이 거들었다.

아르까디는 부인을 바라보며 정중하게 고개를 숙였다.

손님들은 아침을 먹고 출발했다. 바자로프와 작별하면서 부인은 손을 내밀었다.

「다시 만나게 되겠지요?」

「원하신다면.」

「그럼 다시 만나죠.」

아르까디가 제일 먼저 현관으로 나가 시뜨니꼬프의 마차에 올라탔다. 깍듯한 태도로 마차 타는 것을 도와주는 집사를 한방 때려 주든지 아니면 큰 소리로 울음을 터뜨리고 싶은 심정이었다.

바자로프는 여행 마차에 탔다. 호홀로프스끼 마을에 도착했을 때 아르까디는 여인숙 주인 페도뜨가 말을 맬 때까지 기다렸다가 여행 마차로 다가가 미소를 띠며 바자로프에게 말했다. 「나도 데려가 주게. 자네 집에 가고 싶군.」

「타게.」 바자로프가 작은 소리로 중얼거렸다.

힘차게 휘파람을 불며 자기 마차 바퀴 주변을 어슬렁거리던 시뜨니꼬프는 그 말을 듣고 어리둥절해 아무 말도 못 한 채 입만 벌리고 있었다. 아르까디는 아랑곳하지 않고 자기 짐을 내린 후 바자로프 옆에 앉았다. 그런 다음 그때까지의 길동무에게 정중히 고개를 숙여 보인 후 〈출발!〉하고 외쳤다. 여행 마차는 순식간에 시야에서 사라졌다……. 마침내 시뜨니꼬프가 정신을 차리고 보니 마부가 채찍으로 말 꼬리를 건드리며 장난을 치는 중이었다. 시뜨니꼬프는 마차에 뛰어올라 때마침 옆을 지나가던 두 농부에게 〈모자를 써, 이 바보들!〉이라고 호통을 쳤다. 그는 그날 밤늦게 시내에 도착했고 다음 날 꾹쉬나 부인을 찾아가 〈거만하고 제멋대로인〉 두 사람을 혹독하게 비난했다.

여행 마차에서 바자로프 옆에 앉은 아르까디는 친구의 손을 꽉 움켜쥐고 한참 말이 없었다. 바자로프는 아르까디가 잡아 준 손과 침묵을 이해하고 고마워하는 듯했다. 전날 밤 그는 한잠도 자지 못했고 담배도 피우지 않았다. 또 벌써 며칠째 제대로 먹지도 않은 상태였다. 깊이 눌러쓴 보자 아래로 보이는 그의 여윈 옆얼굴은 우울하고 날카로웠다.

「이봐, 아르까디.」 마침내 바자로프가 입을 열었다. 「담배 한 대 주게. 그리고 내 혀도 좀 봐주게. 혹시 백태가 끼었나?」

「그렇군.」 아르까디가 대답했다.

「그래, 그래서 담배 맛이 쓴 거였군. 나사가 다 풀려 버린 셈이야.」

「자네는 최근에 정말 많이 변했어.」 아르까디가 말했다.

「괜찮아, 좋아질 테니. 다만 우리 어머니가 워낙 걱정이 많은 분이라 그게 문제군. 배불뚝이가 되어 하루에 열 번쯤 밥을 먹어 치우지 않으면 몹시 서운해하시지. 아버지는 괜찮아. 세상 곳곳을 다니며 인생의 쓴맛과 단맛을 다 보신 분이니까. 이거 정말 못 피우겠군.」 그가 담배를 멀리 던져 버렸다.

「자네 집은 여기서 25베르스따쯤 가면 되나?」

「그래, 25베르스따. 여기 이 현자에게 물어보지 그러나.」 그는 마부석에 앉은 페도뜨네 일꾼을 가리켰다.

하지만 현자는 〈어떻게 알겠습니까? 이 지역은 누가 거리를 재본 적이 없는걸요〉라고 대답한 후 〈머리를 치대는〉 즉 머리를 흔들어 대는 암말에게 욕을 퍼부어 댔다.

「그래, 그렇군.」 바자로프가 말했다. 「자네처럼 젊은 친구에겐 이건 교훈이자 유익한 사례일세. 대체 얼마나 헛된 짓이었는지! 인간은 모두 실오라기에 매달려 있어. 바닥없는 심연이 언제 발밑에서 입을 벌릴지 알 수 없지. 그런데도 우리는 굳이 온갖 불쾌한 것들을 생각해 내서는 삶을 망쳐 버리는 거야.」

「무슨 뜻인가?」 아르까디가 물었다.

「무슨 뜻을 암시하는 게 아니야. 있는 그대로 말한 걸세. 우리 둘 다 아주 바보같이 굴었어. 더 말할 게 있겠나! 다만 병원에서 보니 자기 병을 지독히 미워하는 사람은 결국 이겨 내더군.」

「무슨 소린지 모르겠군.」 아르까디가 말했다. 「자네한테는 신세타령할 만한 것이 없을 것 같은데.」

「영 모르겠다면 이렇게 말해 주지. 내가 보기에는 손끝 하나라도 여자에게 내주느니 차라리 길에서 돌을 깨는 편이 낫다는 걸세. 그런 건 다……」 바자로프는 자기가 즐겨 쓰는 단어 〈낭만주의〉를 말하려다가 참았다. 「……헛된 짓이라고. 자네는 이제 날 안 믿겠지만 그래도 말해 두지네. 우리는 함께 여자들의 세계에 뛰어들어 즐겁게 지냈지. 하지만 그 세계를 던져 버리는 것 역시 더운 날씨에 찬물로 뛰어드는 것처럼 즐거운 일일세. 남자는 그런 시시한 일에 매달릴 시간이 없어. 사나이는 길들여져서는 안 된다는 스페인 속담도 있지 않나. 이보게, 똑똑한 친구!」 바자로프가 마부석에 앉은 남자를 불렀다. 「자네, 마누라가 있나?」

남자는 편평하고 멍한 얼굴을 뒤로 돌렸다.

「마누라 말입니까? 있고말고요. 마누라 없이 어떻게 살겠습니까?」

「자네는 마누라를 때리나?」

「마누라를요? 그럴 때도 있지요. 이유 없이 때리지는 않습니다만.」

「그렇군. 그럼 마누라가 자네를 때리기도 하나?」

남자가 고삐를 잡아당겼다. 「무슨 말씀이십니까, 나리? 농담이 심하십니다.」 그는 모욕을 당했다는 표정이었다.

「들었나, 아르까디 니꼴라예비치! 한데 우리는 둘 다 얻어맞고 말았네....... 교육받은 인간이라는 게 바로 이런 거군.」

아르까디는 억지로 웃었지만 바자로프는 외면한 채 내내 입을 열지 않았다.

25베르스따 거리라지만 아르까디에게는 50베르스따는 되는 것 같았다. 드디어 언덕의 경사면에 크지 않은 마을이 나타났다. 바자로프의 부모님이 사는 곳이었다. 마을 바로 근처 어린 자작나무 숲 안쪽으로 초가지붕을 한 자그마한 지주 저택이 보였다. 처음 나타난 농가 앞에서는 모자를 쓴 두 남자가 서로 욕을 퍼붓고 있었다. 「덩치만 커다란 돼지 같으니라고.」 한 사람이 말했다. 「실은 돼지 새끼만도 못한 주제에.」 그러자 다른 사람이 받아쳤다. 「자네 여편네는 마귀할멈이야!」

「저런 자유로운 행동이나 장난스러운 말투를 보면 자네도 우리 아버지의 소작농들이 그렇게 힘겨운 상황이 아니라는 걸 알 수 있겠지. 현관에 아버지가 나와 계시는군. 방울 소리를 들으신 모양이야. 그래, 아버지야, 분명히 알아볼 수 있어. 한데 언제 저렇게 백발이 되셨을까!」

20

 바자로프가 마차 밖으로 몸을 내밀었다. 아르까디도 친구 뒤에서 머리를 내밀었다. 자그마한 지주 저택의 현관 앞 계단에 키 크고 마른 체구의 매부리코 남자가 서 있었다. 헝클어진 머리에 단추를 풀어 헤친 낡은 군복 차림의 남자는 다리를 벌리고 서서 긴 담뱃대를 빨며 햇살에 눈이 부신 듯 얼굴을 찡그렸다.

 말들이 멈춰 섰다.

 「드디어 왔구나.」 손가락 사이에서 위아래로 마구 흔들거리는 담뱃대에 여전히 입을 갖다 댄 채 바자로프의 아버지가 말했다. 「자, 어서 내려라, 내려. 한번 안아 보자꾸나.」

 그가 아들을 품에 안았다……. 〈예뉴슈까, 예뉴슈까!〉[16] 떨리는 여자 목소리가 들려오는가 싶더니 현관문이 벌컥 열렸다. 흰 모자를 쓰고 짧은 줄무늬 저고리를 입은 키 작고 통통한 여인이 나타났다. 여인은 〈아!〉 하는 탄성을 내지르며 비틀거렸는데 바자로프가 붙잡지 않았다면 넘어지고 말았을

---

16 바자로프의 이름 예브게니의 애칭.

것이다. 여인의 통통한 두 팔이 아들의 목을 감싸 안았다. 한동안 어머니의 흐느끼는 소리만 울렸다.

 바자로프의 아버지는 한숨을 쉬며 아까처럼 얼굴을 찡그리더니 말했다. 「자, 이제 됐어요, 됐어! 그만해, 여보.」 여행 마차 옆에 우두커니 선 아르까디와 눈이 마주쳤던 것이다. 마부석의 남자는 아예 고개를 돌리고 있었다. 「이제 됐다니까! 그만 그쳐요.」

 「여보, 오늘에야 겨우 내 아들을⋯⋯. 내 귀여운 예뉴슈까를⋯⋯.」 어머니는 띄엄띄엄 중얼거리더니 한 걸음 뒤로 물러섰다. 팔은 풀지 않은 채였다. 어머니는 눈물 젖은 주름투성이의 다정한 얼굴로 행복하게 아들을 바라보다가 다시 꼭 껴안았다.

 「그래, 당신이 그러는 것도 무리는 아니야.」 바자로프의 아버지가 중얼거렸다. 「하지만 이제 그만 방으로 들어갑시다. 예브게니가 손님도 데려왔잖소. 이거 참 미안하네.」 그가 아르까디를 돌아보며 덧붙이더니 가볍게 발을 굴렀다. 「여자들이 좀 약한 데가 있어서. 또 어머니의 마음이라는 게⋯⋯.」

 하지만 아버지 역시 입술과 눈썹을 떨고 있었을 뿐 아니라 턱에는 경련까지 일었다⋯⋯. 그는 자신을 다잡고 태연하게 보이려 애썼다. 아르까디가 고개를 숙였다.

 「어머니, 이제 정말 들어가요.」 바자로프가 중얼거리며 기운이 빠져 버린 어머니를 모시고 들어갔다. 어머니를 편안한 의자에 앉히고 서둘러 다시 한 번 아버지와 포옹한 후 바자로프가 아르까디를 소개했다.

 「이렇게 만나게 되어 정말로 반갑네.」 아버지가 말했다. 「다만 우리 집이 너무 군대식으로 소박해서 걱정이군. 여보,

어서 진정하고 인사를 해야지. 왜 그렇게 마음 약하게 구는 거요? 손님이 언짢아하겠소.」

「도련님······.」 어머니는 여전히 울음 섞인 말투였다. 「이름과 부칭도 미처 묻지 못했네요.」

「아르까디 니꼴라예비치라는군.」 아버지가 나직한 소리로 점잖게 말했다.

「미안해요. 바보같이 굴었네요.」 어머니가 코를 풀더니 고개를 왼쪽 오른쪽으로 굽히며 양쪽 눈의 눈물을 차례로 닦아 냈다. 「미안해요. 우리 아들을 끝내 못 보고 죽는 건 아닐까 생각했기 때문에 그만······.」

「이렇게 보았으니 이제 됐잖소.」 아버지가 달랬다. 「따뉴쉬까!」 그는 문밖에서 놀란 눈으로 안을 들여다보고 있던 열세 살쯤 되어 보이는 소녀를 불렀다. 진분홍 치마에 맨발을 드러낸 차림이었다. 「마님께 물 한 잔 갖다 드려라, 쟁반에 받쳐서. 알겠니? 그리고 두 분은······.」 그는 조금 진부한 느낌이지만 명랑한 어조로 덧붙였다. 「퇴역 군인의 서재로 모시겠습니다.」

「한 번만 더 안아 보자꾸나.」 어머니가 울먹거렸다. 바자로프가 몸을 굽혔다. 「네가 이렇게 미남으로 자랐구나!」

「미남인지 아닌지는 몰라도······.」 아버지가 말했다. 「남자가, 진짜 사나이가 되었어. 여보, 어머니의 기쁨을 누렸으니 이번에는 우리 손님에게도 신경을 써야 하지 않겠소? 식사를 준비해 줘요.」

어머니가 바로 의자에서 일어났다. 「금방 준비할게요. 상을 차리고 어서 부엌에 나가 사모바르를 들여오라고 해야겠어요. 뭐든 다 내와야지요. 3년 동안 저 애를 보지도, 먹이지도 못했잖아요.」

「그래 줘요. 서둘러 솜씨를 발휘해야지. 우리는 그럼 이쪽으로 가자. 마침 소식을 듣고 찌모페이치도 이렇게 달려왔구나. 어떤가, 영감? 참말로 기쁘지? 자, 그럼 이쪽으로.」

아버지는 닳아 빠진 실내화를 털썩거리면서 바쁘게 앞장섰다.

집에는 방이 여섯 개였다. 아버지는 그중 서재라 불리는 방으로 두 친구를 안내했다. 오랜 세월 동안 쌓인 먼지로 마치 검게 그을린 듯 보이는, 서류더미가 잔뜩 놓인 다리 굵은 책상이 창문과 창문 사이 공간을 온통 차지하고 있었다. 벽을 따라 터키 총, 가축용 채찍, 장검, 지도 두 장, 해부도, 후펠란트[17]의 초상화, 머리카락으로 짠 모노그램, 액자에 든 면허증이 걸려 있었다. 여기저기 움푹 들어간 닳아 빠진 가죽 소파는 까렐리야 자작나무로 짠 커다란 옷궤들 사이에 놓였다. 선반 위에는, 책, 상자들, 박제된 새, 약병 등이 뒤섞여 가득했다. 한구석에는 고장 난 전기 기계가 자리를 차지하고 있었다.

「부끄럽지만, 아까도 말했듯 우리는 이렇게 야영하듯 산다네.」 아버지가 말했다.

「그만두세요. 뭐가 부끄러우신 거예요?」 바자로프가 말을 가로막았다. 「우리가 크로이소스[18] 왕도 아니고 궁전에 살지도 않는다는 건 이 친구도 잘 알아요. 자, 이 친구에게 어느 방을 주지요?」

---

17 Christoph Wilhelm Hufeland(1762~1836). 독일의 의사로 장수(長壽)에 대한 책을 썼으며 괴테, 실러 등의 주치의이기도 했다.
18 B. C. 6세기경 리디아 왕국 최후의 왕. 큰 부자로 유명했다.

「그건 걱정할 필요 없다. 곁채에 좋은 방이 있으니. 편하게 지낼 수 있을 거야.」

「곁채도 지었어요?」

「그럼요, 목욕탕도 있는 걸요.」 찌모페이치가 끼어들었다.

「그러니까 목욕탕 바로 옆이라는 말이지.」 아버지가 서둘러 설명했다. 「여름철이고 하니 말이다……. 내가 지금 가서 방을 준비시켜야겠다. 찌모페이치, 자네는 짐을 옮겨 주게. 예브게니, 넌 서재에서 손님과 있고. *Suum cuique*(각자의 몫은 각자에게).」

「자, 저분이 우리 아버지일세. 둘도 없는 호인에 재미있는 분이시지.」 아버지가 방을 나서자마자 바자로프가 말했다. 「자네 아버지처럼 괴짜이시기도 해. 유형은 다르지만 말이야. 늘 말씀이 많으시지.」

「어머니도 아주 좋은 분 같으시던걸.」 아르까디가 말했다.

「그래, 가식이란 게 없는 분이지. 어떤 식탁을 차려 주실지 기대하게.」

「도련님이 오늘 오실 줄은 몰랐습니다. 쇠고기를 가져오지 못했는걸요.」 바자로프의 짐을 끌고 들어온 찌모페이치가 말했다.

「쇠고기가 없으면 어떤가. 없으면 뭐 없는 대로. 가난은 죄가 아니라네.」

「자네 아버지는 소작농을 몇 명이나 쓰시나?」 갑자기 아르까디가 물었다.

「영지는 아버지가 아니라 어머니 것일세. 소작농은 아마 열다섯 명일걸.」

「모두 해서 스물두 명입니다.」 찌모페이치가 못마땅하다는 듯 정정했다.

실내화 끄는 소리가 들리더니 아버지가 다시 들어왔다.

「몇 분만 기다리면 방에 들어갈 수 있네.」 의기양양한 말투였다. 「아르까디 니꼴라예비치라고 했던가? 자, 여기 이 아이를 하인으로 쓰면 되네.」 아버지는 데리고 들어온 소년을 가리키며 덧붙였다. 머리를 짧게 깎은 소년은 팔꿈치에 구멍이 난 푸른색 옷을 입었고 장화는 남의 것을 신은 듯했다. 「이름은 페지까라고 하네. 아들애는 이런 말을 하지 말라지만, 그래도 역시 대접이 변변찮아 미안하군. 그래도 이 애가 담뱃대 채우는 것 정도는 시중들 수 있을 거네. 담배를 피우는가?」

「저는 주로 궐련을 피웁니다.」 아르까디가 대답했다.

「그거 잘하는 일이군. 나도 궐련을 더 좋아하지만 이런 시골에서는 구하기가 여간 힘든 게 아니어서……」

「푸념은 그만하세요.」 바자로프가 말을 가로막았다. 「여기 앉아서 얼굴이나 좀 보여 주세요.」

아버지가 웃으며 자리에 앉았다. 아들과 무척 닮은 얼굴로 다만 이마가 좀 낮고 입이 넓은 것만 다를 뿐이었다. 그는 옷 겨드랑이가 조인다는 듯 어깨를 움직이기도 하고 눈을 깜박거리거나 기침을 하는가 하면 손가락을 꼼지락거리기도 하는 등 쉴 새 없이 움직였다. 반면 아들은 몸의 움직임이 전혀 없었다.

「푸념이라니!」 아버지가 아들의 말을 되뇌었다. 「얘야, 예브게니, 내가 이런 벽촌에 산다고 드러내면서 손님의 동정을 사려는 거라고는 생각하지 마라. 오히려 난 생각하는 인간에게 벽촌이란 없다는 주의거든. 그래서 곰팡이가 피지 않도록, 시대에 뒤떨어지지 않도록 노력하고 있지.」

아버지는 주머니에서 노란색 비단 손수건을 꺼냈다. 아르까디가 쓸 방에 다녀오는 길에 찾아낸 것이었다. 그는 그 손수건을 흔들며 말을 이었다.

「내게는 상당한 희생이었지만 땅을 소작제로 하고 수확은 농부들과 반반씩 나눠 갖기로 했다는 얘기는 굳이 떠벌리지 않겠다. 다만 난 그게 내 의무고 분별 있는 짓이라고 생각했어. 다른 지주들은 그런 생각조차 안 했지만 말이다. 과학이나 교육에 대해서도 마찬가지다.」

「그래서 집에 1855년판 『건강의 벗』이 있군요.」

「옛 친구가 보내 준 거다.」 아버지가 재빨리 설명했다. 「우린 골상학에 대해서도 알고 있지.」 그는 아르까디 쪽을 보더니 선반에 세워진 조그마한 석고 두개골을 가리켰다. 두개골은 각 부분으로 나뉘어 번호가 붙어 있었다. 「쉔라인이나 라데마허에 대해서도 안단다.」

「×××에서는 아직도 라데마허를 신뢰하나요?」 바자로프가 물었다.

아버지가 기침을 하기 시작했다. 「현에서는……. 뭐 너희들이 더 잘 알겠지. 우리가 어떻게 너희들을 따라가겠니? 너희들은 결국 우리를 대신하게 될 테니. 우리 시대에도 호프만의 체액설이나 브라운의 활력설을 비웃곤 했지. 하지만 이런 이론 역시 한때는 힘이 대단했단다. 이제 누군가 새로운 사람이 등장해 라데마허를 넘어뜨리면 너희들은 그 사람을 숭배하겠지만 그 역시 스무 해만 흐르면 다시 비웃음거리가 될 거야.」

「그 문제에 대해서는 안심하셔도 돼요.」 바자로프가 말했다. 「우리는 의학 전반에 대해 비웃고 있으니까요. 그 누구도 숭배하지 않고요.」

「그게 대체 무슨 말이냐? 넌 의사가 되고 싶지 않은 거냐?」

「의사가 되고 싶어요. 하지만 이건 다른 문제예요.」

아버지는 뜨거운 재가 약간 남아 있는 담뱃대 안쪽을 가운뎃손가락으로 꾹꾹 누르기 시작했다.

「뭐, 그럴지도 모르겠구나. 논쟁은 하지 말자. 내가 대체 뭐라고 논쟁을 한단 말이냐. 난 퇴역 군의일 뿐이야. 지금은 농사일을 하게 되었고. 난 자네 할아버지의 사단에 근무했다네.」 그가 다시 아르까디를 보았다. 「그래, 난 평생 온갖 일을 다 겪었지. 무수히 많은 사교 모임에 참석했고 유명한 사람들은 다 만났어! 지금 자네 눈앞에 앉아 있는 바로 이 사람이 비트겐슈타인 공작이며 시인 쥬꼬프스끼를 진찰했네! 12월당 사건 때 남쪽 군에 있던 사람들도(이 대목에서 그는 입술을 한 번 깨물었다) 빠짐없이 다 알았지. 물론 나와는 상관없는 사건이었어. 나야 의료용 칼만 다루면 그만이었으니까! 자네 할아버지는 아주 훌륭하셨네. 진짜 군인이셨지.」

「솔직히 말해 보세요, 멍청이가 아니었나요?」 바자로프가 느릿느릿 말했다.

「아니, 예브게니, 어떻게 그런 소리를! 당치도 않구나. 끼르사노프 장군은 그런 분이 아니─」

「그건 아무래도 좋아요.」 바자로프가 화제를 돌렸다. 「이곳에 오면서 자작나무 숲을 보고 기뻤어요. 정말 잘 자랐더군요.」

아버지는 활기를 띠었다. 「마당도 한번 봐라! 한 그루 한 그루 다 내가 직접 심은 나무들이지. 과일나무도 있고 약초도 있다. 젊은이들이 제아무리 진리를 떠든다 해도 결국은 파라셀수스[19]의 말이 맞는 거야. 진리는 풀과 언어, 돌에 있는 거지 *herbis, verbis et lapidibus*. 난 의사 일은 그만두었지만 그래도 한 주에 두 번 정도는 옛날로 돌아가게 되는구나. 봐달라고 오는 사람을 내쫓을 수는 없으니 말이다. 가난한 사람들이 달려와 도움을 청하거든. 여긴 제대로 된 의사가 하나도 없어. 퇴역 소령인 이웃 역시 치료를 한단다. 의학을 공부했느냐고 내가 물어보았더니 공부는 하지 않았지만 박애 정신으로 하는 거라나……. 하하, 박애 정신이라니! 대체 어떤 박애 정신이란 말일까, 하하하!」

「폐지까, 내 담뱃대에 담배를 좀 넣어!」 바자로프가 거칠게 말했다.

「환자를 보는 사람이 또 하나 있는데……」 아버지가 열심히 말을 이었다. 「한번은 왕진을 갔더니 환자가 이미 조상이 계신 곳으로 *ad padre* 가버렸단다. 이제 의사가 필요 없다면서 하인이 들어가지도 못하게 하자 당황한 그 사람이 〈이봐, 주인 나리가 돌아가시기 전에 딸꾹질을 하던가?〉라고 물었다지. 그랬다고 하니까 〈그럼 딸꾹질을 많이 하던가?〉라고 다시 물었대. 많이 했다고 하니 그럼 됐다고 하면서 돌아서더란다, 하하하!」

아버지 혼자 웃었다. 아르까디는 억지 미소를 지었다. 바자로프는 그저 담배만 피웠다. 그런 식의 대화가 1시간가량 이어졌다. 아르까디는 잠깐 자기 방에 다녀왔다. 본래 목욕탕 탈의실로 쓰는 곳이지만 아늑하고 깨끗했다. 마침내 따뉴

---

19 Philippus Aureolus Paracelsus(1493~1541). 스위스 의학자로 의학에 화학의 개념을 더해 의화학의 시조가 되었다.

쉬까가 들어와 식사가 준비되었다고 알렸다.

 아버지가 제일 먼저 일어났다.「자, 가세! 이야기가 지루했다면 미안하네. 아마 안주인은 나보다는 나을 걸세.」

 급히 준비한 것인데도 식사는 훌륭했고 푸짐하기까지 했다. 다만 술은 신통치 못했다. 찌모페이치가 시내의 아는 상인에게서 사왔다는, 거의 새까만 색깔의 셰리 와인은 구리 같기도 하고 송진 같기도 한 냄새를 풍겼다. 파리도 몹시 귀찮게 굴었다. 평소에는 농노 아이가 생가지를 휘둘러 파리를 쫓았지만 젊은 세대의 비난이 두려웠던 아버지가 아이를 심부름 보냈던 것이다. 어머니는 그새 옷을 갈아입어 비단 리본이 달린 높은 모자를 쓰고 수놓인 연푸른색 숄을 두르고 있었다. 아들을 보자 어머니는 다시 울음이 터져 나왔지만 숄을 적시지 않기 위해 서둘러 눈물을 닦아 냈으므로 남편이 달랠 필요는 없었다. 부모님은 한참 전에 식사를 끝낸 참이었으므로 두 젊은이만 먹었다. 안 신던 장화를 신어 몹시 불편해 보이는 페지까가 식사 시중을 들었고 남자 같은 얼굴을 한 애꾸눈 하녀 안피수슈까도 함께 도왔다. 안피수슈까는 창고 관리, 가금류 돌보기, 빨래를 한다고 했다. 식사 시간 내내 아버지는 방 안을 이리저리 서성거리며 더없이 행복한 표정으로 나폴레옹 3세의 정책이나 이탈리아 분규 같은 문제에 대해 이야기했다. 어머니는 아르까디에게 눈길을 주거나 음식을 권하지 못했다. 앵두 빛 두툼한 입술, 두 뺨과 눈썹 위에 난 까만 점 몇 개로 인해 한없이 선량해 보이는 그 얼굴을 한 팔로 괸 채 한시도 아들에게서 눈을 떼지 않았기 때문이다. 얼마나 오래 머물다 갈 것인지 묻고 싶은 마음이 굴뚝같았지만 한숨만 쉴 뿐 차마 묻지 못했다. 혹시라도〈글쎄요, 한 이

틀쯤?〉이라는 대답이 나올지도 모른다는 생각에 가슴이 죄어들었다. 더운 요리가 나온 후 아버지가 잠시 사라졌다가 반쯤 찬 샴페인 병을 들고 나타났다. 「자, 벽촌에도 이렇게 기쁜 날을 축하할 만한 건 있지!」 아버지는 이렇게 외치면서 샴페인 잔 세 개와 포도주 잔 하나에 술을 따르고 〈더없이 귀한 손님〉의 건강을 위해 건배한 후 단숨에 잔을 비웠다. 아내에게도 마지막 한 방울까지 다 마시게 했다. 잼을 맛볼 차례가 되었다. 아르까디는 단것을 전혀 좋아하지 않았지만 의무감을 느끼며 갓 만들었다는 잼 네 종류를 골고루 맛보았다. 바자로프가 딱 잘라 거절하고 담배를 피우기 시작한 상황이었으므로 더욱더 그럴 수밖에 없었다. 다음으로는 크림을 넣은 차와 빵과 버터가 나왔다. 식사가 끝나고 아버지는 모두를 정원으로 데리고 나가 아름다운 저녁 풍경을 즐기도록 했다. 벤치 옆을 지나면서 그는 아르까디에게 속삭였다. 「난 이 자리에서 해 지는 걸 바라보며 철학적인 생각을 할 좋아한다네. 은둔자에게 좋은 장소지. 저쪽에는 로마 시인 호라티우스가 좋아하던 나무도 몇 그루 심었네.」

「무슨 나무인데요?」 이야기를 들은 바자로프가 물었다.

「아카시아란다.」

바자로프가 하품을 하기 시작했다.

「여행자들이 꿈의 신 모르페우스에게 안길 시간인 모양이군.」 아버지가 말했다.

「그러니까 잘 시간이라는 뜻이지요.」 바자로프가 아버지의 말을 받았다. 「옳은 말씀이에요. 자야겠어요.」

아들은 어머니의 이마에 입을 맞추었고 어머니는 아들을 꼭 안아 준 다음 뒤에서 몰래 축복의 성호를 세 번 그었다. 아버지는 아르까디를 방에 데려다 주며 〈자신이 아르까디처럼 젊었던 시절에 맛보았던 달콤한 휴식〉을 기원해 주었다. 그리고 정말로 아르까디는 그 탈의실 방에서 푹 잘 잤다. 방에서는 박하 향이 났고 벽난로 뒤에서 귀뚜라미 두 마리가 자장가를 불러 주듯 울었다. 아버지는 다시 서재로 돌아가 소파에 누운 아들의 발치에 앉아 이야기를 나누려 했지만 바자로프는 피곤하다며 바로 아버지를 내보냈다. 하지만 정작 아침까지 잠들지 못했다. 그는 눈을 커다랗게 뜬 채 어둠을 노려보았다. 어린 시절의 추억은 그에게 별 의미가 없었다. 게다가 최근의 쓰디쓴 경험으로부터 빠져나오지 못한 상태에서는 더욱 그러했다. 어머니는 열심히 기도를 드린 후 안피수슈까와 오랫동안 이야기를 주고받았다. 안피수슈까는 못 박힌 듯 여주인 앞에 멈춰 서서 하나뿐인 눈으로 상대를 바라보며 바자로프에 대한 자신의 생각이나 느낌을 비밀스럽게 소곤거렸다. 기쁨과 샴페인, 담배 연기로 인해 어머니는 머리가 완전히 혼란스러워져 버렸다. 그런 아내에게 말을 걸려던 남편은 손을 내젓고 말았다.

바자로프의 어머니 아리나 블라시예브나는 러시아 구시대 가정부인의 진정한 표상이라 할 만했다. 2백 년 전의 모스끄바에 살았어야 할 인물이었다. 어머니는 신앙이 깊고 감수성이 풍부했으며 모든 전조나 점, 주술, 꿈을 믿었다. 반미치광이 예지자, 집에 사는 신령, 수풀 속 요정, 불운한 만남, 악마의 눈, 민간 치료약, 부활절 전주 목요일에 구운 소금의 효력, 곧 닥쳐올 세상의 종말도 믿었다. 부활절 밤 미사 때 촛불이 꺼지지 않으면 메밀 농사가 잘 된다는 말, 사람 눈길이 닿은 버섯은 더 이상 자라지 않는다는 말, 악마는 축축한 곳을 좋아한다는 말, 유대인은 모두 가슴에 붉은 피처럼 붉은 반점이 있다는 말도 믿었다. 그리하여 어머니는 쥐, 구렁이, 개구리, 꾀꼬리, 거머리, 천둥, 찬물, 새어 드는 바람, 말, 염소, 머리털 붉은 사람, 검은 고양이를 두려워했고 귀뚜라미나 개를 부정한 동물로 여겼다. 어머니는 송아지 고기, 비둘기, 새우, 치즈, 아스파라거스, 아티초크, 토끼를 먹지 않았다. 수박도 먹지 않았는데 그 이유는 썰어 놓은 수박이 세례자 요한의 머리를 연상시키기 때문이었다. 굴 이야기가 나오면 질색을 했다. 먹는 것을 좋아하면서도 금식 규율만큼은 엄격히 지켰다. 하루 10시간씩 잠을 잤지만 남편이 머리라도 아프다고 하면 밤을 꼬박 새웠다. 프랑스 교훈 소설 『알렉시스, 혹은 숲속의 오두막』을 제외하고 책은 한 권도 읽지 않았다. 한 해에 편지는 한 번, 많으면 두 번 쓸 뿐이었다. 살림이나 음식 장만에 대해서라면 훤했지만 직접 팔을 걷어붙이는 일은 거의 없었고 대체로 움직이기를 싫어했다. 매우 선량했지만 결코 멍청하지는 않았다. 세상에는 명령을 내려야 하는 주인들과 복종해야 하는 평민이 따로 나뉘어 있다고 생각했으므로 농노들의 굴종하는 태도에도, 머리가 땅에 닿을 정도로 깊게 구부리며 하는 절에도 거부감이 없었다. 하지만 아랫사람에게 친절하고 따뜻하게 대했고 거지를 빈손으로 보내는 법이 없었으며 소문을 떠벌리기는 해도 남을 비판하지는 않았다. 젊은 시절에는 퍽 미인이었고 피아노를 연주했으며 프랑스어도 약간 할 수 있었다. 하지만 마음에 없이 결혼한 남편과 오랜 세월 이곳저곳을 떠돌며 사는 동안 몸은 불어났고 음악이며 프랑스어는 잊고 말았다. 아들은 사랑하면서도 두려워하는 대상이었다. 영지 관리는 남편에게 완전히 맡겨 버리고 아무것도 참견하지 않았다. 남편이 앞으로의 개선 방향이나 향후 계획에 대해 말을 꺼낼라치면 어머니는 한숨을 쉬고 손수건을 흔들며 눈썹을 치올리곤 했다. 늘 자잘한 일에 대해 걱정했고 무언가 커다란 불행이 다가올 것이라 생각했으며 슬픈 상상만으로도 이내 울음을 터뜨렸다……. 오늘날 이런 부인들은 거의 사라졌다. 이것이 기뻐할 만한 일인지는 신만이 알 것이다!

21

아르까지는 침대에서 몸을 일으킨 후 창문을 활짝 열었다. 바자로프 아버지의 모습이 눈에 들어왔다. 헐렁한 실내복 차림에 허리에 수건을 동여맨 아버지는 열심히 채마밭을 일구는 중이었다. 젊은 손님이 일어난 것을 본 아버지는 삽자루에 몸을 기대며 외쳤다. 「좋은 아침이네. 잘 주무셨나?」

「아주 잘 잤습니다.」 아르까지가 대답했다.

「난 킨키나투스[20]가 그랬듯 여름 순무를 심기 위해 골을 내고 있다네. 지금은 누구나 자기가 먹을 것을 자기 손으로 구해야 하는 시대가 아닌가. 참 고마운 일이야. 남에게 기대지 않고 스스로 노력해야 하는 시대가 왔으니 말일세. 장 자크 루소의 말은 참으로 옳아. 한데 30분 전의 나는 전혀 다른 모습이었을 걸세. 여자 농노 하나가 배가 아프다고 찾아왔거든. 이질이었어. 아편 주사를 놓아 주었지. 또 다른 여자는 이를 빼주었어. 마취를 하는 게 좋겠다고 했지만 말을 안 듣더군. 난 이런 치료는 다 공짜로 한다네. 뭐 이상할 것 없지. 난

---

20 Lucius Quintus Cincinnatus(B. C. 519?~439?). 로마의 집정관. 직접 땅을 일구며 소박한 생활을 했다고 한다.

아내처럼 유서 깊은 가문 출신은 못 돼. 평민 출신의 신인류 *homo novus*지……. 한데 어떤가, 차를 마시기 전에 여기 나와 그늘에서 아침 공기라도 쐬는 게?」

아르까디가 채마밭으로 나갔다.

「다시 한 번 말하지만 이렇게 와주어 정말 반갑네!」 아버지가 기름기 번질거리는 모자에 손을 올리고 군대식 경례를 하며 말했다. 「자네가 편안하고 호사스러운 생활에 익숙해 있다는 건 아네만, 세상의 위인들도 구차한 오두막에 잠시 머무르는 걸 거리끼지 않았다는 걸 기억해 주게나.」

「당치 않으십니다.」 아르까디가 외쳤다. 「제가 무슨 위인이나 됩니까? 게다가 호사스러운 삶에 익숙하지도 않고요.」

「아, 미안, 미안하네.」 아버지가 점잖게 사과했다. 「이제는 폐물이 되긴 했지만 한때는 나도 세상에서 잘나갔다네. 지금도 날아가는 모양만 보고 무슨 새인지 맞출 수 있지. 심리학과 관상학도 좀 알고. 이런 능력이 없었다면 벌써 오래전에 끝장이 났을 걸세. 세상 흐름에서 밀려나 초라하게 살았겠지. 자네와 우리 아들 사이의 우정을 보니 정말로 기쁘네. 이건 빈말이 아니야. 참, 예브게니는 늘 그렇듯 일찌감치 일어나 나갔네. 그런데 한 가지 물어봐도 될까? 우리 예브게니와 친구로 지낸 지 오래되었나?」

「지난겨울부터입니다.」

「그렇군. 하나 더 물어봄세. 잠깐 앉지 않겠나? 아비로서 궁금해서 그러니 솔직하게 답해 주게. 자네는 우리 예브게니를 어떻게 생각하고 있나?」

「아드님은 제가 만나 본 사람 중 가장 뛰어납니다.」 아르까디가 재빨리 대답했다.

아버지의 두 눈이 갑자기 커지고 볼이 약간 부풀어 올랐다. 손에서 삽이 미끄러져 떨어졌다.

「그래, 자네 생각이 그렇단 말이지.」

「아드님은 훌륭한 인물이 되어 아버님의 이름을 빛낼 겁니다.」 아르까디가 말을 이었다. 「전 그렇게 확신합니다. 아드님과 처음 만날 때부터 그런 생각을 했답니다.」

「어떻게, 어떻게 그럴 수가?」 아버지가 중얼거렸다. 넓은 입술에 떠오른 환희의 미소는 사라질 줄 몰랐다.

「저희가 어떻게 만났는지 궁금하신 거지요?」

「그래, 대강이라도……」

아르까디는 이야기를 시작했다. 무도회에서 오딘쪼바 부인과 마주르카를 추던 때보다도 더 열중하여 더 열심히 떠들었다.

아버지는 이야기를 귀담아들으면서 코를 풀기도 하고 손수건을 만지작거리기도 하고 기침을 하기도 하고 머리를 긁적이기도 했다. 그리고 마침내 더 이상 참지 못하고 아르까디에게 몸을 굽혀 그 어깨에 입을 맞추었다.

「자네는 날 정말 행복하게 만들어 주는군.」 여전히 웃는 얼굴로 아버지가 말했다. 「사실 난 아들놈을 더없이 사랑한다네. 숭배한다고도 할 수 있지. 애 어머니는 더 말할 것도 없고. 어머니들이란 다 그렇지 않은가! 하지만 아들 앞에서는 그런 마음을 털어놓을 수가 없어. 달가워하질 않거든. 감정을 드러내는 걸 싫어한다네. 사람들은 그것 때문에 우리 애가 성격이 나쁘다느니 오만하고 냉정하다느니 하지. 하지만 우리 애처럼 특별한 존재를 평범한 잣대로 봐서는 안 되지 않겠나? 예를 들어 다른 애들은 부모에게서 무엇이든 더 받아 가려고 하지. 그렇지만 우리 애는 태어나서부터 지금까지 단 1꼬뻬이까도 부모 돈을 가져가려 한 적이 없었다네!」

「아드님은 욕심이 없고 정직한 사람이지요.」

「바로 그래. 욕심이 없지. 나는 말일세, 아르까디 니꼴라예비치, 우리 애를 사랑하고 숭배하며 더 나아가 일생의 자랑으로 여긴다네. 우리 애의 전기에 〈그의 아버지는 평범한 군의였지만 일찍부터 자식의 재능을 알아보았고 아들의 교육을 위해서라면 무엇도 아끼지 않았다〉라는 구절만 들어간다면 내 명예는 충분할 걸세.」 아버지의 목소리가 잠겨 들었다.

아르까디가 아버지의 손을 지그시 잡았다.

「자네는 어떻게 생각하나?」 잠시 후 아버지가 입을 열었다. 「자네 말대로 우리 애가 유명해진다면 그건 의학 쪽은 아니겠지?」

「물론 의학은 아닐 겁니다. 물론 의학에서도 일류 학자가 될 테지만요.」

「그럼 어느 분야일까, 아르까디 니꼴라예비치?」

「그건 정확하게 말씀드리기 어렵네요. 어쨌든 유명해질 것은 확실합니다.」

「유명해진다고!」 아버지는 그 말을 되뇌며 생각에 잠겼다.

「아리나 블라시예브나께서 차를 드시러 오시랍니다.」 산딸기가 수북한 접시를 들고 지나가면서 안피수슈까가 전했다.

아버지가 몸을 움찔했다. 「산딸기에 곁들일 차가운 크림도 준비되었나?」

「준비했습니다.」

「차가워야 해. 알겠지? 아르까디 니꼴라예비치, 체면 차리지 말고 많이 먹고 즐겁게 지내게. 한데 예브게니는 왜 안 오는 걸까?」

「저 여기 있어요.」 아르까디가 자던 방에서 바자로프의 목소리가 들렸다.

아버지는 즉각 뒤돌아섰다. 「아, 친구를 보러 갔었구나. 하지만 늦었군, 친구 amice. 우리는 벌써 한참 얘기를 나누었단다. 이제 차를 마시러 가자꾸나. 어머니가 부르신다. 참, 너랑 할 말이 있는데.」

「뭔데요?」

「여기 농부 하나가 달병으로 고생을 하는데······.」

「황달 말씀이죠?」

「그래, 만성에 아주 심한 달병이야. 내가 물레나물이랑 수레국화를 처방하고 소다를 주었지. 당근도 많이 먹으라고 했고. 한데 이건 다 임시방편일 뿐이고 믿기 근본적인 치료가 필요해. 넌 의학을 우습게 여기긴 하지만 혹시 내게 실질적인 조언을 해줄 수 있지 않을까 해서 말이다. 하지만 이 얘긴 나중에 하자. 지금은 차를 마시러 가야 하니.」

아버지는 벤치에서 벌떡 일어나더니 프랑스 오페라 「악마 로베르트」의 한 구절을 부르기 시작했다.

규율, 규율, 우리 스스로 규율을 정하세.
삶의 기쁨, 기쁨, 기쁨을 위해서!

「정말 기운이 넘치시는군!」 바자로프가 창가에서 물러나면서 말했다.

한낮이 되었다. 햇살은 흰 구름의 엷은 막을 통과해 내리쬐었다. 마을 수탉 몇 마리가 사납게 꼬꼬댁거리는 소리로 묘하게 졸음과 무기력을 부르고 나무 꼭대기에서 어린 매 한 마리가 슬피 우는 소리를 내는 것 외에는 사방이 고요했다. 아르까지와 바자로프는 건초 더미 그늘에 누워 있었다. 바스락 소리가 날 정도로 마르기는 했어도 아직 푸른빛이 남아 있고 향기까지 풍기는 마른풀을 두 아름쯤 집어 깔고 그 위에 누운 것이다.

「저 나무를 보면 어린 시절이 떠올라.」 바자로프가 말을 시작했다. 「벽돌 가마터의 구덩이 가에서 자라던 나무거든. 그때는 구덩이와 저 나무에 특별한 힘이 있다고 믿었네. 그 근처에서 놀면 지루해지질 않았기 때문이지. 어린아이라서 지루하지 않았던 건데 그땐 그걸 몰랐지. 이제 어른이 되고 보니 특별한 힘도 느껴지지 않는군.」

「자네는 여기서 얼마나 살았나?」 아르까지가 물었다.

「2년쯤. 그러곤 여기저기 돌아다녔지. 방랑 생활을 하고 싶었어. 대개는 도시를 오가며 살았지만.」

「이 집은 오래된 건가?」

「오래됐지. 외할아버지가 지으신 집이거든.」

「외할아버지는 어떤 분이셨나?」

「그거야 잘 모르지. 소령이었다나 뭐라나. 수보로프[21] 장군 휘하에 있었다나? 늘 알프스 산맥 넘던 이야기를 하셨는데, 아마 거짓말일 거야.」

「그래서 집에 수보로프 초상화가 있군. 난 자네 집처럼 오래되고 아늑한 곳이 좋네. 뭔가 독특한 냄새도 나고 말이야.」

「등잔 기름과 클로버 냄새야.」 바자로프가 하품을 하면서

---

[21] Aleksandr Vasilievich Suvorov(1729~1800). 러시아의 장군으로 나폴레옹 군을 격퇴시키고 알프스 산맥을 넘었다.

말했다. 「그 아늑한 집에 파리는 왜 그리 많은지……. 정말 질색이야!」

「자네는 어릴 때 엄하게 꾸중을 들으면서 컸나?」 잠시 침묵이 흐른 후 아르까지가 물었다.

「자네가 봤듯 우리 부모님은 엄격한 분들이 못 되네.」

「부모님을 사랑하나, 예브게니?」

「그럼, 사랑하지!」

「부모님은 자네를 너무도 사랑하시더군.」

바자로프가 입을 다물었다.

「내가 무슨 생각을 하는지 알겠나?」 팔베개를 하고 잠시 생각에 잠겼던 바자로프가 말했다.

「모르겠군. 무슨 생각을 했나?」

「우리 부모님은 세상살이를 참 즐거워하신다는 생각을 했지. 아버지는 예순이나 되셨는데도 할 일이 많아. 임시방편 처방에 대해 걱정도 하고 사람들을 치료하고 농부들에게도 잘 대해 주시지. 한마디로 신나게 사는 거야. 어머니도 즐거우셔. 온갖 집안일을 처리하고 한숨을 쉬며 걱정하느라 당신 자신에 대해서는 생각할 틈도 없지. 그런데 난……」

「그런데 자네는?」

「난 생각을 하네. 여기 이렇게 건초 더미 아래 누워서……. 내가 차지한 이 작은 공간은 다른 공간, 내가 존재하지 않고 나와 상관도 없는 다른 공간에 비해 얼마나 보잘것없는가. 내가 사는 시간도 마찬가지야. 내가 없었던 시간이나 내가 죽은 후 흘러갈 그 영원한 시간에 비하면 보잘것없는 시간이지. 그런데도 이 원자(原子), 이 수학적인 한 점 안에서도 피는 흐르고 뇌는 움직이며 무언가를 바라는 걸세. 얼마나 꼴불견인가! 얼마나 하잘것없는가!」

「그거야 모든 인간에게 다 적용되는 얘기가 아닌가.」

「맞아.」 바자로프가 말했다. 「그러니까 난 우리 부모님이 자기 존재의 시시함을 깨닫지 못한다는 얘기를 하고 싶었던 거야. 시시한 일에 매달리느라 존재의 시시함을 모르고 사는 거지……. 반면 난 권태와 증오만 느끼며 살고 있고.」

「증오라니? 어째서 증오를 느낀다는 거지?」

「어째서라니? 벌써 잊어버리기라도 한 건가?」

「기억하고 있네. 하지만 그렇다고 해서 증오할 권리가 있다고는 보지 않아. 물론 자네는 불행하고, 충분히 그럴 만하지만…….」

「이봐, 아르까디 니꼴라예비치, 자네도 신식 젊은이들처럼 사랑을 보나? 〈구구구〉 하고 암탉을 불렀다가 암탉이 다가오면 바로 도망쳐 버리는 식으로 말일세! 난 그렇지 않아. 하지만 이 얘기는 그만두세. 아무 도움도 안 될 테고 수치스럽기도 하니까.」 바자로프가 돌아누웠다. 「아, 용맹한 개미가 다 죽어 가는 파리를 끌고 가는군. 어서 당겨, 힘을 내야지! 파리가 버둥거려도 상관하지 마. 넌 남의 고통 따윈 생각 안 해도 되는 동물이잖아. 한심하게 스스로를 망가뜨리는 인간과는 다르잖아!」

「예브게니, 그런 말을 하다니! 언제 자네가 스스로를 망가뜨렸다는 건가?」

바자로프가 고개를 들었다. 「난 오로지 그것 하나를 자랑으로 생각하네. 나 스스로를 망가뜨리지 않은 것, 여자가 날 망가뜨리도록 하지 않은 것 말이야. 아멘! 이걸로 끝났어! 더 이상 내 입에서 이 얘기는 안 나올 걸세.」

두 친구는 잠시 말없이 누워 있었다.

「그래……」 바자로프가 입을 열었다. 「인간이란 참 이상한 존재야. 이곳의 〈아버지들〉이 사는 답답한 생활을 멀리서 바라보고 있노라면 더 바랄 게 없다는 생각이 들지. 먹고 마시고, 가장 옳고 분별 있는 행동을 하고 말이야. 하지만 실제로는 권태롭기 짝이 없지. 인간은 인간과 어울리고 싶어 하거든. 헐뜯기만 하는 관계라도 말이야.」

「우리는 매 순간 의미 있게 살아야 해.」 생각에 잠겨 아르카디가 말했다.

「물론이지! 의미가 있다면 거짓되다 해도 괜찮아. 무의미한 것도 어느 정도는 참을 수 있지. 하지만 시시한 일들만 이어지는 건…… 그건 절대로 안 돼!」

「시시한 일이라는 건 없을지도 몰라. 시시하다고 인정만 하지 않는다면 말이야.」

「흠, 평범한 얘기를 뒤집어 하는군.」

「그게 무슨 말인가?」

「이런 걸세. 교육이 유익하다고 하면 평범해. 하지만 교육이 유해하다고 하면 뒤집은 거지. 꽤 세련되어 보이지만 핵심은 똑같지.」

「그러면 어느 쪽이 진리인가?」

「어디냐고? 난 메아리처럼 대답하네, 어디냐고?」[22]

「오늘 자네는 좀 우울한 모양이야, 예브게니.」

「그런가? 햇볕이 너무 따가웠나 봐. 산딸기도 너무 많이 먹었고.」

---

22 바이런의 시 「아비도스의 신부 Bride of Abydos」의 한 구절이다.

「그러면 잠을 좀 자게.」 아르까디가 말했다.

「그래야겠어. 하지만 내 쪽을 보지 말게. 자고 있을 땐 누구나 바보 같은 얼굴이 되니까.」

「남들이 자네를 어떻게 생각하든 상관없지 않나?」

「이거 설명하기가 어렵군. 제대로 된 인간은 그런 데 신경을 쓰면 안 되지. 제대로 된 인간에 대해서 사람들은 그저 복종하거나 증오할 뿐 다른 판단을 내리지 않으니까.」

「이상한걸! 난 누구도 증오하지 않아.」 잠깐 생각에 잠겼던 아르까디가 말했다.

「난 증오하는 사람이 아주 많아. 자네는 마음이 부드러우니 누굴 증오할 수 있겠나! ……자네는 좀 소심한 데가 있어. 자신감도 부족하고―」

「그럼 자네는…….」 아르까디가 말을 가로막았다. 「자신감이 있나? 자신을 높이 평가하나?」

바자로프가 입을 다물었다.

「내 앞에서도 자신을 굽히지 않는 사람을 만난다면…….」 그가 천천히 입을 열었다. 「그때는 스스로에 대한 생각을 바꾸겠네. 증오하는 거지! 자네는 아까 마을 이장 필리쁘의 오두막을 지나면서 아주 깨끗하고 좋은 집이라고 했지. 그러면서 러시아의 평범한 농민들이 모두 그런 집을 갖게 될 때 러시아는 완전해질 것이라고, 우리 모두 그걸 위해 노력해야 한다고 했네……. 그런데 난 필리쁘나 시도르 같은 평범한 농민들이 미워지기 시작했어. 내가 애써 노력해 도와줘도 고맙다는 인사 한마디 없을 걸세. 하긴, 고맙다는 인사를 한다 해도 그게 무슨 소용인가? 농민들은 좋은 집에 살게 되겠지만 내 몸에선 잡초가 자라고 있을 텐데.」

「그만두게, 예브게니……. 오늘 자네 말을 듣고 있자니 원칙이 없다며 우리를 비난하는 사람들에게 동조하고 싶은 마음이 드는걸.」

「마치 자네 큰아버지처럼 말하는군. 원칙 같은 건 본래 없는 거야. 아직도 그걸 모르고 있었나? 있는 건 감정뿐이네. 모든 게 감정에 따른 거지.」

「어떻게?」

「내가 모든 것을 부정하는 것도 역시 감정 때문이야. 부정하면 난 기분이 좋거든. 내 뇌가 그렇게 되어 있는 거야. 또 난 어째서 화학을 좋아할까? 자네는 왜 사과를 좋아할까? 그것도 다 감정 때문일세. 결국 다 똑같은 얘기야. 인간은 이 이상을 간파할 수 없어. 이런 말은 쉽게 들을 수 있는 게 아니네. 나도 다시는 하지 않을 거고.」

「그럴 수가! 그러면 성실함이라는 것도 역시 감정의 문제인가?」

「물론이지!」

「예브게니!」 아르까디의 목소리가 서글펐다.

「왜? 마음에 들지 않는가?」 바자로프가 물었다. 「그럼 안 되지! 다 베어 버리기로 작정했다면 모든 것을 무릅써야 하네. 한데 철학적인 얘기를 너무 오래 했군. 〈자연은 꿈의 침묵을 안겨 준다〉라고 뿌쉬낀이 썼던가?」

「그런 말은 하지 않았네.」 아르까디가 단호하게 말했다.

「시인이라면 응당 그런 말을 했어야 했는데 안 했단 말이지. 뿌쉬낀은 분명 군대 생활을 했을 거야.」

「뿌쉬낀은 군대에 있은 적이 없어!」

「그럴 수가. 〈전장으로, 전장으로, 러시아의 명예를 위해!〉

라는 구절이 계속 나오던걸.」

「왜 그런 엉뚱한 얘기를 지어내는 건가? 그건 모욕이야.」

「모욕이라고? 대단하군! 날 놀라게 하려고 생각해 낸 말인가? 인간이란 어떤 모욕을 당하든 실제로는 그보다 스무 배쯤 심한 모욕을 당해 마땅한 존재야.」

「그만두고 잠이나 자세!」 화난 목소리로 아르까디가 말했다.

하지만 두 사람 다 잠을 자지 못했다. 적의라고까지 할 만한 감정이 두 젊은이의 마음에 밀려들었던 것이다. 5분쯤 지나 두 사람은 눈을 뜨고 말없이 마주 보았다.

「저것 좀 보게.」 갑자기 아르까디가 말했다. 「시든 나뭇잎이 땅으로 떨어지는군. 나비가 날아가는 것과 똑같은 모양 아닌가. 참 이상하지? 가장 큰 슬픔인 죽음이 가장 아름답고 생생한 것과 닮았다니.」

「아, 아르까디!」 바자로프가 고함을 질렀다. 「한 가지 부탁이 있네. 제발 고상하게 말하려 들지 말게.」

「난 내 방식대로 말할 뿐이야. 이거야말로 전제적이군. 어째서 생각하는 대로 말하면 안 된다는 건가?」

「그래, 나 역시 생각한 바를 그대로 말했을 뿐 아닌가? 고상하게 말하는 건 적절치 않아.」

「그럼 뭐가 적절한가? 거칠게 욕하는 것?」

「아아, 자네는 훌륭하신 자네 큰아버지와 똑같군. 그 멍청이가 방금 자네 말을 들었다면 얼마나 기뻐했을까!」

「지금 우리 큰아버지를 두고 뭐라고 했나?」

「멍청이라 했네. 그렇게 불러 마땅하니까.」

「이건 도저히 참을 수 없군!」 아르까디가 버럭 외쳤다.

「혈육의 정이 나왔군그래.」 바자로프가 침착하게 응수했다. 「사람들은 혈육의 정을 떨쳐 내지 못한다네. 모든 것을 부정하고 편견과 맞서는 사람이라 해도 남의 손수건을 훔친 자기 동생을 도둑이라고 인정하지는 못하지. 자기 동생이, 다름 아닌 자기 동생이 천재가 아니고 도둑이라니 도대체가 불가능하다고 생각하는 거야.」

「난 공정해야 한다는 생각에서 말한 걸세. 혈육의 정 때문이 아니라고.」 아르까디는 흥분한 어조였다. 「자네는 그런 생각을 이해하지도 못하고 거기 필요한 〈감정〉도 없으니 판단을 못 하겠지만.」

「다시 말해 아르까디 끼르사노프는 내가 이해하지 못할 정도로 너무 고상하다는 건가? 그렇다면 고개를 숙이고 입을 다물겠네.」

「이제 그만두세, 예브게니. 이러다 정말 싸우겠네.」

「아, 아르까디! 부탁이니 한번 제대로 싸워 보지 않겠나. 끝장을 볼 때까지 말이야.」

「그러다가는 정말로 우리가—」

「주먹질이라도 하게 된다는 건가?」 바자로프가 말을 받았다. 「그러면 어떤가? 여기 건초 위에서라면, 세상 사람들과 멀리 떨어진 이 시골에서라면 아무 문제도 없네. 물론 자네는 내 상대가 못 될 거야. 당장 자네 멱살을 잡고…….」

바자로프가 길고 탄탄한 손가락을 쫙 폈다. 아르까디도 마주 보며 장난으로 싸우는 자세를 취했다. 하지만 친구는 일그러진 미소를 띠고 눈을 번득이며 전혀 장난스럽지 않은, 악의에 찬 공격 자세를 취하고 있었다. 아르까디는 저도 모르게 기가 죽었다…….

「아, 이런 데 숨어 있었군!」 그때 바자로프의 아버지, 늙은 군의의 목소리가 들렸다. 집에서 지은 면 윗도리에 역시 집에서 만든 밀짚모자를 쓴 차림이었다.「한참 찾았네. 자네들은 아주 멋진 곳을 찾아내 멋진 일을 하고 있군. 대지에 누워 하늘을 바라본다…… 여기엔 각별한 의미가 있지!」

「전 재채기가 하고 싶을 때만 하늘을 보는걸요.」바자로프가 대답하고는 아르까디를 돌아보며 작은 소리로 덧붙였다.「이렇게 방해를 받다니 유감이야.」

「아니, 그만하면 충분했어.」아르까디가 속삭이며 슬며시 친구의 손을 잡았다.「그런 충돌이 오래가면 어떤 우정도 깨질 수밖에 없어.」

「그렇게 두 젊은이가 이야기하는 모습을 보니…….」손잡이에 터키식 문양이 새겨진, 직접 만든 듯한 구부러진 지팡이에 의지한 채 아버지가 말했다.「정말 흐뭇하군. 자네들한테는 힘과 젊음, 능력과 재능이 넘쳐 나고 있어! 그야말로…… 그리스 신화의 쌍둥이 신 카스토르와 폴리데우케스가 따로 없네!」

「이번에는 신화 이야기인가요!」바자로프가 말했다.「전에 라틴어도 잘하셨다더니 이제 알겠네요! 아버지는 라틴어 작문에서 은메달을 받았다고 하셨죠?」

「쌍둥이 신이야, 쌍둥이 신!」아버지가 되뇌었다.

「아버지, 이제 그만하세요. 그렇게 치켜세우는 건 싫다니까요.」

「오랜만에 한 번쯤은 괜찮지 않니.」아버지가 말했다.「그건 그렇고, 이런 말을 하려고 애써 두 사람을 찾은 건 아니란다. 첫째, 곧 저녁 식사 시간이라는 얘길 전해야 하고, 둘째, 예브게니, 너한테 미리 해둘 말이 있단다. 넌 똑똑하니 사람들 특히 여자들이 어떤지 알 게다. 그러니 화내지 마라. 네 엄마가 네가 온 김에 기도회를 하고 싶다는구나. 기도회에 참석하라고 부르러 온 건 아니야. 벌써 끝났거든. 하지만 알렉세이 신부님이……」

「주교 말씀인가요?」

「그래, 주교님이 우리 집에서…… 식사를 하시게 되었단다. 난 전혀 예상도 못 했고 권하지도 않았는데……. 하여튼 그렇게 되어 버렸다……. 신부님이 내 말을 잘못 이해하신 모양이야……. 하지만 네 엄마가……. 우리 신부님은 아주 훌륭하고 현명한 분이시긴 하단다.」

「신부님이 제 몫까지 먹어 치우진 않겠지요?」 바자로프가 물었다.

아버지가 웃음을 터뜨렸다. 「너도 참, 무슨 소리를!」

「그럼 됐어요. 누구와 밥을 먹든 상관없어요.」

아버지가 모자를 고쳐 썼다.

「전부터 그렇게 생각했단다.」 아버지가 말했다. 「넌 그 어떤 편견도 없는 사람이라고 말이다. 나도, 예순두 해나 살아온 늙은 나도 편견은 없단다. (아버지 자신도 기도회를 하고 싶었다고 털어놓을 용기는 없었다. 그도 신앙심은 아내 못지않았던 것이다.) 알렉세이 신부님은 널 꼭 만나 보고 싶어 하신다. 아마 너도 신부님이 마음에 들 게다. 카드놀이도 잘하신단다……. 우리끼리 얘기지만 담배도 피우시고.」

「그래요? 그럼 밥 먹고 카드놀이를 하죠. 멋지게 이겨 보이겠어요.」

「하하하, 그건 두고 보자꾸나! 장담할 수야 없지.」

「그래요? 옛날 솜씨 좀 보여 주시려고요?」 바자로프가 책망하듯 말했다.

아버지의 구릿빛 뺨이 갑자기 붉어졌다.

「그런 소리는 왜……. 다 지나간 일이잖니. 그래, 네 친구 앞에서 인정하마. 젊은 시절에는 카드에 빠져 지내기도 했다. 그래서 제대로 벌도 받았지! 한데 무척 덥구나. 그쪽 그늘에 좀 앉아도 될까? 방해가 되지는 않겠지?」

「그럴 리가요.」 아르까디가 대답했다.

아버지가 끙 소리를 내며 마른풀 위에 앉았다.

「여기 이 자리를 보니 군대 시절 생각이 나는군. 야전 병원도 이런 건초 더미 옆에 있었거든. 그나마 다행이었어.」 아버지가 한숨을 쉬었다. 「평생 겪어 온 일이 정말 많구나. 괜찮다면 베사라비아에 페스트가 유행했을 때 얘기를 들려주마.」

「아버지가 블라지미르 훈장을 타게 되신 그 얘기지요?」 바자로프가 말했다. 「벌써 잘 알고 있는걸요. 한데 왜 훈장을 달지 않으셨죠?」

「난 편견이 없다고 말하지 않았느냐.」 아버지가 말했다. (실은 지난밤에 일부러 윗저고리에서 훈장을 떼어 놓게 한 참이었다.) 그러고는 페스트 이야기를 이어 나갔다. 「한데 이 녀석은 어느새 잠들었군.」 아버지가 아르까디에게 바자로프를 가리켜 보이며 호인답게 눈을 찡긋하더니 큰 소리로 외쳤다. 「예브게니, 일어나라! 어서 밥 먹으러 가야지.」

체격이 크고 뚱뚱한 알렉세이 신부님은 숱 많은 머리를 정성껏 빗어 넘기고 보라색 비단 제의에 수놓은 띠를 두른 차림이었다. 머리가 좋고 재치 있는 신부님은 아르까디나 바자로프가 축복의 말을 바라지 않는다는 점을 미리 알고 있었던 듯 처음부터 손을 내밀어 악수를 청했다. 시종일관 격의 없는 태도였다. 신부님은 스스로를 깎아내리지도, 그렇다고 남을 불쾌하게 만들지도 않았다. 신학교의 라틴어 수업을 두고 농담을 하기도 했고 대주교를 옹호하기도 했다. 포도주는 두 잔까지 마시고 세 잔째부터는 사양했다. 또 아르까디가 주는 담배를 받기는 했지만 집으로 가져가겠다면서 그 자리에서는 피우지 않았다. 단 한 가지 보기 거북했던 것은 신부님이 자꾸만 살며시 손을 들어 얼굴에 앉은 파리를 잡으려는 장면이었다. 더욱이 몇 번은 때려잡기까지 했다. 즐거운 표정으로 초록색 천을 깐 카드놀이 판에 앉은 신부님은 바자로프를 이기고 2루블 50꼬뻬이까를 땄다. 그는 지폐를 받았는데, 이 집에서 은화로 계산하는 건 생각도 못 할 일이었다.[23] 어머니는 예전처럼 아들 곁에 앉아 (카드놀이는 하지 않고) 예전처럼 한 팔로 얼굴을 괴고 있었다. 새로 음식을 내오도록 해야 할 때에만 마지못해 자리에서 일어섰다. 아들을 쓰다듬거나 안아 주지는 못했다. 아들이 애정 표현을 좋아하지 않을뿐더러 그럴 기회도 주지 않았기 때문이다. 게다가 남편은 아들을 너무 〈귀찮게 하지〉 말라고 했다. 요즘 젊은이들은 그런 행동을 좋아하지 않는다는 것이다. (그날의 식사가 어땠는지는 따로 설명할 필요도 없을 것이다. 찌모페이치는 새벽부터 직접 뛰어다니면서 그 유명한 체르께스 쇠고기를 구해 왔다. 토지 관리인도 대구며 도미, 새우를 구하러 다녀왔다. 버섯값만 해도 42꼬뻬이까나 치렀을 정도였다.) 어머니의 두 눈은 끈질기게 아들만 바라보았다. 헌신과 애정뿐 아니라 슬픔과 호기심, 공포와 원망의 빛도 담은 시선이었다.

하지만 바자로프는 어머니의 시선이 무엇을 담고 있는지

---

23 당시 지폐가 남발되어 같은 액수라도 주화는 지폐보다 3.5배나 가치가 높았다.

제대로 살피지 못했다. 그저 가끔 어머니를 돌아보며 짤막한 질문을 던질 뿐이었다. 딱 한 번, 행운을 불어넣어 달라며 어머니의 손을 청하기는 했다. 어머니는 자신의 부드러운 손을 아들의 튼튼하고 넓은 손바닥 위에 얹어 주었다.

「그래, 효과가 있니?」 잠시 후에 어머니가 물었다.

「더 나빠졌는데요.」 아들은 무심히 웃으면서 대답했다.

「이 집 식구들은 너무 모험을 하는군.」 알렉세이 신부가 안 됐다는 투로 말하면서 턱수염을 쓰다듬었다.

「나폴레옹의 전술이지요. 나폴레옹식이라니까요, 신부님.」 아버지가 이렇게 말하면서 패를 내려놓았다.

「그러다가 세인트헬레나 섬까지 가게 되지 않았습니까.」 신부님이 으뜸 패를 내놓았다.

「예뉴슈까, 구스베리 주스 좀 마시겠니?」 어머니가 물었다.

바자로프는 대답 대신 그저 으쓱했다.

「더 이상 안 되겠어!」 다음 날 바자로프가 아르까디에게 말했다. 「내일 떠나겠네. 지루해. 일을 하고 싶은데 여기선 할 수가 없어. 자네 집으로 다시 가겠네. 표본을 거기에 다 두었으니까. 자네 집에서는 최소한 혼자 틀어박혀 지낼 수는 있겠지. 여기선 아버지가 〈얼마든지 서재를 사용해라, 아무도 방해 안 할 테니까〉라고 말씀하시면서도 내 곁에서 한 발짝도 안 떨어지시거든. 간신히 아버지를 떨쳐 버려도 마음이 불편해. 어머니도 마찬가지야. 벽 뒤에서 자꾸 한숨 쉬는 소리가 들린다고. 하지만 막상 어머니한테 가면 딱히 할 말도 없는걸.」

「어머님이 몹시 슬퍼하실 텐데.」 아르까디가 말했다. 「아버님도 그러실 거야.」

「다시 오면 돼.」
「언제 말인가?」
「뻬쩨르부르그로 돌아갈 때쯤이겠지.」
「난 자네 어머님이 특히 안되셨다는 생각이 드네.」
「왜, 산딸기를 대접받아서 그런가?」
아르까디가 눈을 내리깔았다. 「자네는 어머님을 잘 모르는군, 예브게니. 어머님은 훌륭한 가정부인이실 뿐 아니라 아주 현명한 분일세. 오늘 아침에 난 어머님이랑 반 시간이나 이야기를 나누었다네. 아주 재미있었어.」
「틀림없이 내 이야기만 늘어놓으셨겠지.」
「자네 이야기만 한 건 아닐세.」
「그렇군, 자네는 제삼자니까 더 잘 볼 수 있는지도 몰라. 여자가 반 시간이나 대화를 할 수 있다는 그 사실 자체로 훌륭하지. 하지만 어쨌든 난 떠나겠네.」
「그 말씀을 드리기가 쉽지 않을 거야. 두 주 후에 우리가 무엇을 하면 좋을지 계획을 짜고 계시던걸.」
「쉽지는 않겠지. 게다가 오늘 아버지 기분을 좀 언짢게 해버렸거든. 며칠 전에 아버지가 농부 하나한테 채찍질 벌을 내렸어. 잘하신 일이지. 그렇게 놀란 눈으로 쳐다볼 건 없네. 그 농부는 도둑놈에다가 주정뱅이니까. 잘하신 일이긴 한데 내가 그 일을 안다고는 생각도 못 하신 모양이야. 몹시 당황하시더군. 그런데 또다시 언짢게 해드려야 하다니……. 뭐, 할 수 없어! 곧 나아지시겠지.」

〈할 수 없어!〉라고 하기는 했지만 바자로프도 꼬박 하루가 지난 후에야 아버지에게 말할 작정을 했다. 서재에서 아버지에게 저녁 인사를 한 후 늘어지게 하품을 하며 덧붙였던 것이다.「참, 깜박 잊을 뻔했네요. 내일 우리 말들을 페도뜨에게 좀 보내야 하니 그렇게 일러두세요.」

아버지는 깜짝 놀랐다.「끼르사노프 군이 떠난다고 하더냐?」

「네, 저도 함께 갈 겁니다.」

아버지가 그 자리에서 비틀거렸다.「너도 간다고?」

「네, 저도 가야 해요. 말 좀 준비해 주세요.」

「알았다.」 아버지가 더듬거렸다.「역마를 준비하라고⋯⋯. 그래, 그러마⋯⋯. 한데⋯⋯ 어쩌려는 거냐?」

「아르까디 집에 잠깐 있다가 다시 집으로 돌아올 거예요.」

「그렇구나! 잠깐 동안만⋯⋯. 알았다.」 아버지는 손수건을 꺼내 코를 풀면서 바닥까지 닿을 정도로 몸을 굽혔다.「그래, 그렇게 준비하마⋯⋯. 난 네가 좀 더 오래 있을 줄 알았다. 고작 사흘이라니⋯⋯. 3년 만인데 이건 너무 짧아. 너무 짧구나, 예브게니!」

「곧 다시 돌아온다니까요. 지금 가봐야 해서 그래요.」

「가봐야 한다고⋯⋯. 그럼 할 수 없지. 해야 할 일을 먼저 해야지⋯⋯. 그래, 말을 보내라고? 알았다. 나랑 네 엄마는 전혀 예상치 못했던 일이구나. 네 엄마는 네 방을 꾸미려고 꽃까지 주문해 두었단다. (하지만 아버지 자신도 매일 아침 날이 새기 무섭게 맨발에 덧신을 꿰고 나가 찌모페이치와 상의를 하고 떨리는 손가락으로 헤진 지폐를 한 장 한 장 세어 건네며 장보기를 부탁했으며, 특히 두 젊은이가 좋아할 법한 식료품이나 붉은 포도주를 구하기 위해 애를 썼던 일은 언급조차 하지 않았다.) 자유로운 게 중요하지. 그게 내 규칙이란다⋯⋯. 속박해선 안 돼, 안 되고말고.」

아버지는 갑자기 입을 다물더니 문 쪽으로 걸어갔다.

「아버지, 곧 다시 볼 거예요. 정말이에요.」

아버지는 돌아보지 않고 손만 흔들어 보인 후 나갔다. 침실로 가보니 아내는 자고 있었다. 깨우지 않기 위해 속삭이는 소리로 기도를 올렸지만 아내가 깨고 말았다.

「당신이에요?」 어머니가 물었다.

「그래, 나야.」

「예뉴슈까한테서 오는 거죠? 소파에서 자는 게 불편할까 봐 걱정이에요. 당신이 행군할 때 쓰던 깔개랑 새 베개를 준비해 두라고 안피수슈까한테 일렀어요. 우리 깃털 침구를 주면 좋겠지만 그 애가 전부터 푹신한 잠자리를 싫어하던 게 생각나서요.」

「괜찮아, 여보, 걱정 말아요. 그 애는 깊 자고 있으니. 하느님, 우리 죄인을 용서하소서.」 아버지는 나직한 소리로 기도를 계속했다. 아내가 불쌍했다. 어떤 슬픔이 기다리고 있는지에 대해 그날 밤에는 이야기하고 싶지 않았다.

이튿날 바자로프와 아르까디는 집을 떠났다. 아침부터 온 집안이 슬픔에 잠겼다. 안피수슈까는 그릇을 떨어뜨렸고 페지까도 어리둥절해 있다가 장화를 벗어 버렸다. 아버지는 그 어느 때보다 더 분주했다. 큰 소리로 말하고 발소리를 내며 기운찬 체했지만 얼굴은 까칠했고 아들에게서 잠시도 시선을 떼지 않았다. 어머니는 조용히 울고 있었다. 남편이 2시간 내내 달래 주지 않았더라면 분명 체면 불고하고 소란을 피웠을 것이다. 한 달 안에 돌아오겠다는 약속을 몇 번씩 하고 나서야 바자로프는 간신히 포옹에서 벗어나 여행 마차에 올라탔다. 말이 움직이고 방울 소리가 울리고 바퀴가 돌기 시작했다. 어느새 마차는 흔적도 없이 사라졌고 먼지도 가라앉았다. 찌모페이치는 허리를 잔뜩 굽히고 비틀거리며 자기 집으로 돌아갔다. 노부부만 남았다. 갑자기 쪼그라들고 늙어 빠진 듯 보이는 집 안에 말이다. 몇 분 전까지만 해도 현관에 서서 힘차게 손수건을 흔들던 아버지는 의자에 주저앉아 고개를 푹 숙인 채 중얼거렸다. 「우리를 버리고, 버리고 간 거야. 우리와 함께 있는 게 지루해서 버리고 간 거야. 이제 이 손가락처럼 혼자 남고 말았어, 나 혼자!」 아버지는 이 말을 반복하며 집게손가락을 세워 보였다. 그러자 어머니가 다가가 자신의 회색 머리를 남편의 회색 머리에 기대며 말했다. 「어쩌겠어요, 여보! 자식이란 잘라 낸 조각이에요. 날아다니는 매지요. 원하면 날아왔다가 또 원하면 가버려요. 하지만 우리 둘은 나무 구멍에 난 버섯처럼 나란히 앉아 꼼짝하지 않지요. 난 언제까지나 당신 옆에 변함없이 남아 있을 거예요. 당신도 내 옆에 남아 있을 테고요.」

아버지는 얼굴을 들고 아내를, 자신의 동반자를 껴안았다. 젊은 시절에 그랬듯 꼭 껴안았다. 아내가 그의 슬픔을 위로해 주었던 것이다.

22

 가끔 몇 마디 대화를 나눴을 뿐 두 친구는 페도뜨가 있는 곳에 도착할 때까지 별로 말이 없었다. 바자로프 자신도 기분이 좋지 않았고 아르까디도 친구가 못마땅했던 것이다. 더욱이 아르까디는 젊은이들만이 느끼는 그런 이유 없는 슬픔을 느끼고 있었다. 마부가 말을 바꿔 매고 마부석에 오르더니 왼쪽으로 가야 할지 오른쪽으로 가야 할지 물었다.

 아르까디가 몸을 흠칫했다. 오른쪽 길은 시내 방향이었고 왼쪽 길은 오딘쪼바 부인의 집 방향이었다.

 아르까디는 바자로프를 바라보았다.

 「예브게니, 왼쪽으로 갈까?」

 바자로프가 외면했다.

 「무슨 바보 같은 소린가?」 그가 중얼거렸다.

 「나도 바보 같다는 건 알아.」 아르까디가 대답했다. 「하지만 뭐 어떤가? 처음 가는 것도 아니고.」

 바자로프가 모자를 눈 위까지 푹 눌러썼다.

 「좋도록 하게.」 한참 만에 그가 대답했다.

 「왼쪽으로!」 아르까디가 마부에게 소리쳤다.

여행마차는 니꼴스꼬예로 방향을 잡았다. 바보 같은 짓을 하기로 결정한 후 두 친구는 한층 더 굳게 입을 다물었는데 싸운 사람들처럼 보이기까지 했다.

오딘쪼바 부인 댁 현관에서 집사의 마중을 받는 순간 두 친구는 불현듯 찾아온 환상에 사로잡혀 분별없는 짓을 저지르고 말았다는 사실을 새삼 깨달았다. 아무도 기대하지 않던 방문임이 분명했다. 두 사람은 꽤 오랫동안, 그리고 퍽이나 멍청한 모습으로 거실에서 기다려야 했다. 마침내 오딘쪼바 부인이 나왔다. 평소처럼 상냥하게 인사를 건네긴 했지만 이렇게 빨리 다시 찾아왔다는 데 놀란 기색이었다. 말이나 행동이 느릿느릿한 것으로 보아 별로 반갑지도 않은 듯했다. 두 친구는 잠깐 들른 것뿐이며 4시간쯤 후에 다시 떠날 것이라고 황급히 설명했다. 부인은 가벼운 탄성으로 대답을 대신하더니 아르까디를 향해 아버지에게 자기 인사를 전해 달라고 부탁한 다음 이모님을 모셔 오라고 지시했다. 이모님은 자다 깬 듯한 모습으로 나타났는데 그 때문에 주름살투성이의 얼굴이 한층 더 심술궂어 보였다. 까쨔는 몸이 불편하다면서 나오지 않았다. 불현듯 아르까디는 자신이 오딘쪼바 부인만큼이나 까쨔를 보고 싶어 했다는 것을 깨달았다. 이런저런 별 의미 없는 대화가 이어지는 가운데 4시간이 흘렀다. 오딘쪼바 부인은 웃음기 없이 말을 했고 또 들었다. 작별 인사를 할 때에야 겨우 과거의 우정이 되살아나는 모양이었다.

「전 좀 우울한 상태예요.」 부인이 말했다. 「하지만 그건 중요하지 않으니 또 와주세요. 두 분 다요. 다만 시간이 좀 지난 후에 오시면 좋겠네요.」

바자로프와 아르까디는 둘 다 말없이 목례로 답했다. 다시 출발한 마차는 이제 어디에도 멈춰 서지 않고 마리노로 향했다. 가는 길 내내 누구도 오딘쪼바 부인의 이름을 입에 올리지 않았다. 특히 바자로프는 입을 굳게 다문 채 긴장한 듯 굳은 표정으로 길 건너편만 바라보았다.

마리노에서는 모두들 두 사람을 크게 환영했다. 아들이 너무 오래 집을 비워 걱정이 되기 시작했던 니꼴라이 뻬뜨로비치는 페니치까가 눈을 반짝이며 뛰어 들어와 〈젊은 나리들〉이 도착했다고 알렸을 때 환성을 지르며 소파 위로 뛰어올랐을 정도였다. 빠벨 뻬뜨로비치도 즐거운 흥분을 느끼며 돌아온 방랑자들의 손을 잡고 너그러운 미소를 지었다. 질문이 쏟아지고 이야기가 오갔다. 아르까디가 주로 이야기를 했다. 저녁 식사는 자정까지 이어졌다. 니꼴라이 뻬뜨로비치는 얼마 전에 모스끄바에서 구해 온 영국산 흑맥주를 몇 병 가져오게 했고 자신도 얼굴이 새빨개지도록 마셨으며 계속 껄껄거렸다. 그 웃음은 아이처럼 해맑기도 했고 불안하게 신경을 쓰는 것 같기도 했다. 활기찬 분위기는 하인들에게까지 전해졌다. 두냐샤는 미친 사람처럼 앞뒤로 뛰어다니며 쾅쾅 문소리를 냈다. 심지어 뾰뜨르도 새벽 2시가 넘어서까지 까자흐 왈츠를 연주하겠다고 기타를 붙잡고 있었다. 기타 소리는 잔잔한 대기 속으로 구슬프고도 기분 좋게 울려 퍼졌지만 겨우 첫 부분의 몇 소절뿐이었다. 다른 모든 면에서와 마찬가지로 이 신식 하인은 음악적 재능 또한 타고나지 못했던 것이다.

그러나 마리노에서의 모든 일들은 그리 잘 풀려 가지 않았다. 니꼴라이 뻬뜨로비치는 가련하고 딱한 처지였다. 매일같이 골칫거리가 생겨났다. 지긋지긋하고 의미 없는 골칫거리들이었다. 고용인들과의 분쟁은 견디기 힘들 정도였다. 임금

지불과 인상을 요구하는 사람도 있었고 착수금을 받은 뒤 사라지는 이들도 있었다. 말들은 병이 들었고 마구는 망가졌으며 제대로 되는 일이 없었다. 모스끄바에서 주문한 탈곡기는 너무 무거워 쓸모가 없었다. 다른 기계는 처음부터 고장이 나버렸다. 축사는 절반 가까이 타버렸는데 눈먼 노파 하녀가 자기 소의 꼬리를 소독한다면서 바람 부는 날 불붙은 장작을 가지고 들어간 탓이었다……. 하지만 노파 하녀는 생전 보지도 못한 치즈와 유제품을 만들려 한 주인 나리 때문에 재앙이 일어난 것이라고 주장했다. 영지 관리인은 갑자기 게을러지더니 살이 찌기 시작했다. 〈편한 밥벌이〉를 하는 러시아인들이 다 그렇듯 말이다. 니꼴라이 뻬뜨로비치의 모습이 어른거리기만 하면 그는 옆을 뛰어 지나가는 돼지 새끼에게 나무토막을 던지거나 반쯤 벌거벗은 사내아이들을 혼내면서 바쁜 시늉을 했지만 대부분의 시간을 잠자면서 보냈다. 소작제로 농사를 짓는 농부들은 기한이 되어도 돈을 내기는커녕 숲의 나무를 몰래 베어 가기 일쑤였다. 거의 매일 밤마다 야경꾼이 농장 초원에서 농민들의 말을 붙잡았는데 몸싸움이 벌어지는 일도 다반사였다. 니꼴라이 뻬뜨로비치는 초원을 망친 데 대해 벌금을 물리려고 했지만 결국은 하루 이틀 먹이만 축낸 다음 말을 돌려보내는 것으로 끝나곤 했다. 게다가 농부들은 서로 싸우기 시작했다. 형제들이 각자 재산 분배를 요구했고 그 아내들은 한집에서 살 수 없다며 뛰쳐나왔다. 주먹다짐이라도 시작되면 모두들 약속이라도 하듯 떨쳐 일어나 사무실 앞으로 모여들기 일쑤였다. 엉망으로 취하거나 실컷 얻어터진 꼴로 주인 나리에게 귀찮게 달라붙어 중재와 해결을 요구하는 것이다. 사방에서 떠들어 대는 소리, 흐느끼는 소리, 여자들의 비명 소리, 남자들이 으르렁거리는 소리로 귀가 먹먹했다. 그럴 때면 어차피 공정한 해결이 불가능하다는 걸 알면서도 목이 쉬도록 소리를 지르며 싸움을 진정시켜야 했다. 수확할 일손도 부족했다. 선량한 얼굴을 한 이웃 지주는 1제샤찌나에 2루블씩 받고 일꾼을 빌려 주면서 온갖 술수로 속임수를 썼다. 영지의 아낙들까지도 품삯을 터무니없이 높게 불렀다. 그 와중에 곡식 낟알이 땅에 떨어지기 시작했다. 수확도 제대로 되지 않는 판에 지역 위원회에서는 당장 대출금 이자를 상환하라고 협박해 댔다……

「더 이상은 못 하겠어요!」 니꼴라이 뻬뜨로비치가 이렇게 외치고 만 일이 한두 번이 아니었다. 「내가 나서서 주먹다짐을 할 수도 없고, 그렇다고 순경을 부르자니 제 원칙에 맞지 않고요. 하지만 벌을 주고 협박하지 않으면 뭐 하나 되는 일이 없으니!」

「*Du calme, du calme*(진정해라, 진정해야 해).」 빠벨 뻬뜨로비치가 위로했지만 그 역시 얼굴을 찌푸린 채 콧수염을 잡아당기며 흠흠 소리를 냈다.

바자로프는 이 모든 〈시시한 일〉에서 벗어나 있었다. 어차피 손님 입장이었으므로 남의 일에 참견할 수도 없었다. 마리노에 도착한 다음 날 그는 개구리며 섬모충이며 화학 성분 분석 등에 매달려 시간을 보냈다. 반면 아르까디는 아버지를 돕지는 못하더라도 최소한 도와 드리려는 모습을 보이는 것이 자신의 의무라 생각하여 참을성 있게 아버지 말에 귀를 기울였다. 조언도 했는데 그건 자기 의견대로 하라는 뜻이 아니라 자신도 관심이 있다는 표시였다. 그는 영지 관리 일이 싫지 않았다. 농사일을 생각하면 즐거워지기까지 했다.

하지만 동시에 그의 머릿속에는 다른 생각이 가득했다. 끊임없이 니꼴스꼬예를 생각하는 자기 모습에 스스로도 놀랄 정도였다. 전이라면 한곳에서 지내는 것이 얼마나 지루하냐는 이야기를 듣는다 해도 어깨만 으쓱해 보이고 말았을 것이다. 하물며 아버지의 집에서 지루함이라니! 하지만 이제 그는 지루했고 먼 곳에만 마음이 끌렸다. 녹초가 되도록 산책도 해보았지만 소용없었다. 어느 날 아버지와 이야기를 나누던 중 그는 오래전에 오딘쪼바 부인의 어머니가 죽은 자신의 어머니에게 보낸 편지가 몇 통 남아 있다는 사실을 알게 되었다. 호기심이 동한 그는 아버지를 졸라 열두 개나 되는 서랍이며 궤짝을 뒤져 편지를 찾아내도록 했다. 반쯤 곰팡이가 핀 그 편지들을 손에 넣은 아르까디는 드디어 나아갈 목표를 찾은 듯 진정했다. 그는 〈또 와주세요, 두 분 다요〉라는 말을 계속 되뇌었다. 〈오딘쪼바 부인이 그렇게 말했잖아. 가야겠어, 꼭 가야겠어.〉 하지만 마지막으로 만났을 때의 차가운 응대나 그 전에 자신이 보인 서투른 행동을 떠올리면 두려움에 사로잡히고 말았다. 결국은 젊은이다운 치기, 그리고 다른 누구의 도움도 없이 혼자서 자기 운을 시험하고 능력을 확인하고 싶다는 바람이 이겼다. 마리노로 돌아온 지 채 열흘도 지나지 않아 아르까디는 교회 학교 운영을 공부하겠다는 핑계로 다시금 마차를 탔고 니꼴스꼬예 마을로 향했다. 계속 마부를 재촉하며 마치 전장에 나가는 젊은 장교처럼 니꼴스꼬예로 달려가는 그는 두렵기도 하고 유쾌하기도 했다. 그리고 조바심이 났다. 〈뭘 생각할 필요는 없어. 그래, 그렇다니까.〉 그는 이렇게 스스로를 다잡았다. 마부도 신이 났는지 선술집이 나올 때마다 〈한잔할까요?〉라거나 〈한잔해도 될까요?〉라고 물었고 한잔 들이켠 후에는 사정없이 말을 몰았다……. 아르까디는 문득 〈내가 무슨 짓을 하는 거지?〉라는 생각을 하기도 했지만 〈이제 와 되돌아갈 수도 없어!〉라고 자신을 달랬다. 말 세 마리는 발을 맞추어 질주했고 마부는 소리를 내지르거나 휘파람을 불었다. 어느새 말발굽과 바퀴 아래 다리가 나타났고 다듬어진 전나무 가로수 길이 펼쳐졌다……. 짙은 녹음 속에 진홍색 옷이, 술 달린 양산 아래 젊은 얼굴이 어른거렸다……. 까쨔였다. 까쨔도 아르까디를 알아보았다. 아르까디는 달리던 말을 멈추게 한 후 마차에서 뛰어내려 달려갔다. 「아, 당신이군요!」 이렇게 말하는 까쨔의 온 얼굴이 붉어졌다. 「언니한테 가세요. 지금 정원에 있어요. 당신을 보면 반가워할 거예요.」

까쨔가 아르까디를 정원으로 안내했다. 까쨔와의 만남은 행운을 예고하는 듯했다. 가족을 만난 것처럼 반가웠다. 모든 것이 순조롭지 않은가. 집사도, 전갈도 필요 없었다. 모퉁이 길에 오딘쪼바 부인이 보였다. 등을 돌리고 서 있던 부인은 발소리를 듣고 천천히 뒤돌아섰다.

아르까디는 다시금 혼란스러웠지만 〈어서 오세요, 도망자 양반〉이라는 부인의 다정한 첫마디에 편안해졌다. 부인은 햇살에 눈살을 찡그리면서도 미소 짓는 얼굴로 다가와 〈어디서 이분을 만났니?〉 하고 까쨔에게 물었다.

「안나 세르게예브나, 전혀 기대하지 못하셨을 걸 가지고 왔습니다…….」 아르까디가 말을 시작했다.

「다른 무엇보다도 당신이 온 게 가장 좋아요.」

23

 여행의 진짜 목적을 확실히 알고 있음을 드러내는 듯 빈정거리는 태도로 아르까디를 전송한 후, 바자로프는 다시금 혼자 처박혔다. 공부 열이 불타오른 것이다. 빠벨 뻬뜨로비치와는 더 이상 논쟁을 하지 않았다. 바자로프가 있는 자리에서 빠벨 뻬뜨로비치는 작정한 듯 귀족 티를 냈고 주로 감탄사로만 자기 의견을 표현했다. 딱 한 번, 당시 화제가 되고 있던 발트 해 연안 귀족들의 지배에 대한 문제로 이 니힐리스트와 논쟁이 벌어지긴 했지만 빠벨 뻬뜨로비치 자신이 갑자기 그만둬 버렸다. 냉정하고 깍듯한 투로 이렇게 말하면서 말이다. 「우리는 서로 이해하지 못하는군. 최소한 난 자네를 이해할 영광을 가지지 못했네.」

 「말도 안 되는 소립니다!」 그 말을 들은 바자로프는 버럭 소리를 질렀다. 「인간은 모든 것을 이해할 수 있습니다. 에테르가 어떻게 진동하는지, 태양에서 어떤 일이 일어나는지 하는 것들까지도요. 다만 왜 남들이 자기와 다른 방법으로 코를 푸는지 하는 문제라면 이해할 수 없겠지요.」

 「뭐라고? 그걸 재치 있는 소리라고 하는 건가?」 빠벨 뻬뜨로비치는 시큰둥한 표정으로 가버렸다.

 그러면서도 그는 간혹 바자로프의 실험에 동석하겠다고 부탁을 했다. 귀한 비누로 씻고 향수까지 뿌린 자기 얼굴을 현미경에 갖다 대고는 투명한 섬모충이 어떻게 녹색 먼지를 삼키는지, 그리고 그 먼지를 목구멍의 날쌘 주먹 같은 것으로 어떻게 씹는지 관찰한 적도 한 번 있었다. 니꼴라이 뻬뜨로비치는 형님보다 훨씬 자주 바자로프를 찾았다. 영지 경영이라는 골칫거리에 시달리지 않았다면 매일이라도 〈공부하러〉 갔을 것이다. 그는 이 젊은 자연 과학자를 귀찮게 하지 않았다. 그저 방 한구석에 앉아 주의 깊게 관찰하고 가끔씩 조심스러운 질문을 던질 뿐이었다. 점심이나 저녁 식사 시간이면 물리학, 지질학 혹은 화학으로 화제를 몰고 가려 했다. 정치는 물론이고 영지 경영 같은 문제기 올랐다가는 날싸움만은 간신히 피한다 해도 결국 서로 언짢아하게 될 것이기 때문이었다. 니꼴라이 뻬뜨로비치는 바자로프에 대한 형님의 증오가 조금도 누그러지지 않았음을 느꼈다. 여러 일 중에서도 특히 한 사건이 그 생각을 굳히게 했다. 인근까지 콜레라가 퍼지고 마리노 마을에서도 농부 둘이 목숨을 잃는 와중이었다. 빠벨 뻬뜨로비치는 한밤중에 심한 발작을 일으켰고 아침까지 괴로워했지만 바자로프를 부를 생각은 전혀 하지 않았다. 그리고 다음 날 아침에 바자로프가 〈어째서 절 부르지 않으셨어요?〉라고 묻자 창백하긴 해도 깨끗이 면도하고 머리도 빗은 모습으로 앉아 〈자네 자신도 의학을 믿지 않는다고 하지 않았나?〉라고 대답했던 것이다. 그렇게 며칠이 흘렀다. 바자로프는 침울한 표정으로 공부에 열중했다…….
그러는 동안 바자로프가 심중을 다 털어놓지는 못해도 즐겁게 이야기를 나눌 상대가 나타났다……. 바로 페니치까였다.

바자로프는 주로 이른 아침에 정원이나 뒤뜰에서 페니치까와 만났다. 바자로프가 페니치까의 방으로 찾아가는 일은 없었고 페니치까 역시 미챠를 목욕시켜도 괜찮을지 묻기 위해 딱 한 번 바자로프 방문 앞에 갔을 뿐이었다. 페니치까는 바자로프를 두려워하기는커녕 신뢰했을 뿐 아니라 그 앞에서는 니꼴라이 뻬뜨로비치와 있을 때보다 더 당당하고 자연스럽게 행동했다. 그 이유를 설명하기란 쉽지 않다. 어쩌면 바자로프에게 귀족적인 면, 페니치까가 끌리면서도 두려워하는 그 고귀한 면이 없었기 때문인지도 모른다. 페니치까가 보기에 바자로프는 뛰어난 의사이자 소탈한 인간이었다. 그래서 페니치까는 바자로프가 있어도 별 거리낌 없이 아이를 돌보았다. 한번은 갑자기 어지럽고 머리가 아팠을 때 바자로프가 떠주는 약 한 숟갈을 받아먹기까지 했다. 하지만 니꼴라이 뻬뜨로비치가 함께 있을 때에는 바자로프를 모르는 체했다. 뭘 속이려는 마음이 아니라 예의를 지키기 위해서였다. 페니치까는 그 어느 때보다도 빠벨 뻬뜨로비치를 두려워하게 되었다. 언제부터인지 자기를 계속 지켜보았기 때문이다. 그는 마치 땅에서 솟아나듯 갑자기 등 뒤에 나타나 정장 차림으로 주머니에 손을 찔러 넣고 페니치까를 응시하곤 했다. 페니치까는 〈소름이 오싹 끼친다니까요〉라고 두냐샤에게 불평했지만 두냐샤는 한숨으로 대답한 후 또 다른 〈냉정한 사내〉를 떠올리곤 했다. 상상도 못했겠지만 바자로프는 어느새 두냐샤의 마음속에 잔혹한 폭군으로 자리 잡았던 것이다.

페니치까는 바자로프를 좋아했고 바자로프 역시 그러했다. 페니치까와 이야기를 나눌 때면 바자로프는 얼굴까지 달라졌다. 밝고 선량하게마저 보였고 평소의 무심함 대신 장난기가 어렸다. 페니치까는 날이 갈수록 예뻐졌다. 젊은 여자에게는 갑자기 여름 장미처럼 활짝 피어나는 시기가 있는 법인데 페니치까가 바로 그때를 맞은 것이다. 모든 것이, 심지어 7월의 더위마저 그 아름다움을 부채질했다. 얇은 흰 옷을 입은 모습이 더욱 희고 날씬해 보였다. 페니치까는 볕에 그을리지는 않았지만 무더위만큼은 이기지 못했다. 볼과 귀를 발그레 달구고 온몸을 나른하게 하며 아름다운 두 눈엔 졸음과 피로를 새겨 넣는 더위였다. 페니치까는 거의 일을 못 했다. 두 팔은 무릎 위로 미끄러져 떨어지기만 했다. 걸음도 간신히 걸으며 늘 헉헉거렸고 기운이 없다고 불평했다.

「멱을 자주 감으면 어떨까.」 니꼴라이 뻬뜨로비치가 말했다. 그리고 아직 물이 마르지 않은 못에 천을 눌러쳐 멱 감을 공간을 마련해 주었다.

「아, 니꼴라이 뻬뜨로비치! 못까지 가는 동안, 그리고 되돌아오는 동안 죽어 버릴 거예요. 정원에 그늘이 하나도 없잖아요.」

「그렇군, 그늘이 없지.」 니꼴라이 뻬뜨로비치가 눈썹을 문질렀다.

어느 날 아침 7시가 좀 안 되어 산책에서 돌아오던 바자로프는 꽃은 오래전에 떨어졌지만 아직도 라일락 잎이 푸르게 무성한 정자의 벤치에 앉은 페니치까를 보았다. 여느 때처럼 흰 머릿수건으로 얼굴을 덮은 페니치까 옆에는 아직 이슬이 맺힌 희고 붉은 장미 다발이 놓여 있었다. 바자로프가 인사를 건넸다.

「아, 예브게니 비실리예비치!」 페니치까가 바자로프를 보기 위해 머릿수건 끝자락을 살짝 들어올리면서 말했다. 그 바람에 한쪽 팔이 팔꿈치까지 드러났다.

「여기서 뭘 하시나요?」 바자로프가 옆에 앉으면서 물었다. 「꽃다발을 만드시나요?」

「네, 점심 식탁에 놓으려고요. 니꼴라이 뻬뜨로비치께서 좋아하시거든요.」

「하지만 점심 식사를 하려면 아직도 멀었는걸요. 꽃이 참으로 많군요!」

「지금 꺾은 거예요. 조금 있으면 너무 더워서 나올 수가 없거든요. 지금은 그래도 숨은 쉴 수 있잖아요. 전 더위에 아주 지쳐 버렸어요. 혹시 병이 난 것은 아닐까요?」

「무슨 그런 소리를! 자, 맥을 한번 볼까요?」 바자로프는 페니치까의 손을 잡고 고르게 뛰는 맥박을 느낀 뒤 맥박 수는 세지도 않고 손을 놓으며 덧붙였다. 「1백 살까지는 너끈히 사시겠습니다.」

「아, 그건 안 돼요!」 페니치까가 외쳤다.

「왜 안 되지요? 오래 살고 싶지 않다는 말인가요?」

「1백 살이라니요! 예전에 우리 할머니는 여든다섯 살이셨는데 정말 고생을 많이 하셨어요. 피부가 새카맣게 되고 귀가 안 들리고 허리도 굽고 늘 기침을 하면서 괴로워만 하셨죠. 그렇게 살아서 뭐해요?」

「젊은 것은 좋고요?」

「물론이죠.」

「뭐가 좋다는 거지요?」

「뭐가 좋으냐고요? 지금처럼 젊으면 뭐든 할 수 있잖아요. 여기저기 다니기도 하고 물건을 나르기도 하고……. 누구한테 뭘 부탁할 필요도 없지요. 이보다 좋은 게 뭐겠어요?」

「저 같은 사람은 늙거나 젊거나 똑같습니다.」

「어떻게 똑같다는 거예요? 그건 말도 안 돼요.」

「생각을 해봐요, 페도시야 니꼴라예브나. 제게 젊음이 무슨 소용인가요? 혼자 힘으로 외로이 살고 있으니…….」

「그거야 당신 자신이 선택한 거죠.」

「제가 선택한 건 아닙니다! 누군가 절 불쌍히 여겨 주기라도 하면 좋겠는데요.」

페니치까는 흘낏 바자로프를 바라보았지만 아무 말도 하지 않았다.

「그건 무슨 책인가요?」 잠시 후 페니치까가 물었다.

「이것 말입니까? 학술 서적입니다. 많은 지식을 주는 책이지요.」

「당신은 늘 공부만 하는군요. 지루하지 않나요? 이미 모든 걸 다 알고 있잖아요.」

「모든 걸 알지는 못하지요. 당신도 좀 읽어 봐요.」

「하나도 이해하지 못할걸. 러시아어인가요?」 페니치까가 두 손으로 두꺼운 책을 받으며 말했다. 「정말 두껍네요!」

「예, 러시아어예요.」

「그래도 역시 하나도 이해하지 못할 거예요.」

「이해하라고 준 건 아닙니다. 그저 책 읽는 모습을 보고 싶어서요. 책을 읽을 때면 당신 코끝이 아주 귀엽게 움직이거든요.」

크레오소트에 관한 부분을 펼쳐 큰 소리로 읽기 시작하던 페니치까는 웃으면서 책을 던져 버렸다……. 책은 벤치에서 땅바닥으로 굴러떨어졌다.

「당신의 웃는 모습도 보기 좋습니다.」 바자로프가 말했다.
「그만둬요!」
「당신이 말하는 것도 좋습니다. 마치 시냇물이 흐르는 것 같아요.」

페니치까가 얼굴을 돌렸다.
「당신도 참!」 페니치까가 손가락으로 꽃을 고르면서 말했다. 「왜 나 같은 사람 말을 들어 주지요? 당신은 현명한 귀부인들과 주로 대화를 나눴을 텐데요.」
「아, 페도시야 니꼴라에브나! 세상의 현명한 귀부인들을 다 데려와도 당신의 팔꿈치보다 못할 겁니다. 정말입니다.」
「또다시 엉뚱한 말씀이군요!」 페니치까가 속삭이며 두 손을 꼭 쥐었다.

바자로프가 땅에서 책을 주웠다.
「어째서 의학서를 내던진 거지요?」
「의학서였군요?」 페니치까가 바자로프를 돌아보았다. 「참, 그때 주신 물약 말이에요. 미챠가 그 이후로는 잠을 잘 잔답니다! 어떻게 감사해야 할지 모르겠어요. 참으로 훌륭하세요.」
「사실은 의사한테 치료비를 지불해야 하는데 말입니다.」 바자로프가 웃으며 말했다. 「의사들이란 욕심이 많거든요.」

페니치까가 고개를 들어 바자로프를 똑바로 보았다. 얼굴 위쪽으로 쏟아져 내리는 밝은 햇살 때문인지 두 눈이 한층 검게 보였다. 페니치까는 바자로프가 농담을 한 것인지 아닌지 알 수 없었다.
「받기만 하신다면야 저희는 기꺼이……. 니꼴라이 뻬뜨로비치께 여쭤 볼게요…….」

「그래, 내가 돈을 받겠다는 것 같아요?」바자로프가 말을 가로막았다.「당신에게 돈을 바라지는 않아요.」

「그럼 뭘······?」페니치까가 물었다.

「뭐냐고요? 맞혀 봐요.」

「내가 그걸 어떻게 맞히겠어요!」

「그럼 내가 알려 드리지요. 내가 원하는 건······ 이 장미 한 송이랍니다.」

바자로프의 엉뚱한 부탁에 페니치까는 손뼉까지 치며 웃었다. 그리고 찬사라도 받은 양 기분이 좋아졌다. 바자로프는 계속 페니치까를 응시했다.

「그러세요.」페니치까는 허리를 굽히고 장미를 고르기 시작했다.「흰 장미와 붉은 장미 중 어떤 것이 좋으세요?」

「붉은 장미로, 너무 크지 않은 것이면 좋겠군요.」

페니치까가 몸을 일으켰다.

「자, 여기 받으세요.」페니치까는 이렇게 말하다가 다음 순간 내밀었던 손을 거두더니 입술을 깨물고는 정자 입구를 살피며 귀를 기울였다.

「무슨 일이죠?」바자로프가 물었다.「니꼴라이 뻬뜨로비치가 나오셨나요?」

「아니에요, 니꼴라이 뻬뜨로비치는 바깥에 나가셨거든요. 그리고 그분은 무섭지 않아요······. 하지만 빠벨 뻬뜨로비치가······. 내 생각엔 마치······.」

「마치 뭐요?」

「여기 오신 것 같아서요. 아니, 아무도 없군요. 이제 받으세요.」페니치까가 장미꽃을 건네주었다.

「어째서 빠벨 뻬뜨로비치를 무서워하죠?」

「늘 나를 깜짝 놀라게 하시거든요. 무슨 말씀을 하시는 건 아니에요. 그저 뭔가 알아내겠다는 듯 나를 바라보신답니다. 한데 당신도 빠벨 뻬뜨로비치를 싫어하시더군요. 전에 무슨 언쟁도 하셨고요. 무슨 내용인지는 알 수 없었지만 당신이 그분과 엎치락뒤치락하시는 걸 봤지요. 이렇게요……」

페니치까는 바자로프가 빠벨 뻬뜨로비치와 몸싸움을 벌이는 시늉을 했다.

바자로프가 미소를 지었다.

「빠벨 뻬뜨로비치가 저를 이길 것 같으면 제 편을 들어 주시겠습니까?」 그가 물었다.

「나 같은 사람이 어떻게 편을 들겠어요? 게다가 당신을 이길 사람은 없어요.」

「그렇게 생각하시나요? 하지만 마음만 먹으면 손가락 하나만으로 절 때려눕힐 손도 있는데요.」

「그게 어떤 손이지요?」

「정말로 모르시는 겁니까? 당신이 주신 장미가 참으로 향기롭군요. 한번 맡아 보시지요.」

페니치까가 목을 길게 빼고 꽃에 얼굴을 가져다 댔다……. 머릿수건이 흘러내리면서 윤기 흐르는 부드러운 검은 머리가 약간 흐트러진 채 드러나 보였다.

「잠깐만요, 저도 함께 향기를 맡고 싶군요.」 바자로프는 이렇게 말하더니 허리를 굽히고 페니치까의 벌어진 입술에 힘껏 입을 맞추었다.

페니치까는 몸을 떨며 두 손으로 그의 가슴을 밀어냈으나 힘은 약했고 바자로프는 다시 긴 입맞춤을 할 수 있었다.

라일락 뒤쪽에서 마른기침 소리가 울렸다. 페니치까는 황급히 벤치 반대편 끝으로 물러났다. 빠벨 뻬뜨로비치가 나타나 가볍게 목례를 하더니 미움과 냉소가 섞인 투로 〈여기들 있었군〉이라고 말하고는 사라졌다. 페니치까는 바로 장미꽃을 챙겨 정자에서 나가 버렸다. 나가면서 〈어떻게 그런 짓을, 예브게니 바실리예비치〉라고 속삭이기는 했다. 그 속삭임에는 진정 원망과 비난이 담겨 있었다.

바자로프는 얼마 전에 경험했던 또 다른 장면을 떠올리고는 부끄러움과 극도의 분노를 느꼈다. 하지만 곧 고개를 저으며 〈본격적으로 난봉꾼이 되어 버린〉 자신에게 냉소 어린 축하를 보내고 자기 방으로 돌아왔다.

빠벨 뻬뜨로비치는 정원을 지나 천천히 걸어 숲까지 갔다. 그러고는 한참을 그 자리에서 서 있었다. 점심 식탁에 앉은 니꼴라이 뻬뜨로비치는 형님의 어두운 얼굴을 보고 어디 아픈 것은 아니냐며 걱정 어린 인사를 건넸다.

「내가 가끔 담즙 때문에 고생하는 걸 알잖니.」 빠벨 뻬뜨로비치가 태연하게 대답했다.

24

 2시간쯤 지난 후 빠벨 뻬뜨로비치가 바자로프의 방문을 두드렸다.
 「공부를 방해해서 미안하네.」 빠벨 뻬뜨로비치는 창가에 앉아 상아 손잡이가 달린 멋진 지팡이에 두 손을 얹었다(그는 평소에는 지팡이를 사용하지 않았다). 「하지만 5분만 내게 할애해 주게. 5분은 안 넘길 걸세.」
 「얼마든지 괜찮습니다.」 바자로프가 대답했다. 그러나 빠벨 뻬뜨로비치가 문지방을 넘어오는 순간 그의 얼굴에는 경련이 일어나고 있었다.
 「5분이면 충분하네. 한 가지 물어보고 싶어 왔네.」
 「물어보신다고요? 뭐죠?」
 「들어 보게. 자네가 내 아우 집에 처음 왔을 때 난 자네와 대화하는 즐거움을 꺼리지 않았네. 덕분에 여러 가지 주제에 대해 자네의 의견을 알 수 있었지. 하지만 내가 기억하는 한, 적어도 내가 있었던 자리에서는 결투에 대한 이야기가 한 번도 나오지 않았네. 혹시 이에 대해 자네의 의견을 들어 볼 수 있겠나?」

빠벨 뻬뜨로비치를 맞기 위해 자리에서 일어섰던 바자로프는 책상 모서리에 앉아 팔짱을 꼈다.

「제 생각은 이렇습니다. 이론적으로 보자면 결투는 어리석은 짓입니다. 하지만 실제적으로 보자면 꼭 그렇지만은 않지요.」

「자네의 말을 내가 이해한 대로 바꿔 보지. 이론적 견해야 어떻든 실제로는 그저 가만히 앉아서 모욕을 당하고만 있지는 않겠다는 뜻으로 해석해도 되겠나?」

「정확히 그렇습니다.」

「아주 잘됐네. 그런 말을 들으니 참으로 기쁘군. 자네의 말이 나를 애매한 상태에서 벗어나게 해주었어……」

「애매한 상태가 아니라 결단을 내리지 못하는 상태이시겠지요.」

「어떻든 상관없어. 난 누구나 이해할 수 있는 표현을 쓴 걸세. 내가…… 자네 학교의 학생은 아니니까 말일세. 어쨌든 자네의 말은 나를 통탄스러운 상황에서 구해 주었네. 나는 자네와 결투를 하기로 결정했어.」

바자로프의 두 눈이 휘둥그레졌다. 「저하고요?」

「바로 그렇다네.」

「한데 무엇 때문이지요?」

「이유야 얼마든지 설명할 수 있지만……」 빠벨 뻬뜨로비치가 말했다. 「입을 다무는 게 낫겠네. 내가 보기에 자네는 필요 없는 사람일세. 더 이상은 자네를 참을 수 없어. 자네를 증오하네. 이 정도로 불충분하다면……」

빠벨 뻬뜨로비치의 두 눈이 번득였다……. 바자로프의 눈도 번득이기 시작했다.

「좋습니다.」 바자로프가 입을 열었다. 「더 이상의 설명은 필요 없습니다. 큰아버님의 기사도 정신을 제게 시험하고 싶으신 모양이군요. 전 거절할 수도 있습니다만 그렇게 하지 않겠습니다.」

「충심으로 감사하네.」 빠벨 뻬뜨로비치가 대답했다. 「그럼 내 결투 신청이 받아들여진 것으로 생각해도 되겠지? 내가 폭력적인 수단을 쓰지 않아도 되는 거겠지?」

「그러니까 그 지팡이를 말씀하시는 건가요?」 바자로프가 침착하게 말했다. 「결투가 완벽한 방법이겠군요. 그러면 큰아버님이 저를 모욕하실 필요가 없게 되겠죠. 또 어느 정도 위험 부담도 지시게 되는 거고요. 신사의 체면을 지키시는 겁니다……. 저도 신사답게 결투 신청을 받아들이겠습니다.」

「훌륭하네.」 빠벨 뻬뜨로비치가 지팡이를 구석에 세웠다. 「이제 결투 조건에 대해 상의할 차례군. 그에 앞서 형식적이나마 내 결투 신청의 근거가 될 만한 언쟁을 거칠 필요가 있다고 생각하는지 알고 싶군.」

「아닙니다. 그런 형식은 없는 것이 좋겠습니다.」

「내 생각도 그렇네. 우리 결투의 진짜 원인을 캐는 건 적절치 못하지. 우리는 어차피 서로를 미워하고 있으니, 그거면 충분하지 않겠나?」

「그거면 충분하지 않겠습니까?」 바자로프는 비꼬는 어조로 따라 말했다.

「결투 조건을 정하세. 우리 둘 다 입회인이 없는데 어디서 구할 수 있을까?」

「그렇군요. 어디서 구할 수 있을까요?」

「일단 다른 문제부터 정하지. 내일 아침 일찍, 그러니까 6시가 좋겠군, 숲에서 권총으로 하자고 제안하네. 거리는 열 발짝—」

「열 발짝이요? 좋습니다. 그 정도 거리라면 우리는 서로를 충분히 미워할 수 있겠군요.」

「여덟 발짝도 괜찮네.」 빠벨 뻬뜨로비치가 말했다.

「뭐 그것도 좋습니다.」

「총은 두 번 쏘는 것으로 하지. 만일을 대비해 각자 주머니에 편지를 넣어 두세나. 자기의 죽음은 자기의 책임이라는 내용으로 말이야.」

「거기엔 동의할 수 없는데요.」 바자로프가 발끈했다. 「좀 프랑스 소설 같군요. 비현실적이기도 하고요.」

「그럴지도 모르지. 하지만 동의해 주게, 살인 혐의를 받는다는 건 불유쾌한 일이니.」

「동의하겠습니다. 하지만 불유쾌한 비난을 피할 방법이 있긴 합니다. 입회인은 없다 해도 증인은 세울 수 있으니까요.」

「누구를 염두에 두는 건가?」

「뾰뜨르입니다.」

「뾰뜨르라니?」

「아우님 댁 하인 말입니다. 현대식 교육을 받은 친구니 이런 상황에 어떤 조치가 필요할지 알 테고 자기 역할을 충분히 해낼 겁니다.」

「농담을 하는 것처럼 들리는군.」

「절대 농담이 아닙니다. 잘 생각해 보시면 제 제안이 지극히 상식적이며 또한 간단한 방법임을 아실 겁니다. 우리 둘뿐이라면 살인 혐의를 피할 수 없습니다. 제가 뾰뜨르를 충분히 준비시켜 데리고 나가겠습니다.」

「자네는 계속 장난을 치고 있군.」 빠벨 뻬뜨로비치가 자리에서 일어났다. 「하지만 그렇게 세심하게 준비를 해준다니 반대할 필요는 없겠지……. 그러면 모든 조건이 정해진 셈이군……. 참, 자네 총이 있나?」

「제가 어디서 총을 구하겠습니까, 빠벨 뻬뜨로비치? 전 군인이 아닙니다.」

「그렇다면 내 것을 쓰도록 하게. 나 역시 총을 쏘지 않은 지 5년은 되었으니 너무 염려하지 말게.」

「그거 아주 반가운 소식이군요.」

빠벨 뻬뜨로비치가 지팡이를 챙겨 들었다. 「자, 이제 나는 감사 인사를 하고 자네가 다시 공부로 돌아갈 수 있도록 나가 주겠네. 이만 실례하지.」

「그럼 내일 뵙지요.」 바자로프가 배웅하면서 말했다.

빠벨 뻬뜨로비치가 방에서 나갔다. 바자로프는 문 앞에 서 있다가 갑자기 소리쳤다. 「이런, 빌어먹을! 어쩌면 그렇게 점잖은 투로 그렇게 멍청한 소리를 하는지! 그야말로 한바탕 코미디가 아닌가! 훈련받은 개가 뒷다리로 서서 춤을 추는 꼴이군. 하지만 거절할 수는 없었어. 그랬다가는 틀림없이 지팡이를 휘둘렀을 테니까. (바자로프는 그 생각만으로도 얼굴이 창백해졌다. 그의 자존심이 절대 허락할 수 없는 상황이었다.) 아마 난 고양이 새끼 다루듯 그 목을 졸라 버리고 말았을걸.」 바자로프는 현미경 앞으로 돌아왔지만 흥분이 가라앉지 않았다. 관찰에 꼭 필요한 침착함이 사라져 버렸다. 〈오늘 우리를 본 거야.〉 그는 생각했다. 〈정말로 아우를 위해 이렇게 나서는 것일까? 그까짓 입맞춤이 뭐 어떻다는 거야? 다른 뭔가가 있어. 그래! 그놈 자신이 페니치까를 사랑하는 건 아닐까? 확실해, 틀림없이 그런 거야. 난처하게 되었는걸. 어쩌지? 정말 더러운 상황이군.〉 마침내 그는 결정을 내렸다. 〈어느 모로 보나 더러운 상황이군. 첫째, 이마에 총알이 박힐 판이야. 그리고 어찌 되든 결국은 여길 떠나야겠지. 하지만 아르까디가……. 또 호인인 니꼴라이 뻬뜨로비치도 있는데. 하여튼 난처하게 되었어.〉

그날 하루는 특히나 조용하고 나른하게 흘러갔다. 페니치까는 구멍에 처박힌 쥐처럼 자기 방에서 나오지 않았다. 니꼴라이 뻬뜨로비치는 걱정스러운 얼굴이었다. 특별히 기대를 걸고 있던 밀밭에 병충이 생겼다는 소식을 들은 것이다. 빠벨 뻬뜨로비치는 얼음처럼 정중한 태도로 모두를, 심지어는 쁘로꼬피치조차 눈치를 살피게 만들었다. 바자로프는 아버지에게 편지를 쓰기 시작했지만 곧 찢어서 던져 버렸다. 〈내가 죽게 되면 자연히 소식이 갈 거야.〉 그는 생각했다. 〈하지만 난 죽지 않아. 난 행복하게 오래오래 살 거야.〉 그는 뾰뜨르에게 중요한 일이 있으니 다음 날 일찍 자기에게 오라고 일렀다. 뾰뜨르는 바자로프가 자기를 뻬쩨르부르그에 데려가고 싶은 모양이라고 짐작했다. 바자로프는 늦게 잠자리에 들었고 밤새도록 어수선한 꿈자리에 시달렸다……. 오딘쪼바 부인이 눈앞에서 빙글빙글 돌다가 갑자기 어머니의 모습으로 변하는가 하면 부인 뒤쪽으로 검은 수염이 난 새끼 고양이가 걸어가기도 했다. 그 고양이는 바로 페니치까였다. 빠벨 뻬뜨로비치가 거대한 숲으로 변해 그에게 덤벼들기도 했다. 4시에 뾰뜨르가 깨우러 왔다. 바자로프는 바로 옷을 입고 밖으로 나갔다.

상쾌한 아침이었다. 맑고 푸른 하늘에는 양떼처럼 작은 구름들이 드문드문 떠 있었다. 나뭇잎이며 풀잎 위에 작은 이슬방울이 맺혔고 거미줄에도 이슬이 은빛으로 반짝였다. 눅눅한 대지는 붉은 아침노을의 흔적을 여전히 간직한 듯했다. 하늘은 종달새의 노랫소리로 가득했다. 바자로프는 숲에 이르러 나무 그늘에 앉고 나서야 뾰뜨르에게 무슨 일을 하게 될지를 알려 주었다. 이 교육받은 하인은 놀라서 기절할 지경이었다. 하지만 바자로프는 그저 멀리 떨어져 지켜보기만 하면 된다고, 그 어떤 책임도 질 필요가 없다고 뾰뜨르를 안심시켰다. 「그렇지만……」 바자로프가 덧붙였다. 「자네 역할이 아주 중요하다는 점은 기억하게!」 뾰뜨르는 두 팔을 축 늘어뜨리고 흙빛이 된 얼굴로 자작나무에 기대섰다.

숲 바깥쪽에 마리노로 이어지는 길이 나 있었다. 어제저녁 이후 그 누구의 발도, 그 어떤 마차 바퀴도 지나지 않은 길 위에 엷게 먼지가 쌓였다. 바자로프는 자신도 모르게 그 길을 바라보며 풀잎을 뜯어 씹었다. 속으로는 계속 〈이게 무슨 바보 같은 짓이람!〉 하고 되뇌는 중이었다. 차가운 아침 공기 때문에 두 번쯤 몸을 떨기도 했다……. 뾰뜨르가 우울한 눈길을 보낼 때마다 바자로프는 그저 웃어 보였다. 겁이 나지는 않았다.

길을 따라 말발굽 소리가 울렸……. 농부 하나가 나무들 사이에서 나타났다. 함께 묶인 말 두 마리를 몰고 가던 농부는 바자로프 앞을 지나면서 모자도 벗지 않고 묘한 시선을 보냈다. 뾰뜨르는 이를 불길한 징조로 느끼고 당황했다. 〈저 사람도 일찍 일어났군.〉 바자로프는 생각했다. 〈일 때문이겠지. 그에 비해 우리는…….〉

「저기 오시는 모양입니다.」 갑자기 뾰뜨르가 속삭였다.

바자로프가 고개를 들어 보니 빠벨 뻬뜨로비치가 보였다. 바둑판무늬의 가벼운 상의에 눈처럼 흰 바지 차림으로 빠르게 걸어오고 있었다. 옆구리에는 녹색 나사 천으로 싼 상자를 낀 채였다.

「미안하네, 오래 기다리게 한 것 같군.」 빠벨 뻬뜨로비치가 우선 바자로프에게, 그리고 증인에 대한 예의를 갖춰 뾰뜨르에게 고개를 숙여 보였다. 「하인을 깨우고 싶지 않았거든.」

「괜찮습니다.」 바자로프가 대답했다. 「저희도 방금 왔습니다.」

「아, 그렇다면 다행이네!」 빠벨 뻬뜨로비치가 주위를 둘러보았다. 「방해할 사람은 아무도 없군. 그럼 시작해도 되겠나?」

「그러죠.」

「새삼스럽게 다시 설명할 필요는 없겠지?」

「없습니다.」

「직접 장전을 하겠나?」 빠벨 뻬뜨로비치가 상자에서 권총을 꺼내면서 물었다.

「아닙니다, 장전해 주십시오. 저는 거리를 재겠습니다. 제 다리가 더 기니까요.」 바자로프는 웃으며 말했다. 「한 발짝, 두 발짝, 세 발짝……」

「예브게니 바실리예비치……」 뾰뜨르가 간신히 입을 열었다(그는 열병에라도 걸린 것처럼 덜덜 떨고 있었다). 「말씀하신 대로 전 저쪽으로 물러나 있겠습니다.」

「네 발짝, 다섯 발짝……. 그래, 그렇게 하게. 나무 뒤에서 귀를 막고 있어도 좋지만 눈은 뜨도록 하게. 그리고 누가 쓰러지거든 다가와 일으켜 주게. 여섯 발짝, 일곱 발짝, 여덟 발짝……」 바자로프가 멈춰 섰다. 「이만하면 될까요?」 그는 빠벨 뻬뜨로비치를 돌아보며 물었다. 「아니면 두 발짝 더 나갈까요?」

「좋을 대로 하게.」 두 번째 총알을 장전하던 빠벨 뻬뜨로비치가 대답했다.

「그럼 두 발짝 더 가겠습니다.」 바자로프가 장화 앞코로 땅에 금을 그었다. 「여기가 경계입니다. 그런데 우리는 경계에서 몇 발짝 물러나면 될까요? 이 역시 중요한 문제입니다. 어젯밤에 이야기를 못 했군요.」

「열 발짝이면 되겠네.」 빠벨 뻬뜨로비치가 권총 두 자루를 내밀었다. 「하나 고르시게.」

「좋습니다. 한데 빠벨 뻬뜨로비치, 우리의 결투는 우스꽝스러울 정도로 별나군요. 저 증인의 멍청한 표정을 좀 보십시오.」

「자네는 늘 농담을 하려 드는군.」 빠벨 뻬뜨로비치가 대답했다. 「나도 우리 결투가 괴상하다는 점은 부인하지 않네. 하지만 진지하게 자네와 싸울 작정이라는 걸 알려 두겠네. *A bon entendeur, salut*(귀가 있는 사람이라면 듣겠지)!」

「저도 우리가 서로를 끝장낼 작정이라는 점은 의심하지 않습니다. 하지만 그렇다고 웃지 못할 이유는, *utile dulci*(유익함과 유쾌함을) 결부시키지 못할 이유는 없지 않습니까? 프랑스어로 말씀하시니 제가 라틴어로 답하듯 말입니다.」

「난 진지하게 싸울 걸세.」 빠벨 뻬뜨로비치는 같은 말을 되풀이하더니 자기 자리로 갔다. 바자로프도 반대 방향으로 열 발짝 걸은 뒤 멈춰 섰다.

「준비됐나?」 빠벨 뻬뜨로비치가 물었다.

「물론입니다.」

「그럼 시작하세.」

바자로프가 말없이 앞으로 전진했다. 왼손을 주머니에 찔러 넣은 빠벨 뻬뜨로비치도 총구를 천천히 들어 올리면서 바자로프를 향해 걸어왔다. 〈내 코를 정통으로 겨냥하는군.〉 바자로프가 생각했다. 〈눈을 가늘게 뜬 품이 온 신경을 집중하는 모양인걸. 아주 불쾌한 느낌이야. 난 저 시곗줄을 쳐다보며──〉 무언가 날카로운 것이 바자로프의 귀를 스치고 지나가는 동시에 총소리가 울렸다. 〈소리가 들리는 걸 보니 괜찮은 모양이군.〉 바자로프의 머릿속에 이런 생각이 반짝했다. 그는 다시 한 걸음 나아간 후 겨냥도 않고 방아쇠를 당겼다.

빠벨 뻬뜨로비치가 몸을 가볍게 움찔하는가 싶더니 한 손으로 넓적다리를 움켜잡았다. 흰 바지 위로 피가 흘러나오기 시작했다.

바자로프는 권총을 던져 버리고 적에게 달려갔다.

「다치셨습니까?」 그가 물었다.

「자네한테는 내가 경계선까지 가도록 할 권리가 있었는데 말이야.」 빠벨 뻬뜨로비치가 말했다. 「하지만 그건 중요한 게 아니지. 결투 조건에 따르면 우리는 아직 한 발씩 더 쏘아야 하네.」

「죄송합니다만, 그건 다음 기회로 미루지요.」 바자로프가 창백해지기 시작한 빠벨 뻬뜨로비치를 부축했다. 「이제 전 결투 상대가 아니라 의사입니다. 먼저 상처를 좀 봐야겠군요. 뾰뜨르! 이리 오게! 뾰뜨르! 대체 어디 숨어 버린 거야?」

「하찮은 상처일세……. 난 누구의 도움도 필요치 않아.」 빠벨 뻬뜨로비치가 띄엄띄엄 내뱉었다. 「그러니…… 두 번째 총알을…….」 그는 자기 콧수염을 잡아당기려 했지만 팔에 힘이 없었다. 눈이 풀리는가 싶더니 곧 정신을 잃고 말았다.

「이게 웬일이람! 기절했잖아! 세상에!」 바자로프는 이렇게 외치며 빠벨 뻬뜨로비치를 잔디 위에 눕혔다. 「대체 어떻게 된 거지?」 그는 손수건을 꺼내 피를 닦고 상처 부위를 만져 보았다. 「뼈에는 이상이 없어.」 그가 중얼거렸다. 「총알이 깊이 박히진 않았어. 근육, 바깥 근육을 건드렸을 뿐이야. 3주만 지나면 춤도 출 수 있을걸! 한데 기절을 하다니! 정말로 예민한 인간이야! 어쩌면 피부도 이렇게 얇을까!」

「돌아가셨나요?」 등 뒤에서 뾰뜨르가 떨리는 목소리로 속삭였다.

바자로프가 돌아보았다. 「자, 어서 물을 떠오게. 이분은 우리보다도 더 오래 사실 테니 걱정 말고.」

하지만 교육받은 하인은 아무 말도 안 들리는 듯 그 자리에서 꼼짝도 하지 않았다. 빠벨 뻬뜨로비치가 천천히 눈을 떴다. 「이제 돌아가시려나 봐요!」 뾰뜨르가 속삭이며 성호를 긋기 시작했다.

「자네 말이 맞는군……. 저놈은 어쩌면 저렇게 멍청한 표정일까!」 부상당한 신사가 억지로 미소를 지으며 말했다.

「자, 어서 물을 떠오라니까! 이 멍청아!」 바자로프가 소리쳤다.

「필요 없네……. 순간적인 현기증일 뿐이야. 좀 일으켜 주게……. 그렇지……. 긁힌 상처는 무엇으로든 잡아매면 그만이고 난 집까지 걸어가겠네. 아니면 마차를 불러도 되고. 결투는, 자네만 괜찮다면 이걸로 끝내세. 자네는 훌륭하게 행동했네……. 오늘은, 오늘만큼은 말이야.」

「지난 일은 생각하실 필요 없습니다.」 바자로프가 말했다.

「앞으로의 일에 대해서 고민하실 필요도 없고요. 저는 곧 떠날 생각이니까요. 자, 이제 붕대를 감아 드리지요. 상처는 위험하지 않습니다만 그래도 지혈을 해야 하니까요. 먼저 저 얼빠진 놈이 제정신을 차리게 해야겠군요.」

바자로프는 뾰뜨르의 멱살을 잡아 흔든 뒤 마차를 불러오라고 보냈다.

「아우를 놀라게 해선 안 된다.」 빠벨 뻬뜨로비치가 뾰뜨르에게 말했다. 「아우 모르게 해야 해.」

뾰뜨르가 달려갔다. 그동안 두 적수는 땅에 앉은 채 말이 없었다. 빠벨 뻬뜨로비치는 상대를 쳐다보지 않으려 애썼다. 화해하고 싶은 마음이 없었던 것이다. 그는 자신의 오만한 태도와 결투에서의 패배, 그리고 자신이 시작한 이 일 모두가 부끄러웠다. 그보다 더 좋은 방법으로는 매듭지을 수 없었을 것이라 느끼기는 했지만 말이다. 〈최소한 더 이상은 여기 머물지 않게 됐잖아.〉 그는 자신을 달랬다. 〈그건 고마워할 일이지.〉 무겁고 불편한 침묵이 오래 이어졌다. 두 사람 모두 불편했다. 서로가 상대의 마음을 알았던 것이다. 친구 사이라면 이런 자각이 즐겁겠지만 적수끼리는 불쾌한 법이다. 붙어 있을 수도, 헤어져 가버릴 수도 없는 처지에서는 더욱 말이다.

「제가 붕대를 너무 단단히 감은 건 아닌가요?」 결국 바자로프가 입을 열었다.

「아니, 괜찮네. 아무 문제 없어.」 빠벨 뻬뜨로비치가 대답했다. 그러고는 잠시 머뭇거리다가 덧붙였다. 「아우를 속일 수는 없을 거야. 정치 이야기로 다퉜다고 해두세.」

「좋습니다.」 바자로프가 말했다. 「제가 모든 영국 숭배자들을 조롱했다고 하시지요.」

「그러지. 한데 저 사람은 지금 우리를 보고 무슨 생각을 할 것 같나?」 빠벨 뻬뜨로비치가 농부를 가리켰다. 결투 전에 말 두 마리를 몰고 바자로프 옆을 지나갔던 그 농부였는데 이번에는 귀족 나리를 보고 모자를 벗었다.

「알 게 뭡니까! 괜한 생각 하실 필요 없습니다. 래드클리프 부인도 여러 차례 언급했듯 러시아 농부들은 도무지 속을 모르는 사람들이지요. 저 사람 속을 어떻게 알겠습니까? 아마 자기 자신도 모를걸요.」

「아, 그렇게 생각한다면—」 빠벨 뻬뜨로비치가 갑자기 말을 멈추고 외쳤다. 「저것 좀 보게. 멍청한 뾰뜨르가 일을 저질렀구먼! 아우가 달려오고 있지 않나!」

바자로프가 돌아보니 얼굴이 새하얗게 된 니꼴라이 뻬뜨로비치가 사륜마차에 앉아 있었다. 그는 마차가 채 멈추기도 전에 뛰어내려 형에게 다가왔다.

「대체 무슨 일입니까?」 비명에 가까운 목소리였다. 「예브게니 바실리예비치, 이게 어떻게 된 일인가?」

「아무것도 아냐.」 빠벨 뻬뜨로비치가 대답했다. 「괜히 놀라게 했구나. 우리는 언쟁을 좀 했고 난 그 대가를 치렀을 뿐이야.」

「대체 어쩌다가요?」

「글쎄, 뭐랄까, 바자로프 군이 영국 정치가 로버트 필 경을 무례하게 비판했던 거지. 하지만 이 모든 일의 책임은 나한테 있어. 바자로프 군은 훌륭하게 행동했거든. 내가 불러내서 나온 것뿐이야.」

「하지만 피를 흘리고 계시잖아요!」

「그럼 내 혈관에 물이라도 흐를 줄 알았던 거냐? 나한테는 출혈이 오히려 몸에 좋아. 그렇지 않은가, 의사 양반? 나를 부축해 마차에 좀 태워 다오. 그런 슬픈 표정을 지을 건 없어. 내일이면 건강해질 테니까. 자, 그렇지, 좋아. 이제 출발하게, 마부.」

니꼴라이 뻬뜨로비치가 마차를 뒤따라 걸었다. 바자로프는 뒤에 남으려 했다……

「형님을 좀 부탁하네.」 니꼴라이 뻬뜨로비치가 말했다. 「내가 시내에서 의사를 좀 모셔 올 때까지 말이네.」

바자로프는 말없이 고개를 숙였다.

1시간 후 빠벨 뻬뜨로비치는 다리에 솜씨 좋게 붕대가 감긴 모습으로 침대에 누워 있었다. 온 집안이 부산해 페니치까는 머리가 멍할 지경이었다. 니꼴라이 뻬뜨로비치는 어찔 줄 몰라 하며 괜히 두 손만 쥐었다 폈다 했다. 반면 빠벨 뻬뜨로비치는 큰 소리로 웃고 농담을 던졌는데 특히 바자로프와 함께 있을 때 그러했다. 얇은 면 셔츠에 아침에 입는 멋진 저고리를 걸치고 터키식 모자를 쓴 그는 창문 커튼을 내리지 못하게 했고 또 음식을 가려 먹어야 한다는 데 대해 불평을 늘어놓았다.

하지만 저녁이 되면서 열이 나고 머리가 아프기 시작했다. 시내에서 의사가 왔다. (니꼴라이 뻬뜨로비치는 형님의 만류를 듣지 않았던 것이다. 게다가 바자로프도 그렇게 하는 게 좋겠다고 말했다. 바자로프는 잔뜩 화가 난 채 종일 자기 방에 처박혀 있었다. 환자에게는 아주 잠깐씩만 들러 보았다. 두 번인가 페니치까와 마주쳤지만 페니치까는 그때마다 두려워하며 뒤로 물러서고 말았다.) 새로 온 의사는 찬 음식을 먹으라고 하면서 특별히 위험할 것은 없다고 바자로프와 같은 진단을 내렸다. 니꼴라이 뻬뜨로비치는 형님이 부주의로 다친 것이라 설명했고 의사는 미심쩍은 눈치였으나 은화 25루블을 받고 나서는 〈사실 뭐 그리 드문 일도 아니지요〉라고 말해 주었다.

집안사람들 누구도 자리에 눕거나 옷을 갈아입지 않았다. 니꼴라이 뻬뜨로비치는 살금살금 형님의 방으로 들어갔다가 다시 살금살금 걸어 나오기를 반복했다. 빠벨 뻬뜨로비치는 의식을 잃기도 했고 가볍게 한숨을 쉬는가 하면 〈잠자리에 들어라〉라고 인사도 했다. 마실 것을 달라고 해 페니치까가 레몬수를 가져다주었다. 빠벨 뻬뜨로비치는 뚫어질 듯 페니치까를 바라본 후 레몬수를 바닥까지 다 비웠다. 아침이 되면서 환자는 열이 더 올랐고 헛소리도 시작되었다. 처음에는 연결되지 않는 단어들을 토막토막 내뱉더니 다음에는 갑자기 눈을 뜨고 침대 곁에서 걱정스럽게 자기를 지켜보는 아우를 보며 중얼거렸다.

「니꼴라이, 페니치까는 어쩐지 넬리와 닮지 않았느냐?」

「넬리라니, 누구 말입니까?」

「그걸 몰라서 묻는 거냐? R 부인 말이다……. 특히 얼굴 위쪽 부분이 그래. *C'est de la même famille* 같은 가문 출신일 거야.」

니꼴라이 뻬뜨로비치는 아무 말도 하지 않았다. 하지만 속으로는 사람에게 과거의 감정이 그토록 생생하게 남는다는 사실이 놀라웠다. 〈이런 때 그 기억이 떠오르다니.〉

「아, 그 하찮은 존재를 나는 얼마나 사랑하는지!」 빠벨 뻬뜨로비치가 신음 소리를 내고 슬픈 모습으로 깍지 낀 두 손을 머리 뒤로 보냈다. 「그 무례한 놈이 감히 손을 대다니 참을 수 없어……」 얼마 후 다시금 그가 중얼거렸다.

니꼴라이 뻬뜨로비치는 그저 한숨만 내쉬었다. 누구에 대한 이야기인지 짐작조차 못 했던 것이다.

다음 날 아침 8시쯤 바자로프가 니꼴라이 뻬뜨로비치를 찾아왔다. 벌써 짐을 다 꾸리고 개구리며 곤충, 새도 모두 놓아준 뒤였다.

「작별 인사를 하러 왔군?」 니꼴라이 뻬뜨로비치가 그를 맞으려 일어서면서 말했다.

「그렇습니다.」

「자네를 이해하고 자네 결정을 존중하네. 물론 잘못은 우리 가없은 형님에게 있지. 그래서 벌을 받으셨고. 자네가 달리 행동할 수 없도록 당신이 부추긴 것이라고 스스로 인정하시더군. 자네는 노저히 거절할 수 없는 입장이었으리라 믿네. 물론…… 자네와 형님 사이에 늘 존재하던 적대감도 어느 정도는 작용했겠지. (니꼴라이 뻬뜨로비치는 말이 꼬이기 시작했다.) 형님은 구식이라 성질이 급하고 완고하시거든……. 이 정도로 끝난 게 정말 다행이야. 괜한 소문이 퍼지지 않도록 방법을 강구해 두었네.」

「만약의 말썽을 대비해 제 주소를 남겨 두겠습니다.」 바자로프가 태연히 말했다.

「말썽이 없으면 좋으련만, 예브게니 바실리예프……. 우리 집에 와서 머물다가 이런…… 이런 식으로 떠나게 되어 참으로 유감이네. 더욱 안타까운 건 아르까디가…….」

「아르까디와는 다시 만날 수 있을 겁니다.」 바자로프가 대꾸했다. 이런 식의 〈설명〉이나 〈해명〉은 도무지 참지 못하는 성격이었던 것이다. 「혹시 그러지 못한다면 제 인사를 전해 주십시오. 유감의 뜻도 알려 주시고요.」

「나 역시……」 니꼴라이 뻬뜨로비치가 고개를 숙이며 말했다. 하지만 바자로프는 인사말이 채 끝나기도 전에 방을 나가 버렸다.

바자로프가 떠난다는 소식을 듣고 빠벨 뻬뜨로비치는 그를 불러 손을 꼭 잡아 주었다. 하지만 바자로프는 얼음처럼 냉정했다. 큰아버님이 관대함을 보이고 싶어 할 뿐이라는 사실을 알기 때문이었다. 페니치까와는 작별 인사를 하지 못했다. 그저 창문을 사이에 두고 눈인사만 주고받았을 뿐이다. 페니치까의 얼굴은 슬퍼 보였다. 〈아마도 저렇게 묻히고 말겠군!〉 바자로프는 생각했다. 〈어쩌면, 어떻게든 빠져나올 수도 있겠지.〉 뾰뜨르는 바자로프의 어깨에 얼굴을 묻고 울어 버릴 정도로 서운해했고 〈자네 울보로군?〉이라는 핀잔을 들은 후에야 울음을 그쳤다. 두냐샤는 슬픔을 숨기기 위해 숲으로 달려가 버렸다. 이 모든 슬픔의 원인이 된 바자로프는 마차에 올라 담배를 피웠다. 4분의 1베르스따쯤 가서 길모퉁이가 나오고 끼르사노프 저택과 영지가 마지막으로 눈에 들어왔을 때에도 그는 침을 탁 뱉으면서 〈저주받을 귀족들 같으니〉라고 중얼거릴 뿐이었고, 그러고는 외투 속으로 한층 더 파묻혀 버렸다.

빠벨 뻬뜨로비치의 건강은 곧 좋아졌다. 하지만 한 주가량은 계속 누워 지내야 했다. 스스로 〈포로 생활〉이라 표현한 그 기간을 그는 썩 잘 견뎠지만 몸단장에 대해서는 여전히 까다로웠고 방에는 늘 향기가 풍기게끔 했다. 니꼴라이 뻬뜨로비치는 잡지를 읽어 주었고 페니치까는 수프, 레모네이드,

반숙 달걀, 차 등을 나르며 예전처럼 시중을 들었다. 하지만 그 방에 들어설 때마다 페니치까는 남모를 공포에 사로잡혔다. 빠벨 뻬뜨로비치의 예기치 못한 행동은 집안사람들 모두를 놀라게 했지만 특히 페니치까는 더했다. 단 한 사람, 쁘로꼬피치만 태연했다. 자기가 젊었을 때에는 나리들이 종종 결투를 했으며 그것은 〈고귀한 나리들끼리만〉 하는 일이었고 그런 무뢰한은 마구간으로 끌고 가 실컷 때려 주라고 분부해야 맞는 것이라면서 말이다.

페니치까는 양심의 가책을 느끼지는 않았지만 결투의 진짜 원인에 대해 생각하며 종종 괴로워했다. 게다가 빠벨 뻬뜨로비치가 자기를 쳐다보는 눈길도 이상했다……. 심지어 뒤돌아서 있을 때에도 빠벨 뻬뜨로비치의 시선이 느껴졌다. 심적 불안이 가시지 않자 페니치까는 조금 여위었는데 그 모습은 더욱 아름답게 보였다.

어느 날 아침 빠벨 뻬뜨로비치는 몸 상태가 한결 좋아져 침대에서 소파로 옮겨 앉았다. 니꼴라이 뻬뜨로비치는 형님의 건강이 호전되었다는 것을 알고는 안심하여 탈곡장에 나가 있었다. 페니치까가 찻잔을 들고 와 작은 탁자 위에 놓고 나가려 했다. 그러자 빠벨 뻬뜨로비치가 붙잡았다.

「어딜 그렇게 서둘러 가는 거요, 페도시야 니꼴라예브나? 바쁜 일이라도 있소?」

「아니, 그렇지는 않습니다……. 저쪽에도 차를 따라 주어야 해서요.」

「그거야 두냐샤가 할거요. 이 환자 곁에 좀 앉아 있어 줘요. 이야기하고 싶은 것도 있고.」

페니치까가 말없이 의자 끝에 살며시 앉았다.

「다른 게 아니라……」 빠벨 뻬뜨로비치가 콧수염을 잡아당기며 말했다. 「오래전부터 묻고 싶었는데, 당신은 날 무서워하는 것 같소.」

「제가요?」

「그래, 당신 말이오. 한 번도 나를 똑바로 보지 않는군. 마치 무슨 양심의 가책이라도 받는 것처럼 말이오.」

페니치까는 얼굴을 붉히면서도 빠벨 뻬뜨로비치를 똑바로 바라보았다. 빠벨 뻬뜨로비치의 모습이 어쩐지 낯설어 보였고 그래서 심장이 두근두근했다.

「양심의 가책을 느끼는 건 아니오?」 빠벨 뻬뜨로비치가 물었다.

「무엇 때문에 가책을 느껴야 하나요?」 페니치까가 속삭였다.

「이유야 분명하지 않소! 그런데 대체 누구에 대해 양심의 가책을 느끼는 거요? 나한테? 그럴 것 같진 않군. 그럼 이 집의 다른 사람들한테? 그 역시 납득이 안 되는 일이오. 그렇다면 내 동생에게 느끼는 거요? 하지만 동생을 사랑하고 있지 않소?」

「사랑합니다.」

「진심으로, 온 마음을 다해서 사랑하오?」

「저는 진심으로 니꼴라이 뻬뜨로비치를 사랑합니다.」

「정말이오? 자, 페니치까, 날 똑바로 봐요. (그가 〈페니치까〉라고 부른 것은 이번이 처음이었다) 거짓말은 큰 죄라는 걸 알 거요.」

「거짓말이 아닙니다. 빠벨 뻬뜨로비치. 니꼴라이 뻬뜨로비치를 사랑하지 않는다면 전 살아 있을 이유조차 없는걸요!」

「그럼 누구와도 아우를 바꾸지 않겠군?」

「대체 누구와 바꾼다는 말씀인가요?」

「그야 넘치도록 많지 않소! 최근에 이 집을 떠난 그 신사분도 있고.」

페니치까가 자리에서 일어났다.「세상에 무슨 말씀을, 빠벨 뻬뜨로비치. 어째서 절 이렇게 괴롭히시죠? 제가 당신에게 무슨 잘못이라도 했나요? 어떻게 그런 말씀을 하실 수가 있나요?」

「페니치까……」 빠벨 뻬뜨로비치가 슬픈 목소리로 말했다.「난 보고 말았소…….」

「무얼 보셨는데요?」

「거기…… 정자에서 말이오.」

페니치까는 머리끝에서 귓불까지 온통 홍당무가 되었다.

「제가 거기서 무슨 잘못을 했나요?」 페니치까가 간신히 말했다.

빠벨 뻬뜨로비치가 일어섰다.「당신은 죄가 없소? 정말로? 조금도?」

「저는 세상에서 니꼴라이 뻬뜨로비치 단 한 분만을 사랑합니다. 앞으로 영원히 그럴 거예요!」 페니치까는 갑작스레 힘을 주어 소리쳤다. 흐느끼는 듯 목소리가 갈라졌다.「보셨다는 그 광경에 대해서는 최후의 심판이 닥쳐오더라도 당당히 말할 수 있어요. 전 죄가 없다고. 그런 일로 의심을 받는다면 지금 당장 죽어 버리는 편이 나아요. 제 은인이신 니꼴라이 뻬뜨로비치 앞에서요.」

더 이상 목소리가 나오지 않았다. 다음 순간 빠벨 뻬뜨로비치가 페니치까의 두 손을 꼭 잡았다……. 페니치까는 그 얼굴을 보고 돌처럼 굳어 버렸다. 그 얼굴은 전보다 훨씬 창백했고 두 눈은 번쩍거렸다. 그러나 무엇보다도 놀랍고 충격적인 것은 뺨을 타고 흘러내리는 눈물 한 방울이었다.

「페니치까!」 빠벨 뻬뜨로비치가 어쩐지 낯선 모습으로 속삭였다. 「사랑해 줘요, 내 아우를 사랑해 주시오! 아주 착하고 좋은 사람이니까! 세상 누구와도 아우를 바꾸지 마시오. 어떤 소리에도 넘어가지 마시오! 사랑하면서도 사랑받지 못한다는 것처럼 끔찍한 일이 또 있겠소? 언제까지나 내 가련한 아우를 버리지 말아 주시오!」

페니치까는 눈물을 그쳤다. 두려움도 사라졌다. 그 정도로 놀랐던 것이다. 빠벨 뻬뜨로비치가, 다른 누구도 아닌 빠벨 뻬뜨로비치가 자기 손을 잡아 입술 가까이 가져갔을 때, 그러나 입을 맞추지는 않고 그저 흐느끼듯 한숨만 내쉬었을 때 페니치까의 기분이 어떠했겠는가…….

〈맙소사!〉 페니치까는 생각했다. 〈발작이라도 일으키신 건가……?〉

그 순간 빠벨 뻬뜨로비치의 흘러간 인생 전체가 요동치고 있었던 것이다.

계단이 삐걱거리며 바쁜 발소리가 들렸다……. 빠벨 뻬뜨로비치는 곧 페니치까를 밀어내고 쿠션에 머리를 얹었다. 문이 열리더니 니꼴라이 뻬뜨로비치가 얼굴이 상기된 채 유쾌한 모습으로 들어왔다. 그 품속에서는 마찬가지로 얼굴이 상기된 미챠가 신이 나 루바쉬까만 걸친 채 귀여운 맨발을 아버지가 입은 외투의 커다란 단추 위에 올리고 통통 몸을 솟구어 댔다.

페니치까는 갑자기 그쪽으로 몸을 던져 부자를 한꺼번에

팔로 안고 니꼴라이 뻬뜨로비치의 어깨에 얼굴을 파묻었다.

니꼴라이 뻬뜨로비치는 깜짝 놀랐다. 페니치까는 조심스럽고 얌전해서 다른 사람이 보는 앞에서는 한 번도 애정 표현을 한 적이 없었기 때문이다.

「아니, 무슨 일이오?」 니꼴라이 뻬뜨로비치가 페니치까에게 미챠를 건네주며 물었다. 그러고는 형님 쪽으로 다가갔다. 「괜찮으세요? 상태가 나빠진 건 아니죠?」

빠벨 뻬뜨로비치는 삼베 수건으로 얼굴을 감쌌다. 「아니, 괜찮다……. 오히려 더 좋아졌는걸.」

「괜히 소파로 옮기셨어요. 아니, 당신은 어디 가는 거요?」 니꼴라이 뻬뜨로비치가 뒤를 돌아보며 덧붙였지만 페니치까는 벌써 문을 닫고 나간 후였다. 「아들놈을 보여 드리려고 데려온 거였는데. 녀석이 큰아버지를 보겠디고 떼를 써서요. 그런데 녀석을 왜 데려가 버렸담? 한데 형님은 왜 그러시죠? 무슨 일이 있었나요?」

「이봐, 니꼴라이!」 빠벨 뻬뜨로비치가 정색을 하고 아우를 불렀다.

니꼴라이 뻬뜨로비치는 긴장했다. 어쩐지 두려운 느낌이 들었는데 그 이유는 알 수 없었다.

「니꼴라이…….」 빠벨 뻬뜨로비치가 다시 부르며 말을 이었다. 「내 소원 하나만 들어 다오.」

「무슨 소원이신데요? 말씀해 보세요.」

「아주 중요한 일이야. 네 인생 전체의 행복이 달린 일일 테고. 줄곧 많은 생각을 하다가 이제야 말하는 거야. 자신의 의무를, 성실하고 고결한 인간으로서의 의무를 다해 다오. 누구보다도 훌륭한 인간인 네가 더 이상은 이런 부적절한 상태에 머물러서는 안 돼.」

「무슨 말씀을 하시는 건가요?」

「페니치까와 결혼하라는 거야……. 너를 사랑하고 또 네 아이의 어머니인 사람이 아니냐.」

니꼴라이 뻬뜨로비치가 한 걸음 물러서며 두 팔을 쳐들었다. 「형님이 그런 말씀을 해주시다니! 이런 결혼에는 가장 반대하실 거라고 생각했던 형님이! 제 의무라고 말씀해 주신 그것을 제가 아직 실행하지 못한 단 한 가지 이유는 바로 형님에 대한 존경심 때문이었어요! 그런데 이렇게 말씀해 주시다니!」

「그런 경우에 나를 존경하는 건 쓸데없는 짓이야.」 빠벨 뻬뜨로비치가 쓸쓸한 미소를 지으며 말했다. 「내 귀족주의를 비난했던 바자로프가 옳았다는 생각이 들기 시작하는군. 그래, 이제 세상 이목을 생각하고 체면 차리는 건 그만두자고. 우리는 이미 나이 먹어 조용히 살고 있잖아. 세상 소문은 한 구석으로 밀쳐 둘 때야. 자, 이제 우리 의무를 다하자고. 그러면 또다시 행복을 얻게 될 거야.」

니꼴라이 뻬뜨로비치는 형님을 와락 껴안았다. 「형님이 제 눈을 뜨게 해주셨습니다!」 니꼴라이 뻬뜨로비치가 외쳤다. 「형님이 세상에서 가장 선하고 현명하다는 제 생각은 정말 옳았어요. 그리고 이제 전 형님이 고귀하면서도 관대하시다는 것도 알게 되었습니다.」

「그만, 그만 진정하렴.」 빠벨 뻬뜨로비치가 가로막았다. 「네 관대한 형님의 다리를 건드리면 안 되니까. 쉰이 다 되어 소위 때처럼 결투를 했으니. 자, 그럼 결정된 거지? 페니치까는 내…… 제수씨 *belle soeur*가 되는 거지?」

「고마우신 형님! 한데 아르까디가 뭐라고 할까요?」

「아르까디? 그 애도 틀림없이 기뻐할 거야! 결혼은 그 애가 부정하는 원칙이겠지만 평등이라는 건 마음에 들어 할 테니까. 그리고 사실 19세기에 신분 제도가 다 무엇이냐?」

「아, 형님, 한 번만 더 입 맞추게 해주세요. 걱정 마세요, 다리는 건드리지 않을 테니.」

형제는 서로를 껴안았다.

「그런데 이 소식을 지금 바로 페니치까에게 알려 줘야 하지 않을까?」 빠벨 뻬뜨로비치가 말했다.

「뭘 그렇게 서두르세요?」 니꼴라이 뻬뜨로비치가 말을 받았다. 「그 사람하고 무슨 얘기라도 나누셨던 건가요?」

「무슨 얘기를 나눴느냐고? 무슨 엉뚱한 생각이냐 *Quelle idée*!」

「그럼 됐어요. 먼저 형님이 완쾌하셔야죠. 이 일은 그다음에 해도 돼요. 여러 가지 생각도 해봐야 하고―」

「어쨌든 넌 결심한 거지?」

「그야 물론이죠. 형님께 정말 얼마나 고마운지 몰라요. 이제 혼자 있게 해드리죠. 쉬셔야 해요. 흥분하는 건 몸에 나쁘니까……. 나중에 다시 이야기하죠. 어서 좀 주무세요. 빨리 회복하셔야 해요!」

〈왜 저렇게 내게 고마워하는 거지?〉 혼자 남은 빠벨 뻬뜨로비치가 생각했다. 〈마치 자신에게는 권한이 없는 일이라는 듯 말이야! 아우가 결혼하면 나는 바로 멀리 떠나야겠어. 드레스덴이나 피렌체에 가서 죽을 때까지 사는 거야.〉

빠벨 뻬뜨로비치는 이마에 오드콜로뉴를 살짝 뿌리고 눈을 감았다. 흰 베개 위에 놓인 채 한낮의 환한 햇살을 받는 해

쏙하게 여윈 그 아름다운 얼굴은 마치 죽은 사람의 것 같았다……. 사실 실제로도 그는 죽은 사람이나 다름없었다.

25

니꼴스꼬예 저택 정원의 키 큰 물푸레나무 그늘 아래 풀밭 벤치에 까쨔와 아르까디가 앉아 있었다. 그 옆으로 피피가 긴 몸을 멋지게 웅크리고 누웠다. 애견가들이 〈회색 토끼 누운 자세〉라 부르는 바로 그 모습이었다. 두 사람은 말이 없었다. 아르까디는 책을 반쯤 펼쳐 들었고 까쨔는 바구니에 남은 흰 빵 부스러기를 참새 가족에게 던졌다. 겁이 많은 듯하면서도 대담한 천성을 타고난 참새들이 까쨔의 발치에서 뛰어다니며 지저귀고 있었다. 산들바람이 물푸레나무 이파리를 살랑이게 했고 그와 함께 그늘진 오솔길이나 피피의 누런 털 위에 점점이 뿌려진 햇살이 앞뒤로 움직였다. 아르까디와 까쨔는 그늘진 곳에 있었는데 아주 가끔씩만 햇살이 까쨔의 머리카락 위에 밝은 선을 그었다. 두 사람 다 입을 열지 않았으나 말없이 함께 앉아 있다는 그 자체로 신뢰와 친근감이 드러났다. 옆에 있는 사람에 대해 생각조차 하지 않는 듯 보이면서도 속으로는 함께 보내는 시간을 기뻐하고 있던 것이다. 두 사람의 얼굴도 전과는 달라져 아르까디는 편안해 보였고 까쨔는 활기차고 대담해진 것 같았다.

「이 나무의 우리 러시아 이름 〈야셴 yasen〉은 참으로 잘 지은 것 같지 않아요?」 아르까디가 입을 열었다. 「이처럼 햇빛을 〈야스노 yasno〉[24]하게, 그러니까 선명하게 비추어 주는 나무는 달리 없으니까요.」

까쨔가 눈을 들어 위쪽을 바라본 후 〈그래요〉라고 대답했다. 아르까디는 〈까쨔는 내가 고상하게 말한다고 비난하지 않는군〉이라고 생각했다.

「난 냉소적이거나 비극적인 하이네 작품은 싫어요.」 아르까디가 들고 있는 책에 눈길을 주며 까쨔가 말했다. 「사색적이거나 애잔한 쪽이 더 좋은걸요.」

「그렇지만 난 냉소적인 하이네 작품이 좋습니다.」 아르까디가 말했다.

「그건 당신에게 예전의 냉소적 성향이 남아 있기 때문이에요…….(〈예전의 성향이라니!〉 아르까디는 생각했다. 〈바자로프가 이 말을 들었다면 뭐라고 했을까!〉) 하지만 두고 보세요, 우리가 당신을 완전히 바꿔 놓는 중이니까요.」

「누가 날 바꿔 놓는다고요? 우리라니요?」

「누군 누구겠어요, 언니하고 나죠. 또 이제는 당신과 논쟁을 벌이지 않게 된 프로피리 플라또노비치도 있군요. 당신이 그저께 교회에 모시고 갔던 이모님도 포함해서요.」

「아니라고는 말 못 하겠네요! 하지만 안나 세르게예브나는 알다시피 여러 면에서 바자로프와 의견이 같았는데요.」

「그때는 당신처럼 우리 언니도 예브게니 바실리예비치의 영향을 많이 받고 있었지요.」

---

24 〈야셴〉과 〈야스노〉의 어근은 〈맑다, 선명하다〉로 서로 같다.

「나처럼요? 그렇다면 내가 그 영향력에서 벗어났다는 걸 당신도 짐작하셨군요?」

까쨔는 대답하지 않았다.

「나도 압니다.」 아르까지가 말을 이었다. 「당신은 바자로프를 전혀 마음에 들어 하지 않았지요.」

「내가 그분을 판단할 입장은 못 되지요.」

「그렇지만 까쩨리나 세르게예브나, 난 그런 말을 들을 때마다 수긍할 수가 없습니다……. 그 누구의 판단도 받지 않는 사람이 있을 수 있나요? 그런 말은 변명일 뿐입니다.」

「뭐, 그렇다면 이렇게 말하죠. 그분이 제 마음에 들지 않았던 게 아니라 난 그분에게, 또 그분은 나에게 낯선 존재였어요……. 당신도 그분에게는 낯선 존재고요.」

「그건 왜 그렇죠?」

「뭐랄까, 그분이 맹수라면 우리는 길들여진 가축이라고 하면 될까요.」

「내가 길들여진 가축이라고요?」

까쨔가 고개를 끄덕였다.

아르까지는 머리를 긁적였다. 「이봐요, 까쩨리나 세르게예브나, 어쩐지 좀 모욕적으로 들리는군요.」

「맹수가 되고 싶은 건가요?」

「잔혹한 것은 싫지만 강하고 힘찬 존재가 되고는 싶지요.」

「그건 바란다고 되는 게 아니에요……. 친구분은 그걸 바라지 않지만 자기 안에 가지고 있는 거고요.」

「흐음, 그것 덕분에 바자로프가 언니에게 커다란 영향을 미쳤다고 보는군요?」

「그래요. 하지만 오랫동안 언니한테 그런 영향을 미칠 수 있는 사람은 없어요.」

「왜 그렇게 생각하는데요?」

「언니는 자존심이 무척 강해요……. 아니, 자존심이라는 말은 정확하지 않군요. 언니는 독립성을 몹시 소중히 여기는 사람이에요.」

「독립성을 소중히 여기지 않는 사람이 어디 있을까요?」 아르까디가 물었다. 하지만 머릿속에서는 〈독립성이 뭐 그리 중요할까?〉라는 생각이 스쳐갔다. 까쨔 또한 〈독립성이 뭐 그리 중요할까?〉라는 생각을 했다. 자주 친밀하게 어울리는 젊은 사람들은 이렇게 똑같은 생각을 떠올리는 경우가 많다.

아르까디가 미소를 짓고는 까쨔 쪽으로 좀 더 다가간 뒤 속삭였다.

「솔직히 말해 봐요. 좀 무서워하는 거죠?」

「누구를요?」

「언니 말이에요.」 아르까디가 힘주어 말했다.

「당신은요?」 까쨔가 되물었다.

「사실 나도 그래요.」

까쨔가 손가락 하나를 세워 흔들어 보였다. 「그건 놀라운데요.」 까쨔가 말했다. 「언니는 지금처럼 당신한테 호의를 베푼 적이 없잖아요. 처음 오셨을 때보다 훨씬 호의적인데요.」

「정말요?」

「그걸 몰랐다니요! 이제 알게 되니 기쁜가요?」

아르까디가 생각에 잠겼다.

「내가 어떻게 안나 세르게예브나의 호의를 얻었을까요? 어머니의 편지를 가져왔기 때문일까요?」

「그것도 있고 다른 이유도 있지요. 그건 얘기 안 할래요.」

「무슨 이유인데요?」
「말 안 한다니까요.」
「아, 당신은 참 고집이 세군요.」
「그래요.」
「또 관찰력이 뛰어나고요.」
까쨔가 흘깃 아르까디를 보았다.「그게 싫은가요? 무슨 생각을 하는 거죠?」
「당신이 가진 그 관찰력이 어디서 나오는 것인지 생각하고 있지요. 당신은 숫기가 없고 사람을 잘 믿지 않아요. 모두와 거리를 두고요…….」
「난 오랫동안 홀로 지냈어요. 그러다 보니 생각이 많아졌죠. 하지만 내가 정말로 모두와 거리를 두는 건 아니잖아요?」
아르까디가 수긍하는 눈길을 보냈다
「그건 그렇죠.」그가 말을 계속했다.「하지만 당신 같은 상황에 있는, 그러니까 그런 지위에 있는 사람들은 대부분 관찰력이 떨어지거든요. 그런 사람은 황제가 그렇듯 진실에 도달하기가 어렵지요.」
「그거야 내가 부자가 아니니까 그렇지요.」
아르까디는 순간 까쨔의 말을 이해하지 못했다. 잠시 후에야 〈아, 영지는 모두 언니 소유군!〉이라는 생각이 떠올랐다. 퍽 반가운 생각이었다.
「참으로 멋지게 말하는군요.」
「무얼 말이에요?」
「금방 한 얘기 말인에요. 부끄러워하지도, 그렇다고 으스대지도 않고 아주 멋지게 말이에요. 자기가 가난하다고 생각하거나 말하는 사람의 마음속에는 무언가 특별한, 일종의 허세가 있다고 생각하거든요.」

「사실 언니 덕분에 가난을 제대로 경험하진 못했어요. 이야기가 그쪽으로 흘러가기에 내 상황을 말한 것뿐이지요.」

「그렇군요, 좀 전에 얘기했던 그런 허세가 당신에게도 약간은 있는 모양입니다.」

「어떤 면에서요?」

「좀 실례되는 질문이지만, 당신은 부자한테는 시집가지 않을 것 아닙니까?」

「많이 사랑한다면……. 아니, 아마도 그렇게는 안 할 것 같군요.」

「그것 봐요!」 아르까디가 외쳤다. 그러고는 잠시 후 덧붙였다. 「어째서 부자한테는 시집을 안 간다는 거죠?」

「가난한 여자와 부자 남자의 결혼이 결국 어떻게 되는지는 유행가 가사만으로도 알 수 있으니까요.」

「당신은 남편을 좌지우지하고 싶은 모양인데─」

「그건 아니에요! 왜 그러겠어요! 난 순종할 마음이에요. 하지만 불평등한 건 안 돼요. 자신을 존중하면서 순종하는 것, 난 그게 행복이라고 생각해요. 예속된 복종이라는 건…… 그건 지금까지로도 충분해요.」

「지금까지로도 충분하다.」 아르까디가 되풀이했다. 「그렇군, 과연 그 언니에 그 동생이군요. 언니처럼 독립적이지만 그걸 밖으로 드러내지 않을 뿐이에요. 아무리 강하고 중요한 감정이라도 당신이 먼저 표현하는 일은 없지요…….」

「그럴 수밖에 없지 않나요?」 까쨔가 물었다.

「당신은 언니와 똑같이 현명합니다. 기질은 어쩌면 당신이 더 강할지도 모르겠군요…….」

「날 언니와 비교하지는 말아 줘요.」 까쨔가 말을 막았다. 「그럼 난 너무 불리한걸요. 언니가 얼마나 미인이고 똑똑한지 잊었나요? 특히나 당신은 그런 말을 해서는 안 돼요. 더욱이 그런 진지한 표정으로는.」

「특히나 나는 안 된다니, 무슨 뜻이지요? 어째서 내가 농담을 하는 거라고 생각하죠?」

「실제로 농담을 하고 있잖아요.」

「그렇게 생각하나요? 내가 진심으로 그렇게 믿는다면요? 오히려 더 강하게 표현해야 했다고 생각한다면요?」

「무슨 말인지 모르겠군요.」

「그래요? 그렇다면 내가 당신의 관찰력을 과대평가했던 모양이군요.」

「뭐라고요?」

아르까디는 대답하지 않고 고개를 돌렸다. 까쨔는 다시 바구니에서 빵 부스러기를 꺼내 던졌지만 팔에 힘이 너무 많이 들어가는 바람에 참새들이 날아가 버렸다.

「까쩨리나 세르게예브나!」 아르까디가 갑자기 말을 시작했다. 「당신한테는 분명 아무래도 상관없는 일이겠지만, 그래도 알아줘요. 나는 당신을 언니인 안나 세르게예브나를 포함한 그 누구와도 바꾸지 않을 거예요.」

그는 자리에서 일어나더니 서둘러 걸어갔다. 마치 혀끝에서 튀어나온 말에 스스로 놀라기라도 한 듯 말이다.

까쨔는 두 손을 바구니와 함께 무릎 위에 떨어뜨리고 고개를 숙인 채 한참 동안 아르까디의 뒷모습을 바라보았다. 뺨에 조금씩 홍조가 번졌지만 입술은 미소 짓지 않았다. 검은 두 눈에는 망설임, 그리고 뭐라 이름 붙이기 어려운 다른 감정이 드러났다.

「혼자 있는 거니?」 안나 세르게예브나의 목소리가 들렸다. 「아르까디와 함께 정원에 나간 것 같던데.」

까쨔가 천천히 눈을 들어 언니를 보고(지나치다 싶을 정도로 우아하게 차려입은 안나 세르게예브나는 활짝 펼쳐 든 양산 끝으로 피피의 귀를 간질이고 있었다) 천천히 대답했다. 「저 혼자예요.」

「그건 지금 보니 알겠고······.」 안나 세르게예브나가 웃으면서 대답했다. 「아르까디는 방으로 들어간 모양이구나?」

「네.」

「함께 책을 읽었니?」

「네.」

안나 세르게예브나가 까쨔의 턱 끝을 살짝 잡아 올렸다.

「싸운 건 아니었으면 좋겠는데.」

「그런 건 아니에요.」 까쨔가 대답하며 슬쩍 언니의 손에서 벗어났다.

「별로 대답하고 싶지 않은 모양이구나! 난 아르까디가 여기 있으면 함께 산책하러 가려고 했지. 몇 번이나 산책하자는 말을 했었거든. 시내에서 네 신발을 보내왔으니 가서 신어 보렴. 어제야 네 신발이 다 닳았다는 걸 알았단다. 넌 그런데 신경을 너무 안 쓰는구나. 발이 이렇게 예쁜데 말이야! 손도 예쁘지······ 좀 크긴 해도. 그러니까 넌 발을 드러내 보일 필요가 있어. 뭐, 그렇다고 남자들 눈에만 신경 쓰라는 건 아니지만 말이야.」

안나 세르게예브나가 앞장서 오솔길을 걸어갔다. 고운 옷이 사각거리는 소리를 냈다. 까쨔도 벤치에서 일어나 하이네

책을 들고 자리를 떠났다. 하지만 신발을 신어 보러 가는 것은 아니었다.

⟨예쁜 발이라고? 예쁜 발이라……⟩ 까쨔는 햇살에 뜨거워진 테라스의 돌계단을 천천히 가볍게 오르며 생각했다. ⟨그 예쁜 발 앞에 그 사람이 곧 무릎을 꿇겠군.⟩

순간 부끄러워진 까쨔는 재빨리 위층으로 뛰어 올라갔다.

아르까디는 자기 방을 향해 복도를 걸어갔다. 집사가 뒤따라오더니 바자로프가 기다린다고 알렸다.

「예브게니가!」 아르까디가 놀라서 외쳤다. 「온 지 오래되었나?」

「방금 도착하셨습니다. 안나 세르게예브나께는 알리지 말라면서 바로 나리 방으로 안내하라고 하시더군요.」

⟨집에 무슨 나쁜 일이 생겼나?⟩ 아르까디는 이렇게 생각하며 서둘러 계단을 뛰어 올라가 방문을 벌컥 열었지만 바자로프의 표정을 보고 일단 안심했다. 하지만 좀 더 경험이 많은 관찰자였다면 예전과 다름없이 기운 넘치긴 해도 훌쩍 여윈 얼굴을 보고 그의 내적인 동요를 알아차렸을 것이다. 먼지투성이 외투를 걸치고 모자를 쓴 바자로프는 창틀에 걸터앉아 있었다. 아르까디가 환성을 지르며 달려가 끌어안았을 때에도 그는 일어서지 않았다.

「이런 반가울 데가! 어찌 된 일인가!」 아르까디는 스스로에게 기쁘다고 확신을 주듯, 또 그 마음을 남에게 보이려는 듯 방 안을 이리저리 서성거렸다. 「우리 집에서는 모두들 안녕하고 건강하시겠지, 그렇지?」

「다 잘 계시지만 다 건강하시지는 않네.」 바자로프가 말했다. 「그만 떠들고 끄바스[25]나 한 잔 가져오라고 해주게. 몇 가지 이야기할 것이 있으니. 아마 퍽 인상적인 이야기가 될 거야.」

아르까디가 흥분을 가라앉혔다. 바자로프는 빠벨 뻬뜨로비치와의 결투 이야기를 들려주었다. 아르까디는 무척 놀랐고 슬퍼하기까지 했다. 하지만 그 마음을 드러낼 필요는 없다고 생각했다. 그저 큰아버지의 상처가 정말로 심각하지 않은지 물었고 그 상처는 의학적 측면만 제외한 모든 면에서 흥미롭다는 대답을 들었다. 그는 미소를 띠었지만 속으로는 고통스럽고 왠지 수치스러웠다. 바자로프는 그 마음을 짐작한 모양이었다.

「그래, 봉건주의자들과 함께 산다는 건 그런 걸세.」 바자로프가 말했다. 「자기 자신도 봉건주의에 빠져 기사들의 경기에 참가해 버리게 되거든. 어쨌든 그래서 난 〈아버지들〉이 계신 곳으로 출발했네.」 바자로프가 이야기를 마무리 지었다. 「이야기를 전하기 위해 중간에 잠깐 들른 거야. 쓸데없이 거짓말을 하는 건 바보 같은 짓이라고 생각했기 때문에……. 아냐, 실은 나도 내가 왜 여기 왔는지 모르겠어. 때로는 밭에서 무를 뽑아내듯 자신을 내던져 버리는 게 필요하네. 난 며칠 전에 그걸 해버린 거야……. 그러고는 내가 떠나온 것이 무엇인지 다시 한 번 보고 싶어졌어. 내가 자리 잡고 있었던 밭을 말일세.」

「그 말이 나를 두고 하는 건 아니기를 바라네.」 아르까디가 흥분한 어조로 말했다. 「설마 나한테서도 떠나갈 생각을 하는 건 아니겠지.」

25 호밀로 만든 러시아 전통 청량음료.

바자로프는 꿰뚫는 듯한 눈길로 아르까지를 바라보았다.

「그게 그렇게 화나는 일인가? 자네야말로 이미 내게서 떠나간 것 같은걸. 아주 맑고 상쾌해 보이니 말이야. 틀림없이 그런 걸세. 참, 안나 세르게예브나와는 잘 되어 가나?」

「잘 되어 가느냐니 무슨 소린가?」

「그것 때문에 시내에서 이리로 왔으면서 웬 너스렌가? 시내의 주일 학교는 어떻게, 잘 진행되고 있던가? 자네는 안나 세르게예브나한테 푹 빠져 있지 않았나? 아니면 벌써 시침 떼는 단계에 온 건가?」

「예브게니, 난 늘 자네한테 모든 걸 솔직히 터놓았지. 맹세컨대 이 일만큼은 자네가 잘못 생각하는 걸세.」

「그래? 새로운 소식인걸.」 바자로프가 나직이 말했다. 「하지만 뭐 발끈할 것 없네. 사실 나한테는 아무 상관도 없는 일이니까. 낭만주의자라면 이렇게 이야기하겠지. 우리 두 사람의 길이 달라졌다고. 하지만 난 단순하게 표현하겠네. 우리는 서로에게 신물이 난 거야.」

「예브게니……」

「이보게, 이건 그리 큰일이 아닐세. 세상에는 이런 일이 얼마든지 있거든. 이제는 우리가 헤어져야 할 때가 아닌가? 여기 들러 자넬 보고 나니 고골이 깔루가 현 지사의 부인에게 쓴 편지[26]를 싫도록 읽은 듯 불쾌한 기분이네. 그나저나 내 마차는 말도 풀지 않고 대기하는 중이라네.」

「어떻게 그럴 수가 있는가?」

「뭐가 말인가?」

26 러시아 작가 니꼴라이 고골이 1846년에 쓴 편지. 고골은 이 편지에서 통렬한 풍자를 특징으로 하는 자신의 리얼리즘 작품들을 모두 부정했다.

「나는 그렇다 쳐도 안나 세르게예브나에게 큰 실례일세. 자네를 몹시 만나고 싶어 할 텐데.」

「글쎄, 그건 자네가 잘못 생각하는 거야.」

「아니, 내 말이 맞을 걸세.」 아르까디가 반박했다. 「어째서 아닌 척하는 건가? 여기 온 것은 안나 세르게예브나를 만나기 위해서가 아닌가?」

「그거야 그럴지도 모르지만, 어쨌든 자네 생각은 틀렸네.」

하지만 아르까디의 말이 맞았다. 오딘쪼바 부인은 바자로프를 만나고 싶어 했고 집사를 통해 그를 데려오게 했다. 바자로프는 옷을 갈아입었다. 금방 꺼낼 수 있는 곳에 깨끗한 옷을 넣어 두었던 것이다.

오딘쪼바 부인은 갑작스러운 사랑 고백을 받았던 자신의 방이 아닌 거실에서 바자로프를 만났다. 부인은 다정하게 손을 내밀었지만 얼굴에는 어쩔 수 없는 긴장이 드러났다.

「안나 세르게예브나……」 바자로프가 서둘러 말했다. 「우선 안심부터 시켜 드려야겠군요. 당신 앞에 있는 이 사람은 이미 오래전에 제정신을 찾았으며 바보 같았던 자기 행동을 모두가 잊어 주길 바라고 있습니다. 전 이제 이곳을 떠날 것이고 앞으로 오랫동안 다시 찾지 않을 겁니다. 아시다시피 전 부드러운 사람은 못 되지만 그래도 싫은 기억으로만 남는 것은 썩 유쾌하지 못하군요.」

오딘쪼바 부인은 높은 산을 막 오른 사람처럼 숨을 몰아쉬고 있었으나 얼굴에는 미소를 띠었다. 그리고 다시 바자로프에게 손을 내밀고 악수를 했다.

「지난 일은 흘려 버리도록 하지요.」 부인이 말했다. 「솔직히 말해 제게도 잘못이 있으니까요. 유혹까지는 아니었다 해도 말이지요. 전처럼 친구로 지내요. 그 일은 그저 꿈이었어요. 꿈을 기억할 필요는 없지요.」

「누가 꿈 따위를 기억하겠습니까? 더욱이 사랑이라니……. 그건 다 거짓 감정일 뿐인데요.」

「정말요? 그거 반가운 소리군요.」

부인은 이렇게 말했고 바자로프도 그렇게 말을 받았다. 두 사람 다 진실을 말하는 것이라 생각했다. 하지만 그 말에 진실이, 진정 진실이 담겨 있었을까? 두 사람 자신도 몰랐으니 필자가 어찌 알겠는가. 어쨌든 두 사람의 대화는 서로를 완전히 신뢰하는 듯한 분위기에서 이어졌다.

오딘쪼바 부인은 끼르사노프 댁에서 어떻게 지냈는지 물었다. 바자로프는 하마터면 빠벨 뻬드로비치와의 결투 이야기를 털어놓을 뻔했으나 쉽게 관심을 끌려 한다는 오해를 받을까 싶어 그만두었다. 그저 줄곧 공부만 하며 지냈다고 대답했다.

「한데 저는……」 부인이 말했다. 「왜인지 몹시 우울해져 외국에 나갈 생각까지 했답니다. 하지만 얼마 지나지 않아 좋아졌고 친구분인 아르까디 니꼴라예비치까지 와줘서 다시 일상으로 돌아왔어요. 제 역할을 하게 된 거지요.」

「제 역할이라니요?」

「아주머니, 훈육자, 어머니의 역할이라고나 할까요. 그런데 말이죠, 난 전에는 당신과 아르까디 니꼴라예비치의 우정을 잘 이해하지 못했답니다. 별로 대수로울 것 없는 사람이라고 생각했거든요. 하지만 알고 보니 아르까디 니꼴라예비치도 현명한 사람이더군요……. 게다가 젊고요. 당신이나 나와는 다른 거죠, 예브게니 바실리예비치.」

「아르까디는 여전히 당신 앞에서 수줍어하나요?」 바자로프가 물었다.

「무슨……」 오딘쪼바 부인은 무슨 말인가 시작하려다 멈추고 잠시 생각하더니 덧붙였다. 「지금은 신뢰가 생겼는지 저와도 말을 많이 하네요. 전에는 절 피했거든요. 저도 굳이 어울리려 하지 않았고요. 아르까디 니꼴라예비치는 까쨔와 아주 친하답니다.」

바자로프는 역겨운 생각이 들었다. 〈여자란 왜 이렇게 다들 교활할까!〉

「아르까디가 당신을 피했다고 하십니다만……」 바자로프가 차가운 미소를 띠며 말했다. 「하지만 그가 당신을 사랑했다는 걸 모르시지는 않겠지요?」

「뭐라고요? 아르까디도?」 부인의 입에서 갑자기 튀어나온 말이었다.

「아르까디도 그랬습니다.」 바자로프가 공손히 고개를 숙여 보이며 부인의 말을 반복했다. 「설마 정말로 모르고 계셨던 겁니까?」

부인이 눈을 내리깔았다. 「잘못 생각하신 거겠지요, 예브게니 바실리예비치.」

「그렇지 않습니다. 하지만 제가 하지 말아야 할 이야기를 꺼낸 것 같군요.」 이렇게 말한 후 그는 속으로 〈그러니 앞으로는 교활하게 굴지 말라고!〉라고 덧붙였다.

「왜 하지 말아야 할 얘기지요? 순간적인 느낌에 너무 큰 의미를 부여하시는 것 같군요. 과장하는 버릇이 있으신 건 아닌가요?」

「다른 이야기를 하는 것이 좋겠군요, 안나 세르게예브나.」

「왜 그래야 하죠?」 부인은 반문했지만 먼저 화제를 돌렸다. 다 잊었다고 말했고 스스로에게도 그렇게 다짐했지만 여전히 부인은 바자로프와 함께 있는 것이 어쩐지 불편했다. 단순한 말, 심지어 농담까지 주고받으면서도 은근한 두려움을 느꼈다. 마치 바다 위 배에 탄 사람들이 육지에서처럼 태연하게 이야기를 나누며 웃다가도 잠깐이라도 배가 멈춘다거나 이상한 낌새가 있으면 늘 위험을 의식하고 있었던 듯 순식간에 공포에 질린 표정으로 바뀌는 것처럼 말이다.

부인과 바자로프의 대화는 오래가지 못했다. 부인은 생각에 잠겼고 무심한 대답만 계속하다가 결국 응접실로 나가자고 했다. 응접실에는 이모님과 까짜가 있었다. 「아르까디 니꼴라예비치는 어디 계시지?」 부인은 이렇게 묻더니 1시간이 넘도록 나타나지 않았다는 이야기를 듣고는 사람을 보내 찾게 했다. 아르까디를 찾는 데는 시간이 오래 걸렸다. 정원 가장 구석진 곳에 턱을 괴고 앉아 생각에 골몰해 있었던 것이다. 깊고 중요한 생각이었지만 슬프지는 않았다. 그는 오딘쪼바 부인이 바자로프와 단둘이 있다는 걸 알면서도 예전과 달리 질투를 느끼지 않았다. 오히려 그의 얼굴은 은은히 빛났다. 깨닫고 기뻐하는 모습이었으며, 무언가를 결심한 듯 보이기도 했다.

26

 고(故) 오딘쪼프는 새로운 풍조를 좋아하지 않았지만 〈고상한 취미 놀이〉는 꺼리지 않았다. 그리하여 집 정원, 온실과 연못 사이에 러시아 벽돌을 쌓아 그리스식으로 기둥이 늘어선 회랑을 세웠다. 회랑의 뒷벽에는 외국에 주문하여 사들인 조각상을 두기 위한 오목한 공간을 여섯 개 마련했다. 각각 은둔, 침묵, 사색, 우울, 겸양, 감성을 표현한 조각상들이었다. 한데 입술에 손가락을 대고 있는 형상의 침묵 조각상이 도착해 놓인 날, 하인 아이들이 그만 코를 부러뜨리고 말았다. 근처의 조각가가 〈전보다 두 배는 더 훌륭하게〉 코를 만들어 붙이겠다고 했지만 오딘쪼프는 그냥 치워 버리도록 했다. 결국 조각상은 타작 헛간 한구석에 오랫동안 방치되었는데 여인네들은 괜히 그 조각상을 두려워하기도 했다. 회랑 앞쪽으로는 관목이 울창하게 자라 푸른 숲 위로 기둥머리 부분만 간신히 보일 뿐이었다. 이 회랑은 한낮에도 시원했다. 오딘쪼바 부인은 회랑에서 뱀을 본 이후 가기를 꺼렸지만 까짜는 그곳의 커다란 돌 의자에 자주 가서 앉아 있곤 했다. 서늘한 공기와 그늘 속에서 책을 읽거나 일을 하거나 혹은 완전한 적막감에 빠져들기도 했다. 누구나 알고 있을 그 완전한 적막감의 매력은 우리를 둘러싼 환경, 그리고 우리 내부에서 끊임없이 흐르고 있는 광활한 생명의 물결을 어렴풋이 의식하면서 묵묵히 지켜보는 데 있을 것이다.

바자로프가 도착한 다음 날 까쨔는 자기가 좋아하는 돌 의자에 앉아 있었다. 이번에도 아르까디와 함께였다. 아르까디가 함께 〈회랑〉에 가자고 청했던 것이다.

점심 식사 때까지는 1시간 정도 여유가 있었다. 이슬 내린 아침은 이미 무더운 한낮으로 바뀌는 중이었다. 아르까디의 얼굴은 전날과 다를 것이 없었다. 까쨔는 걱정스러운 표정이 있다. 언니가 차를 마시자마자 자기를 방으로 불러 다정한 말을 건넨 후 아르까디를 대할 때 좀 더 조심하라느니, 단둘이 대화하는 일은 특히 피하라느니, 이모님이나 집안사람들이 이미 이상한 눈으로 본다느니 하며 주의를 주었던 것이다. 언니가 그렇게 나올 때면 까쨔는 늘 긴장하곤 했다. 더욱이 오딘쪼바 부인은 전날 밤부터 기분이 좋지 않았고 까쨔도 무슨 잘못이라도 저지른 양 당황스러워하고 있던 터였다. 아르까디의 청을 들어주면서 까쨔는 이번이 마지막이라고 속으로 생각했다.

「까쩨리나 세르게예브나……」 아르까디가 수줍어하면서도 허물없는 태도로 말을 시작했다. 「당신과 한집에서 지내는 행복을 누리게 된 이후 함께 많은 이야기를 나누었죠. 하지만 그러면서도 정작 중요한, 내게는 아주 중요한 문제를 아직 이야기하지 않았습니다. 어제 그랬죠? 내가 이곳에서 많이 변했다고.」 그는 궁금하다는 듯 자신을 바라보는 까쨔의 시선을 마주하기도 하고 피하기도 하면서 말을 이었다.

「정말로 나는 많이 변했고 그 점은 당신이 잘 알고 있습니다. 내가 변한 것은 결국 당신 덕분이었으니까요.」

「나요? 내 덕분이라고요?」 까짜가 물었다.

「난 이제 여기 처음 왔을 때처럼 오만한 어린애가 아닙니다.」 아르까디가 말을 계속했다. 「스물셋이라는 나이를 그냥 먹은 것은 아니니까요. 필요한 사람이 되고 싶고 모든 힘을 진리에 바치고 싶은 마음은 여전합니다. 하지만 전에 이상을 추구하던 그곳에 계속 머물러 있지는 않아요. 그건…… 훨씬 가까이에 있는 것 같거든요. 지금까지 나는 자신을 이해하지 못했고 닿지 않는 곳에 있는 목표를 추구했습니다……. 하지만 얼마 전에 어떤 감정을 느끼면서 눈을 떴죠……. 제대로 표현은 못 하고 있지만 당신이 이해해 주면 좋겠군요…….」

까짜는 아무 말 없이 계속 아르까디를 응시했다.

「신실한 인간이라면……」 아르까디가 말을 이었다. 조금 전보다는 목소리가 높아졌다. 그의 머리 위 자작나무 잎 사이에서는 되새 한 마리가 태평하게 노래를 부르고 있었다. 「신실한 인간이라면 남들 앞에서……. 그러니까, 가까운 사람들 앞에서 솔직해야 한다고 생각합니다. 그래서 나는…….」

하지만 아르까디는 여기서 말이 끊겨 버렸다. 그는 갈피를 못 잡고 몇 마디 중얼거리다가 결국 입을 다물었다. 까짜는 눈을 내리깔고 있었다. 까짜는 상대가 무슨 이야기를 하려고 하는지 이해하지 못하는 듯 기다리기만 했다.

「내 말이 당신을 놀라게 할 것 같군요.」 다시 용기를 모아 아르까디가 입을 열었다. 「그 감정에는 어느 정도…… 어느 정도 당신이 관련되어 있으니까요. 어제 당신은 내가 충분히 진지하지 못하다고 나무랐죠.」 아르까디의 표정은 늪에 빠진 사람, 한 걸음씩 나아갈수록 점점 더 깊이 빠져든다는 걸 알면서도 어서 건너가려고 서두르는 사람 같았다. 「젊은이들은 자주 그렇게 나무라는 말을 들어요. 그럴 만한 상황이 아닐 때도 말이지요. 내게 좀 더 자신감이 있다면……. (〈좀 도와줘! 날 도와 달라고!〉 아르까디는 마음속으로 절박하게 외쳤지만 까짜는 여전히 외면한 채였다.) 내가 감히 당신의―」

「내가 당신의 말을 믿을 수만 있다면요.」 갑자기 오딘쪼바 부인의 낭랑한 목소리가 울렸다.

아르까디는 그대로 굳어 버렸고 까짜는 얼굴이 창백해졌다. 회랑을 가린 덤불숲 바로 옆으로 오솔길이 나 있었는데 오딘쪼바 부인과 바자로프가 그 길을 걷고 있었던 것이다. 까짜와 아르까니는 두 사람의 모습을 볼 수 없었지만 말소리는 물론 옷깃 스치는 소리와 숨소리까지 또렷이 들렸다. 두 사람은 몇 걸음 더 걷더니 일부러 그러기라도 한 듯 회랑 앞에 멈춰 섰다.

「그러니까 우리는……」 부인이 말을 계속했다. 「우리는 실수를 한 거예요. 우리는 둘 다 그리 젊지 않아요. 특히 내가 그렇지요. 나이를 먹었고 지친 거예요. 둘 다, 뭐 솔직히 말하죠, 현명한 거예요. 처음에는 서로에게 관심을 가졌고 호기심이 있었어요……. 그러다가―」

「그러다가 제가 재미없어진 거고요.」 바자로프가 말했다.

「우리가 멀어진 것이 그 때문이 아니라는 걸 알잖아요. 어쨌든 우리가 서로를 필요로 하지 않았다는 게 중요하지요. 우리한테는 너무도…… 뭐랄까요, 공통점이 많았어요. 그걸 금방 깨닫지 못했던 거예요. 하지만 아르까디는…….」

「아르까디는 필요로 하시나요?」

「그만둬요, 예브게니 바실리예비치. 그 사람이 내게 특별한 감정을 품고 있다는 건 당신이 말했잖아요. 저도 그런 느낌을 가지고 있었고요. 하지만 전 그 사람한테는 아주머니 역할이 맞아요. 솔직히 말해 최근에는 그 사람 생각을 많이 했답니다. 그 젊고 싱싱한 모습에는 매력이—」

「그런 경우에는 〈매혹적〉이라는 말이 자주 쓰이지요.」 바자로프가 끼어들었다. 침착하지만 공허한 그 목소리에서 들끓는 분노가 느껴졌다. 「아르까디는 어젯밤 뭔가 숨기는 것 같더군요. 부인이나 동생분에 대해서는 아무 말도 없었어요……. 심각한 상황이라는 뜻이죠.」

「그 사람과 까쨔는 꼭 남매 같아요.」 부인이 말했다. 「그 점 때문에 그 사람이 마음에 드는 거예요. 두 사람이 그렇게 가까워지도록 내버려 두지 말아야 했다고 생각하지만요.」

「그건…… 언니로서 하시는 말씀이죠?」

「물론이지요……. 한데 우리가 왜 여기 서 있는 거죠? 참으로 이상한 이야기를 나누었군요. 당신과 이렇게 이야기 하게 되리라고는 상상도 못 했어요. 아시다시피 난 당신을 무서워하니까요……. 그러면서도 당신을 믿지만요. 당신은 선한 사람이니까요.」

「첫째, 전 전혀 선한 사람이 못 됩니다. 둘째, 저는 당신에게 그 어떤 의미도 없게 되었습니다. 한데 절 보고 선한 사람이라니……. 이건 마치 죽은 사람한테 화환을 걸어 주는 꼴이군요.」

「예브게니 바실리예비치, 그건 우리 마음대로 되는 게…….」 부인이 말을 시작했지만 바람이 불어오자 나뭇잎이 웅성거리며 말소리를 가려 버렸다.

「당신은 자유로운 몸이니까요.」 잠시 후 바자로프의 말이 들렸다.

더 이상은 아무것도 알아들을 수 없었다. 발소리가 멀어졌고…… 다시 고요해졌다.

아르까디가 까쨔 쪽으로 고개를 돌렸다. 까쨔는 고개만 더 숙였을 뿐 같은 자세로 앉아 있었다.

「까쩨리나 세르게예브나……」 아르까디가 주먹을 꼭 쥔 채 떨리는 음성으로 말했다. 「당신을 사랑합니다. 영원히 변치 않고 사랑할 거예요. 당신 외엔 어느 누구도 사랑하지 않습니다. 이 말을 하고 싶었습니다. 당신 생각을 듣고 청혼하고 싶었습니다. 난 부자가 아니지만 어떤 희생이든 각오가 되어 있습니다……. 대답을 안 해줄 긴기요? 나를 믿지 않으십니까? 내가 경솔한 고백을 하는 것이라 생각하나요? 지난 며칠을 돌아보십시오! 다른 모든 것……. 내 말을 이해해 줘요, 다른 모든 것은 흔적 없이 사라졌다는 걸 벌써부터 깨닫지 못했나요? 날 보십시오. 그리고 한마디만 해주십시오……. 당신을 사랑합니다……. 사랑하고 있습니다. 믿어 줘요!」

까쨔가 진지하게, 그러면서도 눈을 빛내며 아르까디를 보았다. 그리고 한참 생각한 후 살짝 미소 짓는 듯하더니 대답했다. 「네.」

아르까디가 벤치에서 벌떡 일어났다. 「〈네〉라고요? 까쩨리나 세르게예브나, 〈네〉라고 했죠? 무슨 뜻이지요? 내가 당신을 사랑한다는 걸 믿어 준다는 겁니까? 아니라면…… 그게 아니라면……. 차마 말하지 못하겠군요…….」

「네.」 다시금 까쨔가 말했다. 이번에는 아르까디도 이해했다. 그는 환희에 차서 까쨔의 크고 아름다운 손을 잡고 자기

가슴에 가져다 댔다. 그러고는 그렇게 선 채 그저 〈까쨔, 까쨔……〉라고 중얼거릴 뿐이었다. 까쨔는 까닭 모를 울음을 터뜨리고 눈물을 흘리며 미소 지었다. 사랑받는 존재의 그런 눈물을 본 적 없는 사람이라면 감사하는 마음과 부끄러운 마음에 정신이 아득해질 때 인간이 얼마만큼 행복해질 수 있는지를 아직 경험하지 못했던 것이리라.

다음 날 아침 일찍 오딘쪼바 부인은 바자로프를 자기 방으로 불렀고 억지웃음을 지으며 편지 한 장을 보여 주었다. 동생과의 결혼을 허락해 달라는 아르까디의 편지였다.

재빨리 편지를 훑어본 바자로프는 그 순간 가슴속에 차오르는 통쾌함을 드러내지 않으려 애썼다.

「이렇게 되었군요.」 그가 말했다. 「바로 어제까지만 해도 두 사람이 남매 같은 사이라고 하셨지요. 이제 어떻게 하실 작정이죠?」

「당신 생각엔 제가 어떻게 하면 좋겠어요?」 여전히 웃는 얼굴로 부인이 되물었다.

「제 생각엔 두 젊은이를 축복해야 할 것 같군요.」 바자로프도 웃으며 대답했다. 부인과 마찬가지로 그 또한 전혀 즐겁지 않았고 웃고 싶지도 않았지만 말이다. 「어느 모로 보나 잘 어울리는 한 쌍입니다. 끼르사노프 댁은 재산도 꽤 있고 아르까디는 외아들이죠. 아버지도 좋은 분이니 반대하시지 않을 겁니다.」

오딘쪼바 부인이 방안을 서성거렸다. 얼굴이 붉어졌다가 창백해졌다가 했다.

「그렇게 생각해요?」 부인이 말했다. 「글쎄요, 나도 별문제 없다고 생각해요……. 까쨔를 위해서는 기쁜 일이죠……. 아르까디 니꼴라예비치를 위해서도 그렇고요. 물론 그 댁 아버님 대답을 기다려야 해요. 아르까디 니꼴라예비치가 직접 허락을 구하도록 해야지요. 그런데 어제 내가 한 말, 우리 둘 다 나이를 먹었다는 말이 증명된 셈이네요……. 어쩌면 전혀 눈치를 못 챘을까? 참 당황스럽군요.」 부인은 다시 웃었지만 곧 그쳐 버렸다.

「요새 젊은이들은 영악하지요.」 바자로프는 이렇게 말하고 웃었다. 그러고는 잠시 짬을 둔 뒤 덧붙였다. 「그럼 안녕히 계십시오. 혼사를 무사히 치르시길 바랍니다. 저도 멀리서 축하하겠습니다.」

부인이 재빨리 바자로프 쪽으로 돌아섰다. 「대체 왜 떠나시는 거죠? 어째서 이번에는 미물지 않는 거죠? 좀 더 있어 주세요……. 당신과 이야기하면 즐겁거든요……. 벼랑 끝을 걷는 것과 똑같지요. 처음에는 조심스럽지만 곧 어디선가 용기가 솟아나니까요. 좀 더 머물러 계세요.」

「그렇게 청해 주시니 고맙습니다, 안나 세르게예브나. 제 대화 능력을 칭찬해 주시는 것도 고맙고요. 하지만 저와 맞지 않는 환경에 너무 오래 머물렀다는 걸 깨달았습니다. 날치가 공중에 떠 있는 것은 잠깐뿐입니다. 곧 물로 돌아가야 하죠. 이제 저도 제게 맞는 곳으로 돌아가게 해주십시오.」

부인이 바자로프를 바라보았다. 창백한 얼굴에 떠오른 쓰디쓴 웃음을 말이다. 〈이 사람은 날 사랑했어!〉 부인은 생각했다. 연민을 느낀 부인이 동정 어린 손길을 내밀었다.

하지만 바자로프도 부인의 마음을 알아차렸다.

「싫습니다!」 그가 한 걸음 물러섰다. 「전 가난뱅이지만 아직까지 동정을 받은 적은 없습니다. 그럼 안녕히 계십시오.

부디 건강하시길.」

「이게 마지막으로 보는 것은 아니겠지요.」 자신도 모르게 움찔하며 부인이 말했다.

「어떻게 될지는 알 수 없지요.」 바자로프가 고개를 숙여 보인 뒤 나갔다.

「그래서, 자네는 보금자리를 꾸리기로 했군?」 같은 날 짐을 꾸리던 바자로프가 아르까디에게 말했다. 「잘된 일이야. 다만 그렇게 능청을 떨 필요는 없었잖나. 난 전혀 다른 결말을 기대했는데. 혹시 자네도 뜻하지 않았던 방향으로 일이 흘러간 건가?」

「자네와 헤어질 때만 해도 이렇게 될 줄은 꿈에도 몰랐어.」 아르까디가 대답했다. 「한데 자네야말로 능청스럽게 〈잘된 일〉이라고만 말하고 말 건가. 내가 자네의 결혼관을 모르는 줄 아는가?」

「이 친구야, 무슨 소리인가.」 바자로프가 말했다. 「지금 내가 뭘 하는지 보게. 가방에 빈 공간이 있어서 건초를 넣는 중이라네. 우리 인생이라는 여행 가방도 마찬가지야. 빈 곳이 없도록 무엇으로든 채워 넣게 되지. 마음 상할 것 없네. 전부터 내가 까쩨리나 세르게예브나에 대해 한 얘기를 기억하지 않나. 다른 아가씨들은 그저 한숨을 내쉬는 것만으로도 현명하다는 소리를 듣겠지만 자네가 선택한 사람은 자기 자신은 물론이고 자네까지도 얼마든지 훌륭하게 이끌게 될 거야. 뭐, 마땅히 그래야지.」 바자로프는 가방 뚜껑을 닫고 일어섰다. 「이제 다시 작별할 차례군……. 우리 자신을 속일 이유는 없겠지. 우리는 이제 영원히 헤어지는 것이고 자네도 그걸 느낄 걸세……. 자네는 현명하게 행동했네. 자네는 나처럼 처절하게 고통받는 가난뱅이로 태어나지 않았어. 그래서 자네한테는 배짱도 증오도 없지. 그저 젊은 혈기와 열정뿐이야. 그런 건 우리 일에 어울리지 않네. 자네 같은 귀족들은 고결한 굴복이나 고결한 분노에서 한 발짝도 더 나아가지 못해. 예를 들어 자네 귀족들은 싸움을 하지 않으면서 자신이 훌륭하다고 생각해. 하지만 우리는 싸우기를 원하네. 그러니 어쩌겠나! 우리가 일으키는 먼지가 자네들 눈에 들어가고 우리의 진흙이 자네를 더럽힐 걸세. 하지만 자네는 우리를 따라오지 못해. 어쩔 수 없이 자신을 사랑하고 또 자책하기를 좋아하는 존재거든. 우리한테 그건 넌더리 나는 일이야. 우리는 다른 희생양, 때려눕혀야 할 다른 상대를 원하네! 자네는 좋은 사람이야. 하지만 역시 나약한 자유주의 귀족 도련님 *ay volla-too*에 불과하지. 그저 그뿐이란 말일세.」

「그래서 나와 영원히 헤어지는 건가, 예브게니?」 아르까디가 슬픈 목소리로 말했다. 「내게 해줄 다른 말은 없는가?」

바자로프가 머리를 긁었다. 「있지, 있지만 하지 않겠네. 그건 낭만주의니까. 감상적으로 되고 마니까. 자네는 어서 빨리 결혼하게. 보금자리를 꾸리고 자식을 많이 낳아. 우리와는 다른 시대에 태어날 테니 다들 똑똑할 거야. 자, 말이 준비되었군. 가야겠어! 이미 모두와 인사를 했거든……. 어떤가, 한번 안아 볼까?」

아르까디가 과거의 스승이자 친구를 끌어안았다. 눈물이 마구 쏟아졌다.

「젊음이란 얼마나 소중한지!」 바자로프가 침착하게 말했다. 「난 까쩨리나 세르게예브나에게 기대를 걸고 있네. 두고 보게, 자네를 잘 위로해 줄 테니! 잘 있게, 친구!」 바자로프는 이렇게 말하면서 마차에 올라타더니 마구간 지붕에 올라앉은 까마귀 한 쌍을 가리키며 덧붙였다. 「저걸 보게! 자네가 배워야겠군!」

「무슨 소린가?」 아르까디가 물었다.

「뭐라고? 자네 그렇게 생물학을 모르는가? 까마귀가 가장 성실하고 가족적인 새라는 걸 잊었나? 자네에게 좋은 본보기지! 잘 있게!」

덜컹거리는 소리와 함께 마차가 달려 나갔다.

바자로프의 말이 옳았다. 그날 밤 까쨔와 이야기를 나누던 아르까디는 벌써 과거의 스승에 대해 까맣게 잊고 있었다. 이미 까쨔가 이끄는 대로 따르기 시작했던 것이다. 까쨔도 그것을 느꼈으나 놀라지 않았다. 아르까디는 바로 다음 날 마리노로, 아버지 니꼴라이 뻬뜨로비치에게로 갈 생각이었다. 오딘쪼바 부인은 젊은 남녀를 방해하고 싶지 않았지만 체면상 너무 오래 둘만 놔두지는 않았다. 곧 두 사람이 결혼하게 된다는 소식을 듣고 눈물까지 흘리며 화를 낸 이모님과 마주치지 않도록 배려해 주기도 했다. 처음에 부인은 둘의 행복한 모습이 자기 마음을 상하게 하지 않을까 걱정했는데 실은 정반대였다. 둘의 모습은 괴로움을 주기는커녕 마음을 사로잡고 감동까지 주었던 것이다. 오딘쪼바 부인은 그 점이 기쁘기도 하고 슬프기도 했다. 〈바자로프가 옳았던 모양이군.〉 부인은 생각했다. 〈호기심, 그저 호기심이었어. 난 편안함을 좋아했던 거야. 그리고 이기심…….〉

「젊은이들! 말해 봐, 사랑은 결국 거짓 감정인 건가?」 부인이 큰 소리로 말했다.

하지만 까쨔나 아르까디는 그 질문을 알아듣지도 못했다.

두 사람은 부인을 피하고 있었다. 회랑에서 뜻하지 않게 엿들은 대화가 머리를 떠나지 않았기 때문이다. 하지만 오딘쪼바 부인은 곧 두 사람을 안심시켰다. 그건 어려운 일이 아니었다. 부인 자신이 평온해진 것이다.

27

 전혀 기대하지 않았던 중에 아들이 돌아오자 바자로프의 부모님은 기뻐서 어쩔 줄을 몰랐다. 흥분한 어머니는 온 집안을 이리저리 얼마나 뛰어다녔는지 아버지가 〈어미 자고새〉 같다고 했을 정도였다. 짤막한 윗옷의 아랫단이 새를 연상시켰던 것이다. 아버지 자신은 끙끙거리기도 하고 호박 담뱃대 옆 부분을 잘근거리며 씹는가 하면 손가락으로 목을 잡고 머리를 빙글빙글 돌리기도 했다. 마치 머리가 목에 잘 붙어 있는지 확인이라도 하려는 것처럼 말이다. 그러다가 갑자기 입을 크게 벌리고 소리 없이 웃기도 했다.
 「전 6주 동안 머무르려고 해요.」 바자로프가 아버지에게 말했다. 「공부를 해야 하니 제발 방해하지 말아 주세요.」
 「아비 얼굴을 잊어버릴 정도로 방해 않으마!」 아버지가 대답했다.
 아버지는 약속을 지켰다. 전처럼 아들에게 서재를 내주고 근처엔 얼씬도 안 했다. 아내에게도 일체의 애정 표현을 자제하도록 했다. 「지난번엔 우리가 예뉴슈까를 너무 성가시게 했잖소.」 아버지가 어머니에게 말했다. 「이번에는 좀 신경을 씁시다.」 어머니는 남편의 말에 따랐지만 그렇게 해서 얻는 것은 별로 없었다. 아들 얼굴은 식탁에서나 겨우 볼 수 있었고 결국은 말을 거는 것조차 두려워하게 되었으니 말이다. 〈예뉴슈까!〉라고 불러 놓고도 아들이 미처 돌아보기도 전에 손가방 끈을 만지작거리면서 〈아니, 아무것도 아니다, 난 그저……〉라고 더듬거리고 마는 것이었다. 그러고는 남편에게 가서 손으로 턱을 괸 채 〈여보, 예뉴슈까가 오늘 점심때 양배추 수프를 먹고 싶어 할까요, 아니면 사탕무 수프를 먹고 싶어 할까요?〉라고 묻곤 했다. 〈직접 물어보지 그랬소?〉라고 하면 〈귀찮아할까 봐요〉라고 대답하면서 말이다. 그런데 바자로프는 얼마 안 가 방에 처박혀 지내기를 스스로 그만두었다. 공부에 대한 열정은 식어 버렸고 우울한 권태와 깊은 불안감이 대신 찾아왔다. 몸동작 전체에서 이상한 피로감이 나타났다. 힘차고 용감했던 걸음걸이마저 바뀌었다. 그는 혼자 산책 나가는 일이 없어졌고 어울릴 사람을 찾기 시작했다. 거실에서 차를 마셨고 아버지와 채마밭을 거닐거나 〈침묵 속에서〉 함께 담배를 피웠다. 하루는 알렉세이 신부의 안부를 묻기도 했다. 처음에 아버지는 그런 변화를 기뻐했으나 그 기쁨은 오래가지 않았다. 「예뉴슈까 때문에 걱정이야.」 그는 남몰래 아내에게 털어놓았다. 「만족스럽지 않다거나 화난 게 아니야. 그렇다면 아무 걱정이 없을 텐데. 하지만 그 애는 지금 슬픔에 빠져 있어. 이건 무서운 일이야. 입을 꾹 다물고 지내지. 차라리 우리를 비난하기라도 하면 좋겠어. 몸도 여위고 안색도 좋지 못해.」 「오, 하느님 아버지!」 어머니가 속삭였다. 「어쩌면 좋을까요? 목에 부적 주머니라도 걸어 주고 싶은데 분명 싫다고 할 거예요.」 아버지는 몇 차례 조심스레 질문을 던져 보았다. 공부며 건강에 대해, 또 아르까지에 대해……. 하지만 바자로프는 마지못해 성의 없이 대답했다. 하루는 아버지가 은근히 캐묻고 있다는 것을 눈치채고는 화를 냈다. 「왜 그렇게 눈치를 보시는 거예요? 그건 전보다 더 기분 나빠요.」 「아니, 아무것도 아니다!」 불쌍한 아버지는 서둘러 대답했다. 정치에 대한 주제를 꺼내 봐도 소득이 없기는 마찬가지였다. 하루는 아들이 동조해 주기를 기대하면서 임박한 농노 해방과 진보에 대해 말을 시작했다. 하지만 아들은 무심히 이렇게 대답할 뿐이었다. 「어제 담장 옆을 지나면서 들으니 이곳 농민 아이들이 옛날 노래를 부르는 대신 〈정의의 시대가 왔다! 마음에는 사랑이 왔다!〉라고 외치더군요. 그게 아버지가 말씀하시는 진보입니다.」

때로 바자로프는 영지 마을로 나가 평소의 조롱 섞인 태도로 농부와 대화를 나누기도 했다. 〈이봐, 자네의 인생관을 한번 말해 보게〉라고 말을 거는 것이다. 〈자네에게 러시아의 힘과 미래가 달려 있고 자네로부터 새로운 시대가 시작되니 말이야. 자네들이 우리에게 진실한 언어와 법을 주어야 하네.〉 그러면 상대 농부는 아무 말 안 하거나 〈뭐, 저희는…… 역시, 그건, 그러니까…… 저희 처지가 그래서요〉라고 중얼거렸다. 기다리다 못한 바자로프는 〈자네들 농민 공동체에 대해 설명을 좀 해보게. 세 마리 물고기가 떠받치는 세상이라는 게 바로 그건가?〉 하고 다시 질문을 던졌다.

「나리, 그거야 이 땅이 물고기 세 마리 위에 있다는 것이지요.」 한 농부는 소박하고 선량한 말투로 타이르듯 설명했다. 「그렇지만 우리 세상 위에는 나리님들 뜻이 있는 것입죠. 나리님들이 엄하면 엄하실수록 저희한테는 더 좋습니다.」

이런 대답을 들은 바자로프는 경멸하듯 어깨를 으쓱해 보이곤 외면해 버렸다. 농부는 어슬렁거리며 자리를 떠났다.

「뭐라고 지껄이던가?」 자기 오두막에서 대화 장면을 지켜보고 있던 음울한 표정의 중년 농부가 물었다. 「밀린 소작료 얘기였나?」

「소작료 얘기는 무슨!」 바자로프와 만났던 농부가 대답했다. 소박하고 선량한 말투는 이미 흔적조차 사라지고 난폭하고 험한 목소리만 남아 있었다. 「뭐, 그냥 이런저런 얘기였어. 말을 걸고 싶었던 모양이지. 나리란 놈들이 뭐 아는 게 있어?」

「그놈들이 어떻게 알겠나!」 두 농부는 모자를 벗고 허리띠를 느슨하게 한 뒤 일과 가난에 대한 이야기를 시작했다. 아아! 경멸하듯 어깨를 으쓱했던 바자로프, 농부들과 얼마든지 이야기를 나눌 수 있다고 자신만만해하던 바자로프(빠벨 뻬뜨로비치와 논쟁하면서 그는 이 점을 자랑하기도 했다)가 자신 역시 농부들의 눈에는 그저 광대로 비칠 뿐이라는 점을 상상이나 했겠는가.

그러다가 바자로프는 마침내 자기 일을 찾아냈다. 마침 자신이 있는 자리에서 농부의 다친 발을 치료하던 아버지가 떨리는 손 때문에 붕대를 제대로 감지 못했던 것이다. 그는 아버지를 도왔고 이후 진료에 참여하게 되었다. 자기가 제안한 치료법에 대해, 그 치료법을 즉각 받아들이는 아버지에 대해 조롱하는 말을 끊임없이 늘어놓으면서 말이다. 하지만 그런 조롱은 아버지의 마음을 조금도 상하게 하지 않았고 오히려 안심시켰다. 기름기 흐르는 지저분한 실내복 배 부분을 두 손가락으로 잡아당기거나 담배를 피우면서 그는 즐겁게 아들의 말에 귀를 기울였다. 바자로프가 악의를 드러내면 드러낼수록 아버지는 검게 변한 이를 내보이며 행복하게 허허거리는 것이었다. 심지어 아들이 내뱉었던 의미 없는 말을 습관처럼 되뇌기도 했다. 예를 들어 아버지는 며칠 동안 맥락도 없이 〈거리가 먼 일이야!〉라는 말을 하고 다녔는데 그건 자신의 아침 기도 참석을 두고 아들이 했던 말이었다. 「고맙게도 우울증이 사라졌어!」 아버지는 아내에게 속삭였다. 「오늘 아침에는 나한테 정말 대단하게 해댔다오!」 아들처럼 든든한 조력자가 있다는 생각만으로 그는 행복에 겨웠고 자랑스럽기 짝이 없었다. 「이봐요, 할멈, 마침 우리 아들이 와 있다는 걸 하느님께 감사하도록 해요.」 남자 외투 차림에 뾰족한 두건을 쓴 농부 아낙에게 물약을 건네면서 그는 이렇게 말했다. 「가장 과학적인 최신 치료를 받는 거라니까. 무슨 말인지 알아듣겠소? 프랑스 황제 나폴레옹도 이보다 더 훌륭한 의사는 두지 못했다니까.」 그러면 〈콕콕 쑤셔 올린다〉(자신도 이 말의 의미는 정확히 설명하지 못했다)며 찾아왔던 농부 아낙은 그저 절을 하고 품속에서 머릿수건 자락으로 싸온 달걀 네 개를 꺼내는 것이었다.

한번은 바자로프가 피륙 행상의 이를 빼준 적이 있었다. 특별할 것 없는 평범한 이였지만 아버지는 보물이나 되는 양 그것을 간직했고 알렉세이 신부님에게도 보여 주면서 입에 침이 마르도록 자랑했다.

「이 이빨 뿌리 좀 보십시오! 예브게니는 정말 힘이 장사입니다. 그 행상 몸이 번쩍 들렸다니까요······. 떡갈나무라도 당장 뽑아낼 정도지요!」

「대단하군요!」 어떻게 대답해야 할지, 끝없는 자식 자랑에서 어떻게 벗어나야 할지 알 수 없는 신부님은 간신히 그렇게 답했을 뿐이다.

어느 날 이웃 마을의 농부가 장티푸스에 걸린 동생을 데리고 찾아왔다. 환자는 짚단 위에 엎드려 죽어 가고 있었다. 검은 반점이 온몸을 뒤덮었고 오래전에 의식을 잃은 후였다. 아버지는 진작 의사를 찾아야 했다고 혀를 차면서 방법이 없다고 말했다. 농부는 동생을 집까지 다시 데려가지도 못했다. 짐마차 위에서 환자가 죽고 말았던 것이다.

그로부터 사흘쯤 지났을 때 바자로프가 아버지 방으로 와 질산은이 있는지 물었다.

「물론 있지. 무엇에 쓰려고 그러느냐?」

「좀 필요해서요……. 상처를 지지려고요.」

「누구 상처를?」

「제 상처요.」

「뭐라고, 네 상처라고? 어떻게 된 거냐? 어디 상처가 난 거야?」

「여기 손가락에요. 오늘 그 장티푸스 걸린 농부 마을에 다녀왔어요. 시체를 해부한다고 하더라고요. 저도 오랫동안 실습을 해보지 않았고요.」

「그런데?」

「군(郡) 공의에게 부탁해 해부를 하다가 좀 베였어요.」

아버지의 얼굴이 새파랗게 질렸다. 그는 한마디 말도 없이 서재로 달려가 질산은 조각을 쥐고 돌아왔다. 바자로프는 질산은을 받아 들고 나가려 했다.

「오, 맙소사.」 아버지가 말했다. 「내가 해주마.」

바자로프가 미소를 지었다. 「아버지는 정말 진료를 좋아하세요!」

「제발 농담은 말아라. 손가락을 좀 보자. 상처가 크지는 않구나. 아프지 않니?」

「더 세게 눌러 주세요. 아무렇지도 않으니.」

아버지가 손을 멈췄다.

「어떠냐, 예브게니, 쇠로 지지는 것이 좋지 않을까?」

「그러려면 진작 했어야죠. 사실 지금은 질산은도 별 소용 없어요. 만약 감염이 됐다면 벌써 늦었으니까요.」

「뭐…… 늦었다고……」 아버지가 간신히 말을 이었다.

「군 공의한테는 질산은도 없었단 말이냐?」

「없더군요.」

「세상에! 의사가 그런 필수 약품도 갖추지 않았더냐!」

「거기서 쓰는 수술용 칼 꼴을 보셨어야 돼요.」 바자로프는 이렇게 말하며 밖으로 나갔다.

그날 저녁 늦게까지, 그리고 다음 날 하루 종일 아버지는 온갖 구실을 찾아 아들 방을 들락거렸다. 상처에 대해서는 일언반구 없이 다른 이야기를 하려고 애썼지만 끊임없이 아들의 눈을 들여다보고 불안한 눈길로 상태를 지켜보았다. 참다못한 바자로프가 나가 버리겠다고 위협했을 정도였다. 아버지는 이제 걱정하지 않겠다고 약속했다. 아무것도 모르는 아내는 남편에게 왜 잠을 안 자는지, 무슨 일이 일어났는지 따지면서 성가시게 굴었다. 결국 이틀 동안 가만히 있는 수밖에 없었다. 물론 계속 아들의 기색을 살피기는 했다. 아들은 별로 좋아 보이지 않았다……. 사흘째 되는 날 아버지는 더 이상 참지 못하고 입을 열었다. 식탁에 앉은 바자로프가 고개를 푹 숙인 채 한술도 뜨지 않았던 것이다.

「왜 먹지 않는 거니, 예브게니?」 아버지가 애써 태연한 표정으로 물었다. 「아주 맛있게 된 것 같은데.」

「먹고 싶지가 않네요.」

「밥맛이 없는 모양이구나. 머리는?」 아버지가 겁에 질려 다시 물었다. 「머리도 아프니?」

「머리도 아파요. 아프지 않을 리 있나요.」

어머니가 똑바로 앉아 귀를 곤두세웠다.

「화내지 말아 다오, 예브게니.」 아버지가 말을 이었다. 「내가 맥을 한번 봐도 괜찮겠니?」

바자로프가 벌떡 일어났다. 「볼 필요도 없어요. 열이 있어요.」

「오한도 있니?」

「오한도 났어요. 전 가서 누울 테니 라임 꽃 차 한 잔 가져다주세요. 아마 감기가 든 모양이에요.」

「그래, 네가 밤중에 기침하는 소리를 들었단다.」 어머니가 말했다.

「감기가 든 거예요.」 바자로프가 다시 말하고는 나갔다.

어머니는 라임 꽃 차를 준비했다. 아버지는 옆방으로 들어가 말없이 머리카락을 쥐어뜯었다.

바자로프는 그날 다시 일어나지 못했고 밤새 반 혼수상태에 빠져 있었다. 12시가 넘어 간신히 눈을 뜬 그는 머리맡 램프 옆에서 자신을 내려다보는 아버지의 창백한 얼굴을 보고 나가라고 말했다. 아버지는 나갔다가 이내 까치발로 되돌아와서는 옷장 문 뒤에 반쯤 숨은 채 아들에게서 눈을 떼지 않았다. 어머니도 자리에 눕지 못하고 서재 문을 살짝 열고 다가와 예뉴슈까의 숨소리를 들어 보기도 하고 남편을 바라보기도 했다. 꼼짝하지 않는 남편의 굽은 등이 보일 뿐이었지만 그것만으로도 조금 마음이 놓였던 것이다. 다음 날 아침 바자로프는 일어나려고 했지만 현기증이 나고 코피까지 터져 다시 자리에 누웠다. 아버지는 말없이 아들을 간호했다. 어머니가 들어와 좀 어떤지 묻자 아들은 〈나아졌어요〉라고 대답한 뒤 뒷벽 쪽으로 돌아누웠다. 아버지는 아내를 향해 두 팔을 흔들어 나가게 했고 어머니는 울음을 참기 위해 입술을 깨물며 돌아섰다. 갑자기 온 집안에 어둠이 덮쳤다. 모두들 침통한 얼굴이었고 이상한 적막이 흘렀다. 뒤꼍에서 기세 좋게 울던 수탉은 곧 마을로 옮겨졌는데 자기한테 왜 그러는지 도저히 이해하지 못하는 듯했다. 바자로프는 여전히 벽 쪽으로 돌아누워 있었다. 아버지는 여러 가지를 묻고 싶었으나 바자로프가 힘들어했으므로 그저 말없이 앉아 가끔 손가락만 꺾을 뿐이었다. 잠깐씩 정원으로 나와서는 마치 끔찍한 충격을 받아 돌기둥으로 변하기라도 한 듯 우두커니 서 있다가(충격을 받은 표정은 사실 내내 아버지 얼굴을 떠나지 않았다) 아내의 질문 공세를 피해 다시 아들 곁으로 돌아가곤 했다. 결국 참다 못한 어머니는 남편 소매를 붙잡고 다그쳐 물었다. 「대체 무슨 병이에요?」 아버지는 마음을 다잡고 억지로 미소를 지으려 했는데 웬일인지 미소 대신 웃음이 터져 나왔다. 날이 밝자마자 아버지는 의사를 부르러 보냈다. 그리고 아들이 화내지 않도록 미리 알려 주어야겠다고 생각했다.

바자로프는 갑자기 돌아눕더니 멍한 눈으로 아버지를 바라보며 물을 달라고 했다.

아버지는 물을 먹여 주고 이마를 짚어 보았다. 불처럼 뜨거웠다.

「아버지……」 바자로프가 쉰 목소리로 천천히 말했다. 「상태가 아주 나빠요. 감염이 되었고 며칠 후에는 장례를 치르셔야 할 거예요.」

아버지는 다리를 걸어채기라도 한 것처럼 휘청거렸다.

「예브게니!」 아버지가 더듬거렸다. 「무슨 소리냐! 하느님이 돌봐 주신다! 넌 감기에 걸린—」

「그만두세요.」 바자로프가 말을 가로막았다. 「의사가 그렇게 말씀하시면 안 되죠. 감염의 모든 증세가 나타났어요. 아시잖아요.」

「대체 어디에…… 증세가 있단 말이냐, 예브게니?」

「그럼 이건 뭔가요?」 바자로프가 소매를 걷어 올려 불길한 붉은 반점을 보여 주었다.

아버지는 몸을 떨었다. 두려움에 오싹 소름이 끼쳤다.

「만약……」 아버지가 간신히 입을 열었다. 「만약 무언가에 감염이 되었다 해도…….」

「농혈(膿血)이에요.」 아들이 일러 주었다.

「뭔가…… 유행병 같은…….」

「농혈이라니까요.」 바자로프가 또박또박 다시 말했다. 「이제 교과서 내용도 잊어버리신 건가요?」

「그래그래, 네 말이 옳다 치자……. 어찌 됐든 난 널 치료해 낼 테니까!」

「말도 안 되는 얘기 마세요. 어쨌든 그건 중요하지 않아요. 이렇게 빨리 죽게 될 줄은 몰랐어요. 정말이지 반갑지 않은 일이네요. 부모님은 이제 강한 신앙심으로 버텨 내셔야 해요. 신앙을 시험하실 기회군요.」 바자로프가 물을 조금 더 마셨다. 「한 가지 부탁이 있어요……. 아직 머리가 제대로 돌아가는 동안에요. 내일이나 모레가 되면 제 머리는 돌아가지 않게 될 테니까요. 지금도 제가 제대로 말하고 있는지 모르겠네요. 누워 있으면 주변에 붉은 개들이 뛰어다니고 아버지는 위쪽에서 뇌조(雷鳥)라도 내려다보는 양 저를 보시는 것 같거든요. 술에 취했을 때와 똑같아요. 제 말을 이해하실 수 있나요?」

「그럼, 예브게니, 넌 아주 정상적으로 말하고 있단다.」

「다행이군요. 의사를 부르셨다고요……. 그걸로 아버지 자신을 위안하는 셈이니……. 제 부탁도 하나 들어주세요. 사람을 좀 보내 주세요.」

「아르까디 니꼴라예비치한테 말이냐?」 아버지가 물었다.

「아르까디 니꼴라예비치라니, 그게 누구죠?」 바자로프는 잠시 생각하는 듯했다. 「아, 그 애송이! 아니, 그쪽이 아니에요. 이젠 까마귀가 되었거든요. 안나 세르게예브나 오딘쪼바 부인에게 사람을 보내세요. 근처에 그분 영지가 있어요……. 아시나요? (아버지가 고개를 끄덕였다.) 예브게니 바자로프가 안부를 전한다고, 지금 죽어 가고 있다고 전하세요. 해주실 거죠?」

「그러마……. 하지만 네가, 예브게니 네가 죽다니 그런 일이 어떻게 있을 수 있겠느냐. 너도 생각을 해봐라! 그렇게 되면 정의는 대체 어디 있는 거냐?」

「그건 저도 몰라요. 어서 사람이나 보내 주세요.」

「바로 보내마. 편지도 쓰고.」

「아니, 편지는 뭐하러. 그저 안부를 전한다는 말이면 충분해요. 그럼 전 다시 개들한테로 돌아갈래요. 참 이상하죠! 죽음에 대해서만 생각하고 싶은데 아무것도 떠오르지 않아요.

그저 반점 같은 것이 어른거릴 뿐……. 그 이상은 아무것도 없어요.」

바자로프가 다시 벽 쪽으로 힘겹게 돌아누웠다. 아버지는 방에서 나와 아내의 침실로 갔고 허물어지듯 성상 앞에 무릎을 꿇었다.

「기도해요, 여보, 기도해!」 그가 신음했다. 「우리 아들이 죽어 가고 있어요.」

질산은을 가지고 있지 않았던 군 공의가 도착했다. 그는 환자를 진찰한 후 치료를 계속하라고 하면서 회복 가능성에 대해 몇 마디 덧붙였다.

「한데 나 같은 상태의 환자가 저승에 가지 않은 경우를 혹시라도 본 적이 있나요?」 바자로프가 안락의자 옆에 있는 무거운 책상 다리를 갑자기 움켜잡고 흔들어 밀어내며 물었다.

「힘, 내 힘……」 그가 중얼거렸다. 「힘이 이렇게 여전한데 죽어야 하다니……! 노인이라면 삶에 애착이 사라졌을지도 모르지만 나는……. 그래, 죽음을 부정하자고. 죽음이 나를 부정하면 그걸로 끝장이니까! 거기 울고 있는 건 누구죠?」 바자로프가 잠시 후 말을 이었다. 「어머니세요? 불쌍한 어머니! 이제 그 맛있는 수프를 누구한테 먹이실까요? 아버지, 아버지도 울고 계신 거예요? 그리스도교가 도움이 되지 않는다면 철학자라도 되세요. 스토아 철학 말이에요! 아버지는 자신이 철학자라고 자랑하셨잖아요.」

「내가 무슨 철학자란 말이냐!」 아버지의 얼굴에서는 눈물이 뺨을 따라 뚝뚝 떨어졌다.

바자로프는 시간이 갈수록 점점 더 나빠졌다. 외과적 중독이 대개 그렇듯 병이 급속히 진행되었던 것이다. 아직 의식을 잃지는 않아 남들이 하는 말도 알아들을 수는 있었다. 아직도 싸우는 중이었던 것이다. 「헛소리를 하고 싶지는 않아.」 그는 주먹을 불끈 쥐며 중얼거렸다. 「그건 바보 같은 짓이야!」 그러고는 〈여덟에서 열을 빼면 얼마지?〉라고 말하기도 했다. 아버지는 미친 사람처럼 뛰어다니며 이 방법, 저 방법을 알아보았지만 결국 아들의 발에 이불을 덮어 줄 수 있을 따름이었다. 「시원한 욧잇으로 덮어 줘야 해……. 구토제를 주고……. 배에 겨자찜질을 해주고…….」 아버지는 긴장된 어조로 이런 말을 반복했다. 아버지가 간청하여 머물게 된 의사도 그 말에 맞장구를 치며 환자에게 레모네이드를 먹이고 자신에게는 담배와 〈기운을 북돋고 몸을 따뜻하게 만들어 주는 것〉, 즉 보드까를 달라고 청했다. 어머니는 기도하러 갈 때만 빼고는 문가의 야트막한 의자에 앉아 자리를 지켰다. 어머니는 며칠 전 손에서 미끄러져 떨어지면서 깨진 거울이 나쁜 징조라고 생각하며 낙담했다. 안피수슈까조차 뭐라고 위로의 말을 건네야 할지 몰랐다. 찌모페이치는 오딘쪼바 부인 댁으로 향했다.

그날 밤 바자로프의 상태는 특히 나빴다……. 고열이 그를 괴롭혔다. 아침이 되니 조금 나아졌다. 그는 어머니에게 빗질을 해달라고 부탁했고 어머니 손에 입을 맞춰 드린 후 차를 두 모금 마셨다. 아버지도 기운을 좀 차렸다.

「오, 하느님, 감사합니다!」 아버지가 되뇌었다. 「위기가 찾아왔으나 무사히 지나갔어.」

「재미있군요!」 바자로프가 중얼거렸다. 「말이라는 건 정말 대단해요! 〈위기〉라는 말을 찾아내 말하면서 우리는 안심하잖아요. 아직도 인간이 말을 믿는다니 놀랍네요. 바보라고 불리면 언어맞지 않아도 슬퍼지고 똑똑한 사람이라고 불리면 돈을 받지 않아도 행복해지니까요.」

바자로프의 이 짧은 말로 이전의 아들 모습을 떠올린 아버지는 감동해 마지않았다.

「브라보! 역시 훌륭한 말이구나, 훌륭해!」 아버지는 손뼉 치는 시늉을 하면서 외쳤다.

바자로프가 슬픈 표정으로 웃었다.

「아버지가 보시기엔 어떤가요?」 바자로프가 물었다. 「위기가 지나간 건가요, 아니면 찾아온 건가요?」

「넌 많이 좋아졌어. 그래서 참으로 기쁘구나.」 아버지가 대답했다.

「좋아요. 기뻐한다는 건 언제나 좋은 일이지요. 제가 부탁한 건 기억하시죠? 사람을 보냈나요?」

「물론이다, 보냈고말고.」

좋아진 상태는 오래가지 못했다. 발작이 다시 시작되었다. 아버지는 아들 곁에 앉아 있었다. 극한의 고통으로 그 늙은 몸이 갈기갈기 찢겨 나가는 듯한 모습이었다. 아버지는 몇 번이고 입을 열려고 하다가 망설였다.

「예브게니!」 마침내 아버지가 말했다. 「내 아들, 내 사랑하는 아들!」

평소와 다른 이 호칭이 효과를 거둔 모양이었다. 바자로프가 고개를 조금 돌렸다. 그리고 온몸을 내리누르는 혼수상태에서 벗어나려고 애쓰며 대답했다. 「왜요, 아버지?」

「예브게니……」 아버지가 아들 앞에 무릎을 꿇었다. 하지만 아들은 눈을 감고 있었으므로 그 모습을 보지 못했다. 「예브게니, 넌 좋아지고 있어. 하느님의 가호로 건강해질 게다.

하지만 이 순간만큼은 나와 네 어미를 안심시켜 다오. 그리스도교 교도의 의무를 다해 다오. 네게 이런 말을 해야 하는 게 괴롭구나. 하지만 더 괴로운 건······. 그러니까 영원히, 예브게니······. 생각을 해봐라.」

아버지의 목소리가 끊겼다. 여전히 눈을 감고 누운 아들의 얼굴에 묘한 표정이 스쳐 갔다.

「부모님을 안심시켜 드리는 일이라면 거부하지 않겠습니다.」 잠시 후 아들이 말했다. 「하지만 그보다 먼저 할 일이 있어요. 아버지도 제가 좋아지고 있다고 하시니까요.」

「좋아졌다, 예브게니, 좋아졌고말고. 하지만 하느님의 뜻은 아무도 모르잖니. 그러니까 의무를 다해 두고—」

「아니, 조금만 더 기다려 보고요.」 바자로프가 말을 가로막았다. 「위기가 닥쳐왔다는 아버지 말씀이 맞았어요. 하지만 우리 생각이 틀렸더라도 뭐 상관없지요! 의식이 없더라도 임종 성사는 받을 수 있어요.」

「제발, 예브게니.」

「아니, 기다려 보겠어요. 이제 졸려요. 방해하지 마세요.」 이미 바자로프는 고개를 다시 돌려 버린 후였다.

아버지가 자리에서 일어나 안락의자에 앉았다. 그러고는 손으로 턱을 괸 채 손가락을 깨물기 시작했다······.

용수철 달린 마차의 덜컹거리는 소리가, 이 외진 시골에서는 퍽이나 두드러지게 들리는 그 소리가 갑자기 귀를 때렸다. 가벼운 바퀴 소리가 점점 가까워졌다. 말들이 내는 콧바람 소리까지 들렸다. 아버지가 벌떡 일어나 창가로 내달렸다. 집 마당으로 2인승 사두마차가 들어왔다. 아버지는 영문도 모르면서 왠지 반가운 마음에 뛰쳐나갔다······. 제복을 입은 하인이 마차 문을 열자 검은 망토에 검은 베일을 쓴 부인이 내렸다…….

「저는 오딘쪼바라고 합니다. 예브게니 바실리예비치는 아직 살아 있나요? 아버님이신가요? 의사를 모시고 왔습니다.」

「고마운 분이시군요!」 아버지는 이렇게 외치면서 떨리는 손으로 부인의 손을 잡아 자기 입술에 가져다 댔다. 그사이에 독일인으로 보이는 작달막하고 안경을 쓴 의사가 천천히 마차에서 내렸다. 「아직 살아 있습니다. 우리 예브게니는 아직 살아 있어요. 여보! 여보! 하늘에서 천사가 내려오셨어…….」

「아니, 뭐라고요? 오, 하느님!」 어머니는 더듬거리며 달려 나와서는 오딘쪼바 부인의 발 앞에 쓰러져 마치 미친 사람처럼 그 옷자락에 입을 맞추었다.

「아니, 이러지 마십시오! 제발!」 부인이 거듭 말했지만 어머니의 귀에는 그 말이 들리지 않았다. 아버지 역시 그저 〈천사야, 천사님이야!〉라고 중얼거리기만 했다.

「*Wo ist der Kranke*(환자는 어디 있습니까)?」 의사가 더 이상 못 참겠다는 듯 화난 투로 물었다.

아버지가 정신을 차렸다. 「여기, 여기 제 뒤를 따라 오십시오, *würdigster Herr Collega*(존경하는 동료여).」 아버지는 옛 기억을 더듬어 독일어도 덧붙였다.

「아!」 의사는 떨떠름한 표정이었다.

아버지가 그를 서재로 안내했다.

「오딘쪼바 부인이 보낸 의사시다.」 아버지는 아들의 귀에 대고 말했다. 「그분도 여기 오셨어.」

바자로프가 갑자기 눈을 떴다. 「누구 말씀인가요?」

「안나 세르게예브나 오딘쪼바 부인이 오셨단 말이다. 이

의사 선생님도 모셔 오셨구나.」

바자로프가 무언가 찾는 듯 눈알을 굴렸다. 「부인이 오셨다고요……. 만나고 싶어요.」

「곧 만나게 될 거야, 예브게니. 우선 의사 선생님 진찰부터 받자꾸나. 시도르 시도르이치(군 공의의 이름이었다)가 가버렸으니 내가 병에 대해 설명해 드려야 해. 의논을 좀 해야지.」

바자로프가 독일인을 보았다. 「그럼 어서 이야기를 하세요. 라틴어로는 마세요. 〈*jam moritur*(죽어 가고 있다)〉 정도는 저도 알아들으니까요.」

「*Der Herr scheint des Deutschen mächtig zu sein*(이 신사분은 독일어를 잘 아는 모양이군요).」 새로 나타난 아스클레피오스[27]의 제자가 아버지에게 말했다.

「*Ich, gabe*(저는, 그러니까)……. 러시아어로 하는 게 좋겠습니다.」 아버지가 대답했다.

「아! 그럼 그렇게 하지요…….」

진찰이 시작되었다.

30분 후 오딘쪼바 부인이 아버지의 안내를 받아 서재로 들어왔다. 의사에게서 환자의 회복 가능성이 전혀 없다는 귀띔을 받은 후였다.

바자로프를 본 부인은 그만 문간에 멈춰서 버렸다. 염증이 생긴 죽어 가는 얼굴, 그리고 자기를 쏘아보는 흐릿한 눈동자에 놀라고 만 것이다. 그것은 소름 끼치는 충격이었다. 동시에 그를 사랑한다면 다른 기분이었으리라는 생각이 부인의 머리를 스치고 지나갔다.

---

27 그리스 신화에 나오는 의술의 신.

「고맙습니다.」 바자로프가 힘을 짜내 말했다. 「이렇게까지는 기대 못 했습니다. 정말 친절하시군요. 말씀하신 대로 결국 우리는 다시 만나게 되었습니다.」

「부인께서는 얼마나 친절하신지······.」 아버지가 말을 시작했다.

「아버지, 저희 둘만 있게 해주세요. 안나 세르게예브나, 그래도 괜찮겠지요? 아마 이번에는······.」

바자로프가 힘없이 늘어진 자신의 몸을 턱으로 가리켰다.

아버지는 밖으로 나갔다.

「고맙습니다.」 바자로프가 다시 말했다. 「황제 같은 행동이군요. 황제도 죽어 가는 사람을 방문해 준다고 하지요.」

「예브게니 바실리예비치, 아직은 희망이―」

「아, 안나 세르게예브나, 솔직해집시다. 진 이세 끝났습니다. 마차 바퀴에 깔린 거죠. 결국 미래에 대해서는 생각할 필요도 없었던 셈입니다. 죽음이란 오래된 농담이지만 또 누구에게나 새롭지요. 아직은 두렵지 않습니다만······ 혼수상태가 찾아오면 끝장입니다!」 그가 힘없이 손을 흔들었다. 「자, 당신에게 무슨 말을 해야 할까요······. 사랑했다고? 그건 전에도 의미 없는 소리였지만 지금은 더욱 그렇습니다. 사랑은 형체인데 제 형체가 이미 무너지는 중이니까요. 그보다는 당신이 얼마나 아름다운지 얘기하는 게 좋겠습니다. 그렇게 아름다운 모습으로 거기 서 계시는군요······.」

오딘쪼바 부인은 자기도 모르게 몸을 떨었다.

「괜찮아요. 긴장하실 필요 없어요······. 여기 앉으세요······. 너무 가까이 다가오지는 말고요. 이 병은 전염되거든요.」

안나 세르게예브나는 재빨리 방을 가로질러 와 바자로프

가 누운 소파 옆 의자에 앉았다.

「참으로 친절하십니다!」 바자로프가 중얼거렸다. 「이렇게 가까이, 이토록 젊고 아름답고 깨끗한 당신이…… 이 누추한 방에 계시다니! 그럼 안녕히 계십시오. 오래오래 사십시오. 그게 다른 무엇보다도 좋은 일입니다. 그리고 시간을 최대한 유익하게 쓰시고요. 지금 보시는 게 얼마나 추한 광경입니까. 반쯤 짓눌린 벌레가 아직도 꿈틀거리는 꼴이라니. 그러면서도 생각하는 겁니다. 온갖 일을 해치우겠다고, 절대 죽지 않겠다고! 할 일이 있다고, 난 대단한 사람이라고! 지금 그 대단한 사람의 과업은 그저 가능한 한 흉한 꼴을 안 보이고 죽는 것이지요. 하긴 아무도 상관하지 않는 일이지만요……. 어떻든 좋습니다. 지금 와서 남을 의식하진 않을 겁니다.」

바자로프가 말을 멈추고 한 손으로 물컵을 찾았다. 오딘쪼바 부인이 장갑을 낀 채 숨을 죽이며 물을 먹여 주었다.

「당신은 절 곧 잊을 테지요.」 바자로프가 다시 말했다. 「죽은 사람은 산 사람의 친구가 될 수 없으니까요. 우리 아버지가 무슨 소리를 하셨는지 모르겠습니다. 러시아가 대단한 사람을 잃어버리게 되었다고 했겠지요……. 말도 안 되는 소리지만 노인네의 희망을 깨지는 말아 주십시오. 어린애를 달랠 수만 있다면 어떤 장난감이든 상관없잖아요. 우리 어머니에게도 친절하게 대해 주십시오. 우리 부모님 같은 분들은 당신네 상류 사회에서는 눈 씻고 찾아봐도 없을 거예요……. 러시아가 절 필요로한다고요……? 아닙니다. 아마도 그렇지 않은 것 같습니다. 그럼 누구를 필요로 할까요? 제화공이, 재봉사가 필요합니다. 푸주한도……. 고기를 팔지요……. 푸주한은……. 잠깐만요, 내가 무슨 소리를 하는 거지……? 여기 숲이 있군요……」

바자로프가 이마 위에 손을 얹었다.

오딘쪼바 부인이 그 위로 몸을 굽혔다. 「예브게니 바실리예비치, 저 여기 있어요……」

바자로프가 갑자기 윗몸을 일으켰다.

「잘 있어요.」 힘이 들어간 목소리였다. 두 눈에는 마지막 광채가 어려 있었다. 「잘 있어요…… 잘……. 그때 난 당신에게 입을 맞추지 않았지요……. 꺼져 가는 등불에 입김을 불어 줘요, 그러면 다시 살아날 테니……」

부인이 그의 이마에 입술을 갖다 댔다.

「이걸로 충분합니다!」 바자로프는 다시 머리를 베개에 떨어뜨렸다. 「이제…… 어둠이……」

부인은 조용히 밖으로 나갔다.

「어떻게 되었습니까?」 아버지가 속삭이며 물었다.

「잠들었어요.」 부인도 들릴락 말락 한 소리로 대답했다.

바자로프는 다시 깨어날 운명이 아니었다. 저녁 무렵 그는 혼수상태에 빠졌고 다음 날 죽었다. 알렉세이 신부님이 종교 의식을 행했다. 성사를 거행하던 중 가슴에 성유가 닿자 바자로프는 한쪽 눈을 떴다. 제의를 입은 신부와 연기 나는 향로, 성상 앞의 촛불을 보자 죽어 가는 얼굴 위로 공포의 전율과 같은 것이 떠올랐다. 마침내 그가 숨을 거두고 온 집안이 눈물과 탄식으로 가득 찼을 때 아버지는 갑자기 광란에 사로잡혔다. 「난 하늘을 저주하겠다고 했어!」 그는 벌겋게 상기된 얼굴을 찌푸리고 누군가를 위협하듯 허공에 주먹을 휘두르면서 목쉰 소리로 외쳤다. 「그러니 하늘을 저주하겠어, 저주한다고!」 아내가 눈물을 흘리며 그에게 매달렸고 두 사람은 함께 쓰러지고 말았다.「그렇게 나란히…….」이후 안피수 슈까는 당시의 상황을 이렇게 설명했다.「두 분은 서로 맞댄 머리를 숙이고 있었어. 마치 한낮의 양들처럼 말이야.」

하지만 한낮의 폭염이 지나면 저녁과 밤이 찾아오는 법이다. 괴로움을 겪고 녹초가 된 사람들도 그 조용한 안식처에서는 단잠을 잔다.

28

 여섯 달이 흘렀다. 벌써 하얀 겨울이었다. 구름 한 점 없는 맹추위의 잔혹한 적막, 두껍게 쌓여 뽀드득 소리를 내는 눈, 나뭇가지에 매달린 장밋빛 고드름, 뿌연 에메랄드 빛 하늘, 굴뚝마다 몽게몽게 피어오르는 연기, 갑자기 열린 문에서 순간적으로 빠져나가는 수증기 구름, 벌레에 물리기라도 한 듯 붉게 상기된 건강한 얼굴들, 말들이 몸을 떨며 바쁘게 달려가는 소리……. 1월의 하루가 끝나 가는 참이었다. 저녁의 추위가 멈춰 버린 대기를 꼼짝 못 하게 내리눌렀고 붉은 저녁 노을은 빠르게 사라지는 중이었다. 마리노 저택 창문에 등불이 켜졌다. 검은 연미복에 흰 장갑을 낀 쁘로꼬피치가 평소보다 더욱 엄숙한 표정으로 7인용 식탁을 차리고 있었다. 일주일 전, 교구의 작은 성당에서 하객도 거의 없는 조용한 결혼식이 치러졌다. 아르까디와 까쨔, 그리고 니꼴라이 뻬뜨로비치와 페니치까의 결혼식이었다. 오늘의 저녁 식사는 모스끄바로 일을 보러 가는 형님을 배웅하기 위해 니꼴라이 뻬뜨로비치가 마련한 것이었다. 동생 부부에게 상당한 재산을 떼어 준 오딘쪼바 부인은 결혼식이 열린 바로 그날 모스끄바로 떠나고 없었다.

정확히 3시에 모두들 식탁으로 모였다. 미챠도 한 자리를 차지했는데 두건을 쓴 유모가 돌보고 있었다. 빠벨 뻬뜨로비치는 까쨔와 페니치까 사이에 앉아 담소를 나누었고 신랑들은 신부 옆에 앉았다. 우리에게 익숙한 이 인물들은 그동안 좀 변한 모습이다. 모두들 더 멋있어지고 더 어른스러워졌다. 다만 빠벨 뻬뜨로비치만 약간 여위었는데 오히려 그것이 더욱 귀족적이고 우아한 분위기를 더해 주었다……. 페니치까도 딴사람이 되었다. 산뜻한 비단옷을 입고 커다란 벨벳 머리 장식에 목에는 금 목걸이까지 건 채 자기 자신과 주변 사람들을 모두 존중한다는 듯 품위 있는 모습으로 앉아 있는 것이다. 그 얼굴에는 〈미안하지만 제 잘못은 아니에요〉라고 말하는 듯한 미소가 어려 있었다. 사실 페니치까뿐 아니라 다른 사람들도 왠지 용서를 구하는 듯한 미소를 짓고 있었다. 좀 쑥스럽고 약간 슬프기도 했지만 마음속으로는 무척 행복했기 때문이다. 서로 배려하면서 살펴 주는 모습이 마치 이 소박한 익살극에 합의한 것 같아 보이기도 했다. 까쨔는 다른 누구보다도 편안한 모습이었고 신뢰의 눈빛으로 주위를 바라보았다. 니꼴라이 뻬뜨로비치가 이 며느리를 무척 사랑한다는 건 누구나 알 수 있을 정도였다. 식사가 끝나기 전 니꼴라이 뻬뜨로비치는 자리에서 일어나 술잔을 들고 빠벨 뻬뜨로비치를 바라보았다.

「형님은 우리를 두고 떠나시는군요……. 정녕 떠나시는군요.」 그가 말을 시작했다. 「물론 오랜 기간은 아니지만 말입니다. 하지만 그래도 제가 형님을 얼마나……. 우리가……. 이것 참 큰일이군요. 저는 연설을 할 줄 몰라서요. 아르까디,

네가 하렴.」

「아니에요, 전 준비가 안 된걸요.」

「난 그렇게 준비를 많이 했는데도 이러는구나! 어쨌든 그럼 형님, 한번 안아도 될까요. 모든 일을 잘 마치시길, 그리고 어서 우리에게 돌아오시길 바랍니다!」

빠벨 뻬뜨로비치는 모두에게 작별의 입맞춤을 해주었다. 물론 미챠도 빼놓지 않았다. 페니치까가 미처 제대로 내밀지도 못한 손을 잡고 입을 맞추기도 했다. 빠벨 뻬뜨로비치는 두 번째로 채워진 술잔을 들이키면서 깊은 한숨과 함께 말했다. 「모두 행복하시기를! 안녕히 *Farewell*!」 마지막 영어 인사는 아무도 알아듣지 못했지만 모두들 감동했다.

「바자로프를 위해!」 까쨔가 남편 귀에 대고 속삭인 후 잔을 부딪쳤다. 아르까디는 대답 대신 아내의 손을 꼭 쥐었다. 그는 그 건배를 소리 내어 제안할 수 없었던 것이다.

이제 이야기를 끝낼 때가 된 것 같다. 하지만 우리 등장인물들이 지금은 어떻게 지내는지 혹시 궁금해하는 독자분이 있을지도 모르니, 그 궁금증을 해결해 보자.

오딘쪼바 부인은 최근에 결혼했다. 사랑이 아니라 신념에 따른 결혼이었다. 상대는 러시아의 미래 일꾼으로 아주 현명하며 현실 감각과 강한 의지까지 갖춘 달변의 법률가이다. 아직 젊고 선량하며 얼음처럼 냉철하다. 두 사람은 아주 사이가 좋으므로 아마 행복과…… 그리고 사랑까지도 누리며 살 것이다. 이모님은 세상을 떠났는데 그날로 모두에게 잊혔다. 끼르사노프 부자는 마리노에 정착했다. 영지 경영은 정상화되기 시작했다. 아르까디는 경영에 열심이고 벌써 꽤 많은 수입을 올리고 있다. 니꼴라이 뻬뜨로비치는 농노 해방의 중재자 역할에 뛰어들어 온 힘을 바치고 있다. 쉴 새 없이 담당 지역을 돌아다니며 긴 연설을 하지만(그는 농민 〈계몽〉의 필요성을 주장하며 상대가 지칠 때까지 같은 말을 자주 되풀이한다) 솔직히 귀족들은 니꼴라이 뻬뜨로비치를 달가워하지 않고 있다. 언짢거나 우울한 투로 권리 양도에 대해 이야기하는 깬 귀족도, 〈빌어먹을〉 권리 양도를 대놓고 욕해 대는 꽉 막힌 귀족도 모두 그가 너무 온건하다고 생각한다. 까쩨리나 세르게예브나는 아들 꼴랴를 낳았다. 미챠는 벌써 개구쟁이가 되어 뛰어다니며 하루 종일 떠들어 댄다. 페니치까는 남편과 미챠 다음으로 며느리를 가장 사랑하여 며느리가 피아노라도 연주할 때에는 하루 종일 곁을 떠나지 않는다.

하인 뾰뜨르에 대해서도 한마디 하자. 우둔하면서도 자못 젠체하는 뾰뜨르는 이제 〈예〉 발음을 몽땅 〈유〉로 내는 꼴불견 상태이지만 어쨌든 그 역시 결혼을 했고 상당한 지참금도 챙겼다. 그의 아내는 시내 채마밭 주인의 딸인데 처녀 시절에 시계가 없다는 이유로 구혼자를 두 명이나 거절했다고 한다. 하지만 뾰뜨르는 시계뿐 아니라 윤나는 반장화까지 갖고 있었던 것이다.

드레스덴 브륄 테라스의 2시에서 4시 사이, 산책하기 가장 좋은 시간이 되면 쉰 살쯤 되어 보이는 남자가 한 명 나타난다. 머리는 백발이고 통풍으로 고생하는 듯하지만 아직도 용모가 준수하고 옷차림이 우아해 오랫동안 상류 사회에 몸담았던 느낌이 물씬 풍긴다. 바로 빠벨 뻬뜨로비치다. 그는 요양을 위해 모스끄바를 떠나 외국으로 갔는데 드레스덴에 정착한 것이다. 그리고 그곳에서 주로 영국인들 혹은 여행 온 러시아인들과 어울려 지낸다. 영국인들 앞에서는 소탈한, 심지어 소박한 모습이지만 그렇다고 품위가 떨어질 정도는 아니다. 영국인들은 그가 좀 따분한 사람이라고 생각하면서도 완벽한 신사로서 존경한다. 러시아인들 앞에서 그는 훨씬 마음 편히 행동해 내키는 대로 화를 내기도 하고 자기 자신이나 상대를 조롱하기도 한다. 하지만 그런 행동조차 다정하고 자연스럽게, 심지어 매력적으로 보인다. 그는 슬라브주의 사고에 철저하다. 상류 사회에서는 그것이 〈매우 존경할 만한*très distingué*〉일인 것이다! 그는 러시아어로 된 책은 하나도 읽지 않지만 책상 위에 농부들이 신는 나무껍질 신발 모양의 은 재떨이를 놓아두었다. 러시아 여행객들은 그를 매우 추종한다. 한때 그와 반대 입장에 서기도 했던 마뜨베이 일리치 꼴랴진은 보헤미아 온천에 가는 길에 위엄 있는 모습으로 빠벨 뻬뜨로비치를 찾아 주기도 하였다. 그는 현지 주민들과는 별로 만나지 않지만 그래도 평판이 나쁘지 않다. 〈끼르사노프 남작 각하*der Herr Baron von Kirsanoff*〉처럼 빠르고 손쉽게 왕실 합창단 공연이나 연극 입장권을 구할 수 있는 사람은 아무도 없을 정도이다. 그는 가능한 한 선하게 행동하려 하지만 그래도 약간씩 소동을 일으키곤 한다. 한때 사교계의 총아였던 기질이 남아 있는 것이다. 하지만 그에게도 삶은 버겁다……. 스스로 생각하는 것보다 훨씬 더 버겁다……. 그리하여 그는 러시아 교회를 찾아 한쪽 벽에 몸을 기대고 생각에 잠기곤 한다. 괴로운 듯 입술을 깨물고 꼼짝 않고 있다가 갑자기 정신을 차리고 남몰래 성호를 긋는 것이다…….

꾹쉬나 부인도 외국에 나가 있다. 하이델베르크에서 자연과학이 아니라 건축학을 공부하는 중이다. 자신이 건축학에서 새로운 법칙을 발견했다는 것이다. 예전에 그랬듯 지금도 학생들과 자주 어울린다. 하이델베르크에는 특히 물리나 화학을 전공하는 젊은 러시아 학생들이 많은데 이들은 유학 초기에는 냉철한 분석력으로 독일인 교수들을 놀라게 하지만 나중에는 철저한 타성과 절대적인 나태로 다시 한 번 충격을 주곤 한다. 시뜨니꼬프는 유명해질 날을 꿈꾸며 뻬쩨르부르그를 돌아다닌다. 그러면서 바자로프의 〈유지〉를 자신이 계승했다고 주장한다. 산소와 질소조차 구별하지 못하지만 모든 것을 부정하고 자신을 존중한다는 화학자 두세 명, 그리고 그 위대한 옐리셰비치도 그와 함께 어울려 다닌다. 최근에는 시뜨니꼬프가 누군가에게 맞았다는 소문도 떠돌았는데 그는 가만히 있지 않고 정체 모를 잡지에 정체 모를 글을 기고하며 가해자를 비겁자라 불렀다. 그리고 〈그야말로 아이러니한 상황〉이라고도 표현했다. 아버지는 여전히 그를 마음대로 부려 먹고 있으며 아내는 그를 바보로…… 그리고 문학가로 여긴다.

러시아 어느 외진 시골에 조그마한 마을 묘지가 있다. 거의 모든 묘지가 그렇듯 이 역시 서글픈 모습이다. 주변의 도랑에는 잡초가 무성하고 회색빛 나무 십자가는 기울어져 한때는 색칠되어 있던 지붕 아래에서 썩어 간다. 비석은 마치 누가 밑에서 밀어 올리기라도 한 듯 하나같이 제자리를 벗어나 있다. 헐벗은 초라한 나무 두세 그루가 가냘픈 그림자를 만들고 양 떼가 멋대로 무덤 사이를 돌아다닌다……. 하지만 그 가운데 단 하나, 사람 손도 닿지 않고 짐승도 넘나들지 못하는 무덤이 있다. 오직 새들만이 거기 들어가 새벽노을 속에서 노래를 부른다. 무덤은 철책으로 둘러싸였고 양쪽에 어린 전나무 두 그루가 심겨 있다. 예브게니 바자로프가 잠들어 있는 무덤이다. 멀지 않은 마을에서 늙어 빠진 부부가 자주 이 무덤을 찾아온다. 서로 부축하며 무거운 발걸음을 옮긴 끝에 철책 앞까지 오면 부부는 무릎을 꿇고 앉아 애끓는 소리로 한참을 흐느껴 운다. 그러고서 오랫동안 아들 무덤의 비석을 바라본다. 짧게 몇 마디를 나누기도 하고 비석의 먼지를 털어 주기도 하고 전나무 가지를 바로잡기도 한다. 그러고는 또다시 기도를 올린다. 아들과 아들에 대한 기억에서 가까이 있게 해주는 듯한 그 장소를 떠나지 못하는 것이다……. 그 기도와 눈물은 정녕 쓸데없는 것일까? 그 성스럽고 헌신적인 사랑이 정녕 전능하지 못한 것일까? 그럴 리 없다! 그 아무리 격렬하고 죄 많은, 반항적 영혼이 그 무덤에 숨겨졌다 해도 그 위에 피어나는 꽃들은 죄 없는 눈으로 우리를 잔잔히 바라본다. 그 꽃들이 그저 영원한 안식이나 무심한 자연의 위대한 정적만을 우리에게 말해 주는 것은 아니다. 영원한 화해와 무한한 생명에 대해서도 말해 주는 것이다.

역자 해설
영원한 화해와 무한한 생명을 향하여

격동의 러시아를 그려 낸 작가, 뚜르게네프

이반 세르게예비치 뚜르게네프Ivan Sergeevich Turgenev는 1818년에 출생해 1883년에 사망한 러시아 작가이다. 그가 살았던 때의 러시아는 정치적 격동의 시기였다. 유럽의 절대 왕정 붕괴에 놀란 러시아 황실은 억압적 전제 정치를 한층 강화하기도 했지만 체제 변화를 주장하는 목소리는 날로 커졌고 크림 전쟁의 패배로 국가적 자부심까지 상처를 입은 끝에 농노 해방이 이루어졌으며, 이후 소비에뜨 혁명으로 이어지기까지 러시아에서는 대립과 갈등이 그치지 않았다.

이런 시대를 경험하고 목격한 작가 뚜르게네프는 다양한 사상과 견해를 가진 인물들을 작품 속에서 재현해 냈다. 그리하여 그의 소설은 그 자체로 19세기 러시아 정치 사회 현실의 기록이라 할 만하다. 농노제의 폐단을 고발한 연작 소설 『사냥꾼의 수기Zapiski Okhotnika』나 귀족 계급 출신의 진보적 지식인을 그린 소설 『귀족의 둥지Dvoryanskoye Gnezdo』 등, 한 작품 한 작품 발표될 때마다 그 자체로 새로운 이념 논쟁을 낳았다. 그는 결국 당국의 미움을 사 고골Nikolai Gogol'

의 죽음을 애도했다는 구실로 체포되어 1년 이상 고향 집에 연금되는 일까지 겪었다.

이렇게 보면 뚜르게네프가 전투적인 인물로 여겨질지 모르겠다. 하지만 실제로 그는 내성적이고 우유부단한 성격이었다고 한다. 아버지 세르게이 니꼴라예비치Sergey Nikolaevich Turgenev는 기병 장교 출신으로 도박과 방탕한 생활에 빠져 지냈으며 재산이 탐나서 포악하고 전제적인 성격의 여지주 바르바라 뻬뜨로브나Varvara Pyetrovna Lyutovinova와 결혼하였다. 귀족 가문에서 출생했지만 애정 없이 결혼한 부모의 갈등으로 어린 시절부터 고통을 겪었던 배경도 그의 성격 형성에 영향을 미쳤다. 하지만 이러한 우유부단한 성격은 대립하는 여러 진영 사람들의 모습을 손에 잡힐 듯 그려 내는 작업에 큰 밑거름이 되었고, 복잡한 가정사 역시 한 소년의 비정상적인 첫사랑을 묘사한 중편 「첫사랑Pervaia Liubov」의 바탕이 되었다고 할 수 있다.

뚜르게네프는 평생 정상적인 가정을 이루지 못했다. 스물다섯 살 때 어머니 소유의 여자 농노에게서 얻은 딸 뽈리네뜨가 유일한 혈육이다. 하지만 뽈리네뜨의 어머니와는 결혼하지 않았고, 이후에도 몇몇 아가씨와 사랑에 빠지기는 했으나 결혼에 이르지 못했다. 그는 프랑스의 오페라 가수 폴랭 비아르도Pauline Viardot를 평생 연모했다. 비아르도 부부와 함께 반평생을 유럽 각지에서 보냈고 결국은 프랑스에서 비아르도가 지켜보는 가운데 사망했다. 뚜르게네프의 작품에 자주 등장하는 〈이루어지지 않은 사랑〉 역시 개인적인 경험이 바탕이 된 셈이다.

뚜르게네프는 자연을 노래하는 작가로도 유명했다. 지주

였고 또 사냥을 좋아했던 그는 러시아의 숲과 동식물을 면밀히 관찰하는 눈을 가졌던 것 같다. 그리고 그 관찰 결과를 섬세한 언어로 작품에 풀어냈다. 그에게 있어 인간의 삶은 주변을 둘러싼 자연에서 분리되어 존재할 수 없는 것이었다.

세대 갈등을 통해 기록한 시대의 갈등

1859년에서 1860년까지의 러시아를 배경으로 하는 뚜르게네프의 『아버지와 아들 Ottsy i deti』은 오늘날 우리와 시간적·공간적으로 까마득히 멀리 있는 것 같으면서도 다른 한편으로는 우리 모습을 계속 돌이켜 보게 한다는 점에서 퍽 독특하다. 낯선 시대와 공간에서 다른 사람이 되어 살아 본다는 소설의 일차적 매력에 너하여, 내 모습을 내입하고 다시 생각하게 하는 성찰의 힘까지 있다고 할까.

당시 러시아는 1861년의 농노 해방을 목전에 두고 있었다. 유럽에서 가장 늦은 농노 해방이었다. 지식인들은 러시아 사회 체제가 시대에 뒤떨어졌다고 한탄했고 급진적인 개혁을 요구하는 목소리도 드높았다. 따라서 앞서 나가는 서구를 추종하는 세력과 전통을 유지 보전하려는 세력이 갈등을 빚을 수밖에 없었다.

이 소설에서 아르까디의 큰아버지 빠벨 뻬뜨로비치와 바자로프가 벌이는 언쟁은 바로 그런 상황을 반영한다. 프랑스어와 영어를 구사하는 지식인이자 뼛속까지 귀족인 큰아버지는 개혁 논쟁을, 전에도 늘 그랬듯 불붙었다가는 금세 사라져 갈 흐름으로 여긴다. 그리고 러시아 전통의 힘을 굳게 믿는다. 반면 평민 출신이지만 지적 능력이 출중한 바자로프는 귀족의 삶을 경멸하며 기존의 모든 것을 부정하고 회의함으로써 새로운 시대를 열어야 한다고 주장한다.

하지만 정작 두 사람 모두 러시아 농민이나 러시아 서민의 일상으로부터는 한 걸음 떨어져 있다. 큰아버지는 농민의 체취를 견디지 못해 향수 뿌린 손수건으로 코를 막는 위인이다. 러시아의 미래가 농민들에게 달려 있다는 바자로프의 말 역시 농민들에게는 코웃음거리가 될 뿐이다.

시대 상황은 세대 갈등과도 얽힌다. 아르까디와 바자로프는 20대의 청년들로 자신만만하게 신지식, 신문물을 예찬한다. 빠벨 뻬뜨로비치는 물론 아르까디의 아버지 니꼴라이 뻬뜨로비치와 바자로프의 아버지 역시 자신의 기존 생활 방식이 모두 거부당하는 당혹스러운 상황에 혼란을 느끼기도 하고 젊은 세대의 의견에 반박하기도 한다. 그러나 아르까디와 바자로프의 니힐리즘을 〈철없음〉으로 치부하는 큰아버지와 달리 아버지들은 자식들을 존중하고 인정하려 노력하는 모습을 보이기도 한다. 농노제를 혐오하는 아들 때문에 식탁에서 파리 쫓는 농노 아이를 심부름 보낸 후 파리가 들끓는 가운데 식사를 하는 웃지 못할 장면은 이러한 노력을 단적으로 보여 준다.

뚜르게네프가 소설에서 결국 하고 싶었던 말은 무엇일까? 작가가 이 작품을 벨린스끼 Vissarion Grigor'evich Belinskii 에게 바쳤다는 점이 한 가지 단서가 될 듯하다. 19세기 초반 러시아의 문학 평론가이자 사상가였던 벨린스끼는 조국 러시아를 뜨겁게 사랑했고 농노제와 왕정 체제를 증오한 개혁주의자였다. 벨린스끼를 통해 뚜르게네프는 젊은 시절의 사상적 혼돈에서 벗어났고 일방적 서구주의와 허구적 슬라브주의 사이에서 균형을 잡을 수 있었다. 벨린스끼는 뚜르게네프에게 친구이자 선배이며 스승이었다. 두 사람의 관계는 아르까디와 바자로프를 통해 소설 속에 그대로 투영되었다고 할 수 있다. 더군다나 벨린스끼 역시 바자로프처럼 군의관의 아들로 잡계급 출신이었으니 말이다.

찬사와 비난을 한 몸에 받으며 38세에 요절한 벨린스끼처럼 바자로프도 아까운 나이에 세상을 하직한다. 하지만 그 죽음이 끝은 아니다. 뚜르게네프는 바자로프의 무덤에서 피어나는 꽃들은 〈영원한 화해와 무한한 생명〉에 대해 우리에게 알려 준다고 묘사한다. 목적하던 바를 이루지 못하고 떠난다 해도 그 노력은 헛되지 않다는 의미가 아닐까. 우리는 각자 주어진 상황에서 최선의 선택을 내리고 애쓰며 살아간다. 조금씩 다른 방향을 향할 수는 있지만 결국 그 모든 노력들은 인류 발전과 진보의 도도한 흐름에 합류함으로써 의미를 찾는 것이다.

번역을 마치며

20대 학생 시절에 읽고 공부했던 소설을 40대가 되어 번역하는 흥미로운 경험을 하게 되었다. 전에는 자식들 입장에 주로 공감하며 읽었지만 이제는 아버지들 입장까지 헤아릴 수 있을 것 같다. 과연 나이는 먹어 볼 만하다.

이 소설의 번역본들은 거의 대부분 〈아버지와 아들〉이라는 제목으로 출판되었다. 복수형의 원제로 보나, 내용으로 보나 〈아버지들과 자식들〉이라는 제목이 더 정확한 번역이지만 이 제목이 〈아버지 세대와 아들 세대〉 혹은 〈구체제와 새로운 체제〉라는 상징성을 띠고 있다는 의미에서 그대로 썼다. 한 부자(父子)의 이야기가 아닌 한 시대의 이야기, 끊임없이 이어지는 세대들의 이야기라는 의미에서 말이다.

많이 고심하고 심혈을 기울여 번역을 했지만 여전히 아쉬움이 남는다. 가차 없는 질책을 기대한다. 원문은 서울대학교 중앙도서관에 소장되어 있는 민스끄 마스쩨르스카야 리쩨라뚜라Minsk Mastepskaja Literatura 출판사의 1976년판을 사용했다. 러시아 쁘로스베셰니에Prosveshchenje 출판사가 펴낸 전자책 텍스트(www.prosv.ru)의 주석도 많은 도움이 되었다.

이상원

이반 세르게예비치 뚜르게네프 연보

1818년 출생　10월 28일 러시아 중부 아룔 현 스빠스꼬예 마을에서 기병 장교 출신인 아버지 세르게이 니꼴라예비치Sergey Nikolaevich Turgenev와 부유한 여지주인 어머니 바르바라 뻬뜨로브나Varvara Pyetrovna Lyutovinova 사이의 둘째 아들로 태어남.

1827년 9세　모스끄바로 이사. 바이덴하메르 기숙 학교 입학.

1829년 11세　형 니꼴라이Nikolai와 함께 아르메니아 기숙 학교 입학.

1833년 15세　모스끄바 대학 어문학과 입학.

1834년 16세　뻬쩨르부르그 대학 문과부 철학과로 전학. 뻬쩨르부르그에서 아버지 사망. 바이런 작품을 모방한 극시 「스테노Steno」 집필.

1836년 18세　뻬쩨르부르그 대학 문과부 철학과 졸업.

1837년 19세　셰익스피어의 「오셀로Othello」와 「리어 왕King Lear」을 러시아어로 번역. 뿌쉬낀과 첫 만남. 2월 뿌쉬낀의 장례식에 참석함.

1838년 20세　독일 베를린 대학으로 유학. 헤겔 철학과 역사를 공부함. 독일의 사회상과 계몽주의 사상에 깊은 인상을 받음.

1840년 22세　이탈리아 여행.

1841년 23세   유학을 마치고 귀국.

1842년 24세   어머니의 농노인 아브도찌야Avdotzia와의 사이에서 딸 뽈리네뜨Polinette 출생.

1843년 25세   낭만적 서사시 「빠라샤Parasha」를 발표하여 벨린스끼 Vissarion Belinskii의 호평을 받음. 프랑스의 오페라 가수 폴랭 비아르도Pauline Viardot를 만나 평생의 사랑을 시작함. 내무성 근무 시작. 벨린스끼와 처음 만남.

1845년 27세   내무성 근무를 그만두고 집필에 전념. 도스또예프스끼 Fedor Dostoevskii를 만남.

1846년 28세   중편소설 「세 초상화Tri Portreta」 발표.

1847년 29세   『사냥꾼의 수기Zapiski Okhotnika』 연작 중 첫 번째 작품인 「호리와 깔리느이치Khor i Kalinych」 발표. 독일과 오스트리아에서 체류함.

1848년 30세   프랑스 파리에서 혁명을 목격함. 뻬쩨르부르그에서 벨린스끼 사망.

1849년 31세   모스끄바 지식인 사회를 풍자한 단편 「시치그로프 마을의 햄릿Hamlet Shchigrovskogo Uezda」 발표. 뻬쩨르부르그 관리들을 풍자한 희곡 「홀아비Kholostiak」와 토지 귀족을 풍자한 희곡 「귀족 단장 댁의 아침 식사Zavtrak u Predvoditelia」 발표.

1850년 32세   모스끄바에서 어머니 사망.

1852년 34세   고골Nikolai Gogol'의 사망을 애도하는 글을 썼다는 이유로 체포되어 한 달간 구속되었다가 고향 스빠스꼬예에 1년 동안 가택 연금됨. 시골 지주들의 일상을 그린 연작 소설 『사냥꾼의 수기』 출판.

1853년 35세   단편 「두 친구Dva Druga」 발표.

1854년 36세   벙어리 농노와 농노가 키우는 개 무무의 이야기인 단편

「무무Mumu」 발표. 먼 친척 올가 뚜르게네바Olga Turgeneva와 사랑에 빠짐. 『사냥꾼의 수기』 프랑스어 번역판이 출판됨.

1855년 37세　벨린스끼를 모델로 삼은 단편소설 「야꼬프 빠신꼬프Yakov Pasynkov」 발표. 똘스또이Lev Tolstoi와 만남.

1856년 38세　뛰어난 지적 능력을 발휘하지 못하는 잉여 인간을 그린 장편소설 『루진Rudin』 발표. 뚜르게네프 전집 출간.

1858년 40세　단편소설 「아샤Asya」 발표.

1859년 41세　귀족 계급 출신의 진보적 지식인을 그린 장편소설 『귀족의 둥지Dvoryanskoye Gnezdo』 발표. 문학 기금 회의 창립 회원이 됨.

1960년 42세　중편 「첫사랑Pervaia Liubov」 발표. 문학 기금 마련을 위한 강연회에서 〈햄릿과 돈키호테〉라는 제목으로 강연함. 곤차로프Ivan Goncharov와 표절 시비로 재판. 농노 해방 전야를 배경으로 혁명적인 청년들을 그린 『전날 밤Nakanune』 발표. 『아버지와 아들Otzy i Deti』 집필 시작.

1861년 43세　파리에서 농노 해방 선언 소식을 접함. 플로베르Gustave Flaubert, 졸라Émile Zola, 모파상Guy de Maupassant과 교우. 딸 뽈리네뜨의 양육에 관한 문제로 똘스또이와 심한 언쟁을 벌임.

1862년 44세　『아버지와 아들』 발표. 사회주의자 게르쩬Aleksandr Gertsen과 만나 러시아의 미래에 대해 논쟁을 벌임.

1863년 45세　망명자들과의 관계를 의심받아 원로원 조사 위원회의 소환을 받았으나 서면 답변으로 대신함.

1864년 46세　원로원 조사 위원회의 2차 소환으로 뻬쩨르부르그에서 조사를 받음. 재판에서 무죄 선고.

1865년 47세　딸 뽈리네뜨가 프랑스인과 결혼함.

1867년 49세　망명 혁명가들을 신랄하게 묘사한 장편소설 『연기Dym』

발표. 신과 러시아에 대해 도스또예프스끼와 논쟁을 벌임.

1868년 50세　어머니가 남긴 편지를 바탕으로 한 단편소설 「여단장 Brigadir」 발표.

1869년 51세　스승이자 친구였던 벨린스끼를 추모하는 에세이 「벨린스끼에 대한 회상Vospominania o Belinskom」 발표.

1870년 52세　단편소설 「이상한 이야기Strannaja Istoria」, 「초원의 리어 왕tepnoy Korol' Lir」 발표.

1871년 53세　폴랭 비아르도 가족과 함께 프랑스 파리 외곽 부지발로 이주하여 정착함.

1872년 54세　중편 「봄의 물Veshnie Vody」 발표.

1873년 55세　마지막 장편 소설 『처녀지Nov』 구상.

1875년 57세　러시아 망명자 및 학생을 위한 독서실 기금 마련 문학·음악회에 참석.

1877년 59세　농민 운동에 뛰어든 대학생의 비극적 삶을 그린 장편 『처녀지』 발표. 플로베르의 단편소설 두 편을 번역하여 발표함.

1878년 60세　똘스또이가 보낸 화해의 편지 받음. 국제작가회의에서 부의장으로 선출됨.

1879년 61세　형 니꼴라이 사망. 러시아 농노 해방에 기여한 공으로 옥스퍼드 대학 명예 법학 박사 학위를 받음.

1880년 62세　뿌쉬낀 동상 제막식에서 연설함. 5월 플로베르 사망.

1881년 63세　플로베르를 추모하는 단편소설 「승리한 사랑의 노래 Pesn' Torzhestvuyushey Lyubvi」 발표.

1882년 64세　척추암 발병.

1883년 65세　단편소설 「종말Klara Milich」을 폴랭 비아르도에게 구술함. 똘스또이에게 집필 활동을 재개하라는 내용의 편지 발송. 프랑스에서 폴랭 비아르도가 지켜보는 가운데 사망. 벨린스끼의 곁에 묻히겠다는 유언에 따라 뻬쩨르부르그 볼꼬프Volkov 묘지에 안장됨.

열린책들 세계문학 142 아버지와 아들

옮긴이 이상원 서울대학교 가정관리학과와 노어노문학과를 졸업하고 한국외국어대학교 통번역대학원에서 석사 학위와 박사 학위를 받았다. 『첫사랑』(뚜르게네프), 『살아갈 날들을 위한 공부』(똘스또이), 『안톤 체호프 단편선』 등의 러시아 고전을 비롯하여 영미 문학, 프랑스 문학 등 60여 종의 책을 번역했다. 현재 서울대학교와 한국외국어대학교 등에서 글쓰기와 번역 강의를 하고 있다.

지은이 이반 뚜르게네프 **옮긴이** 이상원 **발행인** 홍지웅·홍예빈
발행처 주식회사 열린책들 **주소** 경기도 파주시 문발로 253 파주출판도시
전화 031-955-4000 **팩스** 031-955-4004 **홈페이지** www.openbooks.co.kr
Copyright (C) 주식회사 열린책들, 2010, *Printed in Korea.*
ISBN 978-89-329-1142-7 04890 **ISBN** 978-89-329-1499-2 (세트)
발행일 2010년 9월 20일 세계문학판 1쇄 2019년 1월 10일 세계문학판 6쇄

이 도서의 국립중앙도서관 출판예정도서목록(CIP)은 서지정보유통지원시스템 홈페이지(http://seoji.nl.go.kr)와 국가자료공동목록시스템(http://www.nl.go.kr/kolisnet)에서 이용하실 수 있습니다.(CIP제어번호:CIP2010003202)

열린책들 세계문학
Open Books World Literature

001 **죄와 벌** 표도르 도스또예프스끼 장편소설 | 홍대화 옮김 | 전2권 | 각 408, 504면

003 **최초의 인간** 알베르 카뮈 장편소설 | 김화영 옮김 | 392면

004 **소설** 제임스 미치너 장편소설 | 윤희기 옮김 | 전2권 | 각 280, 368면

006 **개를 데리고 다니는 부인** 안똔 체호프 소설선집 | 오종우 옮김 | 368면

007 **우주 만화** 이탈로 칼비노 장편소설 | 김운찬 옮김 | 416면

008 **댈러웨이 부인** 버지니아 울프 장편소설 | 최애리 옮김 | 296면

009 **어머니** 막심 고리끼 장편소설 | 최윤락 옮김 | 544면

010 **변신** 프란츠 카프카 중단편집 | 홍성광 옮김 | 464면

011 **전도서에 바치는 장미** 로저 젤라즈니 중단편집 | 김상훈 옮김 | 432면

012 **대위의 딸** 알렉산드르 뿌쉬낀 장편소설 | 석영중 옮김 | 240면

013 **바다의 침묵** 베르코르 소설선집 | 이상해 옮김 | 256면

014 **원수들, 사랑 이야기** 아이작 싱어 장편소설 | 김진준 옮김 | 320면

015 **백치** 표도르 도스또예프스끼 장편소설 | 김근식 옮김 | 전2권 | 각 500, 528면

017 **1984년** 조지 오웰 장편소설 | 박경서 옮김 | 392면

018 **수용소군도** 알렉산드르 솔제니찐 기록문학 | 김학수 옮김 | 480면

019 **이상한 나라의 앨리스** 루이스 캐럴 환상동화 | 머빈 피크 그림 | 최용준 옮김 | 336면

020 **베네치아에서의 죽음** 토마스 만 중단편집 | 홍성광 옮김 | 432면

021 **그리스인 조르바** 니코스 카잔차키스 장편소설 | 이윤기 옮김 | 488면

022 **벚꽃 동산** 안똔 체호프 희곡선집 | 오종우 옮김 | 336면

023 **연애 소설 읽는 노인** 루이스 세풀베다 장편소설 | 정창 옮김 | 192면

024 **젊은 사자들** 어윈 쇼 장편소설 | 정영문 옮김 | 전2권 | 각 416, 408면

026 **젊은 베르테르의 슬픔** 요한 볼프강 폰 괴테 장편소설 | 김인순 옮김 | 240면

027 **시라노** 에드몽 로스탕 희곡 | 이상해 옮김 | 256면

028 **전망 좋은 방** E. M. 포스터 장편소설 | 고정아 옮김 | 352면

029 **까라마조프 씨네 형제들** 표도르 도스또예프스끼 장편소설 | 이대우 옮김 | 전3권 | 각 496, 496, 460면

032 **프랑스 중위의 여자** 존 파울즈 장편소설 | 김석희 옮김 | 전2권 | 각 344면

034 **소립자** 미셸 우엘벡 장편소설 | 이세욱 옮김 | 448면

035 **영혼의 자서전** 니코스 카잔차키스 자서전 | 안정효 옮김 | 전2권 | 각 352, 408면

037 **우리들** 예브게니 자먀찐 장편소설 | 석영중 옮김 | 320면
038 **뉴욕 3부작** 폴 오스터 장편소설 | 황보석 옮김 | 480면
039 **닥터 지바고** 보리스 빠스쩨르나끄 장편소설 | 박형규 옮김 | 전2권 | 각 400, 512면
041 **고리오 영감** 오노레 드 발자크 장편소설 | 임희근 옮김 | 456면
042 **뿌리** 알렉스 헤일리 장편소설 | 안정효 옮김 | 전2권 | 각 400, 448면
044 **백년보다 긴 하루** 친기즈 아이뜨마또프 장편소설 | 황보석 옮김 | 560면
045 **최후의 세계** 크리스토프 란스마이어 장편소설 | 장희권 옮김 | 264면
046 **추운 나라에서 돌아온 스파이** 존 르카레 장편소설 | 김석희 옮김 | 368면
047 **산도칸 ― 몸프라쳄의 호랑이** 에밀리오 살가리 장편소설 | 유향란 옮김 | 428면
048 **기적의 시대** 보리슬라프 페키치 장편소설 | 이윤기 옮김 | 560면
049 **그리고 죽음** 짐 크레이스 장편소설 | 김석희 옮김 | 224면
050 **세설** 다니자키 준이치로 장편소설 | 송태욱 옮김 | 전2권 | 각 480면
052 **세상이 끝날 때까지 아직 10억 년** 스뜨루가츠끼 형제 장편소설 | 석영중 옮김 | 224면
053 **동물 농장** 조지 오웰 장편소설 | 박경서 옮김 | 208면
054 **캉디드 혹은 낙관주의** 볼테르 장편소설 | 이봉지 옮김 | 232면
055 **도적 떼** 프리드리히 폰 실러 희곡 | 김인순 옮김 | 264면
056 **플로베르의 앵무새** 줄리언 반스 장편소설 | 신재실 옮김 | 320면
057 **악령** 표도르 도스또예프스끼 장편소설 | 김연경 옮김 | 전3권 | 각 324, 396, 496면
060 **의심스러운 싸움** 존 스타인벡 장편소설 | 윤희기 옮김 | 340면
061 **몽유병자들** 헤르만 브로흐 장편소설 | 김경연 옮김 | 전2권 | 각 568, 544면
063 **몰타의 매** 대실 해밋 장편소설 | 고정아 옮김 | 304면
064 **마야꼬프스끼 선집** 블라지미르 마야꼬프스끼 선집 | 석영중 옮김 | 320면
065 **드라큘라** 브램 스토커 장편소설 | 이세욱 옮김 | 전2권 | 각 340, 344면
067 **서부 전선 이상 없다** 에리히 마리아 레마르크 장편소설 | 홍성광 옮김 | 336면
068 **적과 흑** 스탕달 장편소설 | 임미경 옮김 | 전2권 | 각 376, 368면
070 **지상에서 영원으로** 제임스 존스 장편소설 | 이종인 옮김 | 전3권 | 각 396, 380, 388면
073 **파우스트** 요한 볼프강 폰 괴테 희곡 | 김인순 옮김 | 568면
074 **쾌걸 조로** 존스턴 매컬리 장편소설 | 김훈 옮김 | 316면
075 **거장과 마르가리따** 미하일 불가꼬프 장편소설 | 홍대화 옮김 | 전2권 | 각 364, 328면
077 **순수의 시대** 이디스 워튼 장편소설 | 고정아 옮김 | 448면
078 **검의 대가** 아르투로 페레스 레베르테 장편소설 | 김수진 옮김 | 376면
079 **예브게니 오네긴** 알렉산드르 뿌쉬낀 운문소설 | 석영중 옮김 | 328면

080 **장미의 이름** 움베르토 에코 장편소설 | 이윤기 옮김 | 전2권 | 각 440, 448면

082 **향수** 파트리크 쥐스킨트 장편소설 | 강명순 옮김 | 384면

083 **여자를 안다는 것** 아모스 오즈 장편소설 | 최창모 옮김 | 280면

084 **나는 고양이로소이다** 나쓰메 소세키 장편소설 | 김난주 옮김 | 544면

085 **웃는 남자** 빅토르 위고 장편소설 | 이형식 옮김 | 전2권 | 각 472, 496면

087 **아웃 오브 아프리카** 카렌 블릭센 장편소설 | 민승남 옮김 | 480면

088 **무엇을 할 것인가** 니꼴라이 체르니셰프스끼 장편소설 | 서정록 옮김 | 전2권 | 각 360, 404면

090 **도나 플로르와 그녀의 두 남편** 조르지 아마두 장편소설 | 오숙은 옮김 | 전2권 | 각 328, 308면

092 **미사고의 숲** 로버트 홀드스톡 장편소설 | 김상훈 옮김 | 416면

093 **신곡** 단테 알리기에리 장편서사시 | 김운찬 옮김 | 전3권 | 각 292, 296, 328면

096 **교수** 샬럿 브론테 장편소설 | 배미영 옮김 | 368면

097 **노름꾼** 표도르 도스또예프스끼 장편소설 | 이재필 옮김 | 320면

098 **하워즈 엔드** E. M. 포스터 장편소설 | 고정아 옮김 | 508면

099 **최후의 유혹** 니코스 카잔차키스 장편소설 | 안정효 옮김 | 전2권 | 각 408면

101 **키리냐가** 마이크 레스닉 장편소설 | 최용준 옮김 | 464면

102 **바스커빌가의 개** 아서 코난 도일 장편소설 | 조영학 옮김 | 264면

103 **버마 시절** 조지 오웰 장편소설 | 박경서 옮김 | 400면

104 **10 1/2장으로 쓴 세계 역사** 줄리언 반스 장편소설 | 신재실 옮김 | 464면

105 **죽음의 집의 기록** 표도르 도스또예프스끼 장편소설 | 이덕형 옮김 | 528면

106 **소유** 앤토니어 수전 바이어트 장편소설 | 윤희기 옮김 | 전2권 | 각 440, 480면

108 **미성년** 표도르 도스또예프스끼 장편소설 | 이상룡 옮김 | 전2권 | 각 512, 544면

110 **성 앙투안느의 유혹** 귀스타브 플로베르 희곡소설 | 김용은 옮김 | 584면

111 **밤으로의 긴 여로** 유진 오닐 희곡 | 강유나 옮김 | 240면

112 **마법사** 존 파울즈 장편소설 | 정영문 옮김 | 전2권 | 각 512, 552면

114 **스쩨빤치꼬보 마을 사람들** 표도르 도스또예프스끼 장편소설 | 변현태 옮김 | 416면

115 **플랑드르 거장의 그림** 아르투로 페레스 레베르테 장편소설 | 정창 옮김 | 512면

116 **분신** 표도르 도스또예프스끼 장편소설 | 석영중 옮김 | 288면

117 **가난한 사람들** 표도르 도스또예프스끼 장편소설 | 석영중 옮김 | 256면

118 **인형의 집** 헨릭 입센 희곡 | 김창화 옮김 | 272면

119 **영원한 남편** 표도르 도스또예프스끼 장편소설 | 정명자 외 옮김 | 448면

120 **알코올** 기욤 아폴리네르 시집 | 황현산 옮김 | 352면

121 **지하로부터의 수기** 표도르 도스또예프스끼 장편소설 | 계동준 옮김 | 256면

122 **어느 작가의 오후** 페터 한트케 중편소설 | 홍성광 옮김 | 160면

123 **아저씨의 꿈** 표도르 도스또예프스끼 장편소설 | 박종소 옮김 | 304면

124 **네또츠까 네즈바노바** 표도르 도스또예프스끼 장편소설 | 박재만 옮김 | 316면

125 **곤두박질** 마이클 프레인 장편소설 | 최용준 옮김 | 528면

126 **백야 외** 표도르 도스또예프스끼 소설선집 | 석영중 외 옮김 | 408면

127 **살라미나의 병사들** 하비에르 세르카스 장편소설 | 김창민 옮김 | 296면

128 **뻬쩨르부르그 연대기 외** 표도르 도스또예프스끼 소설선집 | 이항재 옮김 | 296면

129 **상처받은 사람들** 표도르 도스또예프스끼 장편소설 | 윤우섭 옮김 | 전2권 | 각 296, 392면

131 **악어 외** 표도르 도스또예프스끼 소설선집 | 박혜경 외 옮김 | 312면

132 **허클베리 핀의 모험** 마크 트웨인 장편소설 | 윤교찬 옮김 | 416면

133 **부활** 레프 똘스또이 장편소설 | 이대우 옮김 | 전2권 | 각 308, 416면

135 **보물섬** 로버트 루이스 스티븐슨 장편소설 | 머빈 피크 그림 | 최용준 옮김 | 360면

136 **천일야화** 앙투안 갈랑 엮음 | 임호경 옮김 | 전6권 | 각 336, 328, 372, 392, 344, 320면

142 **아버지와 아들** 이반 뚜르게네프 장편소설 | 이상원 옮김 | 328면

143 **오만과 편견** 제인 오스틴 장편소설 | 원유경 옮김 | 480면

144 **천로 역정** 존 버니언 우화소설 | 이동일 옮김 | 432면

145 **대주교에게 죽음이 오다** 윌라 캐더 장편소설 | 윤명옥 옮김 | 352면

146 **권력과 영광** 그레이엄 그린 장편소설 | 김연수 옮김 | 384면

147 **80일간의 세계 일주** 쥘 베른 장편소설 | 고정아 옮김 | 352면

148 **바람과 함께 사라지다** 마거릿 미첼 장편소설 | 안정효 옮김 | 전3권 | 각 616, 640, 640면

151 **기탄잘리** 라빈드라나트 타고르 시집 | 장경렬 옮김 | 224면

152 **도리언 그레이의 초상** 오스카 와일드 장편소설 | 윤희기 옮김 | 384면

153 **레우코와의 대화** 체사레 파베세 희곡소설 | 김운찬 옮김 | 280면

154 **햄릿** 윌리엄 셰익스피어 희곡 | 박우수 옮김 | 256면

155 **맥베스** 윌리엄 셰익스피어 희곡 | 권오숙 옮김 | 176면

156 **아들과 연인** 데이비드 허버트 로런스 장편소설 | 최희섭 옮김 | 전2권 | 464, 432면

158 **그리고 아무 말도 하지 않았다** 하인리히 뵐 장편소설 | 홍성광 옮김 | 272면

159 **미덕의 불운** 싸드 장편소설 | 이형식 옮김 | 248면

160 **프랑켄슈타인** 메리 W. 셸리 장편소설 | 오숙은 옮김 | 320면

161 **위대한 개츠비** 프랜시스 스콧 피츠제럴드 장편소설 | 한애경 옮김 | 280면

162 **아Q정전** 루쉰 중단편집 | 김태성 옮김 | 320면

163 **로빈슨 크루소** 대니얼 디포 장편소설 | 류경희 옮김 | 456면

164 **타임머신** 허버트 조지 웰스 소설선집 | 김석희 옮김 | 304면

165 **제인 에어** 샬럿 브론테 장편소설 | 이미선 옮김 | 전2권 | 각 392, 384면

167 **풀잎** 월트 휘트먼 시집 | 허현숙 옮김 | 280면

168 **표류자들의 집** 기예르모 로살레스 장편소설 | 최유정 옮김 | 216면

169 **배빗** 싱클레어 루이스 장편소설 | 이종인 옮김 | 520면

170 **이토록 긴 편지** 마리아마 바 장편소설 | 백선희 옮김 | 192면

171 **느릅나무 아래 욕망** 유진 오닐 희곡 | 손동호 옮김 | 168면

172 **이방인** 알베르 카뮈 장편소설 | 김예령 옮김 | 208면

173 **미라마르** 나기브 마푸즈 장편소설 | 허진 옮김 | 288면

174 **지킬 박사와 하이드 씨** 로버트 루이스 스티븐슨 소설선집 | 조영학 옮김 | 320면

175 **루진** 이반 뚜르게네프 장편소설 | 이항재 옮김 | 264면

176 **피그말리온** 조지 버나드 쇼 희곡 | 김소임 옮김 | 256면

177 **목로주점** 에밀 졸라 장편소설 | 유기환 옮김 | 전2권 | 각 336면

179 **엠마** 제인 오스틴 장편소설 | 이미애 옮김 | 전2권 | 각 336, 360면

181 **비숍 살인 사건** S. S. 밴 다인 장편소설 | 최인자 옮김 | 464면

182 **우신예찬** 에라스무스 풍자문 | 김남우 옮김 | 296면

183 **하자르 사전** 밀로라드 파비치 장편소설 | 신현철 옮김 | 488면

184 **테스** 토머스 하디 장편소설 | 김문숙 옮김 | 전2권 | 각 392, 336면

186 **투명 인간** 허버트 조지 웰스 장편소설 | 김석희 옮김 | 288면

187 **93년** 빅토르 위고 장편소설 | 이형식 옮김 | 전2권 | 각 288, 360면

189 **젊은 예술가의 초상** 제임스 조이스 장편소설 | 성은애 옮김 | 384면

190 **소네트집** 윌리엄 셰익스피어 연작시집 | 박우수 옮김 | 200면

191 **메뚜기의 날** 너새니얼 웨스트 장편소설 | 김진준 옮김 | 280면

192 **나사의 회전** 헨리 제임스 중편소설 | 이승은 옮김 | 256면

193 **오셀로** 윌리엄 셰익스피어 희곡 | 권오숙 옮김 | 216면

194 **소송** 프란츠 카프카 장편소설 | 김재혁 옮김 | 376면

195 **나의 안토니아** 윌라 캐더 장편소설 | 전경자 옮김 | 368면

196 **자성록** 마르쿠스 아우렐리우스 명상록 | 박민수 옮김 | 240면

197 **오레스테이아** 아이스킬로스 비극 | 두행숙 옮김 | 336면

198 **노인과 바다** 어니스트 헤밍웨이 소설선집 | 이종인 옮김 | 320면

199 **무기여 잘 있거라** 어니스트 헤밍웨이 장편소설 | 이종인 옮김 | 464면

200 **서푼짜리 오페라** 베르톨트 브레히트 희곡선집 | 이은희 옮김 | 320면

201 **리어 왕** 윌리엄 셰익스피어 희곡 | 박우수 옮김 | 224면

202 **주홍 글자** 너대니얼 호손 장편소설 | 곽영미 옮김 | 360면

203 **모히칸족의 최후** 제임스 페니모어 쿠퍼 장편소설 | 이나경 옮김 | 512면

204 **곤충 극장** 카렐 차페크 희곡선집 | 김선형 옮김 | 360면

205 **누구를 위하여 종은 울리나** 어니스트 헤밍웨이 장편소설 | 이종인 옮김 | 전2권 | 각 416, 400면

207 **타르튀프** 몰리에르 희곡선집 | 신은영 옮김 | 416면

208 **유토피아** 토머스 모어 소설 | 전경자 옮김 | 288면

209 **인간과 초인** 조지 버나드 쇼 희곡 | 이후지 옮김 | 320면

210 **페드르와 이폴리트** 장 라신 희곡 | 신정아 옮김 | 200면

211 **말테의 수기** 라이너 마리아 릴케 장편소설 | 안문영 옮김 | 320면

212 **등대로** 버지니아 울프 장편소설 | 최애리 옮김 | 328면

213 **개의 심장** 미하일 불가코프 중편소설집 | 정연호 옮김 | 352면

214 **모비 딕** 허먼 멜빌 장편소설 | 강수정 옮김 | 전2권 | 각 464, 488면

216 **더블린 사람들** 제임스 조이스 단편소설집 | 이강훈 옮김 | 336면

217 **마의 산** 토마스 만 장편소설 | 윤순식 옮김 | 전3권 | 각 496, 488, 512면

220 **비극의 탄생** 프리드리히 니체 | 김남우 옮김 | 304면

221 **위대한 유산** 찰스 디킨스 장편소설 | 류경희 옮김 | 전2권 | 각 432, 448면

223 **사람은 무엇으로 사는가** 레프 똘스또이 소설선집 | 윤새라 옮김 | 464면

224 **자살 클럽** 로버트 루이스 스티븐슨 소설선집 | 임종기 옮김 | 272면

225 **채털리 부인의 연인** 데이비드 허버트 로런스 장편소설 | 이미선 옮김 | 전2권 | 각 336, 328면

227 **데미안** 헤르만 헤세 장편소설 | 김인순 옮김 | 272면

228 **두이노의 비가** 라이너 마리아 릴케 시 선집 | 손재준 옮김 | 504면

229 **페스트** 알베르 카뮈 장편소설 | 최윤주 옮김 | 432면

230 **여인의 초상** 헨리 제임스 장편소설 | 정상준 옮김 | 전2권 | 각 520, 544면

232 **성** 프란츠 카프카 장편소설 | 이재황 옮김 | 560면

233 **차라투스트라는 이렇게 말했다** 프리드리히 니체 산문시 | 김인순 옮김 | 464면

234 **노래의 책** 하인리히 하이네 시집 | 이재영 옮김 | 384면

235 **변신 이야기** 오비디우스 서사시 | 이종인 옮김 | 632면

236 **안나 까레니나** 레프 똘스또이 장편소설 | 이명현 옮김 | 전2권 | 각 800, 736면

237 **이반 일리치의 죽음 · 광인의 수기** 레프 똘스또이 중단편집 | 석영중 · 정지원 옮김 | 232면

각 권 8,800~15,800원